Natif de l'Hérault, ***Alain Delage*** *s'investit tout particulièrement dans la vie culturelle et associative de sa région. Il a été élevé au grade de chevalier dans l'ordre des Arts et des Lettres pour son implication dans le domaine de la littérature avec un engagement très fort dans la conservation et la transmission de l'histoire locale.*

Les Rubans
de la vengeance

Du même auteur

Aux éditions De Borée

Les Secrets de Fontvives, 2013, 2017, prix du Salon de Bagnols-sur-Cèze 2014
L'Inconnu de la Saint-Blaise, 2014, 2019
L'Étrangère de Collonges, 2015, 2022
L'Ombre de la garrigue, 2016, 2020
L'Enfant des murmures, 2018
Le Dernier Chant des cigales, 2019, 2021
La Nuit des vendanges, 2020
Le Banni des hautes terres, 2021
L'Étoile de la providence, 2022
L'Étreinte de la bise, 2023

TERRE DE POCHE
45, rue du Clos-Four – 63056 Clermont-Ferrand cedex 2

Alain Delage

Les Rubans de la vengeance

de Borée
TERRE DE POCHE

à

Yann et Séverine,
Ingrid et Christophe,
Amandine,
Marilyne,
Gautier et Mathilde,
Émilie,
Aurélie et Anthony Arnaud,
Sébastien et Julie,
Fabien et Laurianne,
Jennifer et Anthony Gonon,
et Anthony Giraudon,

mes nièces et neveux foréziens.

Préface

*L*ORSQUE J'AI ÉCRIT *mon troisième roman, intitulé* L'Étrangère de Collonges, *je me suis plongé avec délectation dans l'histoire de cette région magnifique qu'est le Forez et de son terroir, ou plutôt de « ses terroirs », car ils sont différents.*

Ce livre a été particulièrement bien reçu par le lectorat local, malgré mon accent qui prouve que je ne suis pas de cette contrée, mais que je m'y suis ancré, il y a plus de trente ans, telle une ramberte au quai de Saint-Just-sur-Loire, moi, l'ancien marin d'État, lorsque j'ai épousé une Pontoise, qui partage toujours ma vie aujourd'hui.

Il a pourtant fallu que je fasse quelques concessions à cette région, comme retirer de mon comportement quelques habitudes héritées de mon Languedoc natal, dont la principale me valait les foudres de mon épouse : la prononciation de certaines consonnes comme le « z » final de Forez ou le « s » dans le nom de sa commune de cœur, Saint-Just-sur-Loire, ou le barrage de Villerest. Le summum était atteint dans Saint-Genest-Lerpt où je me suis toujours demandé pour quelles raisons il y avait autant de consonnes superflues.

Saint-Priest-en-Jarez est également un exemple magique de cette particularité locale quand on sait que les Lyonnais, distants seulement d'une quarantaine de kilomètres, appuient sur le « st » terminant la dénomination d'une commune homonyme, aux portes de la capitale des Gaules.

Comme quoi nous sommes bien au cœur d'une entité géographique et historique bien spécifique et j'en suis arrivé à la conclusion que les habitants de ce pays étaient tellement généreux qu'ils ne comptaient pas, entre autres, le nombre de lettres dans les noms de lieux, même si elles étaient inutiles, véritable vitrine de leur bonté.

Je me suis ensuite habitué, avec beaucoup de facilité, je l'avoue, à des recettes de cuisine totalement inconnues dans ma région d'origine comme les râpées, les gâteaux de foies de volaille, les quenelles, les saucisses d'herbe, le barboton, *le sarasson, les briques, la fourme de Montbrison, les bugnes, les pâtés de la batteuse, et que sais-je encore ? Cela explique en partie la « légère » surcharge pondérale qui est la mienne et que je vous dois, amis de la Loire. Je ne vous cacherai pas que cela m'arrange un petit peu, ajouté au cassoulet, à la* bourride *ou autres spécialités de mon Occitanie !*

L'identité de ce pays existe bel est bien, mais il faut savoir différentier les coutumes liées à ses monts, qu'ils soient du Matin (vers Lyon), du Soir (vers l'Auvergne), ou à sa plaine, s'étirant autour du fleuve le plus long de France, entre la sortie de ses gorges, au sud, et le seuil de Neulise, au nord, dernier obstacle minéral sur son cours.

Les thèmes de l'agriculture et de la batellerie sur le fleuve roi m'ont accompagné pendant plusieurs mois, pour mon plus grand bonheur, et j'ai essayé de retranscrire des ambiances qui m'étaient inconnues.

Les témoignages de satisfaction que j'ai reçus des lecteurs m'ont particulièrement ému. J'ai donc décidé de poursuivre mon aventure forézienne avec ce nouvel ouvrage qui voisine, une nouvelle fois, avec la Loire, mais dans le milieu de la passementerie, autre richesse locale.

Je reviens donc sur vos terres en espérant vous inspirer le même intérêt que vous avez manifesté pour mon premier ouvrage ligérien.

Ce livre n'est pas une suite, mais un écrit autonome qui a, tout de même, quelques attaches ponctuelles avec le précédent qui ne lui enlèvent rien à son indépendance romanesque.

J'espère que les pages qui suivent sauront vous convaincre de ma loyauté envers vous, gens du Forez, et que, si mes racines familiales personnelles sont loin des vôtres, celles de mes descendants peuvent s'honorer d'une parenté qu'ils doivent à Chantal, mon épouse !

Avant de terminer cette préface, je tiens à remercier tout particulièrement :

L'Association Histoire et patrimoine de Saint-Étienne, anciennement Association des amis du vieux Saint-Étienne ;

L'Association des amis du vieux Saint-Just-Saint-Rambert ;

M. André Vialla, président de l'Association du musée de la Passe menterie de Jonzieux (Loire) et tous les passionnés de cette institution ;

et

Gérard Belmas, dit « Languedoc la Patience », compagnon chaudronnier du Devoir ;

pour m'avoir ouvert leurs archives et leurs mémoires afin de guider mes pas vers des domaines que je ne maîtrisais pas totalement, voire pas du tout.

Qu'ils trouvent en ces quelques mots l'expression de ma plus sincère gratitude et toute ma reconnaissance.

I

Le deuil

Saint-Just-sur-Loire (Forez), février 1857.

— VA IMMOBILISER le balancier de l'horloge, voile les miroirs, vide les récipients d'eau et ferme les volets. Surtout n'oublie pas d'aller annoncer le décès aux animaux.

Comme il était de coutume à chaque décès, Marie-Louise ordonna à son entourage que l'on exécutât le rituel mortuaire. Sa mère l'avait fait avant elle et la mère de sa mère également. Depuis la nuit des temps, ces coutumes étaient respectées.

Gustave, son mari, lui fit part de son incompréhension devant des actions qu'il jugeait d'un autre âge. En quelques mots, elle lui fit comprendre que rien ne la ferait dévier de son idée et que, de toute façon, si certains avaient des doutes sur ces croyances, elle leur demandait de respecter les vivants qui les appliquaient.

L'homme mettant un peu trop de temps à s'exécuter, elle lui expliqua que ces gestes permettaient d'exorciser la demeure dans laquelle le défunt avait rendu son dernier soupir et où il reposait avant de rejoindre la terre du cimetière.

— On m'a toujours expliqué que l'âme du décédé essayait de reprendre une vie normale en sortant du corps qui l'avait abrité. Ainsi, en immobilisant le balancier de la grande horloge familiale qu'elle a toujours connue, elle sait, désormais, que le temps s'est arrêté pour elle. Quant au voile sur les miroirs, tout comme l'absence d'eau dans les récipients, cela l'empêche de voir son reflet et de lui donner envie de hanter notre demeure, expliqua Marie-Louise.

— Et les animaux ? questionna, moqueur, Gustave. C'est pour empêcher qu'elle les mange ?

— Non, mais il faut qu'ils sachent qu'ils doivent se méfier de cette âme vagabonde qui n'est plus une amie. Les bêtes perçoivent des choses impossibles à voir pour les humains

— C'est pourtant l'âme de ton père.

— Même si cela me coûte, il faut absolument faire ce cérémonial pour qu'elle comprenne qu'il y a le domaine des vivants et celui des morts. Elle appartient, maintenant, à celui-ci. Je vais voir M. le curé pour lui annoncer la nouvelle et prévoir l'enterrement. De ton côté, va à la mairie faire la déclaration.

Gustave souleva les deux crochets retenant la porte de l'horloge derrière laquelle se balançait la lentille en laiton. Il la posa au sol, appuyée contre le mur, passa sa main entre les deux poids[1] et attrapa la tige pour immobiliser le mouvement. Au même moment, la sonnerie se déclencha. L'homme, surpris, sursauta.

---

1. *Avant les années 1850, le balancier se trouvait derrière les poids.*

— Tu vois, tu n'es pas allé assez vite. L'âme t'a devancé ! ne put s'empêcher de s'exclamer la jeune femme en mettant son manteau, un léger sourire aux lèvres.

Haussant les épaules, Gustave replaça le couvercle sur la gaine, remit les crochets et se dirigea vers l'armoire pour attraper plusieurs pièces de tissu afin d'en couvrir les miroirs. Il lui fallut prendre un grand drap afin de masquer l'imposante glace de la salle de l'auberge.

*
* *

Joseph Grange venait de rendre son âme à Dieu, comme le disait la formule populaire. Il venait d'entrer dans sa quarante-cinquième année et était allé rejoindre, en ce début du mois de février 1857, son épouse, Catherine Berthollet, décédée vingt-deux ans auparavant quand leur fille, Marie-Louise, n'avait que deux ans.

Depuis quelques semaines, le gaillard sentait bien que le froid l'avait envahi, suite à un bain forcé dans la Loire. Il avait essayé d'aider les mariniers d'une barque en partance vers Roanne qui avaient quelques difficultés à rester dans le courant du fleuve et avaient tendance à se rapprocher de la rive. Armé d'une longue perche de bois, il repoussait l'embarcation lorsque le bâton avait cassé net, précipitant l'homme dans les eaux glacées.

Il n'arrivait pas à se séparer de douleurs thoraciques qui le faisaient horriblement souffrir et de toux permanentes qui le fatiguaient tout au long de la journée. Ses nuits étaient également pénibles ! Cette absence de sommeil l'avait affaibli.

Face à cette situation, Marie-Louise s'était rendue à l'évidence. Les soins habituels n'y faisaient rien. Il avait fallu faire venir le docteur.

L'homme de médecine avait diagnostiqué une fluxion de poitrine et n'avait pas donné beaucoup d'espoir de guérison. En quelques jours, la maladie avait fait son triste travail. Cette issue fatale avait plongé Marie-Louise dans le deuil et la peine. Une nouvelle fois, la tristesse avait envahi sa vie.

Après la mort de sa mère, la jeune enfant avait grandi dans les jupons de sa grand-mère paternelle, Pierrette Grenet, pendant dix ans. Elle avait douze ans lorsque celle-ci était morte à son tour laissant une adolescente, seule femme, pour subvenir aux besoins d'un établissement dont la morale était en permanence mise au ban des lieux mal fréquentés, mais qui était tenu de main de maître par Joseph Grange.

Douze années plus tard, à vingt-quatre ans, elle se retrouvait orpheline et à la tête de l'auberge héritée de ses ancêtres depuis que l'un d'eux, au moment de la révolution de 1789, avait acquis une maison sur la rive droite de la Loire et y avait établi un bistrot qui, au fil des ans, avait prospéré et était devenu un lieu incontournable de la région.

Le flair de cet ancêtre avait été bon. Tout le monde se moquait de lui quant à l'emplacement de son acquisition, éloignée des voies de passage de l'époque et du pont permettant de franchir le fleuve pour atteindre l'autre rive, le quartier des Barques et la plaine maraîchère de Saint-Rambert-sur-Loire. Les années qui suivirent lui donnèrent raison.

Au début du XIXe siècle, l'emplacement de la route traversant Saint-Just fut modifié, un nouveau pont construit, et tout cela sous le regard victorieux de l'aïeul qui vit passer, dès lors, toute la circulation, tant hippomobile que piétonne, devant la porte de sa taverne. Les revenus s'en trouvèrent augmentés et les bénéfices s'envolèrent au grand dam des autres établissements de même type.

Un pont suspendu, né de l'esprit et sous la plume de l'ingénieur ardéchois Marc Seguin, venait de remplacer, six années plus tôt, l'ancien, victime d'une énième inondation.

Un long tablier soutenu par des câbles tendus au faîte de quatre piliers maçonnés reliait les deux rives de la Loire, octroyant une grande légèreté à l'ouvrage. Des planches transversales servant de chaussée vibraient et craquaient au passage des convois, donnant une résonance très particulière.

Les Pontois[1] avaient pris l'habitude de vivre avec ce nouvel édifice que les plus érudits et imaginatifs comparaient à une harpe dont les vents dominants auraient fait vibrer les cordes s'ils avaient eu des doigts.

L'*Auberge du Forez* était son nom.

Belle bâtisse, son agencement était celui de toutes les constructions de sa catégorie. Au rez-de-chaussée, la grande salle voisinait avec les écuries où les chevaux des voyageurs trouvaient refuge pour

1. *Habitants de Saint-Just-sur-Loire.*

y être bouchonnés et s'y reposer, avant de reprendre leur course. Une grande cheminée occupait la majeure partie d'un mur. Un gros chaudron en cuivre pendu à la crémaillère contenait le plat du jour proposé à la clientèle.

Le premier étage était réservé au logement des propriétaires.

Certains voyageurs faisaient un grand détour pour déguster le *barboton*, ce ragoût de la région stéphanoise comprenant, entre autres, de l'agneau, des pommes de terre et des carottes. Marie-Louise, plus connue sous le surnom de « Maloui », le cuisinait admirablement bien et le faisait mijoter plusieurs fois par semaine. L'éducation qu'elle avait reçue de sa grand-mère, entre les tables de l'auberge familiale, avait parachevé sa réputation de femme intègre, malgré sa jeunesse, qui ne s'en laissait pas conter, mais à la bonté sans limites.

Physiquement elle avait une allure très élancée. De grande taille, elle savait, comme disait son père, dominer la situation qu'il fallait quelquefois bien maîtriser afin d'éviter tout dérapage. L'auberge était le rendez-vous d'une faune masculine dont l'attitude plus ou moins hostile pouvait basculer en quelques secondes vers le meilleur ou le pire.

Une pointe d'humour, un regard un peu sévère ou un geste affectueux savaient redresser une situation qui, en d'autres temps, aurait dégénéré. Joseph l'avait très bien compris et mettait souvent en avant les atouts physiques de sa fille. Celle-ci se prêtait à ce jeu mais savait que son père n'était pas bien loin et avait la possibilité d'intervenir s'il y avait un problème quelconque.

Sa beauté était un autre avantage. Une chevelure brune entourant un minois avenant ne gâchait rien. Le sourire qui l'accompagnait ajoutait une touche esthétique à l'ensemble. La Maloui était vraiment une belle fille.

C'est cette allure et ce charme qui avaient tapé dans l'œil de Gustave la première fois qu'il avait poussé la porte de l'auberge, quatre années plus tôt. C'était à la faveur d'un déplacement vers Saint-Marcellin[1] qu'il avait fait escale à l'entrée du pont de Saint-Just et apprécié la cuisine du lieu.

Quelques jours plus tard, il était de retour. Un civet de lapin au vin blanc lui avait confirmé les prédispositions culinaires de la maîtresse de maison. Ce qui l'intriguait était la différence d'âge entre la cuisinière et le patron. Il pensa qu'il avait bien de la chance d'avoir un oisillon si tendre dans son nid jusqu'au moment où il entendit un client, s'adressant à Marie-Louise, lui demander d'appeler son père. Le léger sourire qui suivit passa totalement inaperçu, mais il en disait long.

Il attendit patiemment la *vogue*[2] annuelle suivante pour s'intéresser de plus près à la demoiselle. Ses avances n'étant pas repoussées, il continua une cour assidue qui le mena au mariage, deux années plus tard, en 1855.

Le physique et les attentions de Gustave ne déplaisaient pas à Marie-Louise. De six ans son

1. *Ce n'est qu'en 1941 que cette commune prit le nom de Saint-Marcellin-en-Forez.*

2. *La fête du village, dans la partie méridionale du département de la Loire.*

aîné, le jeune homme avait un maintien assuré et une belle prestance, du haut de ses vingt-huit ans, au moment de l'union.

Mince, de taille égale avec sa cavalière, ses cheveux ras, bien noirs et une légère moustache bien taillée, sur un visage arrondi, lui donnaient un air à la fois sérieux et un peu canaille, fripon. Les petites rides qui fuyaient de ses yeux vers ses tempes, lorsqu'il souriait, n'enlevaient rien à son éclat ni à son charme.

Ce sont ces dernières caractéristiques de sa physionomie, sans oublier la couleur claire, vert marron, de ses yeux, qui avaient plu à la jeune femme au point de la faire chavirer. Elle avait été attirée par cette élégance que l'on pouvait penser innée mais qui était due surtout à sa profession.

Gustave travaillait dans la passementerie et commerçait dans un milieu où le fil, quelle que soit son origine, végétal ou animal, régnait en maître. Il passait ses journées à servir de lien entre les filatures rubanières installées dans les villages entourant Saint-Étienne et les grossistes de la cité stéphanoise.

Aux premiers il fournissait le travail qu'il venait récupérer à espace régulier et aux seconds il rapportait le produit fini. Il servait d'intermédiaire entre deux mondes qui ne se côtoyaient que peu souvent.

Avant même que Marie-Louise évoquât l'éventualité de son implication dans la bonne marche de l'auberge, il posa ses conditions. Il n'était pas question un seul instant qu'il participât à quoi que ce soit de gastronomique ou d'hôtelier. Il tenait à poursuivre son travail. La seule concession qu'il octroya à son beau-père fut la tenue de la comptabilité, auparavant effectuée par sa nouvelle épouse.

La Maloui ne connaissait pratiquement rien de son mari. Elle savait qu'il était né à Bessans, village du royaume de Piémont-Sardaigne[1], dans les Alpes, puisqu'il avait fallu un acte de naissance du futur époux pour rédiger celui de leur mariage.

Gustave ne parlait jamais de son passé ni de sa famille. Chaque fois que la jeune femme s'était montrée un peu pressante dans ses questions, son époux avait détourné malicieusement les interrogations de telle manière qu'elle ne se rappelât plus le genre de réponse qu'elle en attendait.

L'attention prévoyante et la gentillesse permanente que le jeune homme manifestait pour son épouse suffisaient à la tranquilliser. Elle avait décidé de le laisser avec ses secrets, tant que ceux-ci ne mettaient pas en péril leur union et le quotidien qui en découlait.

La vie de la maisonnée se résumait à trois missions. Joseph s'occupait de la bonne marche matérielle de l'auberge, Marie-Louise en assurait la logistique et Gustave les comptes et un apport d'argent extérieur qui permettait de voir venir tranquillement l'avenir avec une certaine sérénité.

---

1. *Officiellement royaume de Sardaigne. Il s'étendait sur l'île éponyme et à cheval sur la frontière franco-italienne entre le lac Léman et la Méditerranée. En 1860, les duché de Savoie et comté de Nice furent cédés à la France pour former les départements de la Savoie, de la Haute-Savoie et des Alpes-Maritimes. Bessans est situé en Savoie.*

Avec le décès de Joseph, l'équilibre venait de se briser et il allait falloir recalculer les attributions de chacun pour continuer à vivre normalement.

Marie-Louise, avec la meilleure des volontés, ne pourrait pas tenir bien longtemps sans aide physique extérieure. Elle n'y avait pas franchement pensé, mais il allait bien falloir qu'elle se penche sur cette problématique qui allait se poser dès le lendemain de l'enterrement de son père.

*
* *

Durant toute la nuit, les familiers ayant connu Joseph Grange avaient défilé au chevet de son lit mortuaire pour lui rendre hommage.

À espaces réguliers, la porte de la chambre s'ouvrait. Les visiteurs entraient. Posée sur la table de nuit, une branche de laurier bénit lors de la dernière cérémonie des Rameaux les y attendait. Ils la saisissaient, la trempaient dans la soucoupe d'eau bénite pour en asperger le corps.

— Il doit être bien content, le Joseph. Lui qui a passé sa vie à siroter des *gouttes*[1], il n'imaginait pas que ses dernières seraient aussi peu alcoolisées, ne purent s'empêcher de dire certains, entre deux rires discrets.

Chacun y était allé de son anecdote dont certaines n'étaient même pas connues de Marie-Louise, et encore moins de Gustave.

Malgré la rugosité de la peau du défunt, les rides et la maigreur que lui donnait cet état cadavérique,

1. *Petits verres d'alcool.*

chacun avait remarqué comme un léger sourire accentué à la commissure de ses lèvres.

Joseph semblait leur répondre : « Ne vous moquez pas, j'ai été ce que vous êtes, mais un peu de patience et bientôt vous serez ce que je suis ! »

*
* *

— Mets ces tranches de saucisson dans une assiette. On y ajoutera celles du jambon de pays au dernier moment. Il faudra aller chercher une partie de la motte de beurre pour les accompagner, sans oublier le pain.

Depuis la veille, Marie-Louise avait fermé les portes de l'auberge, tiré les rideaux aux fenêtres pour éviter les regards indiscrets et avait placé un panneau sur la porte. On pouvait y lire : *Fermé pour cause d'enterrement*.

S'arrêtant sur le trottoir, plusieurs personnes avaient fait demi-tour, se demandant qui pouvait bien être décédé. La jeune fille en avait entendu quelques-uns discuter, à travers les vitres, derrière les rideaux occultant la lumière et les regards.

— C'est le Joseph qui est mort ? s'interrogèrent certains.

— Il vaut mieux. Ce serait dommage que ce soit la Maloui !

— Ce pourrait être Gustave. On ne le voit pas souvent ! remarquèrent d'autres.

Tous constatèrent unanimement que de toute façon, qui que ce soit qui fut mort, ils étaient obligés de rebrousser chemin et de trouver un autre lieu de plaisir.

Marie-Louise s'activait, en attendant les funérailles de son père, pour préparer le repas qui traditionnellement réunissait la famille, après la mise en terre.

Certains de ses membres allaient venir d'assez loin et il ne fallait pas les laisser partir sans qu'ils aient quelque chose dans le ventre. Sa réputation était en jeu.

Elle avait souvent entendu par le passé de mauvaises langues affirmer que telles ou telles funérailles avaient été particulièrement désobligeantes pour ceux qui étaient venus rendre un dernier hommage au défunt. À croire que le volume du ventre des vivants était plus important que celui de l'hommage envers les morts.

Elle se plia à une coutume qui la mettait un peu mal à l'aise, mais n'avait-elle pas imposé à Gustave celle du masquage des miroirs et de l'arrêt de l'horloge ?

Ce qui lui plaisait tout de même était de revoir certains cousins ou autres membres de la famille qu'elle ne voyait que dans des circonstances similaires et exceptionnellement.

Les enterrements avaient une vertu que beaucoup n'imaginaient pas, celle de réunir les vivants autour de la mort. Elle se plia donc aux convenances avec beaucoup de respect.

Le tintement d'une clochette la tira de ses pensées !

II

L'enterrement

DRELIN, DRELIN… Drelin, drelin !

Pour la seconde fois en peu de temps, le curé du village, précédé de deux enfants de chœur dont l'un secouait une clochette, se déplaçait jusqu'à l'*Auberge du Forez*.

Lorsque le médecin avait constaté que la science ne pouvait plus soulager son patient, il avait proposé à la Maloui de faire donner l'extrême-onction à Joseph.

Comme il le disait en homme de science, peu croyant, il ne savait pas si cela faisait du bien au mourant mais en tout cas cela ne lui ferait pas de mal. Dans sa longue carrière, il avait même vu des malades qui, condamnés par la médecine, s'étaient remis de leur mal sans que l'on sache vraiment comment ni pourquoi. Sorte de miracle qui n'avait fait que retarder l'issue fatale de quelques heures ou de quelques jours.

Cette mansuétude du destin permettait à quelques-uns de « mettre leurs affaires en ordre », comme affirmaient certains, pour dire qu'ils voulaient régler les affaires de succession, ou à d'autres de mieux dire à ceux qu'ils allaient quitter combien la vie auprès d'eux avait été facile ou difficile.

Pour illustrer cette situation, le docteur racontait l'histoire dont il avait été le témoin quelques années auparavant.

Une fermière, veuve, domiciliée dans un hameau des hauts de Saint-Just, du côté d'Urieu, était tombée brutalement malade et n'en finissait pas de mourir. Elle avait reçu le dernier sacrement et s'en était assez bien remise, dès le départ du curé. Les saintes huiles avaient eu un pouvoir salvateur sur le mal. Elle avait profité de ce répit divin inattendu, à croire que Dieu ne voulait pas d'elle, pour effectuer le partage des affaires de la famille qu'un départ précipité lui aurait interdit.

Comme elle n'avait eu que des garçons – trois gaillards qui s'entendaient fort bien –, trois belles-filles avaient suivi au fil des ans et des rencontres. L'entente était beaucoup moins évidente, entre elles. Connaissant ce que chacune d'elles voulait emporter après son dernier soupir, la mourante les fit venir séparément et fit don, à grand renfort de sourires et d'amabilité, de ce qu'une désirait à... une autre, et ainsi de suite.

Lorsque la destinataire commençait à montrer une certaine irritation, elle lui répondait, entre deux souffles courts ou une mauvaise toux qu'il ne fallait pas qu'elle la remercie : c'était normal de partager les choses en famille et elle voulait leur faire ces cadeaux avant de partir, pour leur bien ! Leur faire plaisir.

Il va sans dire que, dès que le dernier souffle arracha à l'affection des trois fils leur mère, les trois brus ne manquèrent pas de se crêper le chignon, accusant les deux autres d'avoir manigancé ce partage pour l'ennuyer. Le but de la veuve de régler ses comptes avait été atteint. On ne sera pas étonné d'apprendre qu'aucune des trois n'alla fleurir la tombe de sa belle-mère.

Dans le cas de Joseph, il en avait été autrement. Il n'avait qu'une fille et un gendre pour qui il avait une certaine sympathie, ne lui reprochant que de ne pas les aider à la tenue de l'auberge. Le diagnostic du médecin avait été le bon et le curé était venu entendre sa dernière confession qui ne dura pas bien longtemps.

Le doyen de la famille Grange s'accusa de n'avoir trompé sa femme, épousée devant le Très-Haut, de son vivant, qu'une seule fois avec une petite servante dont il ne se souvenait même plus le prénom. Par contre, il blasphéma à plusieurs reprises contre le Ciel, lui demandant pour quelles raisons il lui avait enlevé sa Catherine si prématurément.

Le prêtre lui accorda l'absolution après avoir demandé au mourant de réciter son acte de contrition, ce que Joseph eut du mal à faire. Après l'avoir aidé, le curé ne put s'empêcher de lui faire remarquer :

— Vous voyez, mon fils, à quoi cela sert d'aller à la messe. Au moins, on peut réviser ses prières.

— Parce que vous croyez que cela permet de mieux passer vers l'au-delà ?

— Avec une âme propre, c'est toujours mieux.

— J'avoue que la mienne n'est pas aussi blanche que la vôtre, mon père, mais je me suis posé beaucoup de questions dans ma vie auxquelles la religion n'a pas su trouver de réponse. La mort de mon épouse me laissant seul avec une enfant en bas âge en a été l'une des plus importantes. Alors, vous savez, dans quelques minutes, je pourrai les poser directement au Grand Patron et je languis ce moment. J'espère qu'il aura de bonnes réponses à me fournir !

— Parce que vous pensez que le grand saint Pierre va vous laisser parler ?

— Il a intérêt. La religion que vos prédécesseurs m'ont enseignée, lorsque j'étais enfant, est faite de miséricorde et de pardon, si je ne me trompe, non ?

— Si fait, mon fils, mais tout de même je vous engage à ne pas continuer dans cette voie sinon vous allez me faire regretter de vous avoir absous.

— Ne vous faites donc pas de souci. En fait, nous avons les mêmes objectifs tous les deux, non ?

— Que voulez-vous dire ?

— Nous œuvrons ensemble pour l'esprit. Vous pour l'Esprit saint et moi pour l'esprit-de-vin. La seule différence, c'est que ce dernier résulte de la distillation du vin, ou d'un autre breuvage, préalablement fermenté, alors que le premier est divin.

— Voilà que vous vous lancez dans le spirituel, maintenant ! ironisa le prêtre tout en pliant son étole.

— J'irais même plus loin, vous faites du spiritisme, puisque vous vous occupez des âmes des futures personnes défuntes, alors que moi je suis dans le spiritueux qui s'intéresse à leur bien-être, de leur vivant. Nous sommes complémentaires et, comme je vous l'ai dit, à chacun son esprit, bon ou mauvais !

L'ecclésiastique en avait assez entendu. Bien qu'il ait envie de sourire à cette dernière marque... d'esprit, il ne put accepter ces paroles devant témoin. Il fit signe à l'enfant de chœur de sortir de la chambre et le suivit.

Cette seconde fois, le curé n'aurait pas à subir les plaisanteries de Joseph Grange. Il reposait sur son lit, au premier étage, au cœur du silence de l'auberge.

Plusieurs femmes étaient venues proposer leur aide à Marie-Louise pour le préparer, dès l'annonce du décès. Il ne fallait pas trop attendre avant que le corps ne devienne trop rigide. Pendant que la jeune femme cherchait sur une étagère de la grande armoire de la chambre paternelle les habits qu'il mettait le dimanche et qui seraient ceux de son dernier voyage, elles l'avaient rasé avant de nouer une mentonnière autour de la tête afin que le cadavre garde la bouche fermée. Elles l'avaient ensuite habillé et placé sur un drap propre, bien à plat sur le lit.

Marie-Louise lui avait enlevé son alliance, que son père avait gardée malgré son veuvage. Elle n'avait pas eu beaucoup de mal tant la maladie avait affaibli et amaigri cet homme si costaud qui faisait impression et était respecté dans tout le pays.

La dernière attention avait été de lui croiser les mains sur sa poitrine et de glisser un chapelet entre ses doigts.

Toutes les femmes s'étaient ensuite recueillies avant que l'une d'elles demande à Marie-Louise :

— C'était le lit de tes grands-parents ?

— Oui, depuis la mort de maman, il ne voulait plus dormir dans le lit conjugal qu'il m'a donné.

— Alors il a rendu son dernier soupir à l'endroit où il avait poussé son premier cri.

— C'est vrai, je n'y avais pas pensé, murmura Marie-Louise en essuyant une larme.

— Et c'est bien ainsi ! poursuivit la femme en la prenant dans ses bras.

Maloui éclata en sanglots.

Le curé, en habit de cérémonie, venait d'entrer dans la chambre.

Ayant revêtu un rochet de dentelle blanche, cette aube s'arrêtant à la hauteur du genou, par-dessus sa soutane, sur laquelle apparaissait le rabat[1], le tout couvert par le grand manteau noir funèbre ; il était coiffé de la barrette[2]. Tête baissée, il continuait de réciter les prières rituelles dans son bréviaire, comme il le faisait avant d'arriver chez le défunt.

Les deux enfants de chœur qui l'accompagnaient étaient revêtus d'une aube rouge couverte également d'un rochet de dentelles blanches. Le premier soutenait la croix de cérémonie et le second, outre la clochette, portait le vase contenant l'eau bénite et le goupillon.

Seule la flamme vacillante d'un long cierge blanc, posé dans un chandelier sur la table de chevet, donnait un semblant de vie à la pénombre voulue par la fermeture des volets de la chambre.

---

1. Pièce d'étoffe empesée cachant l'échancrure du col de la soutane.

2. Bonnet rigide de forme carrée porté par les ecclésiastiques.

Dès qu'il fut entré, le prêtre se signa. Les femmes présentes arrangèrent le voile noir qu'elles avaient mis sur leur chevelure et les hommes restés sur le pas de la porte ôtèrent leur chapeau.

Un murmure emplit la pièce. C'était celui de l'officiant qui commençait la cérémonie funèbre. Lorsqu'il eut terminé, il ressortit, alors qu'un chahut avait envahi le rez-de-chaussée. Le menuisier accompagné de son aide allaient procéder à la mise en bière. Il était loin le temps où ce mot désignait la civière sur laquelle on transportait les morts de faible condition jusque dans la fosse prévue à cet effet, dans un linceul, sans aucune enveloppe de quelque matière que ce soit, pensa l'artisan en montant les marches de l'escalier. L'usage du cercueil, d'abord réservé aux notables, se démocratisa et le mot « bière » remplaça par métonymie celui de « cercueil ».

La caisse en bois fraîchement assemblée par l'ouvrier, qui était venu prendre les dimensions du mort dès qu'il avait appris la nouvelle, fut hissée à l'étage. Les deux hommes demandèrent aux personnes présentes de sortir. Ils fermèrent la porte et restèrent seuls, juste le temps de placer le cercueil sur deux chaises et d'y placer le corps. Avant de visser le couvercle, ils proposèrent aux membres de la famille de rendre un dernier hommage à Joseph Grange.

Marie-Louise entra la première. Soutenue par Gustave, elle alla poser pour la dernière fois un baiser sur la joue froide et rigide de son père. Instinctivement, elle lui caressa le bras, avant de se tourner vers son mari et de se mettre à pleurer, la tête enfouie entre son cou et son épaule. Plusieurs autres personnes entrèrent dont Marcelline, la sœur aînée de Joseph, appuyée au bras de son fils aîné, Pierre.

Le curé entra à son tour. Il prit le goupillon que lui tendait l'un des enfants de chœur. Il décrivit un signe de croix dans les airs, en direction du défunt. Il cligna des yeux en hochant la tête verticalement à l'attention du menuisier pour lui demander de fermer le cercueil.

Marie-Louise se mit à crier. Il fallut trois personnes pour lui desserrer les doigts agrippés nerveusement au cercueil. Elle n'entendit que la seconde fois la question que lui posa l'artisan :

— Doit-on laisser le chapelet, Marie-Louise ?

Entre deux reniflements, elle lui répondit :

— Oui, c'est celui de maman. Il le lui donnera quand il la retrouvera, là…

Elle ne put terminer sa phrase et fondit une nouvelle fois en larmes.

Alors que tout le monde se rassemblait dans la rue, quatre connaissances de Joseph, qui en avaient exprimé le désir, montèrent à l'étage pour porter son cercueil jusqu'au corbillard qui venait de se ranger devant la porte de l'auberge.

Nu-tête, ils en saisirent le fond et, en essayant de ne pas trop le renverser, malgré l'étroitesse de l'escalier, arrivèrent à le descendre. À un moment donné, le cercueil étant quasi à la verticale, l'un des porteurs ne put s'empêcher de dire aux autres :

— Sacré Joseph, il entrera pour la dernière fois dans la salle de son auberge les pieds en avant, droit comme un « I », et non la tête la première, comme ça lui est souvent arrivé, quand il loupait une marche, les soirs de goguette !

Face au silence de ses collègues, il poursuivit :

— Les gars, je suis sûr qu'il rigole de ce que je viens de dire !

— Peut-être, mais arrête de parler, tu vas perdre tes forces et nous on jongle, parce que ce n'est pas large !

Une haie s'était formée entre la porte de la bâtisse et l'arrière du corbillard. Marie-Louise et Gustave furent étonnés de voir autant de monde. Le maire de Saint-Just et plusieurs conseillers vinrent les saluer :

— C'est un grand malheur, je vous présente les condoléances de tout le village.

— Merci, monsieur le maire, bafouilla la jeune femme avant de se tourner vers le corbillard.

Les quatre porteurs avaient posé le cercueil sur leurs épaules et s'avançaient vers la charrette que la municipalité entretenait à grands coups de couches de peinture noire. Quelques croix argentées lui donnaient une certaine solennité et un dais, supporté par quatre colonnes, de l'apparat.

Dès qu'ils atteignirent leur destination, les hommes hissèrent leur charge funèbre et la firent glisser sur le plateau du véhicule. Ils refermèrent la ridelle et la bloquèrent. Le conducteur vérifia cette sécurité. Ils recouvrirent le cercueil d'un grand drap funéraire noir.

Les quatre hommes se placèrent alors aux quatre coins de la voiture et saisirent les cordons du poêle, grande pièce de tissu dont on couvrait le cercueil pendant les cérémonies funèbres. Torsadées, ces cordes pendaient aux quatre coins du corbillard et étaient reliées directement au drap funéraire.

Avant de monter sur son siège, le cocher prit le licol du harnais du cheval et le fit démarrer doucement. Il prit sa place et saisit son fouet. Sans même qu'il eût à l'utiliser, la monture avait pris sa cadence coutumière. Habitué à ce genre d'exercice, le cheval cheminait calmement, la tête baissée, désireux de participer au deuil de la famille à sa manière. Dans le silence ambiant, on n'entendit que le bruit métallique du bandage des roues de l'attelage qui commençait le dernier voyage de Joseph Grange, suivi progressivement par le bruit des galoches ou sabots des personnes présentes.

Un cortège s'était constitué.

Venaient en tête Marie-Louise et Gustave, suivis par Marcelline et Pierre. L'épouse de ce dernier, Fleury, était accompagnée de leurs deux enfants, Adrien dont elle tenait la main et Suzette qu'elle portait dans ses bras. Dernier de la proche famille, Blaise, fils cadet de Marcelline, la suivait de près. L'adolescent, sourd-muet, était aux aguets de tout ce qui l'entourait pour éviter les éventuels obstacles qu'il ne pouvait entendre.

Le reste du défilé s'allongeait. Beaucoup de gens avaient tenu à rendre hommage à Joseph. Toutes les familles du village étaient présentes.

L'atmosphère était pesante alors que le glas sonnait au clocher de l'église. Comme s'il donnait la cadence, son tintement à espaces réguliers accompagnait le deuil de tous et l'annonçait au voisinage. De l'autre côté du pont, sur les chantiers navals ou dans les jardins maraîchers de

Saint-Rambert-sur-Loire, tout un chacun saurait que la tristesse avait envahi les rues de la cité des mariniers[1].

Arrivant à l'embranchement de la Grande-Rue et de la route d'Andrézieux où s'élevait la Madone des mariniers, le corbillard accéléra avant de gravir le *croupillon*. Cette montée très abrupte, formée d'un virage, permettait de quitter les rives de la Loire et les abords du pont où s'élevait l'*Auberge du Forez* pour accéder à la partie haute du bourg du pont de Saint-Just où se dressait l'église.

Sur une centaine de mètres de distance, l'élévation étant de huit mètres, les fers des sabots du cheval résonnèrent d'une manière différente sur les pierres du chemin, montrant que la bête forçait pour tirer sa charge afin de garder son allure. Traversant la place du Marché[2], le cortège n'avait plus que deux cents mètres à parcourir avant d'arriver sur la place de l'Église. Tout le long des rues traversées, les passants se signaient, les hommes quittaient leur chapeau. Les commerçants du village avaient tiré les rideaux de leurs boutiques en signe de deuil.

Le corbillard se rangea devant le perron formé de deux marches donnant accès à l'édifice religieux. La haute façade couronnée d'un fronton éclaboussait de lumière. Construite moins de trente ans auparavant, l'église avait été érigée sur des terrains appartenant à la famille Mellet-Mandard qui avait fait fortune grâce à la batellerie et au négoce du charbon sur la Loire. Saint-Just-sur-Loire lui devait

---

1. *Voir* L'Étrangère de Collonges *(éditions De Borée).*

2. *Actuelle place Mellet-Mandard.*

plusieurs de ses maires dont les largesses envers la population les avaient rendus populaires. Outre le lieu de culte, un presbytère et un cimetière avaient été financés sur leur fortune personnelle.

La grande porte était ouverte donnant accès à l'allée principale. Le prêtre gravit les degrés et attendit sur le côté, avec ses enfants de chœur, que la famille ainsi que toutes les personnes présentes entrent. Un bruit de chaises bousculées vint interrompre le silence qui avait prévalu depuis le départ de l'auberge. Lorsque tout le monde fut entré, les quatre hommes entourant le corbillard se saisirent du cercueil et, suivis par le curé, s'avancèrent lentement dans l'allée centrale jusqu'à l'entrée du chœur où ils le déposèrent sur le catafalque avant de le recouvrir du drap mortuaire. Des chandeliers portant de grands cierges furent disposés autour.

— Nous sommes tous réunis aujourd'hui pour accueillir en ce lieu, comme ce fut le cas le jour de son baptême, notre frère Joseph. Sa vie terrestre vient de prendre fin et nous sommes là pour l'aider à passer vers la vie éternelle qui le placera aux côtés de Notre Père, le Tout-Puissant, commença l'officiant. Il a été baptisé dans notre religion et a reçu tous ses sacrements jusqu'au dernier, il y a quelques jours. Nous allons prier pour lui.

La cérémonie s'acheva lorsque le curé fit le tour du catafalque en agitant un encensoir. La fumée qui s'en dégageait exhalait une odeur si âcre qu'elle fit tousser les premiers rangs pendant que des reniflements ou autres personnes se mouchant résonnaient sous les voûtes maçonnées de la nef.

Quelques minutes plus tard, la bière fut déposée à côté du trou fraîchement creusé dans la terre du cimetière paroissial, à côté de la tombe de Catherine, épouse de Joseph.

Le prêtre donna une dernière bénédiction avant de tendre le goupillon à Marie-Louise qui, entre deux sanglots, forma à son tour le signe de croix en aspergeant le cercueil d'eau bénite. Elle le donna ensuite à Gustave qui le passa à Marcelline avant que toutes les personnes désirant rendre un dernier hommage au cabaretier ne défilent devant son cercueil.

La jeune femme, son mari et sa tante se placèrent à quelques mètres de la sépulture pour recevoir les condoléances. Chaque personne les embrassait ou leur serrait la main en ne manquant de dire un petit mot de réconfort. Cet instant parut durer une éternité aux membres de la famille tant il y avait du monde.

Petit à petit, le cimetière se vida et, pendant que le croque-mort rebouchait la tombe de Joseph, les dernières personnes exprimèrent leur compassion à ses proches.

La dernière salua Marcelline et s'arrêta devant Gustave. Le regardant droit dans les yeux, il resta quelques secondes, muet, le dévisageant, avant de lui adresser la parole :

— C'est un bien mauvais moment que votre famille vit là, cher ami. Un deuil est toujours insupportable, à tout âge, et surtout si le mort est en pleine jeunesse. J'espère que vos malheurs s'arrêteront là.

Il lui toucha la main et, sans même dire un mot à Marie-Louise, s'éloigna. Stupéfait par ce qu'il venait d'entendre, Gustave se tourna vers son épouse.

— Tu connais cet homme ? lui demanda-t-il.

Relevant la tête et tout à son chagrin et à la fatigue consécutive à la durée des condoléances, Marie-Louise ne comprit pas la question. Gustave la répéta :

— Je te demandais si tu connais l'homme qui vient de me parler. Je ne crois pas qu'il soit de la famille.

Se tournant vers la silhouette qui s'en allait, elle lui répondit :

— Je n'ai même pas vu son visage, mais cette allure ne me dit rien.

Questionnant à son tour Marcelline, cette dernière lui rétorqua également par la négative et lui indiqua qu'elle l'avait vu s'adresser à son fils, Pierre, avant de venir lui parler. Gustave se dirigea vers son cousin par alliance et lui posa la même interrogation. Pierre lui expliqua qu'il ne l'avait jamais vu auparavant. L'inconnu l'avait abordé alors qu'il s'occupait de Suzette :

— Vous pouvez me confirmer que c'est bien Gustave Charrier, qui est là-bas ? lui avait-il demandé en désignant le jeune homme.

Pierre ayant répondu par l'affirmative, il l'avait vu se mettre à la queue des personnes attendant de parler à la famille du défunt.

Gustave se précipita vers la porte du cimetière. L'ayant franchie, il regarda dans toutes les directions.

L'homme avait disparu.

III

L'agression

Marie-Louise s'était assise sur un banc, à une table de la grande salle de l'auberge. Habillée de noir, comme le voulait l'usage, elle allait porter le deuil durant au moins une année. Les coudes appuyés sur le plateau de chêne lustré depuis bien longtemps par des centaines d'avant-bras, doigts ou autres paumes anxieux, joyeux, curieux ou fébriles, elle avait posé sa tête sur ses mains jointes qu'elle frottait entre elles nerveusement.

Pour la première fois depuis le décès de son père, elle allait ouvrir le commerce familial.

Elle s'était habituée à être seule durant la maladie de Joseph, mais elle n'avait pas eu l'impression de changements dans ses habitudes. Il lui semblait que, même absent physiquement puisqu'il était couché dans sa chambre au premier étage, elle pouvait compter sur lui, du moins pour d'éventuels conseils.

Aujourd'hui, elle devait prendre sa destinée en main. Elle avait discuté avec Gustave mais celui-ci lui avait bien fait comprendre qu'il n'avait pas l'intention de quitter son travail dans la passementerie pour se consacrer à ce qu'il appelait « la gargote », avec un certain mépris. Il renouvela son intention à sa femme de continuer à lui établir la comptabilité. Ce serait tout ! Il était parti, comme tous les jours, assez tôt le matin, pour faire le tour de ses fournisseurs rubaniers.

La jeune femme regarda autour d'elle. Elle remonta son châle sur ses épaules. Elle avait un peu froid.

Les jours précédents avaient été particulièrement éprouvants. Il avait fallu recevoir toutes les personnes qui désiraient rendre un dernier hommage à Joseph Grange, nourrir la famille qui s'était déplacée pour les obsèques, assister à la cérémonie, recevoir les condoléances et tout cela en faisant bonne figure, malgré le chagrin qu'elle éprouvait. Elle se sentait complètement vidée de toute motivation. Pourtant, elle ne pouvait pas rester ainsi, sans réagir face à ses obligations, immobile. Il fallait qu'elle se ressaisisse pour surmonter cette épreuve inattendue.

Elle pensa un court instant que si son père n'avait pas désiré secourir ces bateliers en difficulté, il serait encore de ce monde. Ainsi sa vie n'aurait pas basculé.

Un frisson lui parcourut le corps. Elle regarda la cheminée, anormalement froide, et se leva. Elle prit le seau dans lequel elle mettait habituellement les cendres et se saisit d'une pelle. Agenouillée devant l'âtre, elle ramassa les restes du dernier feu et s'enquit d'en allumer un nouveau. Ce serait le premier de sa solitude, de l'après-Joseph ! Cette pensée lui traversa l'esprit et elle réalisa qu'à seulement vingt-quatre ans elle se retrouvait orpheline, privée de toute aide.

Il y avait bien Gustave qui partageait sa couche et son existence, en dehors de l'auberge, mais ce n'était pas la même chose. Elle n'avait pas les mêmes relations qu'avec sa grand-mère qui l'avait élevée jusqu'à l'âge de douze ans, ni même avec son père qui l'avait vue grandir, qui avait su guider ses pas, en l'absence de femmes, et qui la protégeait pendant les tournées de son époux.

Elle n'était mariée que depuis deux ans et ne connaissait pas grand-chose de lui. Il avait fallu la mort de Joseph pour qu'elle s'interrogeât sur l'homme de sa vie. Le silence qui l'entourait devait être propice à cette remise en cause d'elle-même. Il lui sembla que sa vie future allait dépendre des réponses qu'elle allait trouver, là, maintenant !

Machinalement, elle prit du petit bois auquel elle mit le feu. Le vacillement de la flamme donna de la vie à l'immobilité environnante. Elle ajouta une branche plus grosse et progressivement le feu donna une clarté et une chaleur qui la rassurèrent.

Marie-Louise resta un instant, figée, pour se réchauffer. Elle présenta ses mains au feu, les frotta l'une contre l'autre, attrapa le tablier qui était accroché à un clou planté dans une grosse poutre et le mit. Elle se dirigea vers la porte de l'auberge, déverrouilla la serrure et sortit pour retirer les volets en bois qui masquaient et protégeaient les vitres des fenêtres pendant la fermeture de l'établissement. Un passant la salua. Sans savoir qui il était, elle répondit instinctivement et rentra les volets à l'intérieur. Au passage, elle rechargea son feu et accrocha à la crémaillère un chaudron. Elle avait décidé de préparer son célèbre barboton. Elle pensa que proposer à la clientèle cette recette[1], qu'elle tenait de sa grand-mère, en ce jour de réouverture serait symbolique de la continuité de la gestion familiale du lieu.

Elle alla chercher quelques pommes de terre et des carottes dans la souillarde. Elle les mit dans son tablier retroussé pour les transporter, les déposa sur la table et commença à les éplucher. Elle les découpa en dés et en rondelles, alla ensuite chercher la viande qu'elle débita également en dés plus grossiers, enleva les peaux de l'ail et de l'oignon qui la fit pleurer sans qu'elle sache s'il était vraiment responsable de ces larmes ou si elles étaient consécutives à toute la tristesse qui l'avait entourée les jours précédents. Le crépitement du feu donnait un début de vie. Il sembla à la jeune femme que cette petite flamme réchauffait déjà l'atmosphère qui ne manquerait pas de s'animer avec l'arrivée des clients.

À l'extérieur, l'activité allait *crescendo*. On entendait sur les bords de la Loire les cris des mariniers qui s'interpellaient, avant d'embarquer pour la grande descente en *ramberte*[2] vers Balbigny et Roanne.

Les charrettes se croisaient avant d'emprunter le pont suspendu. Des maraîchers de Saint-Rambert, juchés au faîte de tombereaux remplis à ras bord

1. *Voir la recette de cuisine, pour les gourmets, dans la partie Documentation.*

2. *Bateaux plats, appelés « sapines » de manière courante, qui permettaient de transporter le charbon sur la Loire et fabriqués à Saint-Rambert-sur-Loire, d'où leur nom.*

de légumes, allaient proposer leur récolte à Saint-Étienne. Ils ravitaillaient en priorité le marché de la place Chavanelle mais pouvaient également alimenter ceux du Peuple, du Treuil ou de Saint-Paul. Ils rentreraient, le soir, à point d'heure[1], fourbus mais heureux d'avoir pu écouler le fruit de leur travail.

La diligence effectuant la liaison entre la cité stéphanoise et Montbrison s'arrêta quelques instants devant l'auberge pour laisser descendre un passager qui détala rapidement en direction de la route d'Andrézieux.

Marie-Louise s'approcha de la porte d'entrée, souleva le rideau qui masquait la vue de l'extérieur et regarda l'animation. La vie reprenait, comme chaque matin. Cette vision l'apaisa. Rien ne s'était arrêté avec la mort de son père. Il suffisait de revenir vers le quotidien pour retrouver les habitudes, les règles et les usages. Le monde continuait de vivre comme si de rien n'était, avec ses bonheurs, ses regrets ou ses encouragements.

La jeune femme resta ainsi quelques minutes, le regard dans le vide, à contempler la vie de tous les jours, sans y prêter vraiment de l'intérêt. Des grésillements la tirèrent de sa torpeur. Le chaudron commençait à chauffer. Elle éparpilla le bois avec le tisonnier afin de réduire la chaleur du feu. Elle repartit vers la souillarde pour y prendre du beurre qu'elle déposa dans le fond du chaudron. Au contact du cuivre bouillant, la matière grasse provoqua un petit nuage de vapeur. Avec une spatule en bois, Marie-Louise l'étala avant d'y précipiter l'oignon

1. *Très tard.*

émincé et la viande qu'elle fit revenir. Dès qu'elle estima que la couleur des premiers ingrédients était à sa convenance, elle versa l'ail préalablement haché, les pommes de terre, les carottes, quelques feuilles de laurier et herbes aromatiques, sala et poivra avant de couvrir le tout avec de l'eau.

9 heures sonnèrent à la grande horloge qui avait repris vie après son deuil contraint. Marie-Louise s'éloigna de la cheminée. Durant la cuisson, elle savait qu'elle avait tout le temps nécessaire pour installer les tables qui lui serviraient à faire son service de midi. Elle ouvrit le bas du vaisselier où étaient entreposées les assiettes, en prit une pile et les répartit sur les différentes tables servant à la restauration. Elle tenait à cette disposition particulière que ne pratiquaient pas les autres auberges. Dans ces dernières, les clients qui s'installaient pouvaient boire et manger à la même place. La jeune femme avait pensé que c'était mieux de séparer les buveurs des mangeurs. Un beau matin, elle avait donc décidé de séparer la salle en deux parties distinctes. Les tables qui étaient au plus près de l'entrée étaient réservées aux personnes ne consommant que de la boisson et celles près de la cheminée à celles qui mangeaient.

Dans les premiers temps, cette manière de gérer la salle avait amusé Joseph. Rapidement, pourtant, il s'aperçut que l'idée était loin d'être anodine. En effet, si effectuer beaucoup de pas pour servir une chopine avec plusieurs gobelets ne présentait aucune fatigue, faire le même trajet les mains chargées de plats était autrement plus pénible.

C'est à partir de cette époque qu'il avait laissé beaucoup plus de liberté à sa fille dans la gestion de l'auberge et qu'elle commença à devenir un peu plus autonome. Une sorte de passation de pouvoir tout en douceur, en quelque sorte, à laquelle pensa Marie-Louise en disposant les couverts de chaque côté des assiettes.

Si l'idée de diviser la salle lui avait paru très intéressante, Joseph s'était étonné, par contre, qu'elle installa les couverts avant l'arrivée des clients. Il lui expliqua qu'à l'époque de sa mère, lorsque les convives demandaient à manger, on les installait à l'endroit où ils étaient et puis c'était tout. Sa fille lui fit alors remarquer que cette ancienne méthode l'obligeait à accepter les désirs de la clientèle. Il était alors difficile de demander à la personne de se déplacer, alors qu'avec cette nouvelle méthode, dès leur entrée dans la salle, les gens savaient où s'installer. Elle voulait les éduquer. En entendant ce mot, Joseph eut un petit sourire, mais il laissa faire la jeune femme.

Au fil des jours il s'aperçut que l'éducation était sur la bonne voie. Dès qu'une personne entrait, elle se dirigeait vers la partie de la salle qui lui convenait. Il y avait quelques récalcitrants qu'il fallait remettre dans le droit chemin, mais, en majorité, la sélection se passait bien.

Marie-Louise était tout à ses pensées. Elle en sortit lorsqu'elle entendit des « glougloutements » venant de la cheminée. Elle déposa précipitamment les affaires qu'elle tenait entre ses mains. Elle se dirigea vers le chaudron, en souleva le couvercle et s'aperçut que le niveau de l'eau avait baissé un peu trop rapidement. Le feu étant trop vif, il avait fait bouillir le contenu et, au lieu de barboter, une partie des légumes et de la viande se trouvaient en dehors du bouillon. Elle ajouta de l'eau qui vint calmer l'ardeur de la cuisson avant d'étaler les braises du feu, avec le tisonnier, sous le récipient. Elle reposa le couvercle et poursuivit sa mise en place.

Une bonne odeur de cuisine avait envahi l'auberge lorsque la porte s'ouvrit sur les premiers consommateurs de la journée. C'étaient des maraîchers, des habitués.

— Alors, ma brave Maloui, comment vas-tu ? demanda le premier.

— Il faut bien que ça aille et il faut bien reprendre une vie normale.

— C'est sûr, poursuivit le second, les morts, eux, ils sont tranquilles, ils n'ont plus de problèmes, mais les vivants il faut qu'ils assurent la continuité de la vie.

Tout en prononçant ces bonnes paroles, les deux hommes s'étaient assis à une table proche de la porte d'entrée. La jeune fille leur apporta deux verres qu'elle déposa sur le plateau. Elle déboucha une bouteille de vin blanc et les servit.

— J'ai oublié de vous demander ce que vous vouliez, s'excusa-t-elle.

— Comme d'habitude. Tu as raison.

— Excusez-moi. Je ne sais plus où j'ai la tête. Ce matin, j'ai manqué rater mon barboton. Je l'ai rattrapé de justesse.

— Ne t'excuse pas, ma belle, lui répondit le second. On a nos habitudes et tu les connais très bien.

Marie-Louise sourit à celui qui lui avait adressé ces dernières paroles avant de reboucher la bouteille et de se diriger vers le meuble qui servait de bar.

Laissant la nouvelle tenancière à ses occupations, les deux buveurs se mirent à échanger leurs dernières nouvelles :

— À combien on t'a pris tes poireaux, hier, au marché de Chavanelle ?

— Un tiers de moins que la semaine dernière. Il y a des moments où on se demande s'il faut toujours se lever pour travailler, à ce prix-là !

— Et les choux-fleurs.

— Jamais aussi bas. Il y a la concurrence de ceux du Jarez[1] et ils ne sont pas commodes. La surproduction fait chuter les cours et…

La Maloui n'avait pas entendu la fin de la phrase. La porte venait de s'ouvrir une nouvelle fois pour laisser entrer d'autres clients qui s'installèrent à leur tour devant une autre table. Elle les servit. L'un d'eux s'excusa de ne pas avoir pu assister aux obsèques de Joseph, étant absent de la commune pour affaires. Le sourire que la jeune femme lui adressa prouva qu'elle ne lui en voulait pas du tout.

— On m'a dit qu'il y avait beaucoup de monde à son enterrement.

---

1. Le pays du Jarez se situe à la limite des départements du Rhône et de la Loire. Historiquement, il s'étendait sur les vallées du Gier, du Furan et de l'Ondaine.

— Pour cela, oui. C'est que mon père connaissait pas mal de gens au pays. Il faisait partie d'une des plus anciennes familles du village et il était apprécié.

— Quand on tient un commerce, on connaît forcément beaucoup de monde, conclut le consommateur en saisissant sa chopine que la jeune femme venait de remplir.

Après avoir avalé une gorgée, il poursuivit :

— Et ton mari, il ne t'aide pas ?

— Non, il est tellement pris avec sa passementerie qu'il n'a pas le temps de s'occuper des affaires de l'auberge.

— C'est dommage. Il t'aurait sûrement bien secondé.

— Tout compte fait, je me débrouille assez bien seule et, de toute façon, ce travail ne lui plaît pas. Il m'aide déjà bien pour faire la comptabilité.

— Il ne garde un regard que sur tes sous, alors !

— Je ne crois pas, répliqua-t-elle, en éclatant de rire.

Alors que la fin de la matinée approchait, la salle s'était remplie. Les premiers clients avaient quitté leur table et d'autres les avaient remplacés. Les vases communicants entre les places des « buveurs » et celles des « mangeurs » s'étaient amorcés. Les nouveaux arrivants allaient directement s'installer devant une assiette avant de commander leur chopine de vin.

Douze coups sonnèrent au clocher de l'église de Saint-Just. Marie-Louise s'affairait pour ne pas faire attendre les convives. Elle courait plus qu'elle ne marchait entre les tables. « Le barboton aura encore du succès », pensa-t-elle. Il faut dire qu'elle avait placé un panneau noir sur lequel elle avait inscrit, à la craie blanche : *Aujourd'hui barboton*, directement sur le chemin débouchant du pont suspendu. Personne ne pouvait rater cet appel à la débauche culinaire.

— Vous pouvez me servir ?

L'appel avait été lancé à très haute voix en frappant du plat de la main sur le plateau de la table. Il avait couvert le brouhaha ambiant. Certains clients s'arrêtèrent de parler, de surprise.

Marie-Louise n'avait entendu entrer personne.

— J'arrive, lança-t-elle sans se retourner, occupée à remplir des assiettes directement au chaudron.

L'homme, d'une belle stature, s'était assis à l'une des premières tables, près d'une fenêtre. Dès que la jeune femme eut les mains libres, elle les essuya sur son tablier et s'approcha du nouveau venu.

— Qu'est-ce que vous buvez ?

— Pour l'instant, rien. Je veux ce qui est inscrit sur votre panneau, dehors. J'ai faim.

— Du barboton ?

— Oui, c'est ça.

— Alors déplacez-vous et mettez-vous vers là-bas, au fond de la salle, répondit Marie-Louise en pivotant sur elle-même et en indiquant avec son index une place libre.

— Pour quoi faire ?

— Parce que je ne sers pas les repas ici.

— Et pourquoi donc ?

— Parce que c'est ainsi dans la maison, poursuivit-elle en lâchant le regard de son interlocuteur et en donnant un coup de chiffon rageur sur la table pour se donner bonne contenance. Écoutez, je n'ai pas trop de temps à perdre en discussions, j'ai des clients qui attendent.

— Mais moi je veux rester près de la fenêtre. Cette place me plaît.

— Alors restez-y, mais vous ne mangerez pas, conclut la jeune femme en amorçant un départ qui fut arrêté net.

L'homme venait de saisir son bras avec sa grosse main.

— Vous allez me lâcher, répliqua Marie-Louise.

— Pas tant que vous ne m'aurez pas servi.

— Mais vous me faites mal ! cria-t-elle.

Témoins de la scène, certains convives s'étaient arrêtés de manger et observaient la suite de la dispute du coin de l'œil.

— Lâchez-moi, je vous dis.

— Et si je ne le fais pas, vous allez me faire quoi ?

— J'appelle.

— Qui ?

— Cela ne vous regarde pas, mais on viendra.

— Ton défunt de père, peut-être ?

La Maloui resta stupéfaite par cette réflexion. Elle ne connaissait pas cet homme, et pourtant il n'ignorait pas son deuil.

— Mon mari, affirma-t-elle.

— Gustave ?

— Oui… pourquoi ? bafouilla-t-elle, surprise qu'il connût le prénom de son époux.

— Parce qu'il ne viendra pas.

— Vous me faites mal, reprit-elle en se débattant. Et qu'est-ce qui vous fait penser cela ?

— Il n'est pas dans la maison.

— Et où se trouve-t-il, vous qui savez tout ?

— Chez ses clients... tant qu'il en a ! s'exclama l'homme avec un sourire ironique.

— Je vous dis que vous me faites mal.

Deux clients s'étaient levés et approchés.

— Vous allez lâcher cette dame ? ordonna le premier.

— De quoi je me mêle ? demanda l'étranger en les toisant l'un après l'autre.

— De la sécurité de la tenancière de cet établissement.

— Eh bien, mêlez-vous de vos affaires. Cela vaudra mieux pour vous.

— Pas tant que vous n'aurez pas lâché son bras, compléta le second.

Marie-Louise ne sut pas qui avait frappé le premier mais deux coups de poing s'abattirent, simultanément, sur le visage de l'importun qui lâcha prise. La jeune femme en profita pour se mettre à bonne distance de la bagarre qui débutait. Il se frottait le visage lorsque les deux sauveurs se ruèrent sur lui et en moins de temps qu'il ne faut pour le dire le prirent sous les aisselles et le jetèrent vers l'extérieur, sur le chemin poussiéreux. Un attelage qui se dirigeait vers le pont suspendu fit un écart pour ne pas le piétiner.

Tombée dans la poussière, la victime se releva, se retourna et, le poing levé vers la Maloui, jura qu'il n'en resterait pas là et qu'elle aurait de ses nouvelles directes ou indirectes.

— C'est ça, va chez les gendarmes ! hurla un des sauveurs. Tu risques d'avoir du mal à expliquer pourquoi on t'a foutu dehors, surtout avec tous ces témoins, conclut l'homme en montrant de la main la salle de l'auberge dans laquelle tout le monde s'était levé pour ne pas perdre une miette de l'altercation.

Se tenant toujours la mâchoire, meurtrie par les deux frappes, l'agresseur partit et disparut au milieu des charrettes qui se croisaient.

Tout le monde reprit sa place et les deux défenseurs hélèrent Marie-Louise :

— Remets-nous une chopine, la Maloui, on a pris soif avec tous ces événements.

La jeune femme ne bougeait pas. Elle se demandait ce que cet énergumène, qu'elle ne connaissait pas, avait bien voulu dire lorsqu'il lui avait lancé qu'elle aurait de ses nouvelles « directes ou indirectes ». À la seconde demande, elle sursauta.

— La voilà, votre chopine, et c'est moi qui vous l'offre, les gars. Je vous remercie.

IV

La veillée

La nuit était déjà tombée lorsque Gustave ouvrit la porte d'entrée de l'auberge. Lorsqu'il aperçut sa femme, il comprit qu'il s'était passé quelque chose d'anormal. Marie-Louise n'avait pas sa physionomie et bonhomie habituelle.

Dans un premier temps, il pensa que cette première journée, après l'enterrement de Joseph, avait dû lui être particulièrement douloureuse, ce qui devait expliquer cette attitude.

— Alors, ça s'est bien passé ? questionna le jeune homme en l'embrassant.

— Oui ! répondit-elle sèchement, sans le regarder, tout en essuyant une assiette.

— C'est tout ?

— Que veux-tu que j'ajoute ? poursuivit-elle, irritée.

— Oh, rien...

Gustave savait qu'il ne pourrait rien tirer de plus de son épouse. Quand elle avait une contrariété, il ne pouvait pas lui en demander la cause. Elle se renfermait sur elle-même. Il fallait attendre qu'elle se décide à se confier pour connaître les raisons de cette humeur. Quelquefois, il fallait être extrêmement patient.

Le jeune homme posa son sac sur une chaise. Il ressortit pour dételer le cheval, le bouchonner et remiser la voiture sous le *chapi*[1].

Lorsqu'il revint, quelques clients étaient toujours attablés, occupés à vider leur dernier verre avant de rentrer dans leurs foyers pour partager le repas du soir avec leur famille. Certains reviendraient, un peu plus tard, pour passer la veillée à jouer aux cartes. Une bonne partie de coinche qui ne manquerait pas d'être animée autour d'une nouvelle carafe de vin.

Gustave saisit une chaise et s'installa à la table habituelle que le couple utilisait pour manger, près de la cheminée, un peu en retrait de la clientèle. Même si elle n'était pas totale, cette situation permettait au jeune couple d'avoir un semblant de tranquillité.

Ils auraient pu occuper la petite arrière-salle qui était réservée aux clients désirant avoir de l'intimité, à l'abri des regards, mais Marie-Louise voulait avoir l'œil en permanence sur l'entrée de l'auberge afin de surveiller les éventuels mauvais payeurs qui ne manqueraient pas de partir furtivement, en son absence. Or la disposition des lieux, même la porte de communication entre la grande et la petite salle de l'auberge ouverte, ne le permettait pas. Lorsqu'elle était avec son père, la situation était plus simple étant donné que l'un et l'autre ne

1. *Hangar dans lequel on entrepose le matériel agricole, le bois de chauffage, et, par extension, la remise, l'atelier, etc.*

sortaient pas en même temps pour effectuer cette veille. Mais, aujourd'hui qu'elle était seule, il fallait redoubler d'attention. Elle ne pouvait pas rester bien longtemps éloignée.

Gustave sortit son couteau, une *jambette* stéphanoise, qu'il avait acquis à son arrivée dans la région. Pliant à un clou et au manche courbe faisant penser à une jambe, on l'utilisait couramment dans la région de l'Aubrac où il avait été exporté. Il le déplia. Prenant la miche de pain, il en coupa une grosse tranche. Habituellement, cette action revenait à Joseph. Son absence, même si les derniers temps il ne quittait plus sa chambre, le peina. Il fallait qu'il se fasse à cette nouvelle situation.

— Tu aurais pu faire le signe de croix sous le pain, avant de le couper, s'irrita Marie-Louise.

— Mais tu sais bien que je ne crois pas à ces superstitions.

— Ce n'en est pas une, mais du respect. Faire le signe de la croix sur le pain fait partie de nos coutumes catholiques. C'est une manière de le bénir avant de l'entamer un peu comme Jésus a béni le sien juste avant de le rompre, la veille de sa mort, lors de la Cène. Tu as vraiment décidé de m'énerver, ce soir.

— Pour ça, je pense que le plus gros est déjà fait, non ?

Marie-Louise ne répondit pas. Elle attrapa l'assiette que lui tendait son mari et la remplit d'une louche du reste de barboton qui avait fait le succès du repas de midi.

Dans le même temps, le jeune homme se saisit de la bouteille de vin, en enleva le bouchon de liège et remplit leurs deux verres. Du coin de l'œil, il espionnait les gestes de sa femme en se demandant ce qui avait bien pu la mettre dans cet état. Le début du repas fut silencieux. On n'entendait que le bruit des verres des derniers consommateurs, sirotant le fond de leur godet avant de partir.

— Il va falloir que je trouve une solution, dit la Maloui.

— Et à quel problème ? questionna Gustave, sans la regarder, tout en engloutissant un morceau de pomme de terre auquel succéda un morceau de pain.

— Au problème que je suis seule et que cela ne pourra pas durer longtemps.

— Tu sais bien qu'il n'est pas question que je reste entre ces quatre murs pour devenir bistroquet.

— Mais tu pourrais faire un effort, quand même.

— Nous en avons déjà discuté, avec ton père et toi.

— Oui, mais mon père est mort et cela change tout. Tout est modifié, bouleversé.

— Tu savais bien qu'il n'était pas éternel et que cette situation allait se présenter, un jour ou l'autre.

— Je ne pensais pas que…

— Si tu allais au fait, plutôt que de tourner autour du pot, coupa Gustave, la bouche pleine. Que s'est-il passé pour que tu reviennes à la charge ainsi ?

— Il s'est passé que j'ai eu une altercation avec un client et que, sans l'intervention de deux habitués, je n'aurais peut-être pas pu faire front toute seule.

— Il ne t'a pas frappée, tout de même, interrompit le jeune homme en arrêtant sa mastication.

— Non, mais je pense que ça devait le démanger.

— Et tu le connaissais ?

— Pas du tout !

— Et que s'est-il passé après l'intervention de tes sauveurs ?

— Ils l'ont jeté sur le trottoir comme un malpropre.

— Eh ben, il s'en passe des choses quand je ne suis pas là, ironisa Gustave en redemandant de la viande.

Marie-Louise se leva, plongea la louche dans le chaudron et resservit son mari.

— Combien on te doit, la Maloui ? questionna un des derniers clients.

— Comme la tournée précédente.

— Tu ne fais pas de prix pour notre fidélité ?

— Diable non, sinon je serais obligée de vous faire boire gratuitement, à cette heure ! répliqua la jeune femme en éclatant de rire.

Elle alla encaisser son dû et revint s'asseoir en face de Gustave.

— Mais ce n'est pas tout, reprit-elle.

L'homme la regarda, interrogatif. En général, lorsqu'on se lançait dans ce genre de confidences, on commençait par les nouvelles les plus faciles à encaisser et on terminait par les plus douloureuses, ou toutefois les moins agréables.

— Que s'est-il donc passé encore ?

— Lorsqu'il a été mis dehors et avant de partir, il m'a crié que j'aurais de ses nouvelles « directes ou indirectes ».

— Et c'est ça qui te met dans cet état-là ? Mais des réactions si violentes, il y en a tous les jours et le monde n'est pas à feu et à sang pour autant.

— Oui, mais son regard était haineux. Si tu l'avais vu. Je suis sûre qu'il va mettre ses menaces à exécution. Et puis qu'a-t-il voulu dire avec « directes ou indirectes » ?

— Ce devait être un ivrogne.

— Pas du tout. Il présentait même bien et était assez bien habillé, jusqu'à… laissa en suspens la jeune femme.

— Jusqu'à ?

— Ce qu'il se retrouve dans la poussière du chemin ! ajouta-t-elle avec un léger sourire.

— Tu vois, tu commences à en rire.

— Si tu l'avais vu. Il avait une drôle d'allure. Il était ridicule. Il s'époussetait et, entre deux tapes sur ses vêtements, il me levait un poing rageur en me menaçant.

Gustave resta un instant sans rien dire. Il réfléchissait. Une chose lui paraissait anormale dans tout ce que venait de lui raconter son épouse. La jeune femme s'en aperçut.

— Il y a quelque chose qui te tracasse ?

— Un petit peu. Ce qui m'étonne c'est que ce soit à toi qu'il s'en soit pris.

— Que veux-tu dire ?

— Normalement, on s'en prend à ceux qui vous mettent une rouste, non ? Pas à celle que l'on voulait agresser.

— C'est vrai, ce serait beaucoup plus logique.

— Alors pourquoi ne s'en prenait-il qu'à toi ?

— C'est étonnant, effectivement, mais je te confirme que c'est bien à moi que les paroles hostiles étaient adressées, pas à mes deux chevaliers servants. À aucun moment il ne s'est adressé à eux.

Une nouvelle fois le jeune homme resta pensif. Il évaluait ce comportement comme incompréhensible et proposa :

— Tu veux que j'aille voir les gendarmes ?

— Non, mais je ne me sens plus en sécurité. Et s'il revenait quand je serai seule. Que m'arrivera-t-il ? Je ne fais pas le poids face à lui.

— Je comprends mieux, maintenant, ton affirmation de tout à l'heure. Je rejoins ton idée qu'il faille trouver une solution.

Le repas se poursuivit en silence. Le couple se taisait, chacun réfléchissant à la manière dont il faudrait s'y prendre pour que l'activité de l'auberge se poursuive en toute sérénité et que le commis de barre[1], comme on appelait le métier d'intermédiaire de Gustave dans le milieu rubanier, puisse continuer à exercer sa profession en sachant que sa femme était en sécurité à l'*Auberge du Forez*.

Pendant que Marie-Louise rangeait les affaires qui avaient servi à partager le repas, Gustave s'était installé au coin de la cheminée. Il avait sorti de sa poche une pipe qu'il s'apprêtait à allumer lorsque la porte s'ouvrit.

— Bonsoir tout le monde.

Deux hommes entrèrent. Habitués des lieux, ils saluèrent la compagnie et allèrent s'installer à leur table habituelle. Quelques minutes plus tard, un nouvel arrivant vint se joindre à eux.

— Tu es seul ? questionna l'un des premiers compères.

1. *Également appelé commis de recette.*

— Oui. Pierre a un problème avec une de ses vaches qui ne va pas tarder à vêler.

— Et comment on va faire pour la coinche ? Il nous manque un joueur.

Se tournant vers l'âtre, il s'adressa à Gustave :

— Eh, l'aubergiste, ça te dit une partie ?

Perdu dans ses pensées et la discussion qu'il venait d'avoir avec Marie-Louise, il mit un peu de temps à répondre :

— Quoi ?

— Il nous manque un joueur. Je te demande si tu veux bien jouer avec nous.

— Si vous voulez, mais je me lève tôt demain. Je dois aller à Saint-Étienne récupérer un chargement et le répartir auprès de mes passementiers.

— Parce que tu crois que nous faisons la grasse matinée, nous ? Le contremaître, à la verrerie, est à cheval sur les horaires et on n'a pas intérêt à arriver en retard. Il serait capable de nous mettre dehors.

— Bon, d'accord, accepta Gustave en les rejoignant.

— Dis, la Maloui, il paraît qu'il y a eu du grabuge, aujourd'hui ? demanda un des joueurs.

— Comment tu sais ça, toi ?

— Parce que tout le pays en parle. La sortie de cet étranger n'est pas passée inaperçue, à une heure où le trafic est important sur le pont. On m'a même dit qu'il avait manqué se faire écraser par un attelage.

— C'est vrai. Il n'a pas démérité sa raclée.

— Et tu n'as pas peur, maintenant, toute seule, sans ton père ?

— Il faudra bien que je m'y fasse. Je n'ai pas le choix ! répliqua-t-elle en lançant un regard vers Gustave qui battait les cartes.

— Une femme seule, dans une auberge, ce n'est pas facile avec tout ce qui traîne de nos jours.

— À moins que ce soit une maîtresse femme, avec de la bouteille, compléta le deuxième joueur en rangeant son jeu. Vu que j'en parle, tu nous en mets une avec quatre godets ?

— Comme tu le dis, reprit le premier joueur, il faudrait une femme bien bâtie et qui a du répondant.

— Et qui tu vois à ma place ? s'enquit Marie-Louise en déposant la commande sur la table.

— Ta tante Marcelline ferait bien l'affaire. Elle a du caractère.

— Pour en avoir, elle en a, approuva celui qui n'avait pas encore parlé. Tout le monde se souvient de la volée qu'elle a infligée à Marguerite il y a quelques années. C'était le maire en personne, Jean-Pierre Mandard, qui les avait séparées[1]. Tout le pays en avait rigolé et je suis sûr que certains en rigolent encore.

— Bon, on joue ou on discute ? s'énerva Gustave.

La discussion s'arrêta net et le silence revint, simplement interrompu par les annonces des points.

— Tu sais que l'idée n'est pas si mauvaise qu'il n'y paraît, observa Gustave, torse nu, assis au bord du lit.

---

1. *Voir* L'Étrangère de Collonges – *Chapitre XIV (éditions De Borée).*

— Quelle idée ? le questionna Marie-Louise, occupée à coiffer ses cheveux avant de le rejoindre.

— Celle de demander à Marcelline de venir t'aider.

— Tu ne vas pas croire ce que ces joueurs de cartes t'ont dit ?

— Ton père m'en avait parlé, une fois, de cette histoire. C'était au début de notre mariage. Nous discutions de ta famille, alors que nous coupions du bois. Il m'avait laissé entendre que sa sœur, d'un an son aînée, avait un caractère sacrément trempé, une détermination sans faille et qu'elle ne s'en laissait pas conter. Il avait fait allusion à cette altercation, en souriant, comme d'un exploit qui avait rejailli sur l'honneur de tous les tiens. Une sorte de trophée familial. Est-ce que tu penses qu'elle accepterait de travailler avec toi ?

— Je n'en sais rien. Tu n'as qu'à aller le lui demander. Écoute, on ne va pas ameuter toute la famille et la mettre à contribution pour nous, tout de même, pour un simple différend qui n'a pas eu trop de conséquences.

— C'est toi qui le dis. Tu as quand même été contrariée par cette affaire sinon tu ne m'en aurais pas parlé, n'est-ce pas ? Il n'est pas rare qu'un client hausse le ton dans l'auberge et pourtant cela ne porte pas à conséquence, comme aujourd'hui.

— Tu as raison, mais avant il y avait mon père et les gens le savaient. Cela me tranquillisait.

— Justement, les conditions ont changé, donc il faut modifier notre comportement, et puis moi je ne partirai pas tranquille tant que je saurai que cette histoire peut recommencer avec des suites que je n'ose pas imaginer.

— C'est juste, mais c'est cette réflexion qu'il a faite en partant qui m'a fait réfléchir.

— Et qui t'ennuie.

— Oui, beaucoup.

— Donc dès demain matin, en partant à Saint-Étienne, je ferai un détour pour rencontrer ta tante et je lui ferai une proposition pour qu'elle vienne t'aider. Viens te coucher. On trouvera une solution à ton « problème », comme tu l'as si bien dit.

Marie-Louise s'était glissée sous les draps froids. Elle se rapprocha de son époux pour retrouver la chaleur de son corps. Celui-ci lui prit le visage entre ses mains et déposa ses lèvres sur les siennes. Un long baiser langoureux suivit, ponctué par l'attention des caresses que le jeune homme accordait au corps de sa femme. Elle frémit sous la douceur de ses doigts et s'abandonna, entre ses bras, à l'appel de l'amour qui allait lui faire oublier tous les tracas de cette journée.

V

Le contrat

Le coq s'époumonait depuis quelques minutes, encouragé par les premières lueurs de l'aube, lorsque Gustave se leva. Marie-Louise était toujours endormie. Avant de quitter le lit, il avait remonté les draps jusqu'aux épaules de son épouse et lui avait déposé un baiser sur le front. La jeune femme ne s'était pas réveillée, mais avait pivoté sur le côté laissant échapper un soupir que Gustave supposa de plaisir.

Il descendit dans la salle refroidie de l'auberge. Il disposa plusieurs branches sur les quelques braises encore rougeoyantes de la veille. Il n'avait pas l'intention de ranimer le feu dans la cheminée mais avait la volonté que ce geste permette à Marie-Louise de trouver quelques tisons qui lui faciliteraient le travail, à son réveil.

Il attrapa dans le garde-manger un saucisson et un morceau de pain. Il s'en coupa une tranche de chaque et ne put s'empêcher de sourire en pensant à la colère de sa femme, la veille, lorsqu'il avait oublié de faire le signe de croix rituel avant d'entamer la miche. « Qu'est-ce qu'elle peut être superstitieuse ! » pensa-t-il.

Il alla directement au tonneau pour se servir un verre de vin rouge, ouvrit la porte d'entrée de l'auberge et sortit sur le perron. La nourriture dans une main et la boisson dans l'autre, il regarda la naissance d'une nouvelle journée.

Sur sa gauche, le pont suspendu était encore dans la pénombre. On pouvait observer les premières charrettes des maraîchers l'empruntant pour livrer leurs marchandises sur les marchés quotidiens de cette rive droite de la Loire. Elles passaient devant lui. Certains conducteurs lui faisaient un signe discret pour éviter de sortir trop longtemps leur main qu'ils gardaient au chaud sous leur manteau.

Sur sa droite, le ciel était moins sombre, annonçant le lever du jour. Dès qu'il avait mis le pied à l'extérieur, le froid l'avait surpris. Il apercevait les hauteurs du village et resta un instant à regarder dans cette direction où naissait le soleil. Il avait gelé et la campagne était recouverte de givre. Les branches des arbres étaient d'une majesté immaculée et scintillante donnant l'impression d'entrer dans un conte de fées, sous les premiers rayons de l'astre diurne.

Au bout de quelques instants, il revint à l'intérieur, rangea les affaires qu'il avait déballées. « La journée va être chargée », songea-t-il en entrant dans l'écurie. Dès qu'il en ouvrit la porte, la chaleur animale qui s'en exhala le rassura. Le cheval l'attendait, comme à son habitude, droit sur ses pattes, volontaire et prêt à entamer les nouveaux déplacements qui l'attendaient.

Dès que l'attelage fut préparé, le jeune homme monta sur le banc du conducteur, saisit les rênes et en fouetta le postérieur de la monture.

— Allez hue, Pâquerette, on est repartis vers une nouvelle aventure ! lança-t-il, en plaisantant, à la jument.

Doucement, l'animal se mit en marche entraînant derrière lui la charrette dont les roues cerclées de fer crissaient sur les gravillons et la terre du chemin, encaissant, de loin en loin, le choc d'une grosse pierre. Dans le silence ambiant, ce bruit était amplifié, décuplé, renvoyé par les façades des maisons qui accompagnaient le mouvement de l'équipage avant sa sortie du village. Dès qu'elles furent dépassées, il sembla à Gustave que les sons étaient plus feutrés, discrets.

Comme il l'avait prévu et annoncé la veille à Marie-Louise, il allait rendre visite à Marcelline. Il espérait que ce qu'il allait lui proposer la convaincrait de venir travailler avec sa nièce. Ainsi il pourrait poursuivre son travail et ses tournées en se faisant moins de soucis pour la bonne marche de l'établissement familial, mais également et surtout pour la sécurité de sa femme.

Si la lenteur de l'équipage et le balancement de la charrette auraient pu faire sombrer Gustave dans le sommeil, la vive froidure matinale le tenait éveillé. Il avait emprunté le chemin des bords de Loire en direction d'Andrézieux. Sa destination était le domaine du Grand Collonges, près du château de la Merlée, où résidait sa tante par alliance, veuve de Claude Déchandon et sœur de son beau-père Joseph Grange.

La quadragénaire vivait là avec ses deux fils : Pierre, l'aîné, qui était devenu métayer du domaine, marié à Fleury, et leurs deux enfants ; Blaise, le cadet, sourd-muet, employé chez un cordonnier de Saint-Just.

Gustave savait que les débuts de la cohabitation entre les deux femmes partageant ce même toit avaient été particulièrement animés et l'altercation entre Marcelline et Marguerite, à laquelle les joueurs de cartes avaient fait allusion la veille, en avait été un épisode[1]. Il pensait qu'il pouvait s'appuyer sur cette situation, sans y faire allusion, pour décider Marcelline à adhérer à son projet.

En outre, la veuve avait vécu à l'auberge et partagé son quotidien avant son mariage avec Claude Déchandon. Peut-être qu'elle serait heureuse d'y revenir, comme patronne, en quelque sorte, pour chaperonner sa nièce. Cette seconde motivation le confirmait dans sa démarche et c'est l'esprit serein qu'il allait à la rencontre de cette âme qu'il désirait salvatrice.

La route était rectiligne, languissante. La semi-obscurité lui donnait une allure légèrement angoissante. Sur la gauche du véhicule, au fond des prés qui descendaient rapidement vers le fleuve qu'on ne voyait pas, on entendait couler l'eau, régulièrement, continuellement, obstinément. Sa longue complainte permanente rythmait la vie des riverains. Seuls les passages des rambertes et les cris des mariniers à l'affût des dangers permanents de la navigation la couvraient. Pour l'heure, rien ne venait troubler cette

1. *Voir* L'Étrangère de Collonges *(éditions De Borée)*.

quiétude ambiante que Gustave aimait beaucoup. Elle lui permettait de se ressourcer avant d'affronter le dur labeur des affaires et le lien que son travail tissait entre les patrons et leurs sous-traitants.

Aucun courant d'air ne venait amplifier le froid qui piquait. Arrivé à l'intersection avec le chemin menant à Collonges, Gustave prit sur sa droite. L'allure faiblit à la faveur de la montée qui s'accentuait au fil de l'avancée de l'équipage. Au loin, il aperçut la forme massive des bâtiments du domaine. Au rez-de-chaussée, une petite lueur lui permit d'être sûr que quelqu'un était déjà levé. Lorsqu'il fut arrivé au niveau de la porte d'entrée de l'habitation, il s'arrêta, descendit et attacha Pâquerette à un anneau prévu à cet effet scellé dans le mur.

Ayant entendu l'arrivée et surtout l'arrêt de la charrette, Marcelline ouvrit la fenêtre et passa la tête vers l'extérieur.

— Qui est-là ? questionna-t-elle sans reconnaître le nouvel arrivant dans l'obscurité.

— C'est moi, Gustave !

— Gustave, mais que se passe-t-il pour que vous veniez si tôt ?

— Rien de grave. Est-ce que je peux vous parler ?

— Évidemment. Il n'est pas arrivé un nouveau malheur au moins ? Est-ce que Marie-Louise va bien ?

Étonnée de voir son neveu si matinal, la veuve n'en finissait plus de lui poser des questions, anxieuse et angoissée par cette surprise.

— Tranquillisez-vous, je viens de la quitter et, ma foi, elle avait l'air en pleine forme. Je ne veux que vous parler. Est-ce que je peux entrer ?

— Mais bien évidemment. Attendez deux secondes. Je vais retenir le chien.

Mêlant le geste à la parole, Marcelline referma les deux battants de la fenêtre. Gustave entendit une porte s'ouvrir et Marcelline crier :

— Sultan, au pied. Viens ici !

Au bout de quelques secondes, elle lui annonça :

— Allez-y, vous pouvez entrer.

Le jeune homme poussa la porte et trouva Marcelline légèrement courbée, tenant le collier du chien de sa main droite pour empêcher que l'animal ne vienne importuner le visiteur. La laissant dans cette position, Gustave pénétra dans la salle commune de la ferme. Une chaude ambiance l'accueillit. Le feu qui crépitait dans la cheminée l'attira. Il se mit face à lui en se frottant les mains, pour se réchauffer. Il pensa qu'au même moment Marie-Louise devait s'activer à ranimer les braises dans l'âtre de la grande salle de l'auberge.

Seuls dans la grande salle, assis face à face à la grande table en chêne, c'est Marcelline qui brisa le silence, impatiente de connaître les raisons de cette arrivée inattendue :

— Et que me vaut cette halte imprévue, je suppose, dans votre emploi du temps ?

— Rien de bien méchant. Effectivement, ce n'est pas tous les jours que je fais un crochet pour vous saluer, répondit Gustave.

— Je suis heureuse de vous l'entendre dire. Je ne me souviens pas de vous avoir vu une seule fois à Collonges.

— Oh que si, lorsque nous avons décidé de nous marier, Marie-Louise m'a fait faire le tour de la famille pour me présenter.

— C'est la tradition.

— Donc je suis venu cette fois-là et j'en garde un très bon souvenir.

— Eh bien, j'espère pour vous que ce sera de même aujourd'hui. Que se passe-t-il ?

— Voilà... Je ne vais pas y aller par quatre chemins... c'est un peu difficile à demander ! hésita le jeune homme.

— C'est un service que vous désirez ? aida la tante.

— Oh oui, un très grand service.

— Qui vous concerne ou qui regarde Marie-Louise ?

— Tous les deux.

— Vous ne voulez pas de l'argent, quand même ?

— Non, même si on en a toujours besoin. Il n'y a rien de financier dans cette histoire.

Marcelline regardait son neveu d'un air interrogateur et ne voyait pas où il voulait en venir.

— Voilà. Hier, Marie-Louise a eu une altercation avec un client et...

— Elle n'est pas blessée au moins ? l'interrompit la veuve, inquiète.

— Non. La querelle n'a été que verbale, mais heureusement que deux clients sont venus s'interposer et jeter le récalcitrant dehors.

— Et quel a été le motif de cette dispute ?

— Un problème de place pour manger. Vous connaissez votre nièce. Elle sait ce qu'elle veut.

— Pour sûr. Elle est bien la fille de Joseph. Ils savent où ils vont et n'aiment pas qu'on les contrarie dans leurs habitudes...

— J'en connais une autre, vint couper une voix.

Se retroussant les manches, Pierre Déchandon descendait l'escalier qui menait aux chambres de la maison. Les marches craquaient sous son poids. Lorsqu'il aborda les dernières marches, il baissa machinalement la tête pour éviter de se la cogner à une grosse poutre.

— Comment vas-tu ? demanda le nouvel arrivant à son cousin par alliance en lui tendant la main.

— On ne peut mieux, lui répondit le commis de barre en amorçant un geste pour lui rendre la politesse.

— Depuis quelques minutes, j'entends des bruits et ma mère parler à haute voix. J'ai pensé qu'elle commençait à perdre la tête et qu'elle se mettait à radoter, poursuivit le fils en embrassant sa mère avant de s'asseoir à ses côtés. Et qu'est-ce qui t'amène si tôt ?

— Je voulais voir ta mère pour qu'elle me, ou plutôt nous rende un service.

— Il paraît que Marie-Louise a eu un problème avec un client, hier, expliqua Marcelline en regardant Pierre.

— Et il n'y a pas trop de dégâts ? questionna le jeune homme en se tournant vers Gustave.

— Aucun, mais une certaine appréhension de la part de Marie-Louise, maintenant.

— Je la comprends très bien, concéda Marcelline. Rester toute seule dans cette auberge, ce n'est pas une place pour une personne de son âge. Tant qu'il y avait mon frère, elle pouvait se sentir en sécurité, mais maintenant cela n'est pas évident. Il passe tellement de monde et surtout des excités qui ne savent pas se tenir quand ils ont trop bu.

— C'est donc pour cela que je suis venu vous voir.

— Et que pouvons-nous faire pour vous aider ? lança Pierre, intrigué.

Gustave prit son courage à deux mains, inspira profondément et se lança :

— Nous avons pensé. Enfin... j'ai pensé... bafouilla le mari de la Maloui, mais je l'ai proposé à votre nièce immédiatement... s'empressa-t-il de préciser, que vous pourriez lui donner un petit coup de main... pendant quelque temps, afin qu'elle se sente épaulée et moins seule, face à des problèmes du même genre qu'hier.

Le silence qui suivit le laissa sceptique quant à la réussite de son entreprise. Personne ne répondait. Pierre regardait sa mère toisant son neveu avant de le fixer les yeux dans les yeux.

— Je dois t'avouer que je suis surprise par cette demande. Parce que tu crois que mettre une seconde femme dans cet établissement permettra de résoudre ce genre de problèmes ?

— Mais je ne mets pas n'importe quelle femme. C'est à vous que je le demande, pas à une autre. Vous connaissez bien la vie de l'auberge et ses habitudes puisque vous y avez passé une grande partie de votre vie...

— ... et j'ai été heureuse d'en partir, coupa Marcelline.

— Je vous comprends. Mais ce n'est que provisoire. Le temps que les gens comprennent que

Marie-Louise n'est plus seule et qu'elle est épaulée par une personne qui a du caractère. Entre femmes vous devriez vous entendre.

— Oui, mais quelles femmes ! remarqua Pierre.

— Tu as raison d'appuyer là-dessus. Si nous n'étions pas là, je ne sais pas ce que vous feriez, répliqua-t-elle en regardant son fils.

— Oh, sûrement des bêtises, ironisa ce dernier.

— Et combien de temps veux-tu que je reste ? demanda Marcelline en se tournant vers Gustave.

— Je ne sais pas, moi. On verra après !

— Non, on ne verra pas après, parce qu'il y a beaucoup de travail à la ferme, ici, et je ne peux pas laisser tout ça en plan.

— Franchement, je ne peux pas répondre à cette interrogation.

— Et toi, tu ne peux pas rester avec elle ? proposa la tante.

Gustave s'était préparé à cette question, mais il ne s'attendait pas à ce qu'elle arrivât à cet instant précis.

— Nous en avions déjà parlé depuis longtemps, avec Marie-Louise. J'aime trop ma liberté pour m'enfermer dans cette auberge à longueur de journée.

— Il vaut mieux que tu y fasses enfermer les autres, réagit Marcelline, provocatrice.

— Ce n'est pas ce que je voulais dire et loin de moi cette idée. Depuis que nous nous connaissons, il a été convenu entre nous deux que je fasse la comptabilité et que mon travail apporte un petit plus dans les finances familiales. Depuis le début, ça a bien fonctionné…

— … et voilà qu'avec le décès de Joseph l'équilibre est remis en cause, intervint la femme. Remarque que je ne peux pas t'en vouloir. Moi aussi je pensais que la vie allait prendre la direction que j'avais décidée, mais il y a eu la disparition de Claude.

— Je t'ai laissée parler depuis quelques minutes, tu n'as pas tort, mais je pense que tu pourrais aller aider Marie-Louise. Pour ce qui est de la ferme, il y a Fleury et les enfants. Ils peuvent la faire fonctionner normalement. Nul n'est besoin d'avoir deux femmes sous ce toit, argumenta Pierre.

— Et voilà que mon fils est en train de prouver mon inutilité ! se fâcha sa mère.

— Ce n'est pas ce que je veux dire. Ne le prends pas mal.

— Je le prends comme je veux. Je ne suis bonne qu'à supporter les manières de faire des autres. Tu ne crois pas que j'en ai assez supporté comme ça, non, avec les dernières histoires qui sont arrivées entre Fleury et toi[1] ? Cette famille est vraiment damnée. Mon mari m'a été pris par la Loire en me laissant avec deux enfants en bas âge, dont un infirme. C'est encore le fleuve qui m'a enlevé mon frère, indirectement. Cette pauvre Marie-Louise a reçu la vie d'une mère qu'elle a très peu connue. Elle a été éduquée par sa grand-mère et voilà que maintenant ça me retombe dessus et c'est à sa tante de lui apprendre à vivre à l'auberge et à se protéger. C'est vraiment une histoire de femmes et c'est un comble.

Gustave ne savait que dire. Il regardait la mère et le fils régler leurs comptes devant lui. Il se sentait

1. *Voir* L'Étrangère de Collonges *(éditions De Borée).*

coupable de les avoir montés l'un contre l'autre, embarqués dans une affaire qui ne les regardait pas. Il ne savait que faire pour atténuer ce qui risquait de déraper en dispute.

L'escalier craqua une nouvelle fois et on vit apparaître la silhouette frêle de Fleury. Elle s'approcha de la table, salua Gustave, embrassa Pierre et se dirigea vers sa belle-mère. Elle lui prit le visage entre les mains.

— Je ne pense pas que Pierre ait l'intention de vous mettre dehors. J'ai entendu cette conversation depuis le palier. Pierre veut vous expliquer que la maison pourra être tenue de manière normale par les personnes qui y vivent en votre absence. Je sais que j'ai bouleversé votre vie en épousant votre fils et je vous suis redevable de la générosité avec laquelle vous m'avez accueillie ici, mais il ne faut pas le prendre de cette manière. Je vous dois beaucoup de choses. Vous le savez. Il n'y a rien de négatif dans tout ce que j'ai entendu. Au contraire, on vient vous demander de l'aide, ce qui est une marque de reconnaissance et de confiance. Ce n'est pas à nous de décider pour vous et rien ne vous est imposé. Du moins je ne le pense pas.

— C'est elle qui va choisir d'accepter ou de refuser la proposition de Marie-Louise et de Gustave, poursuivit Pierre en regardant son épouse avec un regard de gratitude pour la remercier d'avoir mis un terme à une situation qui risquait de dériver vers un nouveau conflit.

Gustave profita de cette pause pour reprendre l'initiative :

— Comme on vient de vous le dire, ma tante, vous êtes la seule à décider et je ne vous demande pas de trancher immédiatement. Vous avez tout le temps de la réflexion pour me donner une réponse. Je repasserai ce soir, après ma tournée, pour avoir votre avis.

— Et ce contrat ? Il comprendra quoi ?

— Ce n'est pas un contrat, mais plutôt une sorte de pacte moral entre vous et nous. Il vous suffira d'être à l'auberge en fin de matinée, avant l'affluence du repas de midi et d'en repartir lorsque je serai de retour de mes activités. En début de matinée, Marie-Louise prépare son service et il y a peu de clients et, en début de soirée, je serai là pour remédier à toute éventualité.

— Et qu'est-ce que j'aurai en contrepartie ? s'intéressa Marcelline.

— Vous le verrez avec votre nièce si vous pensez que c'est possible. Je préfère vous laisser gérer ces histoires en famille.

— Tu as tout de même ton mot à dire, non ?

— Comme vous l'avez reconnu il y a un instant, toute cette histoire est une affaire de femmes, depuis bien longtemps, alors autant vous laisser vous dépêtrer entre vous, surtout sur le côté financier, sourit Gustave.

Pierre et Fleury se regardèrent en éclatant de rire. Seule Marcelline paraissait préoccupée et ne disait mot.

— Allez, ne fais pas cette tête, l'interpella son fils. Je suis sûr que tu vas accepter.

— C'est toi qui le dis. Je ne te donnerai ma réponse que ce soir. Passe après ta tournée et nous aviserons, conclut-elle.

Marcelline se leva et reprit les occupations qu'elle avait abandonnées en entendant arriver Gustave.

Pierre et Fleury raccompagnèrent leur cousin jusqu'à son attelage avant de revenir dans la grande salle où les attendait leur frère et beau-frère, Blaise, qui venait juste de descendre de sa chambre pour partir travailler chez le cordonnier de Saint-Just. Sourd et muet, il n'avait rien entendu de la conversation mais fut étonné de trouver sa mère très excitée. En quelques gestes, Pierre lui expliqua la situation. Blaise s'approcha de sa mère et lui fit comprendre en deux ou trois mouvements de ses mains qu'elle devrait accepter et qu'ils feraient le chemin ensemble de Collonges à Saint-Just. La mère l'embrassa et lui exprima sa tendresse d'une caresse sur le visage.

Pâquerette piaffait d'impatience de reprendre la route. Gustave détacha la bride, monta sur son banc et donna un léger coup de fouet pour faire avancer la voiture.

Dans le froid vivifiant de la belle clarté d'une aube hivernale, l'inséparable duo prit la direction d'Andrézieux et La Fouillouse pour rejoindre la toute jeune préfecture ligérienne[1], Saint-Étienne[2], où il devait récupérer des commandes afin de les

1. *Adjectif désignant ce qui appartient à la Loire (ligérien), d'après Liger, nom originel de la Loire.*

2. *Le département de la Loire a été créé le 12 août 1793 et Saint-Étienne en est devenue la préfecture en 1855.*

redistribuer à ses passementiers répartis dans les villages environnants.

Gustave était ravi de cette entrevue qui lui donnait plein d'espoir quant à l'acceptation par Marcelline de sa proposition. Jusqu'à l'intervention de Fleury, il était assez pessimiste, mais les paroles de sa cousine avaient retourné la situation qu'il vit revenir à son avantage. Il savait que sa tante avait un fort caractère et qu'elle ne se laisserait pas manipuler si facilement. Il espéra donc que les prochaines heures seraient propices à la réflexion et que sa réponse serait positive. Il lui tarda que cette journée s'achève pour connaître sa décision.

Alors qu'il sortait d'Andrézieux en direction de La Fouillouse, une ombre qui marchait le long du chemin trébucha sur une grosse pierre et s'étala de tout son long aux pieds de Pâquerette. Gustave tira violemment sur les rênes et stoppa net l'équipage. Il sauta de son banc et se précipita vers l'homme pour le secourir.

— Eh bien, mon gars, tu veux mourir ?

Légèrement étourdi, le gaillard se releva, épousseta ses vêtements, ramassa son baluchon et se tourna vers son sauveur. Lorsqu'il vit son visage, Gustave resta stupéfait. Il ne s'attendait pas à rencontrer cette personne en ce lieu.

— Ben, que faites-vous là, « Lyonnais Cœur loyal » ? lui demanda-t-il.

— Et vous, « Tarentaise la Malice » ? se vit-il répondre.

VI

La rencontre

BRAS TENDUS, Gustave avait posé ses mains sur les épaules de l'homme qui lui faisait face.

— Voilà une bien belle rencontre, dit le commis de barre.

— Et moi donc, je suis vraiment heureux de vous revoir. Il y a des circonstances qui sont extraordinaires.

— Et où allez-vous ainsi ?

— À Saint-Étienne, avant de rejoindre Lyon où je terminerai mon tour de France. Et vous ? Je vois que vous êtes bien habillé et bien équipé.

— Eh oui. Il y a bien longtemps qu'on ne m'a plus appelé Tarentaise la Malice. Le compagnonnage est bien loin.

— Vous n'êtes plus des nôtres ?

— Plus du tout, mais je suis resté dans le métier.

— Le tissage, si je me rappelle.

— Exact, vous avez une bonne mémoire. Et vous, toujours dans la charpente ?

— Je vous renvoie le compliment. C'est bien ça !

Les deux hommes éclatèrent de rire tout en se congratulant chaleureusement. Un rayon de bonheur passa dans leurs regards respectifs.

— C'est votre jour de chance. Je vais également à Saint-Étienne. Si vous désirez profiter de mon carrosse, je le partage avec votre altesse bien volontiers.

— Ce n'est pas de refus. Ça me reposera les jambes, mais évitons de faire allusion à la noblesse. La nôtre est celle du cœur, pas du portefeuille.

— Vous avez raison. Et d'où venez-vous ainsi ?

— Ça sera long à raconter.

— Nous avons tout le temps. Montez, vous allez me dire tout ça au rythme de Pâquerette. Je suis vraiment heureux de vous avoir rencontré. Je sens que je vais passer un bon moment qui va me ramener des années en arrière.

Tout en dialoguant, les deux hommes avaient gravi l'avant de la charrette et s'étaient installés côte à côte sur le banc de conduite. La charrette s'ébranla en encaissant quelques à-coups provoqués par les imperfections du chemin. Bien emmitouflés, seuls leurs visages étaient à l'air libre et dégageaient des volutes de vapeur chaque fois qu'ils ouvraient la bouche pour parler.

— Alors, racontez-moi votre périple depuis votre affiliation aux *dévoirants*[1].

Gustave remarqua une légère inquiétude dans les yeux de son interlocuteur :

— Qu'y a-t-il, *pays*[2] ?

---

1. *Voir le chapitre « Le compagnonnage » dans la partie Documentation.*

2. *Entre eux, les compagnons s'appellent « pays » (allusion à leur nom de compagnon qui est celui de leur ville, région…) ou quelquefois « coterie », mais jamais*

Le jeune homme retrouvait des habitudes qu'il croyait avoir oubliées et ne plus jamais avoir à utiliser. Après un temps dominé par le doute, Lyonnais Cœur loyal se lança :

— Ne me dites pas que vous êtes passé chez ces ignobles de gavots !

— Pour ça, non, soyez rassuré. Je vous dirai tout, mais allez-y, racontez-moi. Je suis impatient de vous entendre.

— Vous m'avez connu il y a une dizaine d'années, quand je suis entré dans la cayenne[1] lyonnaise des enfants de maître Jacques. Je crois même que vous étiez là le jour où j'ai été affilié, devenant ainsi aspirant compagnon du Devoir.

— Oui, si ma tête ne me trahit pas, c'est là que nous nous sommes vus pour la première fois.

— À l'époque j'étais apprenti chez un charpentier de la Croix-Rousse[2]. Quelle époque ! La chute du roi Louis-Philippe et le retour de la République nous avaient donné des ailes. On pensait à un monde meilleur, mais tout s'est vite arrêté.

Le compagnon marqua un temps d'arrêt, pensif. Gustave le laissa faire, silencieux, lui aussi. Seul le bruit des roues couvrait la tranquillité environnante. La lumière du jour se faisait beaucoup plus présente et les parties de la campagne que la chaleur du soleil commençait à caresser se réchauffaient. Le givre fondait en divers endroits.

« monsieur » qui peut être considéré comme une insulte s'il est prononcé dans une assemblée.

1. *Siège de la société compagnonnique.*

2. *Quartier de Lyon.*

Parler et évoquer tous ces souvenirs semblait faire à la fois du bien et du mal aux deux hommes. Les images arrivaient en vrac dans leur tête, des bonnes et des mauvaises, des petites ou des grandes, des joyeuses et des cruelles.

Lyonnais Cœur loyal reprit son récit :

— L'atmosphère à Lyon était devenue assez irrespirable pour certains d'entre nous, n'est-ce pas ? poursuivit-il, interrogateur. Sur les conseils de la mère[1], plusieurs ont décidé de partir pour se faire un peu oublier. J'ai demandé mon compte au singe[2] et pris la route vers le sud. J'ai longé le Rhône et je suis arrivé à Avignon. Grâce à la solidarité, j'ai trouvé du travail très rapidement. Ah, la cité des Papes. Il y en avait des choses à apprendre pour un charpentier, du palais des Papes à Notre-Dame-des-Doms. Le Comtat Venaissin m'offrait ce que je ne pouvais apprendre dans la capitale des Gaules. Les manières de faire étaient différentes, les charpentes d'une autre allure. L'influence de l'Italie se faisait sentir. Moi qui ne connaissais depuis mon enfance que les pentes et le plateau de la Croix-Rousse, regardant de loin les ponts enjambant la Saône, parcourant les montées de la Grand-Côte ou celle des Carmélites, arpentant les traboules pour gagner du temps et hésitant à descendre dans le triangle du confluent de peur de me sentir étranger, j'étais servi. Je découvrais le monde, un autre monde. Je suis resté quelques mois avant que mon patron ne me propose d'aller aider un ami qui était dans le

1. *La « mère » est la logeuse des affiliés dans une ville.*

2. *Patron.*

besoin, à Nîmes. Là aussi, quelle vie au milieu des monuments antiques ! Peu éloigné d'Avignon, mais déjà différent. Ma soif de connaissance se trouvait rassasiée. Le dimanche, avec d'autres pays, nous allions découvrir les plus beaux exemples d'architecture locale. C'est ainsi que j'ai pu gravir les marches de la vis de Saint-Gilles, aux portes de la Provence, que j'ai cheminé pour découvrir le pont du Gard, un véritable prodige pour l'époque.

— Et vous avez laissé votre marque à quel endroit, à Nîmes ?

— Comme beaucoup d'entre nous, j'ai gravé mon passage dans une galerie d'un temple qui se trouve près de la fontaine romaine[1].

— Et où étiez-vous logé ?

— Chez le père et la mère Reboul, entre la louve et la Maison carrée, rue Nationale. Des gens très bien, honnêtes, bons, aimant l'ordre et la propreté. Je n'ai que d'excellentes choses à dire sur eux. Ils avaient trois jolies filles : Augustine, Anna et Marinette.

— Cela vous a bien marqué pour que vous vous souveniez encore aujourd'hui de ces détails, à moins que…

— Alors là, non, pays, vous savez bien qu'il est interdit de s'intéresser de trop près à la famille de la mère. Il faut être respectueux.

— Je n'ai jamais dit que vous ne l'avez pas été, mais vous vous souvenez de leurs prénoms. C'est un signe.

— Vous me taquinez, non ?

— Bien sûr. Mais continuez, vous me faites rêver.

1. *L'actuel temple de Diane.*

— Les Reboul étaient vraiment généreux, les repas copieux et la literie de qualité. Que de bons moments ! Je suis ensuite descendu jusqu'au bord de la Méditerranée, à Marseille. Quelle ville ! Je n'avais jamais vu autant d'eau de ma vie et quelle fourmilière sur le Vieux-Port. La manière de vivre était différente de la nôtre. Et puis tellement blagueurs, ces Méridionaux. C'est là que j'ai appris le jeu du « porte-monnaie ».

— Et c'est quoi, au juste ?

Avant même de commencer ses explications, les yeux du compagnon s'étaient mis à briller, heureux de se remémorer ces moments burlesques.

— Pour jouer à ce jeu, il faut un porte-monnaie vide. On attachait une ficelle et on l'abandonnait sur un trottoir. On guettait au carreau de la cayenne le premier passant qui s'intéresserait à notre objet. Dès qu'il se penchait pour le saisir, on tirait sur la ficelle et l'objet lui échappait. Qu'est-ce qu'on a pu rigoler avec ça !

Lyonnais Cœur loyal s'arrêta de parler. Gustave sentit que l'espace de quelques secondes il s'était transporté bien loin et qu'il revoyait, bien des années plus tard, une des personnes qu'ils avaient bernées, là-bas, près de la Grande Bleue.

— De grands travaux d'urbanisme se préparaient et on avait besoin de beaucoup de main-d'œuvre pour construire et couvrir les nouveaux immeubles, reprit-il. J'ai profité de cette proximité maritime pour passer quelque temps chez un charpentier de marine. L'expérience était très excitante. Les techniques étaient toutes nouvelles pour moi venant de la terre et qui ne connaissait que les charpentes des maisons. J'ai travaillé sur des projets pour des pêcheurs, mais également des armateurs, mais je suis vite revenu à la réalité. Il fallait que je poursuive mon tour. Un compagnon avec qui j'avais sympathisé terminait son tour dans la cité phocéenne et revenait dans son pays. Je l'ai suivi et je suis arrivé à Béziers. L'animation était différente. Pas de bateaux, mais des tonneaux et du vin, beaucoup de vin. Une autre manière de travailler le bois. On venait tout juste de terminer la construction du théâtre municipal et les négociants édifiaient de beaux hôtels particuliers le long de la promenade[1]. Cette envie de construction a été ralentie par une maladie de la vigne et j'ai poursuivi mon périple jusqu'à Toulouse.

— Sans vous arrêter à Narbonne ?

— Bien sûr que je me suis arrêté à Narbonne. Je n'aurais jamais manqué d'aller voir la grenouille de l'église Saint-Paul-Serge, si c'est de ça dont vous voulez parler. D'autres se sont laissés prendre, mais pas moi.

Gustave acquiesça en souriant. Il connaissait la légende et l'histoire d'un compagnon qui entourait cette sculpture[2].

— Je vois que vous avez voulu me mettre en difficulté, Tarentaise la Malice, avec la grenouille. Eh bien, il faudra repasser.

Les deux hommes éclatèrent de rire. La fraternité que Gustave avait connue, et appréciée, à

1. *Actuelles allées Paul-Riquet.*

2. *Voir le chapitre « La grenouille de Narbonne » dans la partie Documentation.*

l'époque où il était aspirant compagnon revenait au grand jour.

L'attelage traversait La Fouillouse. Un long sifflement marqua le départ d'un train de l'embarcadère[1] du village. Venant de Saint-Étienne, le convoi se dirigeait vers Roanne. Le jour était totalement levé et l'animation routière augmentait au fur et à mesure que l'on se rapprochait de la cité stéphanoise. On entendait au loin quelques sirènes annonçant le début du travail dans les usines mais également celles des différentes mines de charbon indiquant la relève des équipes travaillant au fond des puits.

— Et à Toulouse, qu'est-ce qu'il y avait, un chameau ?

— Non, mais vous n'êtes pas loin, puisqu'il s'agit d'un… palmier.

— Un quoi ?

— Vous avez bien entendu, un palmier. C'est comme ça qu'on appelle le pilier central élevé dans le chœur de l'église des Jacobins. Ça a permis de créer une voûte avec des nervures si fines et si légères qui partent du centre, qu'on croirait être à l'abri d'un palmier. Le résultat est époustouflant. Et la nourriture, à Toulouse, une pure merveille ! La première fois que j'ai mangé un cassoulet, je n'osais même plus parler en le savourant. On m'a expliqué qu'il se faisait avec du confit de canard et une saucisse de Toulouse contrairement à celui élaboré à Carcassonne, contenant du mouton et de la perdrix rouge, ou celui de Castelnaudary cuisiné

1. *Ainsi se nommaient les gares au début des chemins de fer.*

avec du confit d'oie, du jarret ou de l'épaule de porc. Qu'est-ce qu'ils peuvent être chauvins, ces gens-là ! La seule chose qui est commune aux trois recettes, ce sont les haricots blancs. Ça travaille au corps, ces bestioles, quand on n'est pas habitué. Heureusement que ce jour-là on avait décidé de se promener à l'air libre, le long du canal de Brienne. Lors de la balade, de petits bruits intempestifs me permirent de comprendre que je n'étais pas le seul à avoir été indisposé. Ce n'est que la seconde fois que la mère m'expliqua qu'il fallait mettre un filet de vinaigre sur les haricots, avant de les manger, pour éviter de péter. Ç'a été un peu mon bizutage toulousain, en quelque sorte. Je suis resté peu de temps à Toulouse. Ensuite, j'ai suivi la Garonne jusqu'à Bordeaux où j'ai retrouvé un port et des tonneaux de vin comme à Béziers et à Marseille, mais très différemment. Le vin était de qualité supérieure et le port non maritime, mais fluvial.

Sur sa gauche, l'attelage laissa la direction de L'Étrat, puis le village de Saint-Priest-en-Jarez dont on apercevait le clocher de la nouvelle église, dominé par le vieux bourg sur sa colline. À droite, Villars étageait ses maisons.

La route poussiéreuse, tracé de l'ancienne voie impériale qui menait de Roanne au Rhône, conduisait à l'embarcadère des Mottetières[1] avant de retrouver le ruisseau du Furan dont les voyageurs allaient remonter le cours jusqu'à l'hôtel de ville stéphanois.

---

1. Ancienne gare remplacée par celle de la Terrasse, un peu plus au nord.

Ils passèrent devant le gazomètre alimentant l'agglomération en combustible, longèrent la plaine de Montaud et atteignirent les premières maisons. Sur le côté droit de la rue, traversant de part en part de manière rectiligne la ville, des quartiers s'étalaient, desservis par des rues s'unissant à l'artère principale par des angles droits. C'est ainsi que Lyonnais Cœur loyal, qui savait tout juste lire, ânonna ce qu'il lisait sur des plaques de rue : rue du Bourg-Neuf, rue du Moulin-Bréal, rue Jacquard[1].

— Ça vous intéresse les noms de rues ? demanda Gustave, surpris.

— Oui et non. J'aime bien m'imprégner des noms locaux quand j'arrive quelque part. Et c'est quoi, ce gros bâtiment qu'on aperçoit à gauche, là-bas ?

— C'est l'hôtel de ville. C'est par là que je vais. Mais, au fait, où est-ce que je vous dépose, pays ?

— À la maison des compagnons, répondit l'homme, rêveur, occupé à poursuivre sa curiosité environnementale.

— Je m'en doute, mais où est-elle ? questionna Gustave.

— Ben oui, il vaut mieux que vous le sachiez.

Ouvrant son baluchon, le compagnon fouilla son contenu et en sortit un petit bout de papier sur lequel avaient été griffonnés à la hâte quelques mots :

— C'est sur la place Grenette, déchiffra-t-il. C'est loin d'ici ?

— Non. Je vais vous y déposer avant d'aller à mes occupations.

1. *Actuelle rue Camélinat.*

— C'est trop gentil de votre part. Mais, dites-moi, vous ne savez pas où se trouve la cayenne de notre mère, à Saint-Étienne ?

— Non. J'ai fait un trait sur tout ça depuis longtemps et je n'ai pas trop envie d'en parler.

— Je suis désolé. Je suis indiscret. Par contre, je vous ai raconté ma vie, mais vous ne m'avez rien dit de vos activités actuelles, vous !

— J'aurai l'occasion de vous en dire un peu plus lors d'une prochaine rencontre. En tout cas, je l'espère, car il faudra venir me voir à Saint-Just. Vous savez, l'église Saint-André de Saint-Rambert conserve de petits joyaux d'architecture qui pourraient vous plaire, à vous et aux autres compagnons que vous allez rencontrer, s'ils ne la connaissent pas.

— Je l'espère aussi, mais parlez-moi de vous.

— Je suis commis de barre. Je travaille pour les frères Giron, Antoine et Marcellin. Leur famille est originaire de par-là, d'ailleurs, dit Gustave en montrant d'un geste de la main la campagne sur sa gauche, et plus particulièrement d'Outre-Furan, une commune qui a été rattachée à Saint-Étienne il y a deux ans, mais également de Saint-Jean-Bonnefonds, un peu plus loin. Leur père était issu d'une famille de laboureurs. Il a épousé une cousine germaine qui était passementière. Le couple a créé une fabrique de rubans qu'il a cédée il y a un peu plus de cinq ans à deux de ses onze enfants, mes patrons, en quelque sorte. Ils se sont installés comme « donneurs d'ordres ». Ce sont eux qui me procurent la matière pour travailler. Tu vois, ce matin, je me rends à leurs bureaux, rue Royale[1], pour récupérer le chargement, les bobines de fil de soie ou de coton, mais également la commande qui correspond, les caractéristiques des rubans à fabriquer, leur largeur, le métrage final. Charge à moi de trouver des ateliers qui correspondent au type de produit envisagé.

— Vous êtes un petit patron, alors ?

— Non, un intermédiaire entre le négoce et les petites mains.

— Vous avez quand même une certaine liberté d'action.

— Oui et ce n'est pas désagréable.

— Mais comment est-ce que vous êtes payé ?

— C'est moi qui négocie les prix avec les travailleurs. Je suis totalement libre de mes faits et gestes et je fais la pluie et le beau temps. Quand le travail est terminé, je récupère les rubans et les rapporte chez les Giron qui me les payent.

— Et pourquoi les frères Giron ne font-ils pas ça eux-mêmes ?

— Parce que c'est plus facile pour eux de placer les produits terminés auprès de leurs clients que de chercher les ouvriers. Dès qu'ils ont distribué les chargements aux commis, c'est-à-dire les soies ourdies qu'ils ont acquises décreusées, moulinées, teintes, dévidées et bobinées, ils n'ont plus qu'à attendre le retour des produits finis, sans avoir aucun souci de fabrication. C'est nous qui les avons. Eux ont le sens des affaires et nous, les commis de barre, celui de la débrouille. Vous savez, ce n'est pas

1. *Actuelle rue de la République.*

toujours facile. Dès que j'ai la commande sur les bras, je sais que tel ou tel atelier pourra me faire le travail en question car certains sont plus spécialisés dans des catégories de rubans que d'autres. Il faut qu'ils soient libres au moment où j'ai le travail. Il ne faut pas non plus que je les fasse trop attendre en les laissant sans occupation très longtemps, sinon ils risquent d'aller proposer leurs bons offices à un autre commis, et pour moi c'est une catastrophe, car cela fout en l'air mes prévisions sur mon organisation. C'est une gestion permanente qui prend beaucoup de temps.

— Eh bien moi, je ne pourrais pas faire ça. Je préfère élaborer mes charpentes et travailler mon bois. C'est plus calme.

— Je vous comprends mais si vous, vous avez la satisfaction de la belle œuvre, moi j'ai celle de la qualité des rubans qui rejaillit sur toute la maison. On obtient quelquefois des distinctions, comme en 1855 où on a décroché une médaille d'or à l'Exposition universelle de Londres, en Angleterre. Vous vous imaginez, en Angleterre ! Parmi les rubans primés, il y en avait qui venaient de mes petites mains. C'est une belle récompense, non ? Ça nous amène une renommée qui fait venir de nouveaux clients et les patrons sont contents. C'est le boulot des frères Giron de valoriser les produits et pendant ce temps-là, nous, on cherche de nouveaux fabricants compétents pour réaliser les nouveaux contrats. Chacun a une place bien déterminée et l'entreprise pourra ainsi prospérer. Dans huit ans, il y a une nouvelle Exposition internationale à Porto, au Portugal. Ça serait bien qu'on ait une nouvelle citation.

— Et entre vous, comment ça se passe ?

— Comment, entre nous ?

— Entre commis, il n'y a pas de concurrence, de jalousies.

— On ne marche pas sur les plates-bandes des autres. Histoire d'honneur et de parole donnée. Il y a des règles qui n'ont pas besoin d'être écrites pour être respectées.

— À chacun ses ambitions, mais je vous renouvelle que je préfère mes scies, maillets ou autres ciseaux.

Tout en discutant, l'attelage avait atteint la place Marengo[1]. Une série d'arcades bordait la rue Général-Foy sur laquelle il circulait. Ils longèrent la place de l'Hôtel-de-Ville avant d'arriver à une intersection.

— C'est là que je vais, désigna Gustave en montrant de l'index la rue qui venait de leur gauche. C'est la rue Royale.

— Laissez-moi ici, proposa le passager.

— Je ne vais pas vous laisser au milieu de toute cette foule. Je vais effectuer encore un petit bout de chemin avec vous. Je suis tellement content de vous avoir retrouvé.

La cohue grandissante qui entourait la charrette avait ralenti son allure. La proximité des marchés de Chavanelle, de la place des Ursules ou, plus loin, de celui aux poissons donnait une animation importante à ce quartier légèrement en retrait des maisons beaucoup plus cossues où s'activait l'économie financière de la cité. Les ménagères de petite

1. *Actuelle place Jean-Jaurès.*

condition ou les employés de maison bourgeoise s'y fréquentaient afin de s'y approvisionner à coups de coude pour se frayer un passage pour atteindre les étals des vendeurs, ou de grands coups de gueule pour se faire entendre ou respecter.

La place Royale[1] était en vue lorsque Gustave proposa à son passager de descendre. Tirant sur les rênes, il immobilisa Pâquerette. Il ne pouvait pas aller plus loin, tant l'affluence se densifiait, sans se mettre dans l'embarras pour rejoindre le lieu de son rendez-vous avec les employés des frères Giron.

— Traversez la place et prenez la rue Mercière qui est en face. Vous arriverez ainsi à la place Grenette. Elle n'est pas bien grande, vous ne pouvez pas vous perdre et vous devriez trouver très facilement votre cayenne. Vous avez une langue, sourit Gustave.

— Merci pays ! lui cria le compagnon en lançant sa canne, au bout de laquelle pendait son baluchon, sur son épaule. J'espère que l'on se reverra.

— Il ne tient qu'à vous de me raconter la suite de votre périple autour d'un godet à l'*Auberge du Forez*. Vous n'oublierez pas ? À l'entrée du pont reliant Saint-Rambert-sur-Loire à Saint-Just-sur-Loire, côté Saint-Just.

— Pas de souci. J'ai beaucoup de choses à vous dire encore sur Rochefort, Nantes, Angers, Tours, Paris, Auxerre, Dijon et Chalon-sur-Saône.

— Mais, au fait, comment avez-vous abouti à Andrézieux ? La route la plus directe de Chalon à Lyon ne passe pas par là.

1. *Actuelle place du Peuple.*

— Parce que mon patron m'a dit que si je voulais parfaire mon savoir il fallait que je fasse obligatoirement le détour par l'Auvergne et ses cinq églises majeures. C'est comme ça que j'ai poursuivi ma route par Clermont-Ferrand et la basilique Notre-Dame-du-Port, Orcival et sa basilique Notre-Dame, les églises de Saint-Nectaire et de Saint-Saturnin pour finir à Saint-Austremoine d'Issoire. Là, j'ai trouvé un brave homme qui descendait avec sa charrette et m'a déposé à Sury-le-Comtal. Voilà pourquoi vous m'avez trouvé à Andrézieux. Je repartais d'une grange où j'avais passé la nuit.

— Je comprends mieux, mais venez voir l'église de Saint-Rambert, comme je vous l'ai dit tout à l'heure. Elle ne vaut peut-être pas celles d'Auvergne, quoique ce n'est pas sûr, mais vous ne serez pas déçu. Je vous l'assure !

— Je vous le promets, pays. Un de ces dimanches, je vous ferai la surprise. N'oubliez pas de mettre une chopine au frais. La marche, ça met les papilles en émoi. Foi de compagnon.

Les deux hommes avaient été obligés de hausser le ton pour dire les dernières phrases. Devant l'hostilité des gens qui les entouraient et protestaient contre un stationnement qu'ils jugeaient encombrant, Gustave avait été obligé de faire avancer la jument. Il regarda partir le compagnon du Devoir vers une nouvelle aventure avec une certaine nostalgie.

La discussion qu'ils avaient échangée l'avait rendu quelque peu mélancolique, mais il se devait de revenir à une réalité très terre à terre : son travail de commis l'attendait.

VII

La proposition

Après avoir quitté, avec quelques difficultés vu le trafic, le quartier de la place Grenette et déposé son passager, l'attelage revint sur ses pas et se dirigea vers la rue Royale. Le soleil était déjà haut dans le ciel lorsqu'il aborda la grande place de l'Hôtel-de-Ville, qu'il longea.

Gustave aperçut des attroupements de passementiers stéphanois lâchant, de temps en temps, l'un des leurs pressé d'aller au rendez-vous pour réceptionner son chargement auprès de leur fournisseur. C'était l'heure de la recette. Si certains avaient déposé leurs corbeilles à côté d'eux pour avoir le loisir de s'allumer une pipe ou pour être plus à l'aise pour *jabiasser*[1], d'autres les avaient attachées en bandoulière. Les derniers arrivants passaient d'un trottoir à l'autre pour repérer un camarade, une connaissance dans le but de faire la causette.

Gustave comprit, à l'agitation de certains, que les discussions allaient bon train sur les derniers cours que les fabricants leur imposaient. Quelques centimes de moins par rapport à la dernière livraison

1. *Parler à tort et à travers. Jacasser.*

devenaient problématiques pour leurs finances. Aux regards que d'autres lui lançaient, il jura que le débat portait sur ces « satanés commis de barre » qui avaient de mauvais procédés à leur encontre. Tous pourtant n'auraient pas laissé leur place tant ils avaient besoin de ce travail pour faire vivre leurs familles. Quelques cas particuliers n'ayant rien à mettre sous la dent de leurs métiers à tisser permettaient à tous d'admettre qu'ils devaient se satisfaire de leur condition qui aurait pu être plus mauvaise encore.

Les potins allaient bon train quand, au niveau de la place du Marché[1], Gustave croisa la charrette d'un de ses collègues revenant de prendre son chargement. Celui-ci lui lança en riant, comme par défi :

— Ne traîne pas trop, sinon tu n'auras plus de matière à mettre dans ta besace.

Il lui rendit son salut en souriant et ne put s'empêcher de rêver qu'au même instant un homme poussait la porte d'une maison amie dans une ville où il ne connaissait personne. Il allait y être accueilli comme un enfant qui rentre chez lui, dans sa famille. C'était ça le compagnonnage, mais il n'en faisait plus partie. Il évacua rapidement cette pensée de son esprit pour se consacrer à son activité.

Il avait pris un peu de retard et ce n'étaient pas les fiacres, qui attendaient les clients de l'*Hôtel du Nord* et encombraient la chaussée, qui lui en feraient gagner. Pâquerette s'était engagée dans la rue Royale et était arrivée à l'angle de la rue Brossard où s'élevait l'établissement le plus chic de Saint-Étienne.

1. *Actuelle place Dorian.*

C'est là que descendaient les personnalités qui séjournaient en ville. Un collègue commis stéphanois, amoureux de sa ville, lui avait raconté, avec une certaine fierté, un jour qu'ils étaient restés bloqués au même endroit, qu'une actrice de renommée nationale du nom de Rachel y avait été hébergée, mais également le duc d'Aumale, le prince de Joinville et le duc de Nemours, tous enfants du roi Louis-Philippe. En repensant à ce monarque, Gustave tressaillit. Des souvenirs douloureux lui revinrent en tête, continuité de l'entretien qu'il avait eu avec Lyonnais Cœur loyal.

La jument progressait entre deux alignements de façades aussi hautes que l'enrichissement des fabricants de rubans. C'est dans ce quartier que s'étaient construits, depuis une quinzaine d'années, les immeubles abritant leur négoce au fur et à mesure de l'ascension de leurs affaires. Elle connaissait bien les lieux. Sans même que son maître ait eu à faire un quelconque geste, elle se glissa lentement vers les écuries de la maison Giron frères situées au 11 de la rue Royale. Elle passa sous l'une des cinq hautes arcades qui ouvraient sur le logement des chevaux. Elle avait repéré une mangeoire qui l'intéressait. Même si ce n'était pas nécessaire, tant elle était docile et rompue à ce genre de situation et de l'attente qui allait s'ensuivre, Gustave attacha les rênes à un anneau scellé dans le mur avant de lui tapoter, amicalement, le postérieur. Un peu de foin, laissé à l'abandon par un de ses congénères, absorba toute son attention. La cohue qui l'entourait lui était coutumière. Elle était habituée à ce remue-ménage et n'y prêtait même pas attention.

Des commis chargeaient des voitures de malles contenant tout le nécessaire à tisser pendant que des enfants passaient en courant, manquant de les faire chuter, déclenchant quelques jurons. L'empilage terminé, ils iraient, comme Gustave le ferait à son tour, distribuer le travail dans les communes les plus éloignées de Saint-Étienne.

Pour sa part, le mari de Marie-Louise se bornait à celles de la plaine du Forez, dans les alentours de Saint-Just-sur-Loire, mais d'autres allaient jusqu'aux premiers contreforts des plateaux du Velay, à la limite du territoire où la dentelle du Puy prenait le relais de la rubanerie, en passant par Saint-Genest-Malifaux, le Grand-Bois ou Saint-Sauveur-en-Rue. Comme le faisait remarquer Gustave, il y avait les passementiers des champs et ceux des villes. Il faut dire que, depuis que les cheminées industrielles déversaient leurs flots de fumée sur la cité, les fabricants de rubans avaient privilégié la campagne, cette pollution étant l'ennemi premier de cet artisanat. Voilà pour quelles raisons, en quelques années, les ouvriers stéphanois avaient privilégié les quartiers situés sur les hauteurs et ses collines pour rechercher de l'air pur et surtout la lumière qui leur permettait de mieux travailler. Ce sont ces derniers, majoritairement, qui venaient directement chercher leur travail sans passer par un quelconque intermédiaire et investissaient invariablement la place de l'Hôtel-de-Ville avant de venir jusqu'ici.

Gustave traversa l'arrière-cour du bâtiment et atteignit l'escalier qui menait à la recette. Il croisa un ouvrier qui en descendait en bougonnant.

— Encore dix centimes de moins. Ce n'est plus tenable, lui sembla-t-il entendre.

Il gravit les degrés deux par deux et se retrouva sur le palier.

— Alors, monsieur Charrier, on ne s'est pas levé, ce matin ? La personne qui lui avait lancé cette réflexion n'était autre qu'Antoine Giron en personne.

La trentaine épanouie, l'un des administrateurs de la société Giron frères présentait bien dans son costume sombre trois pièces, une chaîne en or retenant une montre à gousset que l'on devinait dans une poche de son gilet. De larges favoris, à la mode du second Empire, encadraient sa bouche et augmentaient le côté un peu rondouillard de son visage. Son regard dégageait toutefois une bonhomie particulièrement avenante et rassurante.

— Je suis désolé, monsieur, mais j'ai dû faire un détour par la place Grenette et, à cette heure, j'ai eu du mal à me frayer un passage.

— N'ayez aucune crainte, je ne vous ai pas arrêté dans votre élan pour vous faire ce genre de reproche. Je sais que vous êtes un excellent collaborateur et je vous guettais depuis plusieurs jours. Je voulais vous parler.

— Je ne suis pas venu les jours derniers, car j'ai enterré mon beau-père.

— Permettez-moi de vous présenter mes condoléances que je vous demande de transmettre à votre épouse.

— Merci, monsieur.

— Mais ne restons pas là, entrez dans mon bureau.

D'un geste de la main, Antoine Giron montra la direction énoncée. Gustave entra dans une partie de la maison qu'il ne connaissait pas et interdite aux personnes étrangères à l'entreprise. Il emprunta un couloir sur lequel donnaient plusieurs portes. L'une d'entre elles était ouverte.

— Excusez-moi, je vous précède, lui dit Antoine Giron.

Mêlant le geste à la parole, le directeur dépassa le jeune homme et pénétra dans la pièce qui lui servait de bureau, avant de refermer la porte derrière eux. Quelques secondes plus tard, il en ouvrit une seconde et annonça à la personne que l'on imaginait de l'autre côté du mur :

— Que l'on ne me dérange sous aucun prétexte.

— Oui, monsieur, répondit une voix féminine.

Gustave profita de cet instant où on ne s'occupait pas de lui pour découvrir, curieux, l'intérieur de la pièce. Les murs étaient tendus de panneaux peints imitant du marbre. Quelques tableaux représentant des paysages vides de toute présence humaine ni même animale les agrémentaient. L'ameublement était de couleur sombre. Tout d'abord une bibliothèque dans laquelle étaient rangés, soigneusement, quelques ouvrages et plusieurs bibelots : des vases en porcelaine, des bustes luisants et des illustrations appuyées sur les livres. Un meuble bas ayant plusieurs portes sur lequel des rubans s'étalaient et un grand bureau auquel Antoine Giron s'installa. Dès qu'il fut assis, il désigna à son invité le siège qui lui faisait face.

— Je suis heureux de vous voir, monsieur Charrier. Comme je vous le disais, mon frère et moi-même sommes satisfaits de votre travail. Les artisans auxquels vous proposez nos produits à tisser sont très sérieux et nous donnent entièrement satisfaction. La médaille que nous avons obtenue à l'Exposition universelle de Londres en est le témoignage, poursuivit-il en désignant un cadre placé derrière lui, entre les deux fenêtres donnant sur la rue Royale, dans lequel avait été placé un diplôme orné d'une grosse pièce qui devait représenter le prix – c'est en tout cas ce que pensa Gustave. Mais c'est de tout autre chose, même si nous restons dans le domaine de la passementerie, que je voulais vous entretenir.

Gustave regardait cet homme appartenant à une autre condition que la sienne et il se demandait où il voulait bien en venir. Cela ne semblait pas être mauvais puisque la discussion avait commencé par des éloges. Toutefois, il pouvait arriver que le début soit flatteur mais le final beaucoup moins avenant. Le jeune homme en avait déjà fait les frais dans d'autres circonstances.

— Imaginez-vous que j'ai déjeuné avec mon frère récemment. Nous étions accompagnés de nos épouses respectives, dont ma jeune belle-sœur Antoinette, que mon frère Marcellin a épousée il y a peu de temps. La discussion s'est engagée vers les rubans, chose inhabituelle puisque nous ne parlons pas de nos affaires en famille. J'aime bien que l'on sépare les deux choses. Elles n'ont rien à faire ensemble pour un bon équilibre familial. Nos conjointes s'occupent plutôt de bonnes œuvres et de la condition de nos ouvriers, choses qui nous tiennent à cœur, à mon frère et à moi. Nous n'avons jamais oublié que nous sommes issus de la terre. C'est d'ailleurs le même état d'esprit qui anime ma belle-sœur Antoinette. Elle est la nièce de Denis Épitalon, notre concurrent en quelque sorte, mais avec qui nous entretenons de très bons rapports. Cette famille est également descendante de gens modestes. Denis Épitalon était le fils d'un aubergiste et il a commencé comme vous dans la vie. Il était commis à l'âge de quinze ans. Ce n'est pas rien tout de même. Mais je ne vous ai pas demandé de venir à cette place pour vous raconter nos histoires personnelles. Donc ma belle-sœur Antoinette nous a entretenus d'une idée que je vous soumets.

Gustave était flatté de voir qu'une personne de ces conditions et qualité vienne lui parler de projets, à lui, le simple commis de barre. Il fallait qu'il ait confiance pour lui parler si intimement de ce qui ne sortait pas, en général, de l'enceinte de cette pièce.

— Au deuxième trimestre de l'année dernière, juste avant l'été 1856, on a constaté un ralentissement de nos activités. Vous savez, les modes passent. Il nous faut les subir ou les apprécier. C'est déjà arrivé et ça reviendra irrémédiablement. Toutefois, cette fois-ci, la reprise que nous attendions et espérions, en ce début d'année 1857, ne s'est pas fait sentir. Je dirais même que la situation se détériore au point que nous avons accusé une baisse de notre chiffre d'affaires proche de trente pour cent. Ce n'est pas rien.

— Je comprends mieux maintenant que nous ayons moins de chargement à placer depuis quelques semaines. Les ateliers se plaignent de périodes plus fréquentes de chômage.

— Et c'est bien réel. Nous avons demandé, mon frère et moi-même, de répartir le mieux possible le travail, mais ce n'est pas facile.

— Je veux bien vous croire, adhéra Gustave.

— Pour revenir à ce qui me vaut votre présence ici, il faut savoir que, depuis l'avènement du second Empire, le velours a fait son apparition de manière fulgurante dans le vestimentaire féminin. Cette richesse du tissu permet de l'exempter de toute ornementation et donc de lui adjoindre des rubans. La simplicité qui environne cette nouvelle mode risque de nous être préjudiciable et je ne voudrais pas que nous manquions une occasion d'innover et de prendre une longueur d'avance sur nos concurrents.

— Même sur la maison Épitalon ? osa le jeune homme.

— Oui. Vous savez, j'ai l'habitude de ne pas mélanger famille et affaires. Nous avons, mon frère et moi, la responsabilité de la bonne marche d'une entreprise et nos ouvriers nous font confiance. Il ne faut pas les décevoir. Je dois vous avouer qu'au début j'ai pensé que son idée était bien féminine, mais, à y repenser, elle n'est pas si bête que cela. Je parle bien évidemment de l'idée, pas de ma belle-sœur ! conclut Antoine Giron avec un petit sourire malicieux.

— Et quelle idée, si vous me le permettez ?

— Celle de fabriquer des rubans de velours à base de soie uni.

— De velours uni ! répéta Gustave.

— Oui, vous avez bien entendu. C'est révolutionnaire, je le conçois, mais ça pourrait marcher.

J'ai donc pensé que vous pouviez m'aider dans cette étude.

— Et de quelle manière ?

— En mettant dans la confidence un de vos ateliers de passementiers qui nous donnerait son impression, son expérience et qui attesterait surtout que c'est viable. Comme je vous l'ai dit il y a un instant, vous n'êtes pas étranger à l'obtention de cette médaille d'or, reprit le frère Giron en montrant une nouvelle fois le cadre où brillait la distinction londonienne. Donc j'en déduis que vous côtoyez les meilleurs d'entre eux. Je me suis laissé dire qu'à Saint-Rambert-sur-Loire une famille possède beaucoup de talents. Ne pensez-vous pas que vous pourriez leur en toucher quelques mots ?

— Vous me prenez au dépourvu, monsieur, ne put que répondre Gustave.

— Je le comprends très bien et je ne vous demande pas de me donner immédiatement votre impression. Nous ne sommes pas pris à la gorge pour nous engager dans une bataille la tête baissée, sans réfléchir aux conséquences. Nous sommes dans la phase de l'étude et il faut prendre son temps.

— Mais cette étude aura un coût que l'atelier en question aura peut-être du mal à supporter.

— J'y ai pensé. C'est pour cette raison que, dès que vous m'aurez proposé un artisan, je ferai calculer par la comptabilité la somme qu'ils ont touchée pour leurs travaux durant les douze derniers mois et qu'ainsi nous évaluerons un salaire mensuel qui leur sera donné de manière fixe, sans aucune restriction, durant toute la durée de l'opération.

— Même si la cotation de la soie baisse ?

— Même si la cotation de la soie baisse ! répéta lentement l'industriel pour bien appuyer sur le bien-fondé et l'intérêt de sa proposition.

— Et ma commission ?

— Elle sera également fixée de la même manière sans aucun changement durant la même période, mais là je pense que je n'ai pas à intervenir. Ce sont vos affaires relationnelles avec le passementier. Alors ? Est-ce que vous êtes intéressé ?

Tout en prononçant ces derniers mots, Antoine Giron avait croisé ses mains, les deux index en l'air et les pouces qu'il avait placés sous son menton, s'était appuyé sur le dossier de son fauteuil et y avait laissé glisser son corps, comme pour s'éloigner de son interlocuteur afin de mieux le toiser et apprécier les effets de sa suggestion.

Gustave ne savait que dire. Il avait à la fois envie de le remercier pour la confiance qu'il lui accordait, mais il sentait une certaine crainte que ce projet ne soit un piège. Mais alors dans quel but ? L'affaire était trop belle. Il n'aurait plus à se faire de souci pendant toute l'expérimentation, les revenus de l'atelier dont il allait donner le nom à son patron seraient inchangés, même en cas de coup dur. Or il savait que la première chose qui l'intéressait, quand il venait prendre son chargement à la recette, était justement le niveau de la cotation de la soie et le prix qu'on allait pouvoir négocier avec ses ateliers, et donc, par déduction, du montant de sa commission. Beaucoup de choses s'entrechoquaient dans sa tête qui se vidait au fur et à mesure qu'il réfléchissait. Les avantages et les inconvénients se bousculaient.

— Il va sans dire que cet entretien et tout ce que je viens de vous exposer doit rester entre nous. Même si vous refusez, je vous demande de ne rien divulguer de ce projet à qui que ce soit. Il y va de l'intégrité de notre entreprise et de son avenir.

— Vous pouvez compter sur moi, monsieur Giron.

— Merci beaucoup. Vous savez, si nous nous trompons sur l'appréciation de ce projet, ça ne changera rien, mais si nous réussissons, nous aurons une nouveauté qui risque de faire beaucoup de bruit dans le milieu de la rubanerie et, le temps que nos rivaux s'alignent sur cette idée, nous aurons le temps d'engranger quelques dividendes pour nous parer de jours plus sombres. Diriger une entreprise, c'est avoir une longueur d'avance sur ses adversaires et c'est ce que nous sommes occupés à faire en ce moment, tous les deux. Alors, pensez-vous que cela puisse vous convenir ?

Gustave n'en crut pas ses oreilles lorsqu'il s'entendit répondre :

— Pourquoi pas ?

— À la bonne heure ! s'exclama Antoine Giron en se levant. Vous verrez, ce sera une belle aventure que nous allons vivre en espérant que l'idée de ma belle-sœur saura trouver une concrétisation, et ça ne tient qu'à vous.

L'industriel s'approcha de Gustave et lui prit la main, comme font les maquignons lors d'un marché aux bestiaux pour conclure une vente.

— Dans ces conditions, je vais vous montrer quelque chose que vous ne connaissez pas.

VIII

La visite

— Il y a dans cette maison des lieux qui ne sont accessibles qu'à peu de personnes. Je vais vous en faire découvrir certains puisque vous allez entrer dans la confidence d'un de nos projets.

Dès la sortie de son bureau, Antoine Giron attira son interlocuteur dans la direction opposée à la porte par laquelle celui-ci était entré une heure auparavant.

— Je vous précède. Ce n'est pas très poli, je vous l'accorde, mais comme vous ne connaissez pas les lieux je vais vous servir de guide, poursuivit l'industriel en échangeant un léger sourire avec son commis.

Une porte, un long couloir, encore une porte, des escaliers et toujours des portes, les deux hommes n'en finissaient pas de marcher. L'atmosphère était feutrée, notamment à cause du tapis sur lequel ils progressaient. Petit à petit, Gustave commença à discerner quelques bruits. Oh ! Pas des éclats de voix, mais des murmures, des chuchotis, des bruissements.

Un huis que l'on pousse et les deux hommes entrèrent dans un atelier, grande pièce au plafond haut, ou plutôt au toit très haut. En effet, la charpente métallique, supportée par quelques colonnes répartissant la charge de son poids, était visible. Du lambris cachait les tuiles de la toiture. À la jonction sommitale de ses deux pentes, une grande verrière faisait entrer la lumière du jour à profusion.

À la vue d'un de leurs patrons, les personnes présentes se tournèrent d'un même mouvement vers les nouveaux arrivants et celles qui étaient assises se levèrent. D'un geste de la main, M. Giron fit signe de ne pas se déranger. Il se dirigea vers le seul homme présent, sans doute celui qui coordonnait le travail du lieu, autrement dit le chef d'atelier.

— Bonjour monsieur Giraudon, dit-il en lui tendant la main.

— Bonjour monsieur, répondit l'employé en rendant le salut.

— Je vous présente M. Charrier, Gustave Charrier. C'est un de nos meilleurs commis de barre. Il sera chargé de nous trouver la personne qui expérimentera ce dont nous avons parlé récemment et que nous avons mis au point avec toute l'équipe de la maison.

Les mots étaient choisis, les phrases sobres, presque énigmatiques. Gustave comprit qu'il ne fallait pas trop parler et que moins on en dirait, dans cette affaire, mieux on se porterait. Les ouvrières qui s'affairaient autour de la grande table trônant au centre de la pièce n'étaient vraisemblablement pas dans la confidence. Le jeune homme évalua en quelques secondes toute la confiance qu'on lui accordait. Il en tira une certaine fierté.

Sur le pourtour de la pièce, de grands meubles s'alignaient. Un nombre impressionnant de tiroirs occupaient leurs façades. Certains étaient ouverts, laissant apercevoir des alignements de bobines de ruban. Les femmes les prenaient les unes après les autres, les dévidaient précautionneusement en inspectant les bandes de tissu avant de les enrouler autour de nouveaux dévidoirs plats, en carton, qu'elles enveloppaient ensuite avec du papier de soie pour les protéger de la poussière avant leur vente. De temps en temps, l'une d'elles soulevait le ruban, l'étirait en se tournant vers la grande verrière. Elle faisait bouger l'étoffe, à la lumière du jour, pour en capter tous les reflets, les couleurs, la brillance afin d'en apprécier le travail réalisé.

Gustave avait été impressionné, après avoir déambulé dans des couloirs sombres, de découvrir un lieu où la luminosité environnementale était omniprésente. Il pensa que la passementerie, à toutes les étapes de sa conception, avait toujours besoin de clarté, de scintillement, tant dans sa création, son élaboration, son apparence que sa commercialisation. C'était elle qui donnait de l'éclat aux rubans en rehaussant les teintes, mettant en valeur les formes ou jouant avec les entrelacs des fils.

M. Giraudon était de taille moyenne, dans un costume sombre agrémenté d'une cravate, le tout protégé par une blouse en coton gris. Son visage arrondi, barré d'une petite moustache à la mode impériale, était couronné d'une coiffure plate avec une raie bien rectiligne sur le côté droit de son crâne. Dans un sourire éclatant qui dégagea une magnifique dentition, il tendit, à son tour, sa main droite pour saluer le nouvel arrivant.

— Vous ne me connaissez pas, monsieur Charrier, mais moi, oui, indirectement.

Répondant au regard interrogateur du commis, il lui expliqua que le lieu dans lequel il venait de pénétrer n'était autre que l'atelier de vérification des rubans. C'était là que toute la production émanant des différentes fabriques arrivait. Dès leur réception, une étiquette était affectée à chaque lot mentionnant les noms de l'atelier et celui de l'intermédiaire, donc le sien.

Le nom de Charrier apparaissait à certaines occasions. En fin d'année, le chef d'atelier devait présenter un bilan qualitatif à ses patrons sous la forme d'une liste, des plus mauvais éléments vers les meilleurs. Autrement dit, le premier commis qui était cité avait fourni des rubans ayant des défauts ou mal tissés, alors que les derniers étaient à l'origine d'une marchandise correcte, voire irréprochable.

— Et ? se hasarda Gustave.

— Vous êtes toujours en queue de liste depuis…

— Et c'est bien cela qui a fait que nous avons décidé, mon frère et moi, sur les conseils de M. Giraudon, de vous proposer notre marché, coupa Antoine Giron.

Gustave ne s'attendait pas à cette mise en valeur. Il pensa que, pour une fois, arriver le dernier était un honneur et un avantage. Cette pensée lui amorça un sourire qu'il retint rapidement. Le jeune homme comprenait mieux maintenant les raisons de la discussion qu'il venait d'avoir avec son patron et de la proposition qui lui était adressée.

M. Giraudon attira ses visiteurs vers un meuble en particulier. Il en ouvrit le tiroir supérieur et se saisit d'une bobine de ruban. Il commença à la dévider et leur montra ce que certains commis n'hésitaient pas à donner à leur employeur. Le commis attrapa la bande de tissu et l'examina.

— Je pense que le métier a été mal réglé, se hasarda-t-il.

— Je le pense aussi, confirma le chef d'atelier.

— Les fils ne sont pas positionnés au bon endroit, poursuivit le jeune homme. Les couleurs ne se chevauchent pas comme il faudrait et je trouve qu'il y a beaucoup de nœuds. Cela prouve un certain manque d'expérience...

— ... ou un travail bâclé, coupa le directeur.

— Je confirme vos analyses. Le travail est vraiment bâclé ! reprit M. Giraudon

— Et que faites-vous lorsqu'on vous donne ce genre de produits ? interrogea Gustave.

— Nous retenons, lors de la commande suivante, l'argent que nous perdons. Voilà les raisons pour lesquelles il est très important que chaque bobine soit identifiée par le nom de la fabrique et du commis qui l'emploie.

— Et si cela se reproduit ?

— Nous demandons que le commis de barre ne soit plus employé par notre maison qui a une certaine réputation à conserver.

— Et cela arrive souvent ?

— Très peu, mais il faut être très vigilant, car si on met des années pour donner ses lettres de noblesse à une entreprise comme la nôtre, le bouche-à-oreille peut nous faire descendre vers les enfers en une seule journée. Pour le cas présent de ce ruban, argumenta le chef d'atelier en montrant une nouvelle fois la marchandise défectueuse, le commis en question mettait trop de pression sur la fabrique qui devait la confectionner. Ainsi, l'ouvrier se voyait dans l'obligation de rogner son temps sur le réglage de la machine qui peut durer, habituellement, plusieurs jours, n'est-ce pas ?

Gustave confirma d'un signe de tête.

— Ainsi, le métier sur lequel est fait cet article tissant plusieurs bandes en même temps et les feuilles d'enfilage qui mentionnent l'ordre dans lequel les fils doivent être passés dans les lisses n'étant pas respectées scrupuleusement, les imperfections se sont reproduites à l'infini et n'ont fait qu'altérer la qualité du travail de tout un lot. Ces dames sont employées à vérifier que les produits qui nous reviennent sont bien conformes à ce qui est demandé par les cartons de notre bureau d'études qui vous sont confiés. Si elles découvrent des défauts, elles mettent le produit en attente et nous convenons, en collaboration avec notre direction, de sa commercialisation ou pas, mais également des sanctions à prendre pour éviter que cela ne se reproduise.

— Et pour l'instant, force est de constater que nous n'avons eu aucun problème de ce genre avec vous, monsieur Charrier, assura Antoine Giron.

Gustave se sentit rougir en écoutant toutes ces louanges. Cette position privilégiée consécutive à la qualité de son travail lui permettait de découvrir un lieu dont beaucoup parlaient mais que peu de commis, pour ne pas dire aucun, connaissaient.

C'était un peu comme s'il pénétrait au paradis. Tout le monde en parle mais aucun défunt n'est revenu chez les vivants pour le décrire.

Ils avaient discuté, entre commis de barre, bien des fois, du contrôle de leur travail, mais personne n'avait réellement pu voir comment cela se passait. Il était conscient du privilège qui lui était accordé et ne voulait perdre aucune des secondes de l'instant présent. Comme l'avait dit le chef d'atelier, l'ascension était longue mais la chute pouvait s'avérer brutale, imprévisible. Quelques souvenirs lui vinrent à l'esprit. Il avait été quelquefois, comme ses confrères, un peu intransigeant sur le délai de fabrication afin de gagner du temps et ainsi un peu plus d'argent. Il n'était toutefois jamais arrivé à un tel gâchis, comme le ruban que M. Giraudon tenait toujours dans sa main. La fabrique qui en était à l'origine ne devait pas avoir beaucoup d'expérience, à moins que ce fût intentionnel pour nuire à quelqu'un. Gustave aurait bien aimé connaître le nom de la fabrique et du commis de barre à l'origine de ce travail, mais aucune étiquette ne venait indiquer sa provenance.

Perdu dans ses pensées, il sursauta lorsque Antoine Giron déclara :

— Je vous remercie, monsieur Giraudon, pour votre accueil. Nous allons poursuivre notre visite.

Le directeur posa sa main sur l'épaule de Gustave pour lui signifier de se diriger vers la porte. Les ouvrières assises se levèrent une nouvelle fois pour saluer la sortie de leur patron.

— Vous comprenez maintenant pour quelles raisons nous vous avons choisi pour notre étude, argumenta M. Giron resté seul avec son commis de barre. Je vais vous montrer maintenant un lieu dont nous avons abordé l'existence à l'instant et qui reste le point névralgique de notre entreprise.

Contrairement à l'atelier de vérification des rubans, la porte de celui que l'on venait d'ouvrir était capitonnée. Aucun bruit ne pouvait la traverser, notamment pour apporter des informations à une éventuelle oreille indiscrète. Que des hommes, aucune femme n'était présente autour des grandes tables sur lesquelles s'étalaient de grandes feuilles de papier.

— Nous voilà dans le saint des saints, l'atelier où l'on étudie les nouveautés que nous présenterons à notre clientèle. La discrétion est de rigueur. Seul mon frère, ces messieurs et moi-même sommes informés de ce qui se dit, s'écrit ou se dessine dans cette pièce. C'est ici que toutes les idées voient le jour et sont concrétisées. C'est également ici que sont fabriquées les cartes perforées que vous appelez « cartons » dans les chargements qui vous sont confiés. Nous verrons ça un peu plus tard. Nous allons nous intéresser à la mise en page des cartes.

— Mais pour quelles raisons n'y a-t-il pas de femmes ? se hasarda Gustave.

— Vous plaisantez, monsieur Charrier. Elles ne peuvent pas tenir leur langue. Une seule personne de la gent féminine ici et demain tout le pays stéphanois est informé de nos projets et de leur aboutissement.

Sa remarque amusa M. Giron. Il éclata d'un rire sonore, heureux de sa réflexion, imité par toutes les personnes présentes.

— Savez-vous comment est-ce qu'on fabrique les fameuses cartes perforées ?

— Pour sûr que non ! assura le jeune homme, heureux d'avoir l'opportunité de mieux comprendre toute la chaîne de fabrication rubanière.

— Alors suivez-moi. Nous allons nous le faire expliquer par M. Pochon. C'est lui qui supervise les travaux des nouveaux projets et les quatre techniciens qui composent ce bureau d'études.

Toutes les personnes dont Gustave faisait la connaissance depuis quelques instants lui étaient totalement inconnues. Il ne les avait jamais vues. Seul le père Morand, qui lui fournissait les chargements, à chacune de ses visites, lui était familier. Il l'aimait bien d'ailleurs ; pour sa bonhomie, sa gentillesse, sa manière de trouver toujours une solution calmement aux problèmes qui pouvaient surgir accidentellement lors de la remise des soies et autres ustensiles.

— Bonjour monsieur Charrier, dit M. Pochon en lui tendant la main.

Gustave lui tendit la sienne et s'intéressa rapidement aux documents sur lesquels le technicien travaillait. De grandes feuilles de papier étaient couvertes de lignes et de points. Il se demanda à quoi pouvaient bien servir tous ces dessins. Il n'eut pas beaucoup de temps à attendre !

L'homme qui venait de l'accueillir portait une blouse grise, comme son collègue de l'atelier de vérification, dont les manches étaient recouvertes de protège-coudes amovibles noirs comme ceux que portait M. Paquet, le comptable qui lui réglait les travaux finis, à chacune de ses visites.

— Vous savez que les machines à tisser sont équipées de feuilles perforées qui permettent de fabriquer les rubans. C'est un Lyonnais, Joseph-Marie Jacquard, qui a mis au point cette méthode révolutionnaire. Elle lui a d'ailleurs créé bien des tracas et des soucis. Imaginez-vous qu'en 1801 les ouvriers lyonnais reprochèrent à sa machine de supprimer du personnel. Il n'en fallut pas moins pour les dresser contre cette invention et son créateur qu'ils menacèrent physiquement. Je crois même qu'ils ont voulu le jeter dans le Rhône.

— Comme toute nouveauté, coupa Antoine Giron. Les gens ont du mal à admettre les changements et améliorations, même si c'est pour leur faciliter la vie, surtout en France. J'ai toujours trouvé ça navrant.

— Nous devons étudier ces feuilles et les mettre au point. En premier lieu, nous élaborons le dessin définitif du ruban suivant les vœux de notre direction, poursuivit M. Pochon en échangeant un regard avec son employeur qui approuva de la tête. Nous réalisons ensuite un échantillon de ruban que nous allons étudier et analyser au compte-fils. Il s'agit dans cette opération de déterminer le nombre de branches qu'il y a dans la chaîne de fabrication. Nous nous servons d'une petite loupe circulaire montée sur un support en forme de U comme celle-ci, montra le technicien. Le grossissement est de dix fois, environ. Le support nous permet de la poser directement sur la pièce à examiner pour faciliter notre travail. Grâce à elle, nous déterminons la densité de la trame du tissu. Nous l'appelons « quart-de-pouce ». Ce nom lui a été donné par les canuts lyonnais en référence à l'unité de mesure qu'ils employaient et qui lui est restée. Le pouce est égal à 2,707 centimètres, pour être très précis. Nous avons beaucoup de points communs avec les canuts, surtout dans les termes.

— Ça doit être fatigant de rester ainsi l'œil sur cette lentille, non ? remarqua Gustave.

Antoine Giron remarqua la curiosité et l'intérêt que le commis portait à cette démonstration en posant des questions pour le moins pertinentes. Il pensa que le choix de lui faire confiance était particulièrement judicieux et se trouva rassuré, si tant est qu'ils aient eu, son frère et lui, quelques doutes. Les derniers se dissipaient au fur et à mesure de l'avancée de la visite.

— Avec le quart-de-pouce, on repère les coups de trame, constitués par plusieurs brins réunis, le long du galon. Ainsi on peut dessiner sur du papier millimétré le diagramme du ruban projeté. Nous calculons le nombre de fils dont nous allons avoir besoin, les couleurs utilisées et la position de ces dernières sur le ruban proprement dit. Ensuite arrive l'étude du graphique. C'est ce que je suis actuellement occupé à faire. Si vous me le permettez, je vais me rasseoir pour vous détailler la mise en œuvre de ce que je viens de vous expliquer.

Le technicien s'installa à sa table, encadré par les deux visiteurs.

— En premier lieu, je trace un tableau ayant le format de la carte définitive. Il comprend des carreaux formés par les intersections des lignes. Je vais noircir ceux qui vont correspondre à des trous commandant ce que l'on appelle la « levée », c'est-à-dire la prise du fil pendant le tissage.

— Et les carreaux qui vont rester blancs, à quoi vont-ils servir ? questionna le commis.

— À ne rien commander du tout, autrement dit aux fils qui ne travaillent pas.

— Et ensuite ?

— Mon travail est terminé et c'est à mon collègue de poursuivre. Tenez, le voilà.

La porte venait de s'ouvrir, laissant un homme entrer. Lorsqu'il aperçut Antoine Giron, il marqua un temps d'arrêt. Il portait une pile de cartes qu'il déposa sur un meuble avant d'y inscrire quelques mots avec un crayon à mine de graphite.

— Approchez-vous, monsieur Reynaud, lui proposa le directeur. Vous arrivez au bon moment. À croire que vous écoutez aux portes.

L'homme devint écarlate et bafouilla quelques explications qu'Antoine Giron interrompit :

— Je plaisante, monsieur Reynaud, je plaisante ! Nous expliquons à M. Charrier notre méthode de travail et comment nous procédons pour élaborer les cartons utilisés dans les fabriques. M. Pochon en était justement arrivé à votre participation à cette chaîne de conception. Il vous passe le relais, si vous le permettez.

Un peu surpris par l'accueil qu'il venait de recevoir, il commença à parler en bégayant mais rapidement il reprit confiance en lui. Il expliqua la suite de l'opération :

— Dès que ces messieurs du bureau d'études ont terminé le diagramme dont mon collègue a dû vous parler, je perfore, sur le carton, les cases qui ont été noircies, avec un emporte-pièce. J'assemble ensuite, dans le bon ordre, les cartons ainsi préparés. Ils pourront être installés sur le métier à tisser pour effectuer le travail qu'on leur demande.

Malgré le capitonnage de la porte, on entendit quelqu'un courir sur le tapis du couloir et frapper violemment à la porte.

M. Pochon cria : « Entrez », et on vit la secrétaire personnelle d'Antoine Giron se précipiter, quelques gouttes de sueur perlant sur son front.

— Que se passe-t-il, Michèle ? demanda le directeur à son employée.

— Il faut que le monsieur qui vous accompagne aille rapidement dans la cour, son cheval est devenu comme fou. Il n'arrête pas de ruer et personne ne peut l'approcher.

IX

La surprise

La tête encore pleine de toutes les informations qu'on venait de lui fournir et des explications techniques des différents employés de l'entreprise Giron frères, Gustave dévala l'escalier. Lorsqu'il arriva sur le perron dont la porte donnait accès aux bureaux dans lesquels il venait d'effectuer sa visite, Gustave n'en crut pas ses yeux. Pâquerette, toujours attachée à son anneau, était coincée entre la mangeoire et la voiture qui s'était en partie renversée. Chaque fois qu'elle voyait approcher une personne, elle s'énervait et essayait de ruer malgré sa mauvaise posture.

— Que s'est-il passé ? demanda le jeune homme aux personnes présentes.

— On ne sait pas, avec tout le monde qui passe, personne n'a prêté attention à elle. Par contre, sans aucune explication, elle s'est mise à hennir, gesticuler et à remuer son attelage qui a commencé à basculer, la coinçant contre le mur. Lui répondit un témoin.

— Tout doux, ma belle, calme-toi, lança Gustave à sa jument en s'approchant d'elle lentement.

Dès qu'elle entendit cette voix connue, Pâquerette se calma. Son propriétaire s'approcha d'elle et commença à la caresser.

— C'est bien la première fois que tu me fais ça. Mais que t'est-il arrivé ?

Le cheval se tourna vers son maître, s'ébroua. Son regard semblait l'implorer, lançant un appel de détresse. Le jeune homme prit les brides des œillères et força l'animal à poser sa tête sur sa poitrine. Il continua d'amadouer la bête. Elle sembla rassurée mais toujours nerveuse, anxieuse. Pendant ce temps, plusieurs hommes étaient venus remettre la charrette sur ses roues et rectifier les sangles de l'attelage.

Antoine Giron avait suivi Gustave lorsqu'il était parti hâtivement du bureau d'études. Il s'approcha.

— Que se passe-t-il ? demanda-t-il au commis de barre.

— Je ne sais pas, monsieur, c'est la première fois que je la vois comme ça. Elle est très douce habituellement. Je ne vois pas ce qui a bien pu la mettre dans cet état. En tout cas, tout est bien qui finit bien, sans trop de dégâts. Heureusement !

— Je vais vous laisser et sachez que je suis heureux que vous ayez accepté ma proposition, monsieur Charrier. Je ne peux pas rester trop longtemps, j'ai un conseil d'administration et je n'aime pas faire attendre mes collaborateurs.

Antoine Giron serra la main de Gustave et s'éloigna.

Tout semblait rentrer dans l'ordre jusqu'au moment où Gustave saisit les rênes pour faire pivoter Pâquerette. En moins de temps qu'il ne faut pour le dire, le cheval se mit à hennir comme si une douleur le tiraillait. Instinctivement, il lâcha les brides. Pâquerette se calma. Afin d'en avoir le cœur net, le jeune homme recommença son geste. La réaction fut la même. Gustave s'aperçut alors que quelques gouttes de sang sortaient de la bouche de l'animal.

Avisant la présence d'un palefrenier qui ramenait un attelage vers les écuries, il l'appela. Celui-ci s'approcha et constata la situation.

— Qu'est-ce que vous lui avez fait ? demanda-t-il à Gustave.

— Rien, je l'ai trouvée ainsi.

— Caressez-la, rassurez-la le temps que je regarde d'où vient ce sang, ordonna-t-il.

Pendant que le commis de barre tapotait la croupe de la jument et lui parlait, le palefrenier souleva délicatement les babines à l'endroit où le sang était apparu. La bête fut saisie d'un frémissement, mais resta calme au contact des paroles et des gestes apaisants de son maître.

— Je comprends qu'elle ne soit pas heureuse, lança le valet.

— C'est-à-dire ?

— Regardez le morceau de métal qui est coincé entre ses dents.

Gustave s'approcha et constata la présence d'un bout de fer pointu entre la gencive et la denture.

— Et qu'est-ce que ça fait là, ce truc ? s'interrogea le jeune homme.

— Je ne sais pas, mais cela aurait pu être très grave.

— Que voulez-vous dire ?

— Je vais chercher un outil pour soulager cette pauvre bête et je vous explique.

Le palefrenier s'éloigna et revint quelques minutes plus tard, une pince à la main. Il s'approcha de Pâquerette. Alors que Gustave continuait à parler tranquillement à sa bête, le valet d'écurie saisit le morceau de métal avec l'instrument. Il le tira d'un coup sec. Le cheval sursauta mais aucune plainte ne vint compléter le sauvetage. Il sembla aux deux hommes que la douleur s'estompait.

La jument donna un coup de tête contre le corps du valet comme pour prouver sa reconnaissance.

— C'est un poinçon. Je me demande comment il a bien pu arriver là, s'interrogea le palefrenier.

— Peut-être dans l'avoine ?

— Je ne pense pas.

— Mais alors ?

— On l'a peut-être mis intentionnellement dans la bouche du cheval.

— Et pour quelles raisons ?

— Pour rendre le cheval fou. De la manière dont il était placé, dès que vous auriez tiré sur les rênes pour arrêter l'attelage, le mors aurait planté la partie pointue violemment dans la gencive. Sous la douleur, le cheval se serait emballé. Je ne vous dis pas les dégâts pour l'attelage et… vous-même.

— Vous pensez vraiment qu'on voulait me faire du mal ?

— Si on avait voulu, on ne s'y serait pas pris autrement.

Gustave resta pensif. Lorsqu'il était arrivé rue Royale, dans les écuries de l'entreprise Giron frères, il n'avait eu aucun problème avec Pâquerette. Il l'avait guidée comme il le faisait habituellement. Elle était docile et n'avait montré aucun signe de douleur ou d'agressivité. Il était convaincu que le poinçon avait été placé, si tant est que quelqu'un l'ait réellement fait, pendant qu'il discutait avec Antoine Giron.

Gustave remercia le palefrenier pour son aide. Il rejoignit M. Morand qui l'attendait à la recette pour lui donner les colis qui lui étaient destinés.

— Vous êtes en retard, monsieur Charrier, lui fit remarquer l'employé.

— J'ai eu un petit contretemps avec mon cheval.

— Il paraît aussi que vous êtes dans les bons papiers du patron, qui vous reçoit.

— Laissez dire les mauvaises langues, monsieur Morand, il ne sort rien de bon des racontars. Je vais à l'atelier d'ourdissage.

C'était là qu'on dévidait les bobines de fil sur d'autres plus grosses appelées billots, dans un ordre très précis, pour former les ensouples. Les ouvrières enroulaient les fils de chaîne, base de l'étoffe, parallèles aux lisières dans le sens de la longueur, en prenant garde de maintenir une même tension et des écartements constants.

Revenu auprès de M. Morand, Gustave vérifia la feuille de chargement sur laquelle étaient indiqués les prix et conditions de rémunération, la liste des pièces remises et les peignes sans oublier la feuille d'enfilage, document très précieux qui donnait l'ordre dans lequel les fils devaient être passés dans les lisses, aiguilles métalliques qui supportent les fils de chaîne.

Lorsque le commis chargea les piles de cartons perforés, il les regarda avec un œil neuf, vu tout ce qu'il venait d'apprendre sur leurs conception et fabrication. Comme d'habitude, ce qui prit le plus de temps fut le pesage de la soie. Pour chaque lot, il fallait mesurer toute la marchandise afin d'éviter tout litige lors du retour des produits terminés.

Durant tout ce temps qu'avait duré l'opération, Gustave avait pensé en permanence à cette histoire de poinçon dans la mâchoire de Pâquerette. Qu'est-ce que ça voulait dire ? Qui avait bien pu faire ça ? Est-ce que quelqu'un avait pu voir quelque chose ? Cette dernière interrogation lui déclencha une idée.

La cour dans laquelle il se trouvait grouillait de toute sorte de passants. N'importe qui aurait pu s'approcher de la bête et lui mettre le métal entre les dents. Mais pour quelles raisons ? Le commis n'en savait rien.

Dans un coin retiré, Gustave remarqua un jeune gamin qui entassait du fumier. Comme il était déjà à ce travail lorsqu'il était arrivé, Gustave pensa qu'il pourrait obtenir quelques renseignements. Il l'appela :

— Eh, le *matru*[1], viens voir un peu ici.

Le gosse s'approcha, sa fourche à la main.

— Tu es là depuis longtemps ?

— Oui, depuis le début de la matinée. Il y a beaucoup de crottin à sortir des écuries. C'est qu'il y en a des chevaux ici !

— Et tu n'as rien vu de spécial ?

1. *Gamin en parler gaga, dialecte typiquement stéphanois.*

— Où ça ?

— Autour de mon cheval.

— Non, monsieur. Il était docile jusqu'au moment où il s'est mis à ruer et à renverser sa carriole.

— Tu en es bien sûr ? C'est très important.

— C'est qu'il y a beaucoup d'animation ici, dès le matin entre les commis qui viennent apporter ou chercher leurs chargements, les maîtres qui demandent des équipages ou les fournisseurs qui livrent ou retirent leurs commandes.

— Rien n'a attiré ton attention ?

— Rien qui ne soit anormal, monsieur.

— Si quelque chose te revient, même la plus bête, il faudra que tu me le dises, n'est-ce pas ? Tu me reconnaîtras, hein ?

— Oui. À force de voir passer les mêmes têtes, on ne peut pas les oublier.

— Merci, gamin, conclut Gustave en donnant une tape amicale sur la tête du valet.

Le commis de barre avait accompagné Pâquerette jusqu'à l'abreuvoir. La brave bête avait bu goulûment. Le jeune homme pensa que c'était pour éliminer le goût du sang. Avant de monter sur le banc de la charrette, Gustave vérifia que les babines de l'animal ne saignaient plus. Rassuré, il reprit sa place et donna un coup de rênes sur le postérieur de la monture pour la faire avancer. Alors que l'attelage commençait à quitter les écuries pour gagner la rue, Gustave entendit, derrière lui, une voix qui l'interpellait. C'était le « ramasseur de fumier », il courait vers lui.

— Monsieur, monsieur, attendez ! J'ai quelque chose à vous dire !

Gustave arrêta net la charrette et attendit que l'enfant arrivât à sa hauteur.

— Qu'y a-t-il ?

— On est deux à ramasser le fumier. J'ai parlé à mon collègue de notre discussion. Eh bien, il a vu quelqu'un s'approcher de votre cheval. Il m'a dit qu'il lui avait donné à manger.

— Il en est sûr ?

— Oui ! Il l'a remarqué parce qu'on nous l'interdit.

— On vous interdit quoi ?

— De donner quoi que ce soit aux bêtes. Seuls les palefreniers peuvent les nourrir. Il s'est dit que la personne ne devait pas être d'ici pour faire un geste pareil et qu'il allait se faire engueuler. Il n'avait pas l'habitude des usages de la maison.

— Et il le connaissait ?

— Je le lui ai demandé. Il m'a dit qu'il l'avait vu une ou deux fois ces jours derniers. C'est tout. C'est peut-être un nouveau commis. Vous devez le connaître alors, puisque vous êtes commis.

— Je ne pense pas, mais je te remercie pour tous ces renseignements.

Gustave fouilla dans ses poches, en sortit une pièce et la donna au gamin. Celui-ci s'en saisit et remercia son bienfaiteur d'un signe de la main avant de retourner à ses occupations.

*

* *

Le retour vers Saint-Just fut calme. Pâquerette trottait et Gustave réfléchissait à tout ce qui avait pu se passer dans sa matinée, et quelle matinée !

Chacune de ses pensées le ramenait toutefois invariablement à l'histoire du poinçon.

Sa rencontre avec Lyonnais Cœur loyal l'avait ravi et avait ravivé quelques souvenirs mauvais ou bons. Son entretien avec Antoine Giron et la proposition qu'il avait acceptée l'avaient enchanté, mais, car il y avait un « mais », l'agression de Pâquerette lui laissait un arrière-goût d'incompréhension. Est-ce que la personne avait fait ce geste au hasard, et dans ce cas on avait affaire à un irresponsable, ou est-ce qu'il lui était destiné, à lui, Gustave Charrier ? L'indice qui lui aurait permis d'avoir une réponse fiable à cette question n'était pas évident. Si cet acte était délibérément contre lui, il était évident que la personne le connaissait et… lui voulait du mal. Jusque-là, rien d'extraordinaire, même si c'était incompréhensible, sauf qu'il se demandait comment l'inconnu avait su qu'il était, précisément ce jour-là, chez les frères Giron, rue Royale à Saint-Étienne. Lui-même n'avait pas idée des jours de visite à son employeur puisqu'ils étaient aléatoires, en fonction de l'avancement du travail de ses passementiers.

La route se déroulait tel un ruban poussiéreux qui aurait été tissé par une puissance supérieure. Se rendant à Saint-Rambert, Gustave avait décidé de transiter par Saint-Genest-Lerpt. Il parvenait au lieu dit du Chasseur lorsqu'il eut une révélation. Antoine Giron l'avait interpellé près des écuries, lorsqu'il était arrivé. Il avait cité son nom à haute voix. Tout le monde l'avait donc entendu. Peut-être que le geste n'était pas prémédité mais totalement imprévu et spontané. Mais dans quel but ? Il ne se connaissait pas d'ennemi. Il y avait bien quelques rivalités entre commis de barre mais pas au point de vouloir tuer son adversaire.

M. Morand avait également fait allusion à l'entrevue qu'il avait eue avec son patron, ce qui tendrait à prouver que les habitués ou un visiteur occasionnel pouvaient être considérés comme suspects, ce qui rendait la réflexion et la recherche de Gustave encore plus difficile. Les mots de l'enfant expliquant qu'il n'avait vu cet homme qu'une ou deux fois le rassurèrent. Il pouvait éliminer la piste d'un familier ou d'un membre de la profession. Mais alors que faisait cet homme qui le connaissait à cet endroit ? Est-ce qu'il était espionné ou suivi ?

Qu'il ait pu mourir emporté par la douleur de sa jument lui était insupportable. La lâcheté du geste le dégoûtait également. Si quelqu'un lui en voulait pour quoi que ce soit, il n'avait qu'à venir le trouver et s'expliquer directement, entre hommes. Au lieu de ça, il s'en prenait à une pauvre bête et lui mettait sur le dos son meurtre. Cette pensée le fit sursauter. Il était vraiment en présence d'une tentative de meurtre. Il ne savait pas pourquoi ni par qui, mais il en était sûr, lorsque l'inconnu avait mis le poinçon dans la bouche de la jument, il savait que lui, Gustave, était en danger.

Sa mémoire lui rappela la présence d'un inconnu, lors de l'enterrement de son beau-père, Joseph Grange, quelques jours plus tôt. Pierre Déchandon, le cousin de Marie-Louise, avait été abordé par un homme qui lui avait demandé de lui confirmer qu'il était bien Gustave Charrier. Est-ce que ces deux affaires étaient liées ? Gustave ne le savait pas. Et si l'agression qu'avait subie la Maloui était également à mettre au compte du même personnage ?

Une angoisse grandissante avait envahi le jeune homme. Elle devait se remarquer puisque, par deux fois, les passementiers chez qui il venait apporter du travail lui avaient posé la question :

— Vous allez bien, monsieur Charrier ?

— Oui, oui, ne vous en faites pas. Un peu surmené en ce moment. Depuis la disparition de mon beau-père, il faut remédier à beaucoup de choses en plus de mon travail, mentit-il.

Ses interlocuteurs acquiescèrent en lui proposant un petit remontant qu'il accepta mais qui ne fit qu'augmenter son anxiété.

C'est un homme troublé, soucieux et fébrile qui arriva à l'*Auberge du Forez*, un peu avant la nuit, quelques instants après le début du service du soir.

Il bouchonna Pâquerette avec une attention toute particulière. Le cheval le remarqua. À plusieurs reprises, il tourna la tête vers son maître avec une sorte de gratitude dans le regard, comme si elle avait envie de lui faire comprendre qu'elle était heureuse d'être rentrée et qu'ils revenaient de loin, de bien loin, tous les deux. Gustave le remarqua. Il lui passa plusieurs fois la main entre le front et le chanfrein. La jument aimait bien qu'on la caressât ainsi entre les deux yeux et les naseaux.

— Quand je pense que tu aurais pu me tuer, lui confia-t-il à l'oreille.

— Et voilà qu'il cause à son cheval, maintenant. Qu'est-ce que tu lui dis ?

Gustave avait sursauté. Il n'avait pas entendu Marie-Louise entrer dans l'écurie.

— Rien, bafouilla-t-il. La journée a été particulièrement longue et je l'encourage. C'est la moindre des choses, non ?

— Pour moi aussi elle a été éprouvante et j'espère que tu penseras à m'encourager… ce soir.

— Qu'est-ce que tu fais là ? Tu n'es pas à l'auberge ?

— Bien sûr que si, mais j'ai entendu du bruit. J'ai bien pensé que c'était toi et, comme tu mettais du temps à rentrer, je me suis fait un peu de souci, je suis venu voir.

— Que de reproches !

Gustave s'était approché de sa femme et la prit dans ses bras. Il l'embrassa.

— Mais non, ne le prends pas mal. Et toi, ta journée a été bonne ?

— Comme d'habitude. Rien de nouveau. La routine en quelque sorte, poursuivit le jeune homme en posant un nouveau baiser sur la bouche de son épouse pour masquer son mensonge.

— Bon, je veux bien venir aider, moi, mais ce n'est pas pour que vous fassiez des mamours pendant que je travaille !

Gustave sursauta une nouvelle fois. Marcelline venait d'entrer dans l'écurie pour voir ce qu'y faisait sa nièce.

— Vous… vous avez accepté ma… demande ? bégaya-t-il.

— Bien sûr que oui. Je n'allais pas vous laisser tout seul avec vos problèmes. Et puis j'avoue que sortir de Collonges ne me déplaît pas trop. Cela va me changer les idées. En plus, cela permettra à

Pierre et à Fleury de se débrouiller tout seuls et de se passer de moi. Quand je serai morte, il faudra bien qu'ils fassent sans moi.

— Le plus tard possible, lança Marie-Louise.

— Oh, tu sais, ça arrive toujours assez tôt ce genre de choses et quelquefois sans que l'on y prenne garde. Vois ton père. Devant Dieu soit son âme, poursuivit-elle en se signant. Il n'avait rien demandé et la mort est tout de même venue le chercher sournoisement.

— Bon, vous venez, je n'arrive pas à servir tout le monde tout seul, coupa un nouvel arrivant.

— Mais que fais-tu là, Adrien ? Toute la famille est donc ici ? s'étonna Gustave.

Du haut de ses onze ans, le petit-fils de Marcelline se tenait dans l'encadrement de la porte, un tablier noué autour de la taille.

— J'ai pensé que ça ne lui ferait pas de mal de découvrir autre chose que la ferme, expliqua la tante de la Maloui.

— Et moi j'ai accepté tout de suite, argumenta Marie-Louise. Comme ça, tu vois que je suis très bien entourée et qu'il ne nous arrivera rien.

— Je vous adore, lança Gustave à Marcelline et au jeune garçon. Pour une surprise, c'est une belle surprise !

— Mais elles sont toujours belles, les surprises ! répliqua Adrien.

— Pas toujours, malheureusement, lâcha Gustave. Vous êtes adorables tous les deux de venir nous aider. Je partirai beaucoup plus tranquille maintenant.

Et il ajouta, à voix basse :

— Quant à dire qu'il ne nous arrivera plus rien, j'espère que le Ciel t'entendra.

— Qu'est-ce que tu marmonnes ? lui demanda Marie-Louise.

— Pas grand-chose. Je parle à Pâquerette. Allez ! Au travail, les clients ne doivent pas attendre.

X

La partie de rires

— Je t'ai trouvé un peu préoccupé, ce soir, pendant le repas, constata Marie-Louise en se couchant près de Gustave. Tu aurais dû être, au contraire, heureux que ma tante vienne nous aider, continua-t-elle en l'embrassant.

— Mais je suis content et surtout tranquillisé. Je suis fatigué, voilà tout ! Ma journée a été longue et pleine de rebondissements.

— Et quels rebondissements ?

— Tout d'abord, j'ai rencontré, après être parti de Collonges, un ancien collègue que j'avais connu à Lyon, il y a bien longtemps.

— C'est vrai que je ne connais pas beaucoup de choses de ta vie avant notre rencontre.

— Oh, tu sais, elle est banale. Je n'ai jamais voulu t'ennuyer avec des choses qui sont passées et qui ne présentent que peu d'intérêt !

— Aucune vie n'est banale, poursuivit la jeune femme en s'appuyant sur son bras replié contre l'oreiller pour mieux contempler son mari. Elles sont différentes, c'est tout, mais pas banales.

— Si tu le veux !

Malgré ses réponses brèves, Marie-Louise sentit que son mari avait envie de parler et, comme de son côté elle voulait connaître cette face cachée de son existence, elle profita de l'opportunité qui lui était offerte avec cette rencontre d'un homme du passé de son mari.

Après un long silence, Gustave poursuivit :

— Lorsque j'ai quitté ma Savoie natale, dans les Alpes, j'ai rapidement trouvé du travail chez un canut, à Lyon. C'est ainsi que j'ai appris à travailler dans le milieu des tissus et des soieries. C'est également là que j'ai connu la personne que j'ai rencontrée ce matin. Il était compagnon du tour de France.

— Il était quoi ? s'interrogea la jeune femme.

— Compagnon du tour de France, c'est-à-dire qu'il parcourait la France pour apprendre son travail afin d'améliorer ses connaissances.

— Et il travaillait, comme toi, dans les tissus ?

— Euh… non ! répondit Gustave, quelque peu embarrassé.

Le jeune homme marqua un temps d'arrêt. Marie-Louise remarqua son hésitation.

— Il travaillait dans quoi, alors ?

— Il était charpentier.

— C'est bien différent du tissage et étonnant que vous vous soyez connus. Et vous avez sympathisé ?

— Oui, dans une auberge où on se retrouvait, avec d'autres ouvriers de divers métiers, chaque soir, pour vider quelques chopines et refaire le monde.

— Comme ici.

— C'est ça. Comme ici ! Tous les soirs, il y a des habitués qui viennent jouer aux cartes, se désaltérer et se plaindre de leurs conditions de travail, de leurs peines, à haute voix. À les entendre, ce sont eux qui ont raison, leurs idées sont nouvelles et ils ont les bonnes solutions. Mais voilà, ça reste entre ces quatre murs et, dès qu'ils ont passé la porte, ils n'y pensent plus, jusqu'au lendemain soir. C'est ça, refaire le monde. Oh, ça ne va pas bien loin, ils savent qu'ils ne changeront rien, mais ils parlent, ils haussent le ton, gueulent même parfois. Ça leur fait du bien. Aucune révolution n'est née de ces conversations stériles et cela n'a jamais tué personne… quoique ! conclut Gustave, à voix basse, pensif.

Le silence qui suivit ce dernier mot était pesant. Marie-Louise s'aperçut de ce trouble qu'elle ne comprenait pas. Ne voulant pas écourter ces confidences qu'elle n'attendait pas, elle s'employa à revenir vers le cœur de la conversation :

— Et après ?

— Quoi, après ? lâcha le jeune homme en sortant de ses pensées.

— Eh bien oui, comment est-ce que vous vous êtes perdus de vue, puisque tu m'as dit que tu l'avais retrouvé ?

— Il est parti un beau jour poursuivre son périple, vers le Midi, et moi je suis venu travailler dans le Forez. C'est là que j'ai rencontré quelqu'un de magnifique, qui m'a littéralement envoûté avec des yeux langoureux, un petit nez fripon, un sourire ravageur…

Au fur et à mesure qu'il détaillait ces qualités, il voyait le visage de sa femme s'obscurcir jusqu'au moment où il entendit la question à laquelle il s'attendait :

— Et qui était cette personne ?

— Mais toi, mon amour, rien que toi !

Les derniers mots de sa phrase se perdirent entre les lèvres de la jeune femme. Gustave l'embrassa longuement pour détourner son esprit de la conversation qui commençait à le mettre un peu mal à l'aise. Il passa sa main sur sa poitrine et déboutonna son bustier. Ses gestes se firent plus pressants. Au bout de quelques minutes, on n'entendit plus un seul mot. Gustave avait baissé la luminosité de la lampe à pétrole. Les deux amants s'étaient dévêtus et avaient sombré dans leurs bras réciproques, prélude à un moment d'apaisement bienvenu après une journée bien mouvementée pour les deux jeunes gens.

*
* *

— Hier soir, tu as détourné la conversation que nous avions commencée sur ton collègue de travail lyonnais, reprit Marie-Louise, occupée à arranger ses cheveux devant une glace de la chambre à coucher.

— Pourquoi ? Ça t'a déplu que je… détourne la conversation ?

— Non, bien sûr, que tu es bête, mais tu avais commencé en disant que tout d'abord – elle appuya sur cette expression – tu avais rencontré quelqu'un que tu connaissais. Cela sous-entend qu'il y a eu d'autres rencontres.

— Effectivement, avec Antoine Giron.

— Ton patron ? questionna, surprise, la jeune femme en suspendant son geste, soucieuse.

— Oui.

— Et il t'a dit quoi ? Ce n'est pas une mauvaise nouvelle au moins ?

— Non, au contraire, tranquillise-toi, répondit le jeune homme en enfilant son pantalon. Il voulait me parler d'un projet de rubans qu'il voudrait confier à une de mes fabriques.

— C'est donc une bonne nouvelle ?

— Comme tu le dis, c'est une bonne, voire une excellente nouvelle.

Rassurée, Marie-Louise reprit la confection de sa coiffure.

— Alors raconte-moi. Tu es bien secret. Que t'a-t-il proposé ?

— Les frères Giron vont mettre au point un nouveau produit de passementerie et ils ont voulu le confier à un commis digne de toute confiance, avec qui ils n'ont eu aucun problème et qui sera dans la confidence de la création.

— Et ils t'ont proposé ce travail, à toi ?

— Eh oui, tu as devant toi le petit chouchou de la société Giron frères.

— Mais c'est magnifique ! Mais que vont dire tes collègues ?

— Alors ça, je m'en moque. D'après toi, si l'un d'eux avait été pris, est-ce qu'il aurait pensé à mes états d'âme. Cette sorte de nomination est la récompense de tous les travaux que j'ai effectués, du sérieux que j'y ai mis et de la constance de la qualité de mes passementiers.

— Je te félicite, répondit la Maloui en se jetant dans les bras de Gustave.

N'ayant pas terminé d'ajuster ses cheveux, ils se détachèrent et tombèrent en une vague ondulante satinée sur les épaules de la jeune femme la rendant encore plus magnifique qu'à l'accoutumée. Son mari l'embrassa et partagea l'enthousiasme de son épouse. Le jeune homme pensa que c'était bien la première fois que Marie-Louise lui offrait un tel élan de sympathie concernant son travail. D'habitude, au contraire, elle n'accordait que peu d'intérêt à ses occupations, désirant surtout qu'il abandonnât ses activités rubanières pour l'aider à l'auberge. Il mit cet emballement sur le compte de la tranquillité retrouvée, après la tristesse et la pression consécutives au décès et à l'enterrement de son beau-père, grâce à la présence à ses côtés de Marcelline et d'Adrien.

— Et c'est tout ?

— Comment, c'est tout ?

— Tu m'as dit que ta journée avait été pleine de « rebondissements ». En fait tu as fait une rencontre et on t'a dit que tu étais quelqu'un de bien. C'est un peu léger comme « rebondissements », et surtout pour être préoccupé au point d'être distant, pensif, comme tu l'as été hier soir pendant notre repas. Tu ne me caches rien, au moins ?

— Non. Ou plutôt si ! Imagine-toi que Pâquerette m'a fait une de ces peurs. Sans savoir pourquoi, elle s'est mise à ruer. Heureusement que je n'étais pas dans la carriole sinon tu m'aurais retrouvé à l'hôtel-Dieu.

— Et ça s'est passé où ?

— Chez les frères Giron, dans les écuries. On est venu me chercher à la hâte alors que j'étais en pleine discussion.

— Au moins l'hôtel-Dieu n'est pas loin, plaisanta Marie-Louise. On t'aurait soigné rapidement.

— Et tu trouves le moyen de rire de ma mésaventure ? s'insurgea Gustave.

— Non, mais je comprends un peu mieux ton visage fermé. Ça a dû te remuer.

— On le serait à moins, non ?

— Bien sûr. Et qu'est-ce qui lui a pris à la jument ?

— Elle a dû se faire piquer par un insecte. Je ne sais pas !

— Tu es bien sûr de ne rien me cacher ? insista la jeune femme. Car c'est tout de même drôle, elle, si docile !

— Je ne pourrais jamais mentir à des yeux aussi beaux, poursuivit le commis, apaisé, en prenant le visage de Marie-Louise entre ses mains.

Pour la seconde fois en douze heures, Gustave coupa court aux explications en embrassant Marie-Louise.

— Ohé, il y a quelqu'un ?

Les deux amants furent tirés de leur complicité amoureuse par des cris qui venaient de la rue. Marie-Louise ouvrit la fenêtre, se pencha au-dehors. Elle découvrit Marcelline et Adrien, emmitouflés jusqu'aux oreilles, se frappant les côtes pour mieux se réchauffer.

— Il ne fait pas bien chaud ce matin. Si tu pouvais venir nous ouvrir, cela serait bien sympathique de ta part.

— Excusez-moi, je descends, lança l'aubergiste.

Dès qu'ils eurent poussé la porte que Marie-Louise venait de déverrouiller, les deux arrivants s'engouffrèrent dans la grande salle. Instinctivement, ils se dirigèrent vers la cheminée pour s'y réchauffer. Malgré le feu éteint, une faible chaleur faisait de la résistance émanant des grosses pierres du foyer, empêchant le froid glacial extérieur d'entrer dans la vaste pièce.

Marcelline aida Adrien à se dévêtir. Elle enleva à son tour son manteau.

— Alors ? Vous ne vous êtes pas réveillés ? demanda-t-elle à ses neveux.

— Bien sûr que si, mais nous discutions des péripéties qui avaient émaillé la journée de Gustave, hier, et on n'a pas vu passer l'heure.

Adrien se précipita sur Marie-Louise.

— Bonjour tata ! s'exclama-t-il en l'embrassant sur les deux joues.

La jeune femme aimait bien le fils de Pierre Déchandon. Or, comme elle n'avait pas de frère ou de sœur, elle avait décidé que les enfants de son cousin germain l'appelleraient « tata ». Elle était ainsi devenue la « tante Marie-Louise » aux yeux, dans le cœur et les paroles d'Adrien et de Suzette, sa sœur, pour son plus grand plaisir.

Marcelline et Adrien avaient déjà pris leurs repères, bien qu'ils ne soient à l'auberge que depuis la veille. La première s'occupait à assurer le ravitaillement nécessaire à la recette du jour que devait confectionner sa nièce, en allant le quérir dans la souillarde. De son côté, Adrien était allé chercher des bûches de bois pour raviver le feu, dans la cheminée.

Gustave s'était assis pour manger un petit morceau de saucisson, comme il en avait l'habitude, pendant que Marie-Louise s'activait à verser du lait afin de faire déjeuner les trois autres personnes présentes.

— Tu en mets trop, lui souffla Marcelline.

— Il faut bien que vous preniez quelque chose tous les deux, tout de même.

— Mais c'est déjà fait, ma fille. Tu n'imaginais pas que j'allais laisser aller ce matru sur les chemins, avec un froid pareil, sans lui mettre quelque chose dans le ventre ?

La jeune femme s'excusa. Elle rangea les deux bols qu'elle était précédemment occupée à poser sur la table, dans le grand vaisselier. Elle s'installa sur un banc face à son mari en attendant que son lait chauffe sur les dernières braises du feu de la veille dont elle avait repoussé les cendres pour y poser le toupin plein de lait.

— Que vas-tu faire aujourd'hui ? lui demanda-t-elle.

Entre deux bouchées, il lui expliqua :

— Je vais aller voir le père Clément, à Saint-Rambert, pour lui parler du projet des frères Giron. Il est mon meilleur passementier et cela depuis le début où je suis arrivé ici. Il m'est fidèle et je lui fais entièrement confiance. Je vais voir si cela l'intéresse. Je suis sûr qu'il va accepter. Je me demande bien pour quelles raisons il pourrait me refuser ça. C'est un brave homme et un sacré besogneux ! Et toi ?

— Tu sais, il ne se passe pas trop de choses à l'auberge. Les jours se suivent et se ressemblent.

— Oui, mais avec tes aides, cela va te donner un peu plus d'envie, de vigueur, non ?

— Oh, c'est sûr, à trois on travaille mieux et on s'entraîne les uns et les autres. Au fait, je ne t'ai pas dit ce que m'a fait Adrien, pour sa première journée.

— Non, nous avons surtout parlé de moi et très peu de cette première collaboration familiale.

— Viens ici, Adrien, ordonna Marie-Louise au gamin.

L'enfant s'approcha et s'assit à la place que lui indiquait la Maloui. Au premier abord, Gustave ne voyait pas où elle voulait en venir, mais dès qu'elle commença les explications, il comprit.

— Imagine-toi que, hier soir, avant ton arrivée, la salle était pleine à craquer. J'ai d'ailleurs été étonnée pour un jour de semaine, mais enfin c'est comme ça ! On servait, tous les trois, et j'avoue que la chaleur de la cheminée, celle émanant des clients et de nos gestes, me faisait transpirer. Alors j'ai dit à Marcelline que j'étais tout en chaleur.

La tante s'était approchée de la conteuse pour voir l'effet de l'histoire sur son neveu. Adrien souriait et Marie-Louise prenait un malin plaisir à faire durer la narration pour mieux en assurer et savourer la chute. Elle passa sa main dans la chevelure de l'enfant, le regarda et lança :

— Ce bougre de gosse n'est pas allé dire à un homme qui s'impatientait qu'il fallait attendre un peu parce que sa tante était en chaleur !

Gustave manqua de s'étrangler. Il attrapa vivement son gobelet et but une gorgée de vin rouge pour mieux faire passer le bout de saucisson coincé dans sa gorge, par la réaction.

— Alors toi, tu es bon ! plaisanta-t-il en regardant Adrien, hilare, comme les deux femmes, quand il eut assez d'air pour reprendre sa respiration.

— Et alors, s'offusqua l'enfant, les yeux mouillés de larmes consécutivement aux éclats du rire communicatif des adultes, il n'y a rien de mal à dire des choses vraies.

— Ce n'est pas le fait de le dire qui est amusant, mais ce sont les mots que tu as employés qui le sont.

— Et qu'est-ce que je devais dire ?

— En premier lieu, tu devais laisser l'homme protester. Tu verras, il y en a des râleurs, ici ! En second, est-ce que tu sais ce que c'est qu'être en chaleur ?

— Bien sûr, c'est avoir chaud, transpirer.

— D'une certaine manière, tu n'as pas tort, mais il y a une autre façon de comprendre, et les esprits chagrins préfèrent cette seconde possibilité où la chaleur n'est pas au même endroit. Si ta tante avait le front luisant de sueur, j'ose espérer qu'il n'y avait que là qu'elle avait chaud.

— Non, mais ça va pas ? s'écria Marie-Louise en lançant un regard de désapprobation à son mari. Tu ne vas pas lui expliquer ce genre de choses ?

— Et pourquoi pas ? C'est de l'éducation et je ne crois pas que Pierre m'en voudra.

— Je ne le pense pas, approuva Marcelline, en s'essuyant les yeux du revers de son tablier, pour essuyer quelques larmes, tant la situation était cocasse.

— Tu as déjà vu, à la ferme, qu'à une certaine époque de l'année les bêtes sont plus… comment te dire ça… causantes.

— Parce qu'elles parlent ? s'amusa la Maloui en éclatant de rire à nouveau, pour taquiner son mari. Tu es mal parti.

— Laisse-moi faire, répondit-il à sa femme et, se tournant vers Adrien, il poursuivit : Elles s'approchent les unes des autres et…

— Ben, elles se montent dessus, comme le taureau sur la vache, objecta Adrien.

— Voilà. C'est ça ! s'écria Gustave, triomphant, qui voyait sa position s'améliorer un peu.

— Et alors quel rapport avec tata ?

Une nouvelle fois, les deux femmes s'esclaffèrent devant une situation qui tournait au ridicule. Marcelline se tenait les côtes et Marie-Louise, même si elle était concernée par l'ambiguïté de la discussion, se mettait la main devant la bouche pour éviter de pouffer bruyamment. Chaque réaction du garçon apportait son lot de réflexions qui mettaient Gustave dans l'embarras. Les deux femmes ne voyaient pas comment il allait pouvoir s'en sortir dignement.

— Comme tu le dis, le taureau monte sur la vache pour lui faire un veau, le bélier sur la brebis pour lui faire un agneau, le lapin sur la lapine pour lui faire un petit… laissa-t-il en suspens, attendant la réponse de la bouche de l'enfant.

— … lapinou ! essaya Adrien.

— Non. Un lapereau ! s'énerva l'homme.

— Mais quel rapport avec la chaleur et… tata ? s'étonna l'enfant, candide.

— En fait, aucun ! préféra écourter Gustave, réalisant que plus il s'expliquait et moins il pourrait se sortir d'affaire. On appelle ça un quiproquo, conclut-il en se tournant vers les deux femmes.

— Un quoi ? questionna Adrien.

— Un quiproquo. On désigne ainsi une erreur qui fait prendre une chose pour une autre. Et c'est bien le cas ici. Quelquefois, les adultes comprennent mal ce que les enfants ont perçu depuis bien longtemps.

— Mais j'ai bien compris, moi, que Marie-Louise avait chaud, donc elle est en chaleur, s'obstina l'enfant.

— Et tu as raison, abdiqua le commis. C'est moi qui ai de mauvaises…

— Tais-toi, interrompit Marie-Louise. On va arrêter là ! Laisse-le avec son innocence, c'est tellement plus beau à voir. En tout cas, matru, les gens n'ont pas interprété tes propos de la même manière que toi. Voilà pourquoi toute la salle a éclaté de rire en entendant tes paroles.

— Et nous donc ! ne put s'empêcher de dire Marcelline en s'essuyant une nouvelle fois les yeux qui avaient rougi au fur et à mesure de la conversation.

La porte s'ouvrit et le premier client de la journée entra. Voyant les mines ravies des quatre personnes, il s'exclama :

— Il y a de l'ambiance, ici.

— Oh oui ! lui répondit Marie-Louise, les yeux brouillés par les larmes. Je pense que nous n'allons pas tarder à enlever l'enseigne *Auberge du Forez* pour la remplacer par *Cabaret du Forez*, si Adrien reste ici.

XI

L'ivresse des souvenirs

— Ohé de l'auberge, du vin et du bon !

Occupée à essuyer quelques verres qu'elle rangeait sur l'étagère du vaisselier, Marie-Louise n'avait pas entendu la porte s'ouvrir et trois clients entrer. Elle se retourna et ne put retenir un sourire. Elle n'avait jamais vu ça. Pourtant, il passait beaucoup de monde entre ces murs, mais ce genre-là lui était inconnu.

Élégants dans un costume composé d'un pantalon de toile claire à la ceinture assez haute, d'une chemise dont le col était agrémenté d'une lavallière pour deux d'entre eux et d'une cravate pour le dernier, le tout couvert d'une redingote sombre, les trois hommes portaient un chapeau haut de forme cerclé d'un gros ruban qui flottait dans leur dos. Une grosse cocarde ornait leur poitrine, côté gauche. S'en échappaient de nouveaux rubans, tombant jusqu'aux genoux, qui ondoyaient quand ils marchaient. Enfin, chacun s'appuyait sur une canne très ouvragée décorée également de deux nœuds en tissu, le premier juste sous le pommeau et le second à une quinzaine de centimètres du sol.

Voulant masquer sa surprise et une envie de rire, la Maloui attrapa une cruche qu'elle alla remplir au tonneau, dans la souillarde. Durant son absence, les nouveaux arrivants s'étaient approchés d'une table, y avaient déposé leurs couvre-chefs et s'étaient assis avec précaution afin de ne pas froisser leurs ornementations. Lorsque la jeune femme revint, elle les trouva silencieux, attendant la commande qui avait été lancée en arrivant. Elle essuya machinalement le plateau de bois patiné par toutes les mains qui l'avaient lustré et déposa trois verres qu'elle remplit de vin.

L'auberge était silencieuse. Gustave était à ses affaires ; Marcelline et Adrien étaient à Collonges. Pierre Déchandon avait envoyé chercher sa mère pour venir l'assister. Une de ses vaches s'apprêtant à vêler avait quelques difficultés et il voulait l'aide d'une personne expérimentée, comme elle. Il avait également voulu la présence de l'enfant pour qu'il puisse voir de ses propres yeux quelques travaux particuliers de la ferme. Comme il avait été convenu avec Gustave, l'aide de Marcelline et d'Adrien auprès de Marie-Louise passait après le fonctionnement du domaine. Il ne fallait surtout pas que l'équilibre économique de cette entreprise soit bouleversé ou fasse les frais négativement de la situation du couple d'aubergistes.

— Et que me vaut cette visite de courtoisie, braves gens ? demanda Marie-Louise à l'homme le plus âgé.

— C'est effectivement une visite de courtoisie. Vous pouvez l'appeler ainsi. Le mot est juste. Est-ce que Tarentaise la Malice est là ?

— Tarentaise qui ? s'étonna la jeune femme.

— Ben, Tarentaise la Malice. Il habite bien ici ?

— Je ne connais personne qui porte ce nom-là sous ce toit.

— Nous sommes bien à l'*Auberge du Forez.*

— Oui.

— Et nous sommes bien à l'entrée du pont de Saint-Just-sur-Loire.

— Toujours oui.

— Donc il y a un Tarentaise la Malice qui habite cette maison.

— Je vous assure, monsieur, sans vouloir vous froisser, qu'il n'y a que deux personnes qui habitent ici. Moi-même et mon mari, que j'ai épousé il y a deux années maintenant.

Prenant son verre pour étancher une soif que lui avaient procuré la marche mais également la poussière des chemins, l'homme le vida à moitié avant de reprendre :

— Et comment est-il votre mari ?

— Il est gentil, s'amusa Marie-Louise.

— Non, physiquement, je veux dire, poursuivit l'homme.

— Il est beau !

— Je l'imagine puisque vous l'avez épousé, ironisa-t-il en adressant un regard à ses camarades qui acquiescèrent d'un sourire quelque peu blagueur.

— Il est aussi grand que moi, il est mince, des cheveux ras…

— … bien noirs, coupa l'homme. Il a une légère moustache bien taillée, un visage arrondi, un air un peu canaille et malicieux et des yeux d'un clair qui varie entre le vert et le marron.

— C'est bien ça, monsieur ! s'étonna Marie-Louise qui posa sur la table la cruche qu'elle tenait à la main depuis le début de la conversation.

— Donc je vous dis que Tarentaise la Malice habite bien ici, puisque nous parlons de la même personne.

Face à l'étonnement de la jeune femme, l'homme argumenta :

— Si je sais tout ça, c'est que nous nous sommes rencontrés il y a peu de temps. Nous avons fait le chemin ensemble entre Andrézieux et Saint-Étienne lorsque je suis arrivé dans cette ville. Je peux même vous dire que votre cheval, ou plutôt votre jument, s'appelle Pâquerette.

Marie-Louise se rappela la conversation qu'elle avait eue avec Gustave et cette rencontre dont il lui avait parlé :

— Tout ça est vrai, je vous le confirme, mais pour moi il s'appelle Gustave… Gustave Charrier !

— C'est normal, il a deux identités. L'officielle que je ne connais pas, que je viens d'apprendre de votre jolie bouche, et celle qu'il avait lorsqu'il parcourait son tour de France comme compagnon.

— Son quoi ?

— Son tour de France comme nous faisons le nôtre, mes deux camarades et moi-même, en ce moment, au sein des compagnons du Devoir.

— Parce qu'il a été compagnon et qu'il a été… habillé comme vous ? plaisanta la Maloui.

— Pour sûr, et son nom était Tarentaise la Malice.

Face au silence et à l'incompréhension de la jeune femme, le client pensa qu'il venait de faire une gaffe. Malgré ça il poursuivit en essayant de détourner un peu la conversation :

— Dans notre milieu, nous avons deux noms. Celui de l'état civil qui nous est donné à notre naissance et celui attribué par nos pays lors de notre réception comme compagnon. Moi, par exemple, je suis Lyonnais Cœur loyal, dit-il en se levant comme pour donner beaucoup plus de solennité à ses mots. Voici Comtadin la Bonté, poursuivit-il en désignant son voisin de droite qui se leva à son tour, et montrant celui qui lui faisait face : Bourguignon la Fidélité, qui imita ses compères.

Les trois hommes se rassirent. La Maloui resta un instant bouche bée. Elle pensa à son mari qui lui avait parlé de sa rencontre avec Lyonnais Cœur loyal quelques jours plus tôt, de leur vie à Lyon avant qu'il ne vienne en terre forézienne, mais elle se demandait pour quelles raisons il n'avait jamais fait allusion à son appartenance à cette association compagnonnique.

Pour couper court à cette situation, elle se lança :

— Ne me dites pas que vous êtes venus exprès de Saint-Étienne pour le voir ?

— Non, poursuivit le même compagnon en vidant son verre que la maîtresse des lieux se fit un devoir de remplir une nouvelle fois, nous profitons de nos repos dominicaux pour découvrir le patrimoine que nous ont légué nos anciens afin de mieux apprendre notre métier. Pour ma part, je suis charpentier et mes deux pays sont tailleurs de pierre. Or l'église Saint-André de Saint-Rambert-sur-Loire est une pure merveille. J'ai même appris que ce sont des gens de chez moi qui vous l'ont construite.

— Des gens de chez vous ?

— Ben oui, puisque ce sont des moines de Lyon et je m'appelle Lyonnais Cœur loyal.

— Ah, je comprends le rapport maintenant, objecta la jeune femme.

— Lorsqu'on nous donne nos noms compagnonniques, on associe notre lieu d'origine à la qualité majeure qui nous anime. Explique, Comtadin, pour quelles raisons tu portes ce nom.

Les joues du jeune homme s'empourprèrent et il expliqua, timidement, avec un accent chantant, qu'il était originaire du Comtat Venaissin et plus précisément du village de Venasque qui avait donné son nom à cette région devenue, depuis, le département de Vaucluse[1].

— À toi, Bourguignon, d'expliquer à la dame.

— Je suis natif d'un petit village à l'ombre des hospices de Beaune qui s'appelle Pommard. On y fait un petit vin qui est très bon.

— Et le deuxième nom ?

— Comme je vous l'ai dit, c'est la qualité majeure de la personne. Ainsi il n'y a pas meilleur et plus agréable compagnon que Comtadin. Il est toujours prêt à vous aider, vous assister, vous seconder.

---

1. *On dit bien « de Vaucluse » et non « du Vaucluse ». L'étymologie du nom « Vaucluse » vient du provençal* Vau cluso *lui-même traduction du latin* Vallis Clausa, *autrement dit la « Vallée close ». C'est dans celle-ci, en cul-de-sac, que la Sorgue prend sa source sur le territoire de la commune de Fontaine-de-Vaucluse. Il est à noter que cette dernière porte cette dénomination depuis le décret du 19 avril 1946. Avant cette date, elle se nommait, tout simplement, « Vaucluse ».*

Le visage du Provençal s'empourpra de plus belle et, pour garder bonne contenance, il but d'un seul trait le contenu de son second verre.

— Pour ce qui est de Bourguignon, sa fidélité est sans faille, il est volontaire et n'a qu'une raison de vivre, c'est de tenir ses promesses, ses engagements et à n'importe quel prix.

— Et vous, pour quelles raisons vous a-t-on appelé « Cœur loyal » ?

D'un seul homme, ses deux camarades répondirent à la question :

— Parce qu'il n'y a pas plus loyal que lui !

— Il est droit, poursuivit Comtadin.

— Honnête et intègre avec tout ça, approuva Bourguignon.

— Oui, mais il y a une nuance, c'est que pour vous autres le mérite est directement accolé à votre patronyme géographique, alors que, pour Lyonnais, il a un autre mot entre les deux. Cela veut donc dire qu'il n'y a que le cœur qui est loyal, chez vous ? taquina Marie-Louise.

— C'est déjà pas mal, vous ne croyez pas ? sourit le compagnon. Non, madame, tout est loyal, mais on a sûrement voulu appuyer sur le fait que le cœur l'était encore plus. Pour nous, il nous faut penser pour mieux travailler. Travailler chaque jour un peu plus pour progresser mais toujours savoir rester modeste. C'est notre ligne de conduite et la loyauté est une forme de modestie. Quand on pense aux autres et qu'on les respecte au point de leur accorder le meilleur de soi-même, sans leur mentir, en leur adressant totalement sa confiance, on atteint une certaine sérénité qui ne peut exister qu'à travers le cœur. Mais revenons à mes concitoyens lyonnais qui sont venus, il y a bien longtemps, à Saint-Rambert, poursuivit Lyonnais afin de détourner la conversation qui devenait un peu trop intimiste à ses yeux. Le curé de la paroisse, que nous avons rencontré pendant que nous visitions l'église, nous a raconté que ce sont des moines venus de l'abbaye de l'île Barbe, près de Lyon, qui avaient fondé le premier monastère au VIIIe siècle.

— Mon Dieu que c'est loin, tout ça ! ne put s'empêcher de dire Marie-Louise, admirative de ce qu'elle venait d'entendre.

Elle comprenait pour quelles raisons Gustave savait autant de choses et s'intéressait à tout. S'il avait fait partie de cette association, il ne pouvait qu'être comme eux. Mais pour quelles raisons est-ce qu'il ne lui avait jamais parlé de tout ça ? Avait-il quelque chose à lui cacher ? Ces réflexions silencieuses restèrent sans réponses.

— Eh oui, mais c'est grâce à des gens comme ça que l'on peut encore aujourd'hui admirer ce que nous voyons autour de nous et c'est pour cette raison, puisque leurs constructions ont traversé les siècles, que nous essayons de percer leurs secrets et surtout les transmettre à nos pays. C'est le but premier de notre travail. Pour ma part, en ma qualité de charpentier, je me suis intéressé aux maisons à pans de bois qui entourent la porte ouvrant sur la rue menant à l'église.

— On l'appelle porte de la Franchise, coupa Marie-Louise pour montrer qu'elle savait quelque chose, tout de même. Un jour, on m'a dit qu'elle tirait ce nom du droit d'asile dont bénéficiaient les délinquants qui parvenaient à entrer dans l'enceinte du prieuré. Je ne sais pas si c'est vrai, mais pourquoi pas ?

— Vous savez, les origines des noms sont quelquefois amusantes et on n'en connaît pas l'histoire, bien souvent. C'est le bouche-à-oreille qui nous les a conservés. Par contre, je vais laisser à mes pays tailleurs de pierre vous parler de l'église. Je n'arrête pas de bavarder et je commence à avoir soif. Tenez, resservez-nous.

Marie-Louise reprit la carafe qui s'était vidée au fil des tournées, alla la remplir au tonneau, une nouvelle fois, et revint ravitailler ses clients. Fatiguée de rester debout, face à eux, elle tira vers elle une chaise d'une table voisine et s'assit entre Lyonnais et Bourguignon. L'accent de Comtadin donnait une tout autre dimension à son récit. La jeune femme l'écoutait avec beaucoup d'attention, d'autant que les clients ne se pressaient pas, ce jour-là, et qu'ils n'étaient que tous les quatre à rompre le silence de la grande salle de l'*Auberge du Forez*.

— La façade est déjà admirable de sobriété propre au style roman qui fait du bâtiment un édifice admirable. Quand on entre dans le narthex…

— Vous parlez en quelle langue ? lança Marie-Louise.

— En français. Ce sont des termes d'architecture.

— Il faut bien appeler un chien, un chien ! interrompit Lyonnais Cœur loyal. À chaque profession correspond un langage bien particulier. Pour vous, un verre, un pichet et un tonneau sont bien des choses précises, et vous en connaissez les différences sans qu'on soit obligé de vous les décrire à chaque fois, non ?

— Oh ! Pour sûr, ce qui différencie ces trois mots, c'est le prix de vente de leur contenance !

La réflexion fit éclater de rire les trois hommes, qui en profitèrent pour trinquer à la sagesse paysanne et aux images qu'elle colportait.

— On entre dans certaines églises par le narthex, sorte de vestibule qui précède la nef.

— La… ? interrogea la Maloui.

— La nef. C'est la partie qui va de l'entrée jusqu'au chœur.

— Ça, je sais ce que c'est. C'est là qu'est le curé pour dire la messe.

— Tout à fait, s'impatienta le compagnon. Mais continuez, Comtadin.

— On entre sous une des deux tours, ou plutôt des deux clochers, et on est tout de suite pris par la majesté du lieu. Ensuite, il y a deux belles statues qui entourent un christ en bois. Mais poursuivez Bourguignon, lança le jeune homme, en saisissant son verre qu'il vida par petites gorgées avant que l'aubergiste le remplisse une nouvelle fois.

— Moi, il y a deux choses qui m'ont intéressé. La première, c'est la Vierge noire de la chapelle de Notre-Dame-des-Carmes. Il paraît qu'il y en a en Auvergne.

— C'est vrai et, tu sais, ce n'est pas loin l'Auvergne, juste après les monts du Forez, coupa Lyonnais en prenant son verre. J'en viens.

— Oui, mais c'est la première fois que j'en voyais une, reprit Bourguignon. Et pourquoi sont-elles noires ?

— Je n'en sais rien ! s'excusa Lyonnais en regardant Marie-Louise qui lui confirma, d'une moue grimaçante, qu'elle était aussi ignorante que lui[1].

— La seconde chose, c'est la coupole qui se trouve à la croisée des transepts. C'est vraiment impressionnant de penser que le clocher est au-dessus de tout ce vide. C'est là qu'on admire les tailleurs de pierre qui sont à l'origine de la voûte qui supporte tout ce poids.

— Et c'est pour cela qu'on fait ces visites. Pour apprendre et admirer, surenchérit Comtadin.

Tout en parlant, les verres se vidaient et se remplissaient aussi vite que le débit hivernal de l'eau de la Loire passait sous le pont reliant Saint-Just à Saint-Rambert. Gustave mettait du temps à rentrer et Marie-Louise pensa qu'elle avait une occasion inespérée d'en savoir un peu plus sur le passé de son mari. Cette visite lui tombait du ciel. Elle ne voulut pas laisser passer cette chance inespérée.

— Allez, c'est la mienne ! lança-t-elle, guillerette.

Et elle se leva pour aller remplir une nouvelle fois la cruche au tonneau.

Les joues des trois hommes avaient viré du rose au rouge. Lyonnais était celui qui l'intéressait le plus. Elle lui servit une nouvelle rasade qu'elle doubla dès qu'il eut bu son verre. Les deux compagnons les plus jeunes commençaient à avoir quelques faiblesses. Leurs yeux papillotaient et ils souriaient à chaque fois que leur aîné parlait. Celui-ci commençait à avoir la bouche un peu pâteuse. Les mots

1. Voir le chapitre « Les Vierges noires » dans la partie Documentation.

continuaient à en sortir mais avaient tendance à l'encombrer. Les phrases étaient quelque peu bousculées et décousues. Elle pensa qu'il était fin prêt pour qu'elle puisse lui poser les quelques questions qui l'intriguaient :

— Et Gust… enfin, Tarentaise la Malice, se reprit l'aubergiste, il était comment quand il était avec vous, à Lyon ?

— Oh, c'était un très bon compagnon, très serviable, prêt à aider ses camarades.

— Oui, mais « la Malice », c'est pas très flatteur. Ça lui venait d'où ?

— Du fait que, même s'il avait un bon fonds et qu'il était un travailleur volontaire, il aimait bien faire des tours, des plaisanteries. Un bon gars au demeurant, mais taquin. Voilà ! C'est le mot : taquin.

— Et pour quelles raisons il a quitté votre association ?

— Oh !… C'est pas facile à raconter, hésita l'homme. On était à… une période un peu trouble.

« Comme toi », pensa Marie-Louise qui ne voulait plus l'interrompre de peur qu'il ne perde, entre deux vapeurs d'alcool, le fil de ses idées.

— C'était à la fin des années 1840. En… 1848… il me semble ! poursuivit le compagnon en marquant quelques arrêts prouvant qu'il faisait un effort pour retrouver sa mémoire et les dates exactes. Il y avait eu… deux révoltes des tisserands de la soie, qu'on appelle des canuts, à Lyon, en 1831 et 1834, et le roi Louis-Philippe venait d'abdiquer, à Paris. Enfin, c'est le peuple… nous, qui l'avons foutu dehors parce que sinon il ne serait pas parti tout seul, le bourgeois ! ironisa-t-il dans un moment de lucidité où il s'agita comme pour montrer l'antipathie que ce souverain lui laissait, faisant allusion à la chute de la monarchie de Juillet. La IIe République a été proclamée. Alors là... on s'est senti pousser des ailes et...

— Et ? s'impatienta la jeune femme, alors que les deux autres compagnons avaient déclaré forfait depuis quelques minutes et s'étaient assoupis, la tête dans leurs bras croisés, posés sur la table.

— Et... et... on a fait la révolution à notre manière.

— Et Gust... je n'arriverai pas m'y faire, marmonna la Maloui. Et... Tarentaise la Malice, il était des vôtres ?

— Pour sûr qu'il était avec nous, et pas derrière ! Il n'a pas laissé sa part au chat pour faire gagner nos idées !

— Et comment ça s'est fini ?

— Que je suis parti un peu plus loin, et Tarentaise la Malice est parti, lui aussi, de son côté. Il valait mieux qu'on se fasse oublier. Voilà tout !

Lyonnais arrêta de parler. Marie-Louise pensa qu'il était arrivé au bout de ses explications et qu'elle ne pourrait plus rien en tirer.

L'homme rassembla toute son énergie et s'exclama :

— Il fait soif, aubergiste !

Fin saoul, il tendit son verre vers son hôtesse, avant de le laisser tomber sur le plateau de la table et de rejoindre ses compagnons dans les bras de Morphée.

Marie-Louise en savait déjà assez. Les portes donnant sur le passé de son mari commençaient à s'entrouvrir. Avec ce qu'elle venait d'apprendre, une appréhension la saisit. Elle commença à avoir peur de ce qu'elle risquait de découvrir et pensa qu'elle venait d'ouvrir une boîte de Pandore sans imaginer un seul instant ce qui allait lui sauter à la figure. Si quelques regrets s'invitèrent dans ses premières réflexions, rapidement elle les chassa de son esprit. Mais que s'était-il donc passé, à Lyon, en 1848, pour que son Gustave soit obligé de partir, de s'évanouir dans la nature ? Que, ou qui, fuyait-il ?

De nouvelles questions chassèrent les plus anciennes, la principale étant de savoir si ce qu'elle venait d'apprendre avait un rapport avec les événements récents qui semblaient créer des soucis à Gustave. Elle pensa à l'inconnu qu'elle n'avait pas vu et qui, au cimetière, lors des obsèques de son père, avait demandé à son cousin Pierre Déchandon si son mari était bien Gustave Charrier, à celui qui l'avait agressé, ici même, à l'auberge. Beaucoup d'événements récents refaisaient surface et la jeune femme se mit à douter de tout. Elle entendit une charrette pénétrer dans la cour. Gustave arrivait.

Lorsqu'il entra dans l'auberge, il vit immédiatement les trois hommes assoupis. Voyant sa femme seule, il se précipita vers elle.

— Tout va bien ?

— Oui, vraiment oui, lui répondit-elle en ramassant les verres et débarrassant la cruche du vin, ou du moins ce qu'il en restait. Il y a du monde qui t'attend, plaisanta-t-elle en lui indiquant par un geste de la tête la direction des trois hommes endormis.

XII

Les conseils

Lorsqu'il découvrit les chapeaux, les cannes et les rubans, posés à côté des dormeurs, Gustave comprit rapidement qui étaient les visiteurs qui l'attendaient. Enfin « qui l'attendaient », le mot était un peu fort puisqu'il y avait quelques minutes qu'ils ne patientaient plus.

— Il y a longtemps qu'ils sont là ? demanda le jeune homme à sa femme.

— Assez pour avoir bu plusieurs carafes et se mettre dans cet état.

— Est-ce qu'ils t'ont payé au moins ?

— Ne te fais pas de souci pour ça, c'est bon, mentit Marie-Louise en pensant que les informations qui venaient de lui être confiées valaient bien le prix de quelques pintes.

— Et qu'est-ce qu'ils t'ont raconté ? s'inquiéta le jeune homme.

— Qu'ils profitaient de leur jour de repos pour visiter les monuments du coin. Pour aujourd'hui, c'était l'église de Saint-Rambert qui les avait attirés. Ils ont vraiment apprécié son architecture, ironisa-t-elle.

— Si c'est autant que le vin, ils ont dû vraiment aimer. Et c'est tout ce qu'ils t'ont dit ?

— Et que devaient-ils m'annoncer de plus ? plaisanta la Maloui avec un grand sourire. Parmi les trois, il y a celui dont tu m'as parlé et que tu as rencontré l'autre jour à Andrézieux. Il est très sympathique et ne tarit pas d'éloges sur toi.

— Parce qu'il t'a parlé de moi ?

— Évidemment, puisqu'il venait te voir. Mais ne t'inquiète pas, il ne m'a rien dit de plus que je ne sache, mentit à nouveau Marie-Louise. De toute façon, tu n'as rien à me cacher, non ?

— Et pourquoi te cacherais-je quelque chose ?

— Je ne sais pas. Mais tu me sembles bien nerveux. Il y a quelque chose qui te contrarie ?

— Non. La fatigue, sûrement.

Depuis sa souillarde, où elle était partie reposer près du tonneau la carafe qu'elle venait de rincer, Marie-Louise observa son mari. Il s'approcha de la table occupée par les trois dormeurs et tapa sur l'épaule du plus vieux. Lyonnais sursauta et s'écria :

— Ah ! Comment tu vas, Tarent…

Il n'eut pas le temps de poursuivre, Gustave lui avait plaqué la main sur sa bouche pour l'empêcher de parler et lui intimer de ne pas prononcer ce nom.

— C'est à toi, vieux grigou, qu'il faut le demander, dans l'état où tu t'es mis.

— Je suis content… de te voir, mais, comme on t'attendait, on en a profité… pour s'occuper de ta cave ! s'esclaffa le compagnon le plus âgé.

— Et apparemment elle ne t'a pas déplu, ainsi qu'à tes collègues, fit-il en regardant les deux autres clients qui émergeaient doucement de leur torpeur en se tenant la tête.

— Je ne sais pas d'où il vient, mais il est bon, ce vin.

— Je le vois bien, poursuivit Gustave en tirant une chaise vers lui. Et que me vaut cette visite ?

— On est venus visiter… l'église du village et, comme… tu me l'avais suggé… sugg… enfin proposé, bafouilla Lyonnais, on est venus te rendre une petite… visite. Ton épouse est charmante. Elle ne connaissait pas ton no… !

Gustave fit signe à son compagnon de se taire. Instinctivement, ce dernier plaqua son index sur sa bouche, tout en vacillant du buste, pour montrer qu'il pouvait être discret.

Marie-Louise était revenue dans la salle.

— Je suppose que tu ne vas pas boire un verre avec eux, tout de même ? lança-t-elle à son mari.

— Non, lui répliqua Gustave. Ils ont leur compte.

— Ça ne nous… dérange pas… tu sais ! proposa Lyonnais en essayant de se lever.

La terre s'étant mise à bouger brutalement, il préféra se rasseoir et se caler contre le dossier de la chaise pour éviter d'en tomber.

— Et comment comptez-vous rentrer à Saint-Étienne ? Dans l'état où vous êtes, vous allez mettre le double de temps en zigzaguant.

— Je pense que tu devrais les ramener, suggéra la jeune femme. Vu la rapidité avec laquelle tu es entré dans la salle après être arrivé, je suppose que Pâquerette n'est pas encore dételée.

— Effectivement, non, elle attend en mangeant un peu de foin.

— Alors vas-y, ne traîne pas trop, elle va se refroidir et puis la nuit ne va pas tarder à arriver.

— Tu as raison. Je vais les charger.

Marie-Louise aida son époux à faire monter les trois hommes dans la charrette. Dès qu'ils furent entre les ridelles de bois, ils s'affalèrent de tout leur long, côte à côte, pour poursuivre un somme qui se voulait réparateur.

Gustave monta sur son banc et fouetta la croupe de la jument qui démarra. Marie-Louise resta là, devant l'auberge, les mains sur les hanches, à regarder partir l'équipage.

« C'est ça, pensa-t-elle. Tu peux toujours essayer d'empêcher Lyonnais, Comtadin ou autre Bourguignon de parler, il y a un Tarentaise qui va devoir me rendre des comptes, à un moment ou à un autre. »

*
* *

Il y avait seulement quelques minutes que Marie-Louise était revenue à son travail que Marcelline entrait dans l'auberge. La voyant seule, elle lui demanda où pouvait bien être Adrien. Sa tante lui expliqua que Pierre avait voulu le garder avec lui pour lui transmettre les premiers soins qu'il fallait prodiguer à un veau nouveau-né pour qu'il soit viable.

— Ça tombe vraiment à pic, lui répondit sa nièce.

— Pourquoi ? Il y a quelque chose qui ne va pas. Je te trouve une tête pâlotte.

— Non ! Rien de bien méchant.

— Ne me dis pas que… s'interrompit Marcelline en s'approchant de la Maloui.

Elle lui posa sa main sur le ventre.

— Pour ça, non ! Je peux te l'affirmer. Il n'y a aucun problème de ce côté-là.

— Alors c'est de quel côté que ça ne va pas ?

— Assieds-toi, je vais t'expliquer.

Les deux femmes installées face à face, Marie-Louise expliqua avec force détails tout ce que le compagnon du tour de France lui avait appris sur Gustave. La vieille femme écoutait attentivement sans l'interrompre. Elle lui fit part également de ses préoccupations concernant l'inconnu du cimetière et de l'agresseur qui était la cause de sa présence à l'*Auberge du Forez*. Elle s'étendit sur l'attitude qu'elle avait eue pour le forcer à boire, bien qu'il ne lui en fallût pas beaucoup, quand elle avait pris conscience que se profilait une occasion inespérée de connaître le ou une partie du passé de Gustave. Quand elle eut terminé, elle resta ainsi, sans parler.

Marcelline réfléchissait et la question cruciale qu'elle se posait arriva au bout de quelques minutes :

— Et maintenant, que comptes-tu faire ?

— Je n'en sais rien. C'est bien pour cela que je t'en parle. C'est arrivé tellement soudainement que je perds un peu pied. J'ai voulu savoir. Les questions m'ont excitée et maintenant je ne sais pas si je dois poursuivre ma quête de la vérité ou garder jusqu'à mon dernier soupir ce mystère, ce secret.

— Si tu restes ainsi, ma pauvre Marie-Louise, tu vas passer ta vie et peut-être avoir des enfants avec un homme dont tu ne sauras rien, et avec toujours un doute entre lui et toi.

— C'est effectivement ce que je pense aussi depuis tout à l'heure, mais que vais-je découvrir au bout de mes recherches ?

— Soit cet homme a commis le pire, l'irréparable, soit il est nigaud, innocent et il a payé pour d'autres.

— En fait, un monstre ou un brave homme ?

— C'est ça. Tu dois savoir que les révolutions, puisque tu as fait allusion à celle de 1848, ont laissé beaucoup de traces indélébiles. Certains en sortent en héros, d'autres détruits, brisés. Si les premiers peuvent parader au grand jour, même s'ils ont les mains sales et des consciences pas très claires, les seconds préfèrent se faire oublier...

— C'est exactement ce que m'a dit Lyonnais. Il fallait qu'ils se fassent oublier, tous les deux. Alors ils sont partis de Lyon... pour se faire oublier ! répéta, pensive, Marie-Louise.

— Laisse-moi le temps du service. Je vais réfléchir à tout ça et je te dirai ce que j'en pense. La nuit porte conseil. Allez, il faut se mettre au boulot sinon rien ne sera prêt quand les clients vont arriver.

Marie-Louise se leva et alla embrasser sa tante.

— Merci ! lui dit-elle en la regardant dans les yeux.

— Oh, ne me remercie pas. Avec ce que m'a fait mon mari, je me méfie des hommes. Ils sont capables du meilleur comme du pire, surtout quand ils croient qu'ils peuvent refaire le monde à leur manière. Crois-en mon expérience !

Marie-Louise lui sourit et alla ranimer le feu dans la cheminée.

*
* *

Contrairement aux jours précédents, il n'avait pas gelé, ce matin-là. Le froid était vif tout de même et Marcelline, accompagnée d'Adrien, marchait d'un pas alerte vers l'*Auberge du Forez*, comme ils en avaient pris l'habitude depuis quelques jours maintenant.

— Doucement, lança l'enfant.

— Que t'arrive-t-il ? questionna la femme, perdue dans ses pensées.

— On va trop vite, j'ai du mal à suivre.

— Je suis désolée. Je réfléchissais.

Marcelline avait passé une partie de la nuit à cogiter, à manigancer. Elle avait tourné et retourné la situation que lui avait détaillée, la veille, sa nièce. Elle voulait lui proposer une solution à cette incertitude consécutive à la visite des compagnons. Une idée avait germé dans son esprit. Il lui tardait de l'expliquer à Marie-Louise.

— Avec ce froid, ça fait du bien de marcher vite, ça réchauffe.

— Oui, mais ça fait mal aux jambes.

— C'est vrai que les tiennes sont plus courtes que les miennes et que tu fais deux pas quand je n'en fais qu'un seul. On va ralentir.

Les deux marcheurs modérèrent leur allure. Adrien fit un grand sourire de remerciement à Marcelline. Les volutes vaporeuses d'haleine qui sortaient de la bouche de l'enfant, consécutives au froid, se firent beaucoup plus rares, preuve qu'il avait retrouvé une respiration normale.

La dernière ligne droite du parcours longeait la Loire. Des bancs de brume cachaient la rive opposée du fleuve. Dans le silence matinal, on entendait le craquement des roues cerclées de fer sur le tablier en planches de bois du pont suspendu. Les maraîchers allaient approvisionner les marchés des environs. Quelques-uns s'apostrophaient :

— Ça pique ce matin, *bon Diou* ! lançait l'un d'eux.

— Mais moins qu'hier, répondait un autre.

Phrases banales de politesse alors qu'on n'a rien de spécial à dire. Il fallait se lever tôt pour être parmi les premiers à proposer sa marchandise aux négociants si on voulait faire des affaires.

— Qui c'est, cette statue ? demanda Adrien, en montrant une ombre sombre se dégager au-dessus d'un rocher à l'entrée de Saint-Just.

— La Madone des mariniers.

— Et elle sert à quoi, ici ? Elle ne serait pas mieux à l'église, au chaud, avec les autres saints ?

Marcelline éclata de rire face à cette repartie logique.

— Elle sert à protéger les hommes qui descendent la Loire en ramberte. Si elle a été placée ici, c'est que cela leur permet de la voir au moment où ils partent, après être passés sous le pont. Ils lui lancent un regard, une prière, que sais-je ?

— Et pourquoi ?

— Parce qu'ils font un métier dangereux. Tu demanderas à Pierre. Il l'a descendue, quand tu étais encore un matru.

— Ça me plairait de faire ce métier, poursuivit-il, songeur.

— Dieu t'en garde ! Quand ce n'est pas l'eau du fleuve qui prend nos hommes, ce sont les sirènes qui gravitent autour, se signa Marcelline. De toute façon, tu es trop jeune et je ne pense pas que ta mère ou Pierre soient d'accord, un jour, de t'y laisser naviguer. Dieu nous en garde ! répéta-t-elle.

Les deux piétons arrivèrent à l'intersection qui menait vers le pont en passant devant l'*Auberge du Forez*. Les charrettes se croisaient. Certaines s'arrêtaient pour que le conducteur y prenne un peu de chaleur avant d'attaquer la montée du Croupillon et la descente vers La Fouillouse. Avant d'entrer dans l'auberge, ils mettaient une couverture sur la croupe des chevaux pour éviter qu'ils ne se refroidissent et « n'attrapent la mort », comme disaient les anciens.

Une lueur éclairait les vitres de la façade. Marie-Louise était levée et, comme à son habitude, elle avait enlevé les volets de bois protégeant les fenêtres durant la nuit pour accueillir les premiers clients de la matinée.

Dès qu'il fut entré dans la grande salle, Adrien sauta au cou de la Maloui et déposa un baiser sur chacune de ses joues. Marcelline l'embrassa également et saisit son tablier. Alors qu'elle en nouait les deux sangles, elle regarda sa nièce. Cette dernière l'interrogea du regard, en levant les sourcils. Avant d'ouvrir la bouche, Marcelline donna un coup de tête pour désigner le plafond de la pièce au-dessus duquel était la chambre du couple. D'un autre coup de tête, la jeune femme lui répondit affirmativement. Gustave était toujours là. Elles ne pouvaient donc pas parler à leur aise, en toute liberté, sans risquer d'être surprises. La seule chose que Marcelline put dire, ce fut un « J'ai trouvé ! » qui retentit, même s'il avait été prononcé à voix basse, comme un cri de victoire.

Marie-Louise retourna à ses occupations, impatiente de pouvoir entendre ce que sa tante allait lui proposer. Les marches de l'escalier en bois menant au premier étage craquèrent et Gustave apparut dans l'entrebâillement de la porte.

— Bonjour à tous. Je suis un peu en retard, ce matin.

— Tu as tourné toute la nuit dans le lit. Tu as mal dormi ? Il y a quelque chose qui te tracasse ? lui demanda son épouse.

— Non, je te l'ai déjà dit hier soir, je suis un peu fatigué.

— Ton retour s'est bien passé, après avoir déposé les trois compères à Saint-Étienne ?

— Oui.

— Et ils vont bien ?

— Jusqu'au seuil de la maison des compagnons, oui. Après, je ne sais pas. Ils risquent de prendre un bon savon par la mère, ce matin.

— La qui ?

— Celle qui tient la maison des compagnons. Elle se fait appeler « la mère ».

— Pourtant, ce n'est pas vrai.

— Oui, mais c'est la tradition. Il y en a une par maison. Elle gère la vie de ses pensionnaires.

— Tu sembles bien t'y connaître en compagnons, ou je me trompe ?

— Je t'ai dit que je les avais côtoyés, quand j'étais à Lyon. Ce sont eux qui m'ont expliqué tout ça.

Gustave était sur la défensive et il sembla à Marie-Louise qu'il commençait à s'irriter des questions qu'elle lui posait.

— Je ne t'ai pas entendu rentrer, poursuivit-elle en changeant de conversation.

— J'ai fait doucement pour ne pas te réveiller.

Tout en discutant, l'homme s'était servi une tranche de saucisson qu'il engloutit entre deux bouchées de pain et un canon de rouge. Passant à côté d'Adrien, il lui frictionna la chevelure. L'enfant essaya de se retirer.

— Et toi, ça va ? Tu n'as pas colporté une autre vérité sur la vie de ta tante aux clients ?

— Non, la dernière que j'ai dite a suffi ! plaisanta l'enfant en souriant.

Gustave termina de manger et s'approcha de Marie-Louise. Il prit le plat qu'elle tenait dans ses mains, le déposa sur la table la plus proche, passa ses bras autour de sa taille, l'attira vers lui et déposa un baiser sur sa bouche. La jeune femme ne dit rien. Elle apprécia cette étreinte et échangea ce moment d'intimité avec son mari. Au bout de quelques instants, elle le repoussa doucement.

— Allez, on n'a pas que ça à faire. Les gens vont jaser.

— Et pourquoi jaseraient-ils ?

— Parce que ce n'est pas bien de faire ça en public, et de plus devant un enfant, répondit-elle en désignant Adrien.

— Oh, tu sais, depuis qu'il sait que tu peux être en chaleur, rien ne pourra plus l'étonner.

— Nigaud, va ! Allez, laisse-nous travailler, on n'a pas que ça à faire et je suppose que toi non plus.

— Oh, moi…

— Quoi, toi ?

— Rien du tout. Je vais continuer ma tournée en espérant qu'elle sera meilleure que celle d'hier.

— Pourquoi ? Tu as eu des problèmes ?

— Non, mais je t'expliquerai tout ça un peu plus tard. Il faut savoir que, quoi qu'il arrive, je t'ai aimé, je t'aime et je t'aimerai toujours.

— C'est bien mystérieux tout ça.

— Non, il n'y a aucun mystère. Je peux quand même dire à ma femme que je l'aime, non ?

— Oui, mais ce n'est pas ton genre.

— Eh bien, j'ai changé de genre, voilà tout.

Gustave se dirigea vers la porte donnant vers le chapi où l'attendait Pâquerette. Avant de sortir, il revint sur ses pas pour embrasser une nouvelle fois Marie-Louise. La jeune femme resta stupéfaite par cette attitude qu'elle ne lui connaissait pas.

XIII

La lettre

LE SERVICE DE MIDI venait de terminer. Un à un, les clients avaient réglé leurs consommations ou leur repas et la salle s'était vidée au fur et à mesure de leurs départs. Sous prétexte d'un manque de crème fraîche, Marie-Louise avait demandé à Adrien d'aller lui en chercher auprès d'un laitier de Saint-Rambert.

— Mais il y en a un beaucoup plus près, au bout de la rue principale en allant vers Saint-Genest, avait riposté l'enfant.

— Oui, mais la crème des vaches du père Dussauze est bien meilleure. Elles mangent de la bonne herbe sur la route de Chambles.

— Mais c'est loin.

— Bon, c'est fini de rouspéter ! interrompit Marcelline en essuyant ses mains mouillées à son tablier. Tu fais ce qu'on te dit et tu y vas.

L'enfant prit la *biche* à lait[1] par son anse et la secoua vivement pour montrer sa désapprobation. Les deux femmes le regardaient faire, amusées. La Maloui n'avait trouvé que ce subterfuge pour

1. *Pot au lait en fer-blanc.*

l'éloigner afin de pouvoir discuter tranquillement avec sa tante, ce que cette dernière avait compris. Afin de se faire pardonner, elle mit la main dans sa poche, en sortit une pièce d'un sou et la donna à Adrien.

— Tiens, comme tu passes devant l'épicerie, en arrivant à Saint-Rambert, va te chercher un morceau de pâte de guimauve. Ce sera pour que tu ne m'en veuilles pas trop de te faire aller si loin.

L'enfant prit la pièce et s'en alla, en fermant la porte assez bruyamment pour montrer tout de même son mécontentement, bien qu'il ait été atténué par la récompense qui venait de lui être accordée.

Adrien parti, Gustave absent, les deux femmes profitèrent de cet instant de la journée où l'auberge était vide de toute présence étrangère pour échanger leurs idées respectives. Elles s'approchèrent de la table la plus proche, prirent chacune une chaise et s'assirent face à face. Ce fut Marcelline qui commença à parler :

— Comme je te l'avais proposé, j'ai réfléchi longuement cette nuit pour trouver une solution à ton problème, enfin à tes préoccupations. Il faut que tu saches ce qui s'est passé dans le proche passé de Gustave pour mieux comprendre ce qui survient actuellement.

— Tu penses que tout ce qui arrive depuis la mort de mon père est lié à ce passé.

— Je le pense. Il est drôle que d'un seul coup quelques fantômes apparaissent, comme ça, sans crier gare. Je suis quasiment sûre que l'inconnu du cimetière, celui qui t'a agressé ici même, auxquels j'ajouterais le coup de folie de la jument à Saint-Étienne, dont tu m'as parlé l'autre jour, soient liés. L'ensemble ayant un rapport avec les événements de 1848, à Lyon. Je ne pense pas qu'en disant ça je me trompe beaucoup.

— Mais, à l'inverse, nous n'avons aucune preuve qu'il y ait un rapport entre elles. Ces trois histoires sont peut-être un concours de circonstances.

— Ça fait beaucoup de peut-être, non ? Il nous faut avoir des certitudes. C'est à nous de trouver les rapports qu'il doit bien y avoir entre tout ça.

— Mais comment ?

— C'est là que je pense avoir trouvé une idée qui pourrait être particulièrement intéressante.

— Vas-y, je t'écoute.

— En premier lieu, il faut que tu ailles à Lyon.

— Eh ben, ça commence bien !

— Oui, il faut que tu y ailles. C'est là-bas que tu trouveras la clé à tous vos ennuis. Il faut savoir ce qui s'est passé en 1848 et quel rôle Gustave a joué dans cette révolution. Depuis le passage des compagnons, il y a vraiment beaucoup trop de flou dans la vie de ton mari et ses cachotteries ne me disent rien qui vaille.

— D'accord, il faut aller à Lyon, mais qu'est-ce que je vais inventer pour dire que je m'absente. Gustave va trouver ça un peu drôle.

— J'y ai pensé.

— Et l'auberge, qui va s'en occuper pendant que je serai là-bas ?

— J'y ai pensé aussi !

— Et à qui est-ce que je vais demander les renseignements qui m'intéressent ?

— J'y ai pensé encore !

— Alors ne me fais pas languir, explique-toi.

Marcelline plongea sa main dans la grande poche de son tablier et en tira une feuille de papier pliée en quatre. Elle la déposa sur la table. Marie-Louise la regarda et leva des yeux interrogateurs à sa tante.

— La solution est là-dedans, mais avant il faut que je t'explique quelque chose que tu ne connais qu'en partie. Est-ce que tu te rappelles de la cousine Claudine ?

— La cousine… Claudine ? s'interrogea Marie-Louise.

— Mes grands-parents Nicolas Grange et Claudine Chauvel ont eu plusieurs enfants, dont deux garçons qui nous intéressent. Le premier s'appelait Pierre et c'était mon père, donc ton grand-père. Le second, Marc, avait quatre ans de moins que Pierre. C'était mon oncle et donc ton grand-oncle. Jusque-là tu me suis ?

— Oui, mon grand-père Pierre avait un frère qui s'appelait Marc.

— C'est bien ça. Il était agriculteur sur les hauteurs de Saint-Just. On ne se côtoyait pas beaucoup, pour ne pas dire pas du tout. Marc était très autoritaire. Il s'est marié avec Marie Ferréol qui ne lui a donné qu'un seul enfant, une fille alors que lui voulait un gars. Il en est devenu quasiment fou. Il reprochait à sa femme de ne pas pouvoir lui donner d'autres héritiers et la tenait responsable de cette situation qu'il ne pouvait pas supporter.

— Il ne s'était jamais demandé pour quelles raisons ils ne pouvaient plus avoir d'enfants.

— Lui, non. La seule responsable à ses yeux était cette pauvre Marie. C'était comme ça, un point c'était tout. Et pourtant elle était brave, la tante Marie : prévenante, gentille, avenante. Je me suis toujours demandé ce qui l'avait attiré chez Marc pour qu'elle l'épouse, à moins qu'il y ait eu des tractations beaucoup plus matérielles entre le grand-père Nicolas et le père Ferréol. Va donc savoir. Le fait est qu'elle a mis au monde une petite fille qui a été baptisée Claudine. J'avais sept ans quand elle est née. Comme son père ne pouvait pas la voir et regrettait la naissance d'un fils, il l'a refoulée.

— Mais c'est ignoble !

— Oui, mais c'est comme ça. Marie était malheureuse et Claudine délaissée. Dès qu'il en avait l'occasion, Marc ne manquait pas de la réprimander, de la punir. Elle a vécu un véritable enfer.

— Et personne n'a rien fait ?

— Que voulais-tu qu'on fasse ? Ce n'étaient pas nos affaires, mais celles de Marc.

— Pourtant !

— Une seule personne s'est vraiment accrochée avec Marc sur ce sujet. C'est ton père, Joseph. Il ne supportait pas que Claudine, sa cousine germaine, soit malheureuse et encore moins que ses malheurs viennent de son oncle Marc. Il faut dire qu'elle était belle et qu'il devait en être un peu amoureux. Mais entre cousins, tout de même, on ne joue pas à ces choses-là.

— Ne me dis pas quand même qu'il y a eu une liaison entre mon père et Claudine !

— Non, je te l'assure, mais il essayait de la protéger. Il était horrifié par cette injustice et détestait notre oncle Marc. Un jour, alors qu'il avait dix-neuf ans, Joseph a été témoin d'une énième altercation entre Marc et Claudine dans la cour de leur ferme. Au moment où le père allait lever la main sur sa fille, Joseph a saisi une fourche et l'a menacé. Heureusement que ton grand-père est arrivé pour les séparer, car ça aurait pu finir dans le sang. Je pense vraiment que mon frère serait allé jusqu'au bout. C'est ce jour-là que ton grand-père nous a interdit d'aller voir Marc et Marie. Mais je sais que ton père continuait de rencontrer Claudine pour l'aider à surmonter ces épreuves.

— Et ça a duré longtemps ?

— Assez de temps pour que Claudine prépare sa vengeance.

— Contre son père ?

— Non, contre tout ce qui l'entourait. Un jour, une troupe de saltimbanques est venue faire un spectacle sur la place de l'église à Saint-Just. Lorsque les comédiens sont partis, Claudine avait disparu. La veille de cette disparition, elle avait rencontré Joseph pour lui dire qu'elle allait partir. Comme ton père lui en faisait le reproche, elle lui a expliqué qu'elle était majeure depuis la veille et qu'elle ne resterait pas plus longtemps dans la maison de ses parents. La seule chose que Joseph a apprise, c'est qu'elle avait suivi les baladins et qu'elle voulait participer à leurs représentations comme comédienne.

— Et que s'est-il passé avec l'oncle Marc ?

— Il a reporté sa méchanceté sur sa femme Marie et…

— Et ?

— On a retrouvé la tante, un matin, morte à l'entrée de l'étable. La gendarmerie a conclu qu'elle s'était fracassé la tête en tombant sur la pierre du seuil, et le dossier a été classé.

— Et l'oncle ?

— Il est mort deux ans plus tard dans des circonstances assez étonnantes. Il est vrai qu'il s'était pris de querelle avec tout son voisinage et qu'il avait beaucoup d'ennemis. De là à penser que quelqu'un a voulu le supprimer ! Le fait est qu'un jour on l'a retrouvé mort devant sa maison et que personne n'a été inquiété. Sa réputation a dû servir de couvercle aux causes de sa mort en en étouffant l'exécution.

— Et mon père ?

— Il a été très malheureux du départ de Claudine.

— Et ils ne se sont jamais revus ?

— Jamais. Nous n'avons jamais eu de contact avant… ça.

En terminant sa phrase, Marcelline avait montré de la main la feuille de papier qu'elle avait déposée quelques instants plus tôt sur la table, avant de commencer ses explications.

— Et qu'est-ce que c'est ? interrogea Marie-Louise.

— Une lettre de Claudine que j'ai reçue quelques jours après la mort de ton père.

— Elle est donc toujours vivante ?

— Bien sûr. Elle a trente-neuf ans et vit à Lyon.

— À Lyon ! s'écria la jeune femme, au comble de la surprise.

— Tu as bien entendu.

— Encore une chose bizarre.

— Comment ça, bizarre ? s'étonna Marcelline.

— Dans notre discussion, tu me proposes d'aller à Lyon et voilà que tu reçois une lettre de Lyon. Tu ne trouves pas ça étrange ?

— Ne va pas chercher midi à 14 heures, ma belle. C'est quelque chose d'imprévu, mais qui n'a rien à voir avec nos affaires.

— Mais tout de même, qui sait ?

— Prends plutôt ça comme un signe du Ciel. Peut-être que ton père, dans sa bonté, t'envoie une piste pour que tu puisses poursuivre tes recherches et, du haut de son paradis, te protéger en te donnant l'opportunité de découvrir la vérité sur Gustave.

— Si tu veux. Mais qu'y a-t-il dans cette lettre ?

— Tu veux que je te la lise ?

— Je n'osais pas te le demander.

Marcelline s'empara de la missive et la déplia. Le texte tenait sur les deux faces de la page. Une écriture très fine courait le long des lignes démontrant la délicatesse de celle qui l'avait écrite.

« Ma chère Marcelline,

Tu vas être étonnée de lire les lignes qui suivent, depuis le temps que nous ne nous sommes pas vues, mais la vie suit son bonhomme de chemin et il faut bien qu'elle se passe.

J'ai appris la disparition de ton frère, Joseph, et j'en suis bien peinée. C'était un homme juste, droit et extraordinaire, à qui je dois beaucoup.

Durant les années où celui que je n'ose appeler mon père m'a fait subir toutes les vexations et douleurs qu'un être humain digne de ce nom n'est pas en droit de donner à ses enfants, il a été le seul à m'aider, à me soutenir, à chaque instant, dans toutes les circonstances et bien souvent dans la clandestinité, quand ton père, l'oncle Pierre, vous avait interdit de nous rencontrer. Je suis sûre que, s'il n'avait pas été là, on aurait retrouvé mon corps dans la Loire tant j'étais désespérée quelquefois.

Il était un être affable, aimant les autres. Les circonstances du sauvetage des mariniers qui lui ont causé cette maladie qui l'a emporté en sont le témoignage le plus réaliste.

Tu dois bien te demander comment j'ai appris cette triste nouvelle, depuis Lyon, où je vis depuis que j'ai quitté Saint-Just !

Il faut savoir que depuis mon départ j'ai gardé des contacts avec certaines personnes de chez nous qui viennent ici pour affaire. Quand je les vois, je leur pose des questions sur le pays en leur demandant la discrétion.

C'est comme ça que j'ai appris la mort de ma mère, pauvre femme, martyre soumise et battue. C'est également par eux que j'ai eu le bonheur, je dis bien le bonheur, de savoir que celui qui était mon géniteur avait quitté ce monde dans lequel il a fait autant de mal.

J'espère que la petite Marie-Louise va bien, elle qui a très peu connu sa mère et qui a été élevée grâce à l'amour de la tante Pierrette. Je dis "petite" car, la dernière fois que je l'ai aperçue, elle n'avait que six ans et je ne pourrais jamais la reconnaître, comme elle ne pourra jamais me reconnaître dans la mesure où elle ne me connaît pas. Il faut qu'elle sache que si elle a besoin de moi, comme j'ai eu besoin de son père, qu'elle n'hésite pas. Je me ferais un plaisir de lui rendre ce qui m'a été accordé il y a bien des années. La vie est quelquefois dure, mais il ne tient qu'à ceux qui la vivent qu'elle soit beaucoup plus agréable.

Je n'ai pas voulu lui écrire, car elle se serait demandé ce que lui voulait cette étrangère ou plutôt… revenante. J'ai eu peur qu'elle prenne mal ma démarche alors que je ne veux que rendre hommage à la mémoire de son père. Un si brave homme !

Chère Marcelline, je te demande d'être ma messagère si tu penses que c'est bien et que ça ne bouleversera pas trop votre cellule familiale. Dis-lui bien que je pense à elle et qu'elle n'hésite pas à me contacter. Ce sera un bonheur inestimable que de lui rendre service.

Je t'embrasse.

Ta cousine Claudine.

P-S : J'ai oublié de te donner mon adresse. La voici : Claudine Grange – *Théâtre du Café Condamin* – 10, rue Écorche-Bœuf – Lyon (Rhône). »

Dès que Marcelline eut terminé sa lecture, elle reposa la lettre dépliée à plat sur le plateau de la table. Un silence s'installa. Aucune des deux femmes ne voulait le rompre. Celle lettre arrivait à point nommer.

— Alors, qu'en penses-tu ? demanda Marcelline.

— Que je suis surprise de la réception de cette lettre dans les circonstances actuelles. Il y a de sacrés concours de circonstances. Que me conseilles-tu ?

— J'ai réfléchi une bonne partie de la nuit à ce dont nous avions parlé hier et, à un moment, j'ai pensé à cette lettre. Je pense qu'il faut trouver un motif pour que tu ailles à Lyon. Ce sera le plus dur, je te l'accorde, mais dès que tu seras là-bas, tu te rends chez la cousine Claudine et tu lui poses toutes les questions nécessaires en lui expliquant le but de ta démarche. En tout cas, vu son adresse, elle a dû réussir. Tu t'imagines, elle travaille dans un théâtre. Ce n'est pas rien, non ?

— Oui, mais il y a le mot « café » !

— Et alors ? Tu travailles bien dans une auberge et ce n'est pas pour ça que tu n'es pas respectable. C'est une chance qu'elle soit installée là-bas et je ne pense pas qu'elle te refusera quoi que ce soit, vu les termes de sa lettre. De plus, si elle s'est rendue à Lyon immédiatement après avoir quitté Saint-Just, elle a dû y arriver en 1839, c'est-à-dire bien avant les événements de 1848. Elle te sera donc d'un précieux secours pour d'éventuelles questions.

— Et si elle ne sait rien ?

— Eh bien, elle pourra te guider vers des gens qui sauront te donner des réponses à tes interrogations.

— Et l'auberge ?

— Je pense qu'avec Adrien nous saurons te remplacer pendant ton séjour lyonnais qui ne devrait quand même pas être bien long.

— Et comment est-ce que je me rends à Lyon ?

— Alors là, laisse-moi faire, je vais te trouver un bon compagnon de voyage, à moins que tu ne veuilles prendre le train.

— Oh, pour ça non ! Elles me font trop peur, ces machines. Je préfère l'air libre, même s'il est vif.

La porte de l'auberge s'ouvrit et trois hommes entrèrent. Les deux femmes s'étaient levées en même temps. Marcelline partit vers la souillarde pour terminer le travail qu'elle avait interrompu au moment où Marie-Louise avait proposé à Adrien d'aller chercher de la crème fraîche.

C'est Marie-Louise qui s'approcha de la table à laquelle les trois clients avaient pris place. Comme à l'accoutumée, elle passa un chiffon humide sur le plateau et demanda :

— Qu'est-ce que je vous sers ?

— Trois blancs, répondit le plus jeune. C'est moi qui vous rince le gosier, aujourd'hui.

— Et pourquoi donc ? s'interrogea le deuxième.

— Parce que j'ai fait un héritage.

— Ah bon ? Et de qui est-ce que tu hérites ? s'enquit le troisième.

— D'une cousine éloignée qui m'a couché sur son testament.

— Et qu'est-ce qu'elle t'a légué ?

— Je ne sais pas, j'ai rendez-vous chez le notaire en fin d'après-midi.

La Maloui remplit les verres et se dirigea vers la souillarde. Marcelline en sortait. La tante lança à sa nièce :

— Tu as entendu ?

— Quoi ?

— Ce que vient de dire le client.

— Non, je n'ai pas fait attention.

— Eh ben, je pense que j'ai une idée pour le motif de ton absence.

XIV

Le voyage

— JE DOIS ME RENDRE à Lyon, dit promptement Marie-Louise à son mari.

Ne se sentant pas trop à l'aise avec le mensonge qu'elle avait préparé, elle voulait faire le plus court possible.

— Et qu'as-tu à y faire ?

— Préparer un héritage.

— Parce que tu as de la famille à Lyon ?

— Oui, une cousine éloignée de mon père que tu ne connais pas et qui veut me voir. Elle n'a pas d'enfants et voudrait me léguer ce qu'elle possède. Je ne sais pas si c'est bien important, mais il faut que j'y aille.

— Si j'ai un bon conseil à te donner, vas-y. Quand on te propose de l'argent, il ne faut surtout pas le refuser. Est-ce que tu veux que je t'accompagne ?

— Non. J'ai trouvé un homme respectable pour me conduire.

— Et qui est ce personnage qui est plus respectable que moi ? sourit Gustave.

— Le notaire de Saint-Just, Me Pinatel. Il se rend à Lyon pour affaire pendant deux jours. Il m'a proposé de me conduire.

— Comme ça, subitement, il est venu te demander si tu voulais l'accompagner.

— Bien sûr que non. C'est Marcelline qui voulait prendre un rendez-vous avec lui pour des renseignements sur une vente d'un terrain. Elle l'a rencontré ce matin et il lui a dit qu'il ne pouvait pas la recevoir dans les jours à venir, car il s'absentait. C'est là qu'elle a pensé à moi.

— Et comment as-tu su que ta cousine voulait te voir.

— C'est ma tante qui a reçu une lettre dans laquelle elle lui expliquait son intention de me rencontrer.

— Il y a de drôles de coïncidences, non ?

— Mais il est jaloux, mon amour, plaisanta Marie-Louise en s'approchant de son mari.

Elle lui passa les bras autour du cou, l'attira vers elle et lui posa un baiser sur les lèvres.

— Avoue que c'est assez étonnant qu'on veuille te voir à Lyon, que ta tante aille justement voir le notaire à cet instant précisément et qu'il parte pour la destination qui t'intéresse.

— On appelle ça de la chance.

— Effectivement, c'est de la chance. Et tu pars longtemps ?

— Je te l'ai dit, deux jours. Le temps d'y aller et de revenir avec, entre-temps, ma visite à la cousine. Nous partirons le matin et je serai de retour le lendemain en début de soirée.

— Va pour ton voyage et renseigne-toi bien sur combien cela peut te rapporter.

— Mais je ne te croyais pas si près des sous.

— On n'en a jamais assez. Je ne suis pas commis de barre pour rien.

À son tour, Gustave posa un baiser sur les lèvres de Marie-Louise.

Lorsqu'elle avait entendu la conversation entre les trois clients, parlant d'héritage, dans la salle de l'auberge, Marcelline avait pris sa nièce à part. Elle lui avait expliqué que Me Pinatel se rendait souvent dans la capitale des Gaules pour discuter de dossiers avec un confrère avec qui il traitait. Elle avait donc pensé demander à ce notable s'il pouvait prendre Marie-Louise lors d'une de ses escapades lyonnaises. Il avait immédiatement accepté et s'était même proposé de venir la chercher directement devant l'auberge le jour convenu et à l'heure voulue. C'est ce qui se passa !

Marie-Louise attendait patiemment que le cabriolet du notaire arrivât, en ce matin frileux. L'air était vif. Le vent du nord s'était calmé enlevant cette sensation de grande froidure que les habitants des bords du fleuve avaient subie depuis plusieurs jours. Le véhicule apparut dans la descente du Croupillon. Le conducteur retenait son cheval afin d'éviter qu'il ne soit emporté par la grande déclivité qui menait de la partie haute du village à la route accédant au pont sur la Loire. Il vint se positionner juste devant la porte d'entrée de l'*Auberge du Forez* avant de manœuvrer pour se placer dans le sens du départ. Le notaire en descendit et s'approcha de la Maloui :

— Bonjour madame Charrier. Vous voilà magnifique dans votre belle robe.

— Vous me flattez, maître, répondit, rougissante, la jeune femme.

— Non, je ne plaisante pas. Vous portez très bien cet ensemble et il vous va à ravir.

Tout en discutant, il avait pris la main de sa passagère et l'accompagna jusqu'au pied de l'attelage. Il l'aida à monter et, dès qu'elle fut installée, il lui proposa une couverture qu'elle posa sur ses genoux pour qu'elle se protégeât de l'air frais.

Passant derrière le véhicule, Me Pinatel monta à son tour à sa place. Il saisit les rênes et d'un geste sec leur donna l'oscillation nécessaire pour qu'elles viennent claquer sur la croupe de la monture et lui ordonner le signal du départ. Dès qu'il démarra, il bifurqua vers la gauche en direction de la route des bords de Loire menant à Andrézieux. Curieuse, Marie-Louise lui demanda par où est-ce qu'il passait pour aller à Lyon.

— Tout d'abord, je vais passer par Saint-Galmier. J'ai un dossier à poser chez un collègue et après nous irons à Chazelles-sur-Lyon. Je m'y arrêterai un peu plus longuement. J'ai une affaire à discuter chez un habitant du bourg. Enfin, nous devrions arriver dans l'après-midi en ville. Est-ce que ça vous convient ?

— Excusez ma question. Je dois vous paraître un peu indiscrète, mais, vous savez, je ne suis jamais allée bien loin. Les frontières de mon territoire se bornent à quelques lieues autour de Saint-Just. Les noms des pays auxquels vous faites allusion me sont inconnus.

— Eh bien, nous allons faire un grand périple. Presque vingt lieues. Vous verrez, les monts du

Lyonnais sont très beaux. Il ne vous reste plus qu'à admirer la nature. Elle est très belle en ces matinées hivernales. Je ne m'en lasse jamais. J'ai toujours l'impression de découvrir quelque chose à chacun de mes voyages.

Le notaire et son invitée traversèrent la plaine forézienne par Bouthéon et Veauche avant d'être en vue de Saint-Galmier. La cité, fièrement positionnée sur une colline, dominait la vallée de la Coise, rivière affluente de la Loire. Lorsque l'attelage traversa le pont qui l'enjambait, la jeune femme s'étonna de gros bâtiments sur la droite.

— C'est l'usine qui appartient à Auguste Badoit. J'ai eu l'occasion de faire quelques actes avec lui, il y a un peu plus de dix ans, lorsqu'il a acheté plusieurs sources.

— Et pour quelles raisons a-t-il acheté de l'eau, ce monsieur ?

— Pour en faire du commerce, tout simplement. La source Fontfort, puisque tel est son nom, se rait connue depuis très longtemps. Certains disent depuis l'Antiquité. Au XVIIIe siècle, on la prescrivait comme médicament. Les médecins du pays la connaissaient très bien et celui du roi Louis XVI, un certain Laprade, il y a moins de cent ans, en 1778 je crois, a mis en évidence ses vertus. Aujourd'hui, grâce à l'intérêt que lui a porté Auguste Badoit, on commercialise en bouteille cette eau naturellement gazeuse dans tout le pays et même au-delà. Imaginez-vous qu'on vend plus d'un million de bouteilles par an, actuellement. Je ne sais pas si ça a de l'avenir, mais enfin c'est bon pour l'économie locale. Mais je vous ennuie avec mes bavardages.

— Pas du tout, bien au contraire. Mon père disait qu'il ne fallait pas perdre un seul instant pour s'instruire et que cette instruction permettait d'être plus fort dans toutes circonstances.

— Votre père était un peu philosophe à sa manière, mais cette pensée que vous venez de me décrire est la plus saine. Effectivement, il ne faut jamais laisser passer le temps sans apprendre. Il est bien trop court et l'ignorance mène à la bêtise et au désordre.

Alors qu'ils discutaient, les voyageurs atteignirent le centre du village. Face à eux s'élevait l'église paroissiale. Le notaire ne put s'empêcher de demander à sa passagère :

— D'après vous, quel saint est vénéré dans cette église ?

— Je ne sais pas. Je ne suis pas du village.

— Saint Galmier, tout bêtement. C'est ce moine qui a donné le nom à la commune. Je vais m'arrêter quelques instants.

Après avoir tiré sur les guides pour imposer son ordre au cheval, Me Pinatel fouilla dans son porte-documents et en sortit un petit dossier qu'il mit sous son bras. Il descendit du cabriolet et attacha les lanières à un anneau scellé dans le mur devant lequel ils avaient stationné.

Quelques minutes plus tard, il était de retour et le véhicule reprit sa route vers Lyon.

— Je vous demande de bien vouloir m'excuser. J'espère que je ne vous ai pas trop fait attendre.

— Pas du tout. C'est moi qui vous suis redevable pour avoir accepté ma compagnie.

— Il y a des choses bien pires, vous savez, conclut le notaire avec un large sourire avant de fouetter la croupe du cheval pour qu'il augmente sa cadence.

La route monta sur quelques kilomètres avant d'atteindre un vaste plateau. De loin en loin, légèrement en retrait de la route, de grosses fermes s'éparpillaient çà et là. Par endroits, le chemin était tellement rectiligne que le balancement de la voiture berça Marie-Louise. Cette monotonie avait tendance à l'endormir mais rapidement un virage la réveillait et elle reprenait son exploration de ces paysages qui lui étaient inconnus.

La planéité de la campagne environnante laissa la place à un paysage un peu plus tourmenté. À l'horizon, sur la droite, apparaissait une chaîne de collines précédées par une plaine. Les habitations se multiplièrent.

— Nous arrivons à Chazelles-sur-Lyon, fit remarquer le notaire. Je vais encore m'arrêter et ce sera un peu plus long. Si vous le désirez, vous pouvez aller vous promener. C'est jour de marché.

Effectivement, plus l'attelage avançait et plus la foule augmentait. Il arriva sur la place de la Poterne où une multitude de personnes se pressaient autour de stands, abrités par quelques arbres. Certains étaient ombragés par une toile.

Dès qu'il fut arrivé à destination, Me Pinatel arrêta son cheval. Étant descendu, il proposa sa main à Marie-Louise qui descendit sous l'œil interrogateur des passants. Beaucoup devaient se demander qui pouvaient bien être ces inconnus. Plusieurs personnes saluèrent le notaire avec respect en regardant avec intérêt sa compagne de voyage qu'ils ne connaissaient pas. Les langues des commères risquaient de se délier.

— J'ai rendez-vous avec un client. Promenez-vous pendant ce temps-là. Il y a beaucoup de choses à voir sur ce marché que vous ne voyez pas dans la plaine. Savez-vous qu'on fabrique de magnifiques chapeaux, ici.

— Non, et pourquoi ici plus qu'ailleurs ?

— Parce que chacun a sa spécialité. À Saint-Étienne, on est dans le domaine de la passementerie, Lyon les soieries, eh bien ici, c'est le chapeau. En fait, pendant des années les Chazellois ont fabriqué des cloches de feutrine qu'ils proposaient aux modistes lyonnaises. Ils ont vite compris que s'ils proposaient des chapeaux travaillés et finis, prêts à être portés, ils rentabiliseraient plus facilement leur travail. C'est ce qui s'est fait et on a vu naître des entreprises familiales qui se sont spécialisées dans cette confection. Quelquefois de père en fils. De vraies dynasties. C'est ainsi qu'on trouve des fabriques, voire de véritables petites usines qui sont tenues par les familles Piot, Néel, Poizat, Bisson, Pupier ou Guillot. C'est d'ailleurs chez l'une d'elles que j'ai rendez-vous. Je vous laisse. J'ai à faire. On se retrouve près de mon cheval dans une heure environ.

— À tout à l'heure, maître, répondit la Maloui.

La jeune femme s'immergea dans la foule bruyante des camelots et des clients qui se renvoyaient des bribes de phrases pour faire des affaires ou s'engueuler lorsque l'un des deux partis le prenait un peu trop de haut. Elle s'amusa des situations qui naissaient sous ses yeux ou des tournures que prenaient certaines discussions. Au début, aimables, elles s'envenimaient au fil des minutes pour aboutir à une franche empoignade ou laissaient la place à un mutisme tel que certains s'éloignaient sans rien dire, méprisant celui avec lequel la conversation s'était enflammée.

— À votre place, je prendrais le premier que vous avez essayé.

Marie-Louise sursauta. Elle se retourna et vit Me Pinatel qui l'observait. Face à sa surprise, le notaire se sentit obligé de s'expliquer :

— Mon rendez-vous a été plus rapide que prévu, alors je vous ai cherchée sur le marché avant d'aller rejoindre le cabriolet. Alors, vous avez fait votre choix ?

— Il y a longtemps que vous m'espionnez ?

— Assez pour vous avoir vu mettre plusieurs de ces créations sur votre jolie tête.

— Ils sont tous très beaux effectivement et je ne sais lequel choisir. C'est de la qualité !

— Fabriqué ici, à Chazelles. Vous ne pouvez pas trouver mieux. Je vous l'assure, intervint la vendeuse.

— Vous avez raison, mais le choix est très difficile à faire.

— Je viens de vous le dire, le premier vous va à ravir et il s'accorde très bien avec votre jolie robe.

La jeune femme approcha sa bouche de l'oreille de l'homme et murmura :

— Mais il est beaucoup trop cher pour ma bourse et je ne veux pas l'avouer à cette gentille dame.

À son tour, le notaire s'approcha de la Maloui et lui susurra :

— Qu'à cela ne tienne, c'est moi qui vous l'offre.

— Mais je ne peux pas accepter. Vous me rendez déjà un très grand service et en plus vous voulez me faire un cadeau !

— Et alors ? Je fais ce dont j'ai envie. Ce présent vous rappellera cette promenade entre Saint-Just et Lyon. Chaque fois que vous le regarderez, vous penserez à cette journée qui, je l'espère, vous ravit.

Marie-Louise n'osa pas répondre. Elle était gênée. Le notaire sortit son portefeuille et paya l'achat. Délicatement, il prit le couvre-chef et le posa sur la tête de sa compagne de voyage.

— Regardez-vous dans ce miroir et vous verrez que j'ai raison.

La jeune femme se contempla en faisant pivoter son buste pour admirer le résultat sous toutes les facettes. De son sourire éclatant, elle fit comprendre qu'elle était ravie. Sans aucune gêne, elle sauta au cou du notaire, l'embrassa, mais se ravisa rapidement.

— Veuillez accepter mes excuses, je manque à tous mes devoirs.

— Quels devoirs ?

— Ceux de votre condition.

— Ne vous faites pas de souci, c'est très agréable de rendre les gens heureux et votre réaction ne peut que confirmer que c'est ce que j'ai fait. Donc c'est très bien pour moi. En plus, vous me gratifiez d'un baiser. Mais c'est l'extase.

Me Pinatel éclata d'un rire sonore qui fit se retourner quelques passants.

— Il serait temps qu'on reprenne notre route, nous ne sommes pas encore arrivés.

Dès la sortie de Chazelles, le cabriolet attaqua une montée. La route était toujours aussi droite et le paysage légèrement ondulé. À l'horizon, on apercevait un petit clocher dont la flèche pointait vers le ciel.

— C'est Grézieu-le-Marché, renseigna le notaire sans quitter des yeux la route poussiéreuse. Nous ferons escale à Duerne pour manger. Il y a une petite auberge où on mange bien. Je vous invite.

— Vous me gênez. Après le chapeau, maintenant vous m'offrez ce repas.

— Ne le soyez pas. Je peux bien me permettre ça pour la fille de Joseph. Votre père était un brave homme, prêt à aider les autres. C'est d'ailleurs cette générosité qui l'a perdu. Donc, en son souvenir, vous êtes mon invitée.

— Mais…

— C'est sans appel ! conclut l'homme.

Marie-Louise avait mis une main sur son nouveau chapeau de peur qu'un mouvement brusque du véhicule ne le lui projette à terre.

Arrivés au terme de leur première étape, les deux voyageurs entrèrent dans ce petit village dont la route servait de rue principale. Elle était bordée de petites boutiques parmi lesquelles une devanture en bois servant d'entrée à une taverne. Lorsque Marie-Louise descendit de sa place, un frisson parcourut son corps. Il ne passa pas inaperçu au notaire.

— Vous avez froid ? lui demanda-t-il.

— Ce n'est rien. Juste un peu, lorsque j'ai enlevé la couverture.

— C'est vrai que nous sommes à huit cents mètres d'altitude ici. On n'est plus dans la plaine.

Quelques minutes plus tard, ils étaient attablés, au chaud, devant une potée que la tenancière de l'établissement leur avait conseillée.

— Je ne pense pas que ça vaudra votre barboton, mais, vous verrez, c'est succulent.

Effectivement, la saveur était telle que Marie-Louise en reprit deux fois.

— Je vois que ça vous plaît. C'est agréable de vous regarder manger avec autant d'enthousiasme. Mais, au fait, pour quelles raisons vous rendez-vous à Lyon ? Votre tante m'a demandé ce service sans me préciser les motivations pour lesquelles vous faites ce voyage.

— Je dois voir une cousine pour obtenir des informations.

— J'espère que ce n'est rien de grave.

— Non, mais ses réponses pourraient changer ma vie.

— À ce point-là ? C'est donc important.

— Oui, assez. Je ne sais pas ce que je vais découvrir, mais mon existence va évoluer en fonction de ces révélations.

— Si je ne suis pas trop indiscret, qui est cette cousine ?

— Vous devez la connaître, c'est Claudine Grange, de Saint-Just. Elle travaille dans un théâtre, à Lyon, rue Écorche-Bœuf.

— Oui, je la connais de vue, et cette rue se trouve près de la place des Jacobins. Je vous y laisserai. Et que fait-elle, dans ce théâtre ?

— Je ne sais pas. Je vais tout découvrir, même elle, car j'étais gamine lorsqu'elle est partie du village.

— Vous risquez de ne pas la reconnaître.

— Il y a de grandes chances, mais j'ai une langue pour demander qui elle est, plaisanta Marie-Louise.

Le repas terminé, le notaire proposa de repartir. La route se poursuivit par l'arrivée sur Yzeron. Les paysages de ces monts du Lyonnais avaient changé. Des vallons alternaient avec des pentes abruptes et des prairies succédaient à des vergers.

Puis ce fut Vaugneray d'où Marie-Louise découvrit pour la première fois la plaine lyonnaise avec la grande ville à ses pieds. Elle fut intriguée par ce qu'elle apercevait, à l'horizon.

— Qu'est-ce que c'est qu'on voit, au fond ?

— Ce sont les Alpes. Et la masse blanche la plus haute que vous voyez, c'est le mont Blanc, le point le plus haut de cette chaîne de montagnes.

La jeune femme marqua un temps d'arrêt.

— Mais alors c'est là-bas qu'il y a la Savoie ?

— Oui, c'est ça. Pourquoi, vous connaissez ?

— De nom seulement. Mon mari Gustave est de là-bas.

— Et c'est par rapport à lui que vous allez à Lyon ?

Face au silence de sa passagère, le notaire pensa qu'il avait touché le fond du sujet et il n'insista pas. Marie-Louise resta ainsi plusieurs minutes, muette, les yeux rivés vers cet horizon constitué en grande partie de neiges éternelles d'où était parti son mari, bien des années auparavant. Arriverait-elle à percer certains de ses secrets qui embarrassaient sa vie, et son esprit, depuis quelque temps ? Les heures à venir allaient lui donner quelques réponses. C'est en tout cas ce qu'elle espérait au fond d'elle-même.

XV

Le *Café Condamin*

Lyon.

Dès qu'ils furent arrivés place des Jacobins, le notaire déposa sa compagne de voyage au bout de la rue Écorche-Bœuf [1].

— Voilà, c'est par là, lui indiqua-t-il avec son index.

— Merci et à demain.

— Bonne journée, madame Charrier. D'un coup de bride sur le postérieur du cheval, le notaire ordonna à sa monture d'avancer.

Marie-Louise se retrouva seule au milieu de gens qu'elle ne connaissait pas, dans un brouhaha incessant de bruits de véhicules et d'injures de cochers. C'était comme l'ambiance du pont de Saint-Just, un jour de marché, mais multiplié par cent. Cette grande ville lui faisait un peu peur. Tout était démesuré par rapport à sa campagne forézienne. Même Saint-Étienne, où elle s'était rendue quelquefois, lui paraissait moins agressive, malgré les puits de mine qui l'entouraient et la poussière sombre que

1. *Actuelle rue Port-du-Temple.*

les crassiers saupoudraient sur les constructions, lui donnant une impression étouffante.

Elle voyait des gens se presser dans tous les sens, s'apostropher bruyamment, se bousculer sans s'excuser, s'invectiver tumultueusement autour d'une fontaine récente, érigée une année plus tôt, ce qui se voyait à la blancheur de ses matériaux. Tout ce vacarme l'étourdissait, lui donnait mal à la tête. Elle se demanda comment les gens pouvaient vivre heureux dans ces conditions.

Marie-Louise se retourna dans la direction qui lui avait été désignée par le notaire et s'avança.

— Attention ! entendit-elle.

La jeune femme s'arrêta instinctivement et recula vivement. Un cocher l'avait vue surgir de derrière un fiacre pour traverser la rue. Tirant avec force sur les rênes qui lui permettaient de guider ses deux chevaux, il immobilisa son attelage.

— Vous êtes imprudente ! On veut mourir peut-être ? ironisa-t-il.

— Non, s'excusa-t-elle, rouge de confusion.

— Avec cette belle frimousse, ce serait dommage de terminer sous les sabots de mes chevaux. Il faut faire attention. Allez-y ! ordonna-t-il en lui faisant signe de passer.

Ne demandant pas son reste, la Maloui se précipita vers la rue Écorche-Bœuf. L'ambiance de cette petite rue était moins agitée. Les gens s'y croisaient plus calmement. Ils donnaient l'impression de flâner. De chaque côté, des échoppes ou magasins abritaient des commerces. Quelques remises entreposaient des matériaux, le tout dans un bric-à-brac hétéroclite.

Après avoir marché une cinquantaine de mètres, elle aperçut le numéro 10, comme indiqué sur la lettre de Claudine. Elle fut surprise. Elle s'attendait à une façade annonçant un grand lieu de spectacle. Au lieu de cela, une simple porte au-dessus de laquelle se balançait une enseigne en tôle peinte signalant sobrement *Théâtre* en doré sur fond rouge foncé. Sur le mur de droite, une affiche mentionnait : *Grand Guignol du Café Condamin, séances entre 8 heures et 11 heures du soir.* En dessous des horaires, écrit en gras et beaucoup plus gros, les titres des pièces jouées alternativement : *La Vertu récompensée* et *La Racine merveilleuse.* La lecture se poursuivait par une liste de noms : *Laurent Josserand*[1] *dans le rôle de Gnafron, Victor-Napoléon Vuillerme-Dunand*[2] *dans celui de Guignol et Anne-Jeanne Vuillerme-Dunand interprète Madelon.*

Marie-Louise avait du mal à comprendre tout ce qu'elle lisait sur la grande feuille de papier jauni. Un détail l'intrigua. Le dernier nom, féminin, avait été rayé au crayon à papier. Juste en dessous, tout juste lisible, effacé par le soleil, avait été ajouté à la main : *Claudine Grange.* Cette découverte la réconforta. Elle était bien arrivée au bon endroit. La cousine Claudine s'y trouvait bien puisque son nom était écrit là, devant elle.

La porte était ouverte. Un grand rideau en velours obstruait l'entrée. Elle le souleva et se trouva face à un long couloir qui descendait lentement vers une

---

1. Petit-fils de Laurent Mourguet (1769-1844), créateur de Guignol.

2. Beau-père de Laurent Josserand.

cave. Un coude brusque donnait un côté mystérieux à cette incursion vers l'inconnu. Dès qu'elle l'eut franchi, elle se trouva devant un guichet. Une dame lui demanda combien d'entrées elle voulait. Confuse, la Maloui lui tendit une pièce sans même regarder le montant du tarif affiché. En contrepartie, la caissière lui donna un jeton. Poursuivant son avancée, elle l'examina. Sur une face, une tête de marionnette était encadrée de la mention *Théâtre du Café Condamin*. Au revers, deux branches, dont une pouvait être celle d'un chêne, entouraient le mot *Guignol* ; sur la partie supérieure était inscrit *Rue Écorche-Bœuf*.

Se ravisant, Marie-Louise revint vers le guichet et demanda :

— Est-ce que Claudine est là ?

— Oui. Elle se prépare à jouer.

— Et pour quelles raisons son nom a été ajouté sur l'affiche, dehors ? questionna-t-elle en désignant l'entrée du corridor d'un geste de la main.

— Parce que Mme Josserand a eu un accident et qu'elle ne peut pas jouer. Ce n'est pas facile avec un bras cassé de faire marcher des marionnettes.

— Est-ce que vous pourriez lui dire que sa cousine Marie-Louise voudrait la voir.

— Oui, je lui dirai ! Avancez, vous voyez bien qu'il y a du monde qui attend derrière vous, conclut-elle, un brin agacée, avant de reprendre l'écriture d'une longue liste de chiffres.

Marie-Louise repartit vers la salle. Une porte à double battant en limitait l'accès. Elle la poussa et entra. Elle fut prise par une étrange impression de suffocation, d'étouffement. L'atmosphère était moite, un peu lourde. L'humidité présente et l'oxygène semblait absent. D'un seul coup d'œil, elle remarqua l'absence de fenêtre. Aucune ouverture vers l'extérieur ne venait aérer ce lieu confiné. Pas même un petit soupirail. Les murs étaient tapissés luxueusement d'un papier rouge dont la couleur rappelait celle de l'entrée. À intervalles réguliers, cinq représentations de femmes, découpées dans un papier gris, étaient censées évoquer les différents continents. Marie-Louise ne comprit pas ces allégories. Elle resta un instant songeuse à regarder le visage noir de la première avant de s'intéresser à la deuxième, jaune avec des yeux en forme d'amande étirée. La jeune femme découvrait ce décor un peu inhabituel pour elle.

Face à elle, sur le mur que les personnes déjà installées regardaient, une grande ouverture à mi-hauteur était obstruée par un rideau également rouge. Quelques lanternes donnaient à ce lieu une ambiance quelque peu intimiste mais assez lugubre ; l'air vicié n'étant pas étranger à cette impression.

Plusieurs personnes étaient déjà présentes et d'autres avaient pris place depuis que Marie-Louise était arrivée. Comme les autres, elle s'approcha d'un tabouret, seul genre de siège présent dans ce caveau. L'exiguïté de leur assise fit sourire Marie-Louise. Si une fesse était bien installée, l'autre était dans le vide, ce qui expliquait que tout le public avait tendance à se dandiner afin de trouver la position la moins fatigante possible. L'instabilité de tout un chacun était déjà un spectacle avant même que ne débute la représentation. Cette situation était également désagréable par le bruit qu'elle créait. En effet, en bougeant en permanence, les tabourets grinçaient sur le sol.

Petit à petit, la salle s'était remplie et un brouhaha s'était installé, les personnes discutant entre elles de la pluie, du beau temps ou des derniers potins lyonnais. Quelques-uns dissertaient sur les dernières pièces qu'ils avaient pu découvrir dans d'autres théâtres de marionnettes comme ceux du *Caveau des Célestins* ou du *Passage de l'Argue*. Ils appréciaient cette manière caustique de raconter des histoires et surtout celle que le personnage principal, un certain Guignol que Marie-Louise ne connaissait pas, avait de dénouer les situations les plus complexes au profit des plus modestes.

Alors qu'elle s'était habituée à la pénombre ambiante, elle vit sortir une femme de derrière le castelet[1]. Elle s'approcha de chaque lanterne et en baissa la luminosité. Regardant l'étonnement de sa voisine, un homme assis à côté de la Pontoise se pencha vers elle pour lui expliquer que la première partie du spectacle devait se faire dans l'obscurité puisque c'était un théâtre d'ombres.

Le rideau de la scène s'ouvrit sur une grande toile blanche qui était éclairée par l'arrière. Des personnages se déplaçaient entre la source de lumière et projetaient leurs silhouettes sur la toile. Un polichinelle tenait le rôle principal. Il racontait des histoires, virevoltait, montait, descendait.

Marie-Louise n'avait jamais vu ce genre de spectacle. De temps en temps, des saltimbanques

1. *Nom donné au théâtre de marionnettes à gaine.*

passaient par Saint-Just. Ils faisaient des pirouettes, jonglaient et passaient dans le public pour récolter quelques sous. La technique lui plut. Elle calquait ses réactions sur celles du public. Elle riait quand il riait et applaudissait quand il applaudissait. Elle avait du mal à comprendre certains mots dits en patois lyonnais, mais rapidement elle reprenait le fil de l'histoire et souriait aux reparties suivantes. Au bout d'une quinzaine de minutes, le rideau se referma et les gens applaudirent tellement bruyamment que l'artiste fut obligé de sortir de derrière le castelet pour saluer un public conquis par ce qu'ils venaient de voir.

La femme qui avait diminué l'intensité des lanternes revint pour remettre un peu de clarté dans la salle. À ce moment, un homme se présenta avec des gobelets et des bouteilles cachetées. On pouvait boire de la bière ou de la limonade. Plusieurs spectateurs se levèrent et allèrent consommer. La salle s'était transformée en étuve. Il devait faire au moins quarante degrés. La chaleur ne faisait qu'attiser la soif de tout le monde, sans parler des volutes de fumée émanant des pipes ou autres cigarettes que certains roulaient entre leurs doigts et scellaient en humectant la feuille de papier, du bout de leur langue. Les chopes s'entrechoquaient et les verres se vidaient au milieu des rires.

Marie-Louise pensa qu'entre cette moiteur et le froid extérieur de ce milieu d'hiver certains risquaient d'être emportés par une fluxion de poitrine, bronchite ou autre pleurésie, s'ils n'y prenaient pas garde. Si la cousine Claudine passait ses journées ici, la Maloui songea qu'elle ne devait pas être en très bonne santé, à moins que sa bonne composition, héritée de ses ancêtres Grange, ne lui ait donné une immunité contre les maux qui ne devaient pas manquer de se répandre en ce lieu.

Sa bouche était sèche. Elle se leva à son tour et alla acheter un verre de limonade. Elle lui parut un peu trop gazeuse mais assez rafraîchissante. Elle la savoura avant de regagner sa place. Son voisin lui fit l'éloge de la pièce qu'ils allaient voir, *La Racine merveilleuse* :

— Ce n'est qu'une pochade, mais c'est ravissant. Vous verrez.

— C'est quoi, une pochade ? interrogea Marie-Louise.

— Ce n'est pas facile à expliquer. C'est une pièce écrite rapidement. Donc elle a des imperfections dues à cette improvisation. Ce n'est pas comme une vraie pièce de théâtre qui est calculée et dont on respecte le texte. Vous comprenez la différence ?

— Un peu, opina la jeune femme sans trop de conviction.

— Comme je pense que vous devez être une bonne cuisinière, c'est comme une recette. Si vous suivez son exécution à la lettre, c'est une vraie réussite, mais si vous l'improvisez sans savoir où vous allez, ça peut ne ressembler à rien.

— Comme les œufs pochés ?

— Pourquoi ? s'étonna l'homme.

— Parce qu'on ne sait jamais comment ils réagissent à la cuisson suivant la qualité de l'œuf. C'est peut-être pour ça que vous appelez ce qu'on va voir une pochade, par rapport aux œufs pochés.

L'homme resta stupéfait par cette comparaison qui le fit sourire. Il n'aurait jamais imaginé un rapprochement entre « poché » et « pochade ». C'était digne du théâtre de marionnettes dans lequel ils étaient. Guignol aurait pu en faire une de ses répliques.

Plusieurs coups de bâton sur le plancher suivis de trois autres espacés annoncèrent au public qu'il fallait faire silence et que la représentation allait commencer. Lorsque le rideau s'ouvrit pour la seconde fois, Marie-Louise remarqua que le drap blanc avait disparu. Par contre, une grande toile peinte avait pris sa place. On pouvait y voir une place publique avec, sur la gauche, une maison bien mieux mise en valeur. Se penchant à nouveau vers la Maloui, l'homme lui glissa à l'oreille :

— À gauche, c'est la maison de Guignol.

Sans cesser de regarder la scène, la jeune femme lui répondit affirmativement d'un hochement de tête.

Un personnage venait de faire son apparition sur la scène du castelet.

— C'est un rentier. Il s'appelle Gonnivet, poursuivit l'homme.

« Revoir mon Lyon ! Je pleure comme un veau !… Revoir ma rue du Plat, où j'étais autrefois si bien dans mon assiette !… Pendant cette longue absence, si les édifices se sont embellis, les hommes ne sont pas rajeunis… De mes bons camarades, plus d'un sans doute manque à l'appel ; et, dans ces quartiers transformés, comment retrouver ?… Si j'avais au moins sous la main mon bravo, mon bon serviteur

Guignol, si dévoué... mieux que personne il me renseignerait ; mais lui-même qu'est-il devenu ? »

Un nouvel individu apparut.

— Celui-là, c'est mon préféré. C'est Gnafron, s'enthousiasma l'homme, intarissable sur le sujet.

La marionnette se mit à chanter :

« Montons à Saint-Just, bombanciers... Montons aux Quatr'Colonnes[1]... »

Cette fois, c'est Marie-Louise qui se pencha vers son voisin :

— Il est de chez moi, celui-ci !

— Pourquoi ?

— Parce qu'il parle de Saint-Just et que je suis de Saint-Just.

— Ah bon, vous habitez Fourvière ?

— Non, à Saint-Just-sur-Loire, je vous ai dit. Sur les bords de la Loire.

— Alors vous n'êtes pas de Lyon, rectifia l'homme.

— Non, pourquoi ?

— Parce que Saint-Just est un quartier de Lyon, sur la colline de Fourvière. Voilà pourquoi je ne comprenais pas.

Marie-Louise le regarda, étonnée. Plusieurs personnes se tournèrent vers eux pour leur faire signe de se taire.

« Cette voix ! Je ne me trompe pas... Gnafron... » reprit la première marionnette.

Marie-Louise avait les yeux grands ouverts, comme ceux d'un enfant qui découvre une

1. *Saint-Just et les Quatre-Colonnes sont des quartiers du 5e arrondissement de Lyon.*

merveille, un cadeau, une offrande auxquels il ne s'attendait pas. La pièce se poursuivait[1].

Gnafron expliqua à Gonnivet que, pendant son absence prolongée de Lyon, Guignol s'était marié avec Madelon et qu'elle le frappait. Gonnivet, ancien patron de Guignol, était abasourdi par ce qu'il entendait et il proposa à Gnafron, le savetier bon consommateur de vin du Beaujolais, que Guignol lui fît goûter à une racine merveilleuse qu'il rapportait justement du Mexique pour la soigner. Celui-ci alla à la rencontre de Guignol et lui expliqua qu'il devrait se servir « d'une certaine racine que le père Gonnivet a rapportée de la mère Rique... » pour calmer Madelon.

En entendant ces mots, les spectateurs éclatèrent de rire. Les jeux de mots qui suivirent autour de la « mère Rique » ne faisaient qu'accentuer l'amusement qui avait gagné la salle et, lorsque Madelon répondit à Guignol : « Ta mère Rique, dis-lui qu'elle vienne me parler », les plus captivés manquèrent de s'étrangler. En fait de racine merveilleuse, c'était de sa canne dont Gonnivet voulait parler. Il proposait à Guignol, *via* Gnafron, de donner des coups de bâton à sa femme pour la calmer et la ramener à la raison.

Sur la scène du castelet, les marionnettes s'animaient violemment. Les coups de bâton fusaient entre les personnages, Madelon sur Guignol, Guignol sur Madelon et, au passage, quelques coups sur Gnafron. Le public était aux anges. La vengeance que Guignol savourait sur le dos de son épouse

---

1. Le texte complet de la pièce est à découvrir dans la partie Documentation.

semblait rappeler quelques souvenirs à certains mâles de l'assistance en mal de reconnaissance dans leurs ménages.

Le comble fut atteint lorsque, juste avant le baisser du rideau final, Gonnivet lança à l'épouse de Guignol :

« Ne vous plaignez pas, Madelon, rien ne va droit dans un ménage, quand ce n'est pas le maître qui commande… et vous me bénirez bientôt du service que je vous ai rendu en vous guérissant d'une maladie… qui fait souffrir, hélas ! bien des femmes… Et pour signer notre traité de paix, suivez-nous… c'est moi qui régale. »

L'explosion des applaudissements était à la hauteur des récriminations que certains n'osaient dire. Quelques-uns se levèrent pour mieux approuver ces dernières paroles.

— Vous comprenez pour quelle raison la pièce porte le titre de *La Morale en bâton*, maintenant ?

— Oui, répondit Marie-Louise, mais j'avoue que dire aux gens de donner des coups de bâton à leur femme pour que le ménage marche droit me désole un petit peu. Mon mari ne me bat pas, lui !

— Parce que vous êtes mariée ?

— Eh oui, confirma-t-elle, triomphante, en montrant l'anneau passé à son annulaire gauche au jeune homme dont la présence un peu envahissante et les empressements commençaient à l'ennuyer.

— Dommage. Je vous aurais bien invitée à dîner.

— C'est très gentil de votre part, mais je suis attendue.

À l'instant où Marie-Louise disait ces quelques mots, elle vit sortir deux femmes de derrière le castelet. La première était la caissière qui lui avait donné son jeton lorsqu'elle était arrivée et elle ne connaissait pas la seconde. De la manière dont la première la désigna d'un index autoritaire, elle comprit rapidement que la seconde ne pouvait être que la cousine Claudine.

XVI

La recette

Saint-Rambert-sur-Loire.

LES SEMAINES DE GUSTAVE étaient immuablement identiques. Le lundi était consacré au ramassage des articles tissés. Les passementiers se rendaient à la recette de Saint-Rambert, lieu où tous les commis se retrouvaient pour effectuer les transactions entre eux et leurs passementiers. Le mardi, il allait à Saint-Étienne, chez son donneur d'ordres, l'entreprise Giron frères. Il déposait les produits finis et réceptionnait le chargement des matériels prévus pour ses passementiers. Le mercredi, il retournait à la recette pour confier à chacun les projets de ruban, les cartes perforées, les peignes et tout ce qui était nécessaire à la bonne marche des métiers à tisser les rubans. Le jeudi, il ramassait les produits manufacturés ; le vendredi, il était de retour à Saint-Étienne ; le samedi, il donnait ce qu'il avait reçu la veille et ainsi de suite, semaine après semaine, mois après mois. Cette manière de faire lui permettait de ne jamais stocker trop longtemps autant de marchandises à l'*Auberge du Forez*, les vols n'étant pas rares. Quant au dimanche, il se consacrait à sa vie privée proprement dite et aux calculs des comptes de Marie-Louise, à l'auberge, comme il s'y était engagé avant la mort de son beau-père.

En ce mercredi, il se devait d'aller fournir ses passementiers et, comme il l'avait expliqué à Marie-Louise, il avait prévu de rendre visite à Antoine Clément pour parler affaires. Dès que Gustave eut chargé sa charrette, il attrapa le licol de Pâquerette et la dirigea vers la sortie de l'enclos qui occupait la partie arrière de l'auberge où se trouvait le chapi. Il saisit les rênes et monta sur son banc de bois. D'un coup sec, il ordonna à la jument de se mettre en route dans la direction de Saint-Rambert.

L'attelage s'engagea entre les deux grosses piles de la rive droite du pont qui permettaient aux câbles en acier d'en tenir le tablier. Le contact, entre les bandages en fer des roues de la charrette et les planches de bois, occasionnait un bruit sourd qui s'amplifia à l'approche de la partie centrale.

Sur la rive opposée, le jeune homme vit les chantiers de construction des rambertes, véritable fourmilière d'où émanaient des bruits de coup de masse, de bois éclaté, de fer martelé. Devant lui s'alignaient toutes les différentes phases d'élaboration des sapines destinées à convoyer le charbon stéphanois sur la Loire jusqu'à Roanne, de la coupe des troncs, qui venaient des monts du Forez, jusqu'à la mise à l'eau des embarcations.

Sur l'accotement de la route, à l'extrémité du pont, deux équipages attendaient que la voie soit libre pour traverser la Loire. Leurs chargements étaient constitués de cageots desquels débordaient des fanes de divers légumes qu'il était difficile d'identifier à cette distance. Deux maraîchers allaient ravitailler un marché voisin.

Dès que Gustave et Pâquerette furent sur la terre ferme, ils obliquèrent sur la droite. Quelques centaines de mètres plus loin, ils quittèrent la route principale reliant Montbrison à Saint-Étienne pour emprunter le chemin menant directement au centre du bourg de Saint-Rambert.

Quelques jeunes arbres récemment plantés vivotaient, attendant les bourgeons printaniers. Ils étaient attachés à des tuteurs rudimentaires. Gustave se demanda lesquels des deux tenaient les autres, avec un léger sourire.

La pente s'accentuait au fur et à mesure qu'ils approchaient du bourg. Ils traversèrent le pré Fangeat et longèrent le pré Vernol. La rectitude de deux murs de clôture les accompagna à partir de cet instant. La jument modifia sa cadence. Elle se mit au pas lorsqu'elle aborda la partie la plus raide. Afin de la soulager, Gustave descendit et marcha à ses côtés. Sans s'arrêter, d'une bourrade dans le bras, avec son museau, l'animal fit comprendre à son propriétaire qu'elle appréciait le geste.

— Il ne te manque que la parole, ma belle ! lui dit le commis de barre en lui tapotant l'encolure.

Le chemin continuait sa progression vers les premières maisons. Sur la droite, on pouvait apercevoir les deux clochers de l'église Saint-André. De grandes pièces de terre servant de potagers s'alignaient. De loin en loin, des jardiniers travaillaient paisiblement ce qui pouvait l'être à cette période de l'année. Un enfant, armé d'une longue branche, les croisa. Il avait du mal à faire avancer cinq ou six moutons qu'il devait conduire dans un pré en bord de Loire, là où l'herbe était encore mangeable pour ses animaux.

Juste avant le méplat sur lequel était construit le village, la déclivité augmenta une nouvelle fois. Sur la gauche de l'attelage, une haute tour ronde surmontée d'un toit en pointe annonçait les anciens remparts dont de beaux vestiges témoignaient encore de la splendeur passée de Saint-Rambert et de l'influence de son prieuré dans toute la région.

Pâquerette avançait doucement mais sûrement, toujours accompagnée de son piéton de conducteur. Dès les premières constructions, l'attelage bifurqua vers la droite, à la première intersection. Le pourcentage de la pente ne faiblissait pas. La ruelle empruntée[1] se courbait vers la gauche pour atteindre une place particulièrement animée. La présence de commerces et de débits de boissons devait y être pour quelque chose.

Des cris, des éclats de rire, les gens s'apostrophant donnaient une note exotique au lieu. Sur la droite s'élevait la porte de la Franchise. Gustave y guida la jument. Ils passèrent en dessous et poursuivirent leur progression vers l'église et la cour de l'ancien prieuré. Juste avant le porche d'entrée de l'édifice religieux, on pouvait en apercevoir l'accès. Une rangée de six arbres accompagnait les visiteurs jusqu'à la porte principale. Sur le côté droit, une salle basse servait de recette aux commis de barre de Saint-Rambert. La présence de deux charrettes montra à Gustave qu'il n'était pas le premier. Il reconnut

1. *Actuelle rue du Port.*

celle du père Rouchouse, doyen de cette profession dans le village et particulièrement respecté par ses membres. La seconde ne lui disait rien. Il ne l'avait jamais vue. Il pensa qu'un de ses confrères avait changé de véhicule.

Gustave attacha Pâquerette à un anneau fixé dans le mur, débâcha. Il saisit une partie de son chargement et entra dans la salle.

— Bonjour père Rouchouse, quoi de neuf ? lança Gustave.

— Bonjour mon gars. Oh, pas grand-chose, hormis que j'ai de nouveaux rhumatismes qui commencent à me faire sacrément souffrir.

— On n'a pas trouvé une meilleure manière de vieillir.

— Moque-toi, mon garçon, moque-toi !

— Je ne suis pas moqueur, mais les rhumatismes n'ont jamais tué personne. En tout cas, je ne crois pas.

— Là, tu as raison, mais qu'est-ce que ça fait mal !

Tout en discutant, Gustave avait posé sa charge. Il s'approcha du vieux commis pour le saluer. Ils se serrèrent la main. Gustave investit un coin retiré de la salle. Il allait y recevoir, dans une certaine confidentialité, ses passementiers venus chercher matière à travailler.

Le bourg de Saint-Rambert comptait environ cent soixante tisseurs possédant deux métiers chacun. Cela représentait au total un peu plus de trois cents machines travaillant les rubans dans ce village. Ce nombre était assez important comparé aux autres communes qui s'étendaient entre la Loire et la Haute-Loire, autour de Saint-Étienne.

Huit commis se répartissaient l'ensemble des travailleurs indépendants sur toute cette zone géographique qui, s'ils détenaient leur outil de travail, ne possédaient pas la matière pour les faire fonctionner. Ils dépendaient du bon vouloir des commis, ce qui donnait une grande importance à ces derniers. Chaque commis avait environ une quarantaine de passementiers, mais rien ne liait officiellement l'intermédiaire avec ces bourreaux de travail. Une parole, un geste et surtout l'honneur servaient de contrat de travail, à charge pour l'une ou l'autre des parties de choisir un autre intervenant s'il payait mieux ou faisait un meilleur travail, suivant de quel côté on se trouvât. Tout ça sous l'œil vigilant et… intéressé des donneurs d'ordres de la ville.

Gustave rangea les caisses et les sacs contenant tout l'attirail nécessaire. Il allait les distribuer au fur et à mesure de la venue de ses obligés, de ses « intermittents du textile » comme il aimait à les appeler avec humour, tant leur condition pouvait être aléatoire et imprévisible[1] à la fois pour leur bonheur, quand ça se passait bien, ou pour leur malheur, en cas contraire.

— À qui appartient la charrette qui est dehors, père Rouchouse ? demanda Gustave.

— Je n'en sais rien. Elle était là avant que j'arrive. Je ne sais pas ce qu'elle contient. Je n'ai pas eu la curiosité de soulever la bâche pour savoir.

---

1. *Ce terme d'« intermittent du textile », que j'ai trouvé particulièrement bienvenu, m'a été dit par André Vialla, président de l'association gérant et animant le musée de la Passementerie de Jonzieux (Loire), lors de ma visite (NDA).*

Le jeune commis de barre ressortit pour récupérer d'autres caisses. Ne pouvant retenir sa curiosité, il alla vers le véhicule en question et souleva la toile cachant le chargement. Quelle ne fut pas sa surprise de découvrir des fils de soie et des cartons perforés. Un bruit de pas l'empêcha de poursuivre son investigation.

Assis à l'extrémité d'une longue table, Gustave avait posé sur le plateau un registre, un encrier, un buvard et un porte-plume. Après avoir ouvert le cahier, il trempa la plume dans l'encre violette et mentionna la date sur la première ligne. Il traça ensuite plusieurs colonnes qui lui permettraient de noter, en face de chaque nom, le volume de fils et de soies donné, la description des peignes prévus, le nom du jeu de cartes perforées fourni et le numéro de la commande. Le premier passementier se présenta.

— Bonjour Jules, comment ça va ?

— Pas trop mal. Le petit dernier a pris froid et il a du mal à se débarrasser de cette saloperie.

— C'est l'époque, avec ce froid. Il ne faut pas désespérer, mon vieux, l'hiver finira bien par partir.

— Pour sûr, et on n'a jamais été si près du printemps, poursuivit l'ouvrier en riant, fier de sa marque d'esprit. Je vous apporte les « premiers bouts ». Comme c'est prévu, j'ai réglé ma machine et voilà le premier jet. J'espère que ça conviendra.

Gustave prit le morceau de tissu, se leva et s'approcha de la fenêtre. À la lumière, il ausculta l'étoffe. Il revint.

— C'est bien. Je pense que ça passera, chez Giron. Je te dis ça à ta prochaine visite et, si tout va bien, ce dont je ne doute pas, tu pourras lancer la production.

— Merci, monsieur Charrier. Qu'est-ce que je prends comme « pièce » aujourd'hui ?

— Voilà, j'ai ça à te proposer. Un lot important. Une bonne commande qui va te donner du travail pendant au moins trois semaines.

— C'est pas de refus. Par les temps qui courent, il vaut mieux tenir un bon lot, quitte à y passer les nuits pour effectuer les réglages. Avec les lots trop petits, quelquefois on passe plus de temps à préparer la machine qu'à tisser.

— C'est vrai que les demandes des donneurs d'ordres sont à la baisse depuis quelque temps, mais je suis sûr que ça va se redresser. Il faut y croire et ça arrivera, conclut Gustave avec la persuasion de quelqu'un qui n'est pas très convaincu de ce qu'il affirme.

Sur le registre, Gustave détailla toutes les pièces qu'il venait de délivrer à Jules, tira un trait pour séparer cette ligne de la suivante et marqua le numéro du lot suivant. Jules ressortit avec ses sacs et ses caisses. Il les déposa sur un petit chariot à main qui lui permettait de déplacer sa marchandise, quelquefois volumineuse, sans aucun effort. Il partit.

Les heures passèrent.

À l'autre extrémité de la pièce servant de recette, le père Rouchouse avait quasiment terminé de distribuer tous ses lots. De son côté, Gustave n'avait reçu que cinq passementiers. Un nombre anormalement bas. Il savait bien que certains n'avaient plus de travail puisqu'ils lui avaient remis leurs commandes précédentes l'avant-veille. Il savait également que des métiers à rubans sans ouvrage ne rapportaient rien à leur propriétaire, ce qui était inconcevable.

Gustave n'avait aucune explication à cette situation pour le moins paradoxale. Bien que cela ne lui soit jamais arrivé, il pensa qu'il devait bien y avoir une raison valable à ces absences. Son habituel optimisme lui permit de garder la tête froide. Généralement, les commis de barre étaient considérés comme des sauveurs puisque c'étaient eux qui donnaient le labeur permettant aux familles de vivre. Il n'avait donc aucune raison de s'inquiéter et... il ne s'inquiéta pas !

En attendant que d'autres tisseurs se manifestent tardivement, il sortit dans la cour du prieuré et se retrouva une fois encore devant la charrette énigmatique, qui n'appartenait à personne mais qui contenait bien du matériel pour les passementiers. Il s'en rapprocha pour la seconde fois et répéta son geste de curiosité. Il ne put que constater que rien n'avait bougé depuis son arrivée.

— Voilà, fini pour moi !

Gustave sursauta et lâcha la bâche qu'il tenait toujours dans ses mains. Il se retourna et se trouva face au père Rouchouse.

— Elle t'intrigue cette voiture, non ? demanda le vieux commis.

— Ben oui, c'est assez étonnant cette charrette qui n'a pas bougé depuis que nous sommes là. Elle semble n'appartenir à personne.

— Elle n'est quand même pas venue toute seule.

— Je suppose que non !

— S'il y a un commis qui est assez fou pour laisser sa marchandise ainsi, sans surveillance, c'est son problème, pas le nôtre. On se retrouve au café, comme d'habitude ?

— Oui. Je range mon matériel et j'arrive, conclut Gustave.

À la fin de toutes les opérations de recette, la coutume voulait que les passementiers et les commis se retrouvent dans l'un des deux cafés encadrant la porte de la Franchise pour boire un verre. C'était amusant de voir tous les petits chariots alignés devant la devanture de la boutique. À l'intérieur, les ouvriers et les intermédiaires passaient un bon moment à discuter autour d'une bouteille de vin blanc ou d'une chopine de bière. On ne parlait plus d'affaires mais de vie courante, celle de tous les jours.

Cette manière de clôturer les nouveaux engagements était devenue une sorte d'habitude qui permettait de resserrer les liens entre les hommes de cette hiérarchie rubanière à l'exclusion des donneurs d'ordres que les fabricants de rubans ne voyaient jamais. Certains ne savaient même pas pour qui ils travaillaient, leur seul horizon professionnel s'arrêtant à leurs commis avec qui ils discutaient et négociaient tout.

Voilà pour quelles raisons ces instants de convivialité, entre tous ces hommes, étaient très importants. Les problèmes restaient à l'extérieur, dans les petits chariots sagement garés sur un des côtés de la place. L'atmosphère se relâchait de manière inversement proportionnelle au vidage des bouteilles. Plus celles-ci se vidaient et plus la sympathie entre les hommes augmentait, au point de se lancer dans des confidences.

— Monsieur Gustave, il n'y a pas eu beaucoup de monde aujourd'hui ! lança un des passementiers du mari de la Maloui.

— Je ne me fais pas trop de souci, ils viendront quand ils auront besoin de moi, répliqua le commis de Saint-Just.

— S'ils ont encore besoin de vous, ironisa un autre.

— Que voulez-vous dire ?

— Qu'il y a un nouveau commis qu'on ne connaît pas et qui traîne par ici, actuellement.

— Ah bon ! s'inquiéta Gustave.

— Vous ne le savez pas ?

— Non ! Quel est son nom ?

— On ne sait pas, mais à votre place je m'y intéresserais parce qu'il se préoccupe en particulier de vos ouvriers.

— Et comment savez-vous ça ?

— On discute entre nous. Ce n'est pas parce que nous ne travaillons pas pour le même commis qu'on ne doit pas causer.

— Et que veut-il ?

— Alors là ! Il fait le tour des fabriques pour discuter des prix, des avantages, des relations entre nous et vous. Allez donc, remettez la vôtre, monsieur Gustave.

Le commis de barre sortit sa bourse et proposa une tournée générale. Elle fut reçue par des vivats. Le père Rouchouse, lui, l'accueillit avec satisfaction.

Comme il se faisait tard, ça lui permettrait de ne pas mettre la main au porte-monnaie. Il s'approcha de Gustave et lui glissa à l'oreille :

— Ne les écoute pas, ils ont déjà bien bu et ils risquent de te dire n'importe quoi. Tu sais aussi bien que moi que, dans notre métier, il y a des hauts et des bas.

Pour toute réponse, Gustave lui sourit. Son esprit vagabondait au milieu des mots et des phrases qu'il venait d'entendre. Qui pouvait bien être cette personne ne respectant pas leurs codes ? D'où venait-il ? Quels étaient ses objectifs, ses projets ? Voulait-il lui enlever son gagne-pain volontairement ou le faisait-il sans aucune malice ? Aucune réponse ne vint à son esprit. Il était complètement dans le flou, l'obscurité, l'incertitude d'une réponse acceptable. Cette situation l'ennuyait tout de même un peu, même s'il avait généralement un tempérament optimiste.

— Vous ne savez vraiment pas son nom ? questionna-t-il une nouvelle fois à l'adresse des passementiers qui avaient fait allusion à ce personnage.

— Non, mais vous pouvez peut-être le lui demander directement, fit remarquer l'un des buveurs. C'est lui sur la charrette, dehors.

Gustave se retourna et, à travers la vitrine, vit passer devant le café le chariot suspect qu'il avait surveillé tout au long de la durée de la recette. Il le regarda s'en aller avec stupeur. Il empruntait, au pas, la rue menant à la route de Chambles.

Le sang de Gustave ne fit qu'un tour. Il vida d'un trait le verre qu'il sirotait quelques secondes auparavant tout en récupérant, avec fureur, la monnaie que lui tendait l'aubergiste contre le paiement de la tournée qu'il venait d'offrir. Il sortit précipitamment de la taverne, regarda partir l'attelage dont il ne put reconnaître le conducteur, enveloppé dans une large cape pour le protéger du froid qui venait de s'accentuer, et s'engouffra sous la porte médiévale pour aller récupérer Pâquerette, dans la cour du prieuré.

— Je vais bien savoir qui tu es, salopard ! marmonna-t-il en détachant la jument, surprise par cette soudaine excitation.

XVII

Claudine

Lyon.

— Mon Dieu, Marie-Louise, comme tu as changé !

Quand la caissière lui avait annoncé qu'une certaine Marie-Louise était dans la salle et qu'en plus elle était sa cousine, Claudine n'avait pas pu attendre plus longtemps. Dès que le rideau avait été fermé, elle avait posé la marionnette de Madelon et abandonné ses coéquipiers. Généralement, à la fin de la représentation, les trois manipulateurs, Laurent Josserand, Victor-Napoléon Vuillerme-Dunand et elle-même venaient saluer leur public. Or, ce soir-là, seuls les deux hommes étaient occupés à se courber sous les applaudissements des spectateurs conquis par la dernière représentation de *La Racine merveilleuse*. Celle qui avait été le seul personnage féminin de la pièce, durant plusieurs dizaines de minutes, s'était précipitée pour embrasser une jeune femme que personne n'avait jamais vue dans ce théâtre.

— Montre-moi comme tu es belle ! lui dit-elle en prenant sa main et en la faisant tourner pour mieux l'admirer.

Marie-Louise se laissait faire et contemplait celle qui avait subi les méchancetés de son père durant des années avant d'avoir le courage de s'enfuir et de s'éloigner des bords de la Loire pour venir ici, entre Saône et Rhône. Il avait dû lui falloir beaucoup d'audace pour s'enfuir à l'âge de vingt et un ans, tout juste sortie de l'adolescence, pour s'installer dans cette grande ville où elle ne connaissait personne.

Claudine était une femme paraissant plus vieille que son âge. De taille moyenne, elle était un peu boulotte. Ses mains étaient celles d'une paysanne, prêtes à battre le linge au lavoir ou à traire les vaches. Marie-Louise pensa qu'elles devaient bien remplir la gaine de la marionnette qu'elle animait. Le visage était plutôt fin et sa coiffure d'un noir d'ébène. Des yeux marron occupaient un visage dont la courbure des lèvres offrait une jovialité permanente.

La Maloui n'osait pas ouvrir la bouche pour lui poser toutes les questions qui avaient envahi son esprit depuis qu'elle avait décidé de venir la rencontrer sur les conseils de Marcelline. L'accueil qui lui était réservé lui faisait chaud au cœur.

— C'est vrai que quand j'ai quitté Saint-Just tu n'avais que six ans. Tu ne te souviens pas de moi.

— Je vais être sincère avec vous…

— Eh, ne me vouvoie pas. On est cousines. C'est vrai qu'il y a longtemps que l'on ne s'est pas vues, mais tout de même. En plus, je n'ai pas encore quarante ans.

Marie-Louise éclata de rire. Elle reprit :

— Si vous… ou plutôt, tu veux. Je n'ai que très peu de souvenirs de cette époque. J'avais perdu ma mère depuis quatre ans et je ne m'intéressais pas beaucoup à tout ce qui m'entourait. Et puis nos familles ne se fréquentaient pas trop.

— C'est sûr, mais il faut que tu saches que ton père m'a peut-être évité de faire une bêtise quand je n'allais pas très bien et lorsque je pensais que la vie n'était pas si intéressante à vivre.

— Ma tante, Marcelline, m'a tout raconté.

— C'était un brave homme qui avait beaucoup d'honneur et de dignité. J'ai vraiment été peinée lorsque j'ai appris qu'il était décédé, et surtout dans des conditions aussi bêtes. Là aussi, c'est sa bonté qui l'a perdu, en voulant sauver d'autres personnes.

Claudine avait pris les mains de la fille de Joseph Grange entre les siennes. Elle continuait à la contempler, sans s'intéresser à ce qui entourait les deux femmes.

— Marcelline m'a dit que vous lui aviez écrit, à la mort de Joseph.

— Ça a été ma manière de participer au deuil. J'ai pensé que si je t'adressais la lettre tu n'aurais pas compris, alors j'ai préféré lui écrire, à elle, qui m'avait mieux connue.

Les deux autres marionnettistes avaient fini de remercier le public. Ils étaient retournés derrière le castelet pour ranger les figurines auxquelles ils avaient donné vie, lors de la dernière représentation. Petit à petit, la salle s'était vidée. Avec le départ des fumeurs, l'atmosphère devenait un peu plus respirable. Le limonadier nettoyait ses verres dans une bassine. Il les essuyait avec un torchon assez douteux. La caissière s'était muée en femme de ménage. Elle rangeait les tabourets dont certains avaient été renversés à terre. Elle les alignait en prévision d'une nouvelle séance.

— Alors, vous ne nous présentez pas à cette belle fille ?

Claudine, tout à ses pensées, n'avait pas entendu ses deux partenaires s'approcher.

— Oui, bien sûr, s'excusa-t-elle. Je vous présente la fille de mon cousin Joseph. Elle est venue spécialement du Forez pour voir notre spectacle, mentit-elle en faisant un clin d'œil à Marie-Louise.

— Eh ben, c'est un honneur de vous accueillir, alors.

Celui qui venait de parler était le plus âgé. Claudine le présenta comme étant « M. Victor » et, se tournant, elle désigna « M. Laurent ». Les deux hommes lui firent un baisemain protocolaire qui fit sourire la Pontoise. Elle se prêta au jeu avec beaucoup de facilité et esquissa même une révérence pour marquer son approbation.

— C'est la première fois que je rencontre des artistes, dit-elle timidement.

— Il faut bien commencer un jour, lui répondit le plus jeune.

— M. Victor est le beau-père de M. Laurent, et normalement c'est l'épouse de M. Laurent, Anne-Jeanne, qui fait parler et bouger le personnage de Madelon, mais elle s'est cassé un poignet en tombant dans la rue, il y a quelques semaines, et elle ne peut plus assurer les représentations. Alors c'est moi qui la remplace…

— … merveilleusement bien, coupa M. Victor. Elle se prend très bien au jeu et c'est très agréable de jouer avec elle.

— N'en rajoutez pas trop ! modéra Claudine en rougissant.

— Non, je vous assure que je ne dis pas ça pour vous faire plaisir. J'irai même jusqu'à avouer que c'est amusant de travailler avec vous.

— Dans un théâtre de Guignol, c'est de circonstance, surtout si le bonheur est des deux côtés du castelet.

— Et si nous les laissions seules, proposa M. Laurent. Je pense qu'elles ont beaucoup de choses à se raconter sur leur pays, non ?

— Pour ça oui, admit Claudine en prenant sa cousine par les épaules et en l'entraînant vers la sortie.

*

* *

Dès qu'elles furent à l'extérieur du théâtre, les deux femmes prirent sur la gauche, vers les quais de Saône, et gagnèrent le pont Tilsitt[1] pour franchir le fleuve.

La nuit était tombée.

Dans un dédale de vieilles rues, Marie-Louise suivait sa cousine. Dès qu'elles eurent contourné la cathédrale Saint-Jean-Baptiste, elles atteignirent le numéro 28 de la rue du Bœuf.

— Voilà, nous y sommes. C'est là que j'habite, déclara Claudine.

Elle sortit de sa poche une clé et ouvrit une porte ancienne. Un escalier desservait les différents

1. *Sur l'emplacement de l'actuel pont Bonaparte.*

niveaux. Les deux femmes l'empruntèrent dans la pénombre. L'escalier en bois craquait sous leurs pas.

Arrivée au quatrième étage, sous les toits, Claudine ouvrit une nouvelle porte qui donnait dans une chambre de bonne. C'était tout l'univers de la cousine Claudine, en dehors du *Café Condamin*. Marie-Louise se remémora la discussion qu'elle avait eue avec Marcelline lorsqu'elles avaient lu la lettre et ce qu'elles avaient pensé en découvrant que la cousine avait comme adresse celle d'un théâtre. Elle eut honte de leurs opinions mal placées.

— Assieds-toi sur le lit. Je vais allumer la lampe et débarrasser tout ce bazar.

Une lampe à pétrole était posée au centre d'une table, seule source de lumière artificielle. Claudine souleva le verre qu'elle posa à côté, en prenant soin d'éviter qu'il ne roule et tombe au sol, et craqua une allumette. Elle fit tourner la molette de la mèche qui s'enflamma au contact du feu. La pièce apparut dans toute sa modestie.

La Forézienne s'installa sur la couche et jeta un regard circulaire. Le plancher avait quelques lattes disjointes dans les espaces desquelles on pouvait deviner les solives qui les portaient. Les murs étaient couverts d'un papier peint dont la couleur avait disparu depuis bien longtemps. Le plafond épousait la forme du toit. Une fenêtre mansardée permettait de percevoir, dans l'obscurité, la façade de la maison d'en face. Le lit en fer où elle avait pris place soutenait une paillasse sur laquelle des draps repliés au pied enveloppaient un gros édredon. Une corde avait été tendue entre deux poutres. Quelques effets de lingerie y séchaient. Claudine s'empressa de les ramasser. Elle les fourra sans ménagement dans le tiroir d'une commode, seul vrai meuble de la pièce, avec la table et deux chaises.

D'un côté de la fenêtre, une étagère accueillait le peu de vaisselle que possédait la marionnettiste. Quelques provisions de bouche traînaient dans une coupe à fruits. De l'autre, un ensemble de toilette comprenant un broc et une cuvette côtoyait un porte-savon assorti. Une serviette pendait à un clou dont la couleur avait viré à celle de la rouille depuis le temps où il avait été enfoncé à cet endroit. Deux portemanteaux complétaient le confort rudimentaire de l'endroit. Ils avaient été vissés directement dans le bois, sur l'arrière du panneau de la porte. Il régnait pourtant une certaine propreté. Quelques gravures défraîchies donnaient une touche gaie à cet environnement.

— C'est un peu sommaire, je te l'accorde ! s'excusa presque Claudine. Mais je m'y sens bien et puis je ne paye pas cher de loyer. C'est déjà pas mal, non ? Les oiseaux qui nichent sous les tuiles sont mes compagnons et il n'y a pas trop de souris.

La Lyonnaise s'assit à la table, croisa les bras et regarda sa cousine.

— Et que me vaut cette visite inattendue… mais agréable ? s'empressa de rectifier Claudine, avec son large sourire.

— Je ne vais pas te dire que c'est une visite de courtoisie, mais tout de même je suis heureuse de te rencontrer…

— Mais au fait, chez qui es-tu descendue ? coupa Claudine.

— Euh… nulle part ! bafouilla la Maloui. Je ne connais personne à Lyon.

— Alors tu vas rester avec moi, ici.

— Mais je ne veux pas te déranger. Je vais bien trouver une auberge.

— Non. Il ne sera pas dit que je n'ai pas aidé la fille de Joseph quand elle était dans l'embarras, parce que tu dois y être en plein, pour venir me voir.

— Un peu, oui, avoua Marie-Louise.

— À la bonne heure ! Voilà qui est bien. Il faut savoir aller droit au but. Je déteste les gens qui tournent en rond. J'aime la sincérité. Alors en quoi puis-je t'aider ?

— C'est un peu compliqué à expliquer.

— Mais explicable, tout de même ? De toute façon, si ça peut t'aider, je n'ai pas les oreilles chastes. Je peux tout entendre !

— Bien sûr, mais je ne sais pas par où commencer.

— Ça tombe bien, j'ai tout mon temps. Décontracte-toi. Aie confiance. Comme on parle plus facilement en mangeant, est-ce qu'une bonne omelette te ferait plaisir ? J'ai quelques œufs et un peu de fromage.

— C'est parfait.

Claudine se leva et attrapa un tablier qu'elle noua autour de sa taille. Elle saisit une petite poêle, la posa sur un petit réchaud à alcool qu'elle alluma. Les quatre œufs qui occupaient le fond d'une assiette furent cassés en quelques secondes dans une jatte et elle commença de les battre pour bien mélanger les blancs et les jaunes. Lorsque le mélange fut homogène, elle le sala et le versa dans la poêle. Un crépitement vint troubler le silence qui s'était installé dans la pièce.

— Je t'écoute, lança Claudine. Je cuisine, mais je t'écoute !

— Je suis mariée depuis deux ans.

— Voilà une bonne nouvelle. Et il est gentil avec toi ?

— Oui. Il est prévenant et attentionné.

— Et il ne te bat pas, au moins ?

— Non. De toute façon, avec ce que je viens de voir dans ton théâtre, si l'envie lui prend de lever la main sur moi, je pense que j'irai acheter une « racine merveilleuse ».

Les deux femmes éclatèrent de rire. L'omelette continuait à grésiller. Claudine y ajouta du fromage qu'elle avait préalablement pris soin de couper en fines lamelles. Une odeur agréable envahit la pièce.

— Tiens, rends-toi utile, attrape les assiettes et les verres qui sont là, ordonna Claudine en désignant leur emplacement avec un mouvement de son menton. Les couverts sont de l'autre côté de la fenêtre. Je vois que tu as bien retenu la leçon. Au moins, la représentation de Guignol t'aura donné des idées.

— Il est très gentil, mais refuse de travailler à l'auberge. Nous la tenions ensemble, mon père et moi.

— Et tu es seule maintenant ?

— Non. La tante Marcelline vient m'aider avec Adrien.

— Et qui est cet Adrien ?

— C'est le fils de la femme de Pierre Déchandon, qu'il a reconnu quand il l'a épousée. Mais c'est une autre histoire[1].

— Mais pour quelles raisons est-ce que ta tante t'aide ?

— Parce qu'il se passe des choses un peu bizarres, dans notre vie, depuis l'enterrement du père.

Marie-Louise expliqua l'inconnu du cimetière, l'agresseur de l'auberge et la folie de Pâquerette avec force détails et incompréhension. Elle attendit quelques instants avant d'aborder la visite des compagnons du Devoir et de raconter les découvertes qu'elle avait faites sur la vie passée de son mari.

Claudine avait posé la poêle encore chaude directement sur la table. Avec une cuillère en bois, elle coupa l'omelette en deux et fit glisser les deux parts séparément dans chacune des assiettes. Elle s'assit et commença à manger. Marie-Louise en fit autant. Après avoir avalé la première bouchée, Marie-Louise reprit la conversation :

— Et puis il y a eu la visite des compagnons qui, lorsqu'ils ont eu un peu trop bu, se sont lancés dans des confidences très intéressantes.

— Et qu'est-ce qu'ils t'ont raconté qui puisse remettre en cause ton mariage ?

— Que mon mari avait été dans le compagnonnage avant de me connaître.

— Rien de bien extraordinaire. Il n'y a pas un chat à fouetter quand on apprend ça. Ce ne sont pas de mauvais bougres. Ils ont des habitudes et

1. *Voir* L'Étrangère de Collonges *(éditions De Borée).*

des rites quelquefois un peu surprenants, mais ce sont de bons ouvriers et des travailleurs hors pair, avec tout ça.

— Pourquoi ? Tu en connais ?

— Pour ça, oui ! À Lyon, il y en a pas mal dans le milieu de la soie. Des canuts, comme on appelle ici les ouvriers tisserands. Tout le quartier de la Croix-Rousse en est peuplé. Il y a des métiers à tisser partout et ils ont même été à l'origine de troubles.

— Qui ? Les compagnons ?

— Non, les canuts, mais aussi les compagnons. Surtout en 1848, lorsque le roi Louis-Philippe a fait ses valises pour nous laisser l'espoir de la IIe République qui s'est changée en empire, depuis cinq ans, après le coup d'État de Badinguet…

— De qui ?

— Ben, de Badinguet ! Vous ne connaissez pas ce nom, à Saint-Just ? Vous êtes si arriérés que ça. J'ai bien fait d'en partir, ironisa Claudine en riant.

— Je n'en ai jamais entendu parler.

— C'est le surnom qu'on donne à l'empereur Napoléon III.

Marie-Louise pensa que, si elle avait pu le faire, sa cousine aurait craché par terre, comme le faisaient certains hommes pour montrer leur dégoût.

— Tu ne sembles pas le porter dans ton cœur.

— Pour ça, non. Après avoir été élu « représentant du peuple », il est devenu le premier président de la République. Tu t'imagines, celui qui est aux Tuileries aujourd'hui a été notre représentant. Pour accéder au pouvoir, il nous l'a bien mis avec son cortège de restrictions de liberté et de censure. Est-ce que tu sais que les textes des pièces qu'on joue doivent être vérifiés par les autorités sous peine de fermeture de nos théâtres ?

— Je pensais que ce que vous disiez était improvisé.

— Oui et non. M. Victor écrit les pochades de Guignol, prend rendez-vous à la préfecture, les fait lire à un commissaire spécial et attend qu'il lui tamponne sa feuille lorsque ça lui plaît avant de nous les donner. Il y a des soirs où il y a des policiers dans la salle qui viennent vérifier que ce qu'on dit est bien conforme au texte qui a été déposé.

— C'est contraignant, je te l'accorde, mais ça va avoir un avantage.

— Et lequel ?

— Jusqu'à aujourd'hui, vos pièces étaient improvisées et, donc, on ne les jouait que grâce à la mémoire des marionnettistes, non ?

— Oui. Et alors ?

— Lorsqu'il mourait, il emportait sa pratique avec lui, dans sa tombe.

— Pas obligatoirement, puisque d'autres prenaient la relève.

— En modifiant le texte, puisque ce n'était que de mémoire. Quand j'étais enfant, on s'amusait à un jeu de devinette qui était le suivant. On disait une phrase assez longue à l'oreille d'une copine qui la répétait à une autre et ainsi de suite jusqu'à la dernière des participantes. Eh bien, lorsque la dernière la révélait, elle n'avait, quelquefois, rien à voir avec la phrase du début. Ça risquait de faire pareil pour vos pièces, alors que maintenant il va en rester des traces écrites.

— Tu sais que tu n'es pas bête, toi !

— Pourquoi, tu en doutais ? sourit Marie-Louise. Par contre, la liberté, elle en prend un coup sur la tête.

— C'est bien ce qui explique les soulèvements du peuple. La liberté dont nous a privés Badinguet, répéta la cousine avec de la répugnance.

— Et pourquoi ce drôle de nom ?

— Je ne sais pas trop. J'ai entendu, un jour, des spectateurs en parler. Un monsieur avec un chapeau haut de forme, qui semblait être plus instruit que les autres, a expliqué que ce serait en rapport avec un emprisonnement. À l'époque où il n'était pas grand-chose, il aurait essayé de jeter dehors le roi Louis-Philippe. C'était en 1840, je crois, mais il a échoué et s'est fait prendre. Il a alors été condamné à la prison à vie. Pourquoi n'y est-il pas resté ? soupira la marionnettiste. En tout cas, lorsqu'il était dans sa cellule, il y avait un paravent sur lequel étaient collés des morceaux de journaux dont un, satirique, où on pouvait lire le nom de Badinguet. Les gardiens de prison se seraient alors amusés à le surnommer ainsi[1].

— Et depuis tu l'emploies ?

— Je vais me gêner ! Mais revenons à ton mari. Il était compagnon à la Croix-Rousse ?

— Je ne sais pas dans quel quartier, mais en tout cas ils se retrouvaient dans un cabaret, ou une auberge, avec d'autres compagnons. C'est ce qu'il m'a dit.

---

1. Voir dans la partie Documentation un chapitre explicatif sur l'origine de ce surnom.

— J'y suis. Ce doit être le cabaret de la mère Maréchal, à l'angle de la rue des Fossés[1] et de la rue du Mail. Je t'y conduirai demain. Ton histoire commence à m'intéresser, mais j'ai sommeil.

1. *Actuelle rue d'Austerlitz.*

XVIII

La course-poursuite

Saint-Rambert-sur-Loire.

Le temps de sortir de la rue venant de l'église, de passer sous la porte de la Franchise et de cheminer dans la même direction que l'attelage qu'il poursuivait, celui-ci avait pris un peu d'avance et disparut du champ visuel de Gustave. Connaissant le trajet qu'il avait emprunté, il n'hésita pas un seul instant. Il longea la vitrine du café derrière laquelle les passementiers s'agitaient en buvant la tournée qu'il leur avait offerte avant de les quitter précipitamment. Ils s'étaient agglutinés pour le voir passer. Il tira sur la rêne de gauche pour faire obliquer Pâquerette vers cette direction. Il atteignit une petite place à la sortie de laquelle il emprunta une rue dont la majeure partie était occupée par un ruisseau.

À intervalles réguliers, de grosses pierres plates avaient été posées entre les deux rives pour servir de ponts. Sous chacun d'eux, l'eau courait inlassablement répercutant son bruit mélodieux sur les façades des maisons qui le bordaient. La chaussée avait été empierrée avec des galets dont les jointures de sable avaient disparu depuis bien longtemps. Dès qu'il atteignit la longue ligne droite qui sortait du village, Gustave aperçut la charrette qu'il voulait rattraper. Elle était arrivée à la fin de la partie pavée et avait pris de la vitesse sur un chemin beaucoup plus carrossable. De son côté, il ne pouvait pas augmenter son allure sans courir le danger de casser l'essieu sous les coups de boutoir que recevaient les roues à chaque cahot émanant des pierres. Lentement, le premier équipage distança la seconde voiture.

Lorsque Gustave arriva, à son tour, sur la partie sablonneuse, le véhicule poursuivi avait rapetissé et il lui sembla qu'il allait se fondre dans la pénombre qui avait envahi cette seconde partie de journée hivernale. Il sentit quelques gouttes froides sur son visage. Il commençait à neiger. Un vent glacial s'était levé et les gros nuages qui avaient menacé depuis l'aube venaient de se crever, laissant choir les particules de glace sur des surfaces déjà gelées. Le premier flocon qui avait touché le sol avait gardé sa consistance et la campagne environnante commença à blanchir à une rapidité faisant craindre une couche assez épaisse pour le lendemain matin.

— Il ne manquait plus que ça ! se lamenta le jeune homme.

Loin de désespérer, et plein d'une énergie qui aurait fait déplacer des montagnes au moins audacieux, il poursuivit sa route et laissa derrière lui toute la sagesse que le chargement qu'il transportait aurait dû lui inspirer.

Il se remémora les paroles des passementiers, à la taverne. Ce personnage l'intéressait et il voulait savoir quelles étaient ses intentions en détournant ses ouvriers de sa coopération. Qu'avait-il bien pu lui faire pour lui en vouloir au point de chercher à le ruiner ? Car c'était bien de ruine dont il était question ; en tout cas dans l'esprit de Gustave, même si le père Rouchouse lui avait expliqué qu'il y avait des hauts et des bas dans ce métier. Ils pouvaient être consécutifs à des instants précis de crises et touchaient tout le monde, toute la profession. Mais dans ce cas précis, il était le seul, d'après ce qu'on lui avait dit, à subir les frasques de cet individu que personne ne connaissait.

Au moment où il risquait de voir son travail lui rapporter pas mal d'argent et une certaine sécurité de l'emploi, avec les propositions que venaient de lui faire les frères Giron, voilà qu'un inconnu essayait de lui enlever son gagne-pain, et de manière très malhonnête, car après tout il n'avait qu'à venir le trouver, s'il avait quelque chose à lui reprocher. Ils s'expliqueraient, entre quat'z-yeux, et l'affaire serait close. Au lieu de ça, il était obligé de poursuivre un attelage inconnu dans une campagne qui devenait immaculée au fur et à mesure que passait le temps.

Depuis que Pâquerette avait senti que le sol était plus rassurant, loin des pierres disjointes des rues de Saint-Rambert, elle avait allongé le pas. Cette attitude permettait à la charrette de gagner progressivement du terrain. La route était assez plate, mais Gustave savait qu'elle allait rapidement s'élever pour atteindre le plat de Malleval. Il fallait qu'il modère les ardeurs de la jument pour qu'elle ne se fatigue pas trop avant l'ascension. Tout en la laissant avancer au pas qu'elle avait choisi, il tira légèrement sur les rênes pour la freiner. Il profita de cet instant de répit pour regarder son chargement, à l'arrière. La bâche recouvrait en totalité les caisses contenant tout le matériel que ses passementiers n'étaient pas venus chercher à la recette. Le commis pensa qu'aux attitudes pernicieuses de cet inconnu qu'il poursuivait il ne fallait pas qu'on ajoutât la perte de ces matières premières. Sa crédibilité était en jeu et, au-delà, sa survie et sa réputation.

Les grands champs céréaliers, bien désolés à cette époque de l'année, avaient laissé leur place à de sombres forêts dont les branches des arbres s'illuminaient de blancheur sous la neige. Plusieurs courbes du chemin firent ralentir l'attelage. Toutefois, l'écart entre les deux poursuivants s'amenuisait.

Gustave pensa que dans quelques minutes ils atteindraient le hameau de Cessieux. Il se demanda jusqu'où son inconnu pouvait bien aller dans cette direction qui conduisait à Chambles. C'était bien la première fois qu'il se posait une question sensée depuis son départ de Saint-Rambert. La vue de celui qui devenait son ennemi à chaque tour de roue et la colère qui l'avait envahi ne lui avaient pas laissé le temps nécessaire pour réfléchir paisiblement. Il était parti sur un coup de tête et se retrouvait ainsi, dans une atmosphère menaçante, sans savoir s'il allait atteindre son but. De plus, quel était-il et que comptait-il faire s'il l'atteignait ? Cette question lui traversa l'esprit mais ne s'y arrêta pas assez longtemps pour le faire changer d'avis. Il poursuivait une quête dont il ne connaissait ni les aspirations ni les velléités, encore moins le résultat escompté. Ce qu'il vivait l'amenait vers l'inconnu au sens littéral du terme, celui dont on ne revient quelquefois pas.

Pâquerette ralentit d'elle-même son allure. Depuis quelques instants, elle s'était aperçue que le sol glissait sous ses sabots. Les ornières que la charrette qui les précédait imprimait dans la neige se refermaient rapidement. Elles se recouvraient de glace. L'attelage progressait sur un tapis blanc masquant tous les pièges du chemin dont il fallait se méfier, même par un temps plus clément. Le gris du ciel se reflétait sur le sol, diminuant encore la luminosité ambiante. L'atmosphère était feutrée et la visibilité limitée. Tous les bruits environnants étaient étouffés par ce milieu devenu quelque peu hostile en seulement quelques minutes.

Continuant sa route, Gustave arriva à l'entrée d'une grande courbe sur la gauche. Le commis de barre savait qu'une ligne droite allait suivre et ainsi lui donner l'occasion de reprendre un peu de vitesse. Confiant, il leva la tête. Les yeux mouillés de neige, il ne vit plus l'attelage qu'il poursuivait. Il pensa que c'était normal et que, dès qu'il serait revenu dans l'axe de la route rectiligne, il pourrait évaluer la distance qui le séparait de son adversaire et porter le coup de grâce à cette course-poursuite.

Il devinait les premières maisons du hameau de Cessieux, sur sa droite, entre deux tourmentes de neige, mais quelle ne fut pas sa surprise de découvrir une route vide. La charrette, son cheval et son conducteur avaient disparu.

— Mais où sont-ils passés ? ne put s'empêcher de dire à voix haute Gustave.

Sans donner aucune consigne à sa jument, il la laissa avancer à son rythme. Il profita de cet instant où, en toute confiance, il ne contrôlait plus la marche de Pâquerette pour se lever de son banc. Ainsi, debout, il pouvait voir aussi loin que possible. Il se frotta les yeux plusieurs fois et ne put que constater que la route était désespérément déserte. Il jugea que l'attelage n'avait pas pu parcourir la distance qui le séparait du prochain virage si rapidement et ne plus être en vue, avec de telles conditions météorologiques. C'était matériellement impossible !

Depuis les quelques habitations composant ce bourg miniature, plusieurs chemins s'enfonçaient dans les forêts avoisinantes ou dévalaient vers les gorges de la Loire, distantes de moins d'un kilomètre à vol d'oiseau à cet endroit. Jugeant de la situation, Gustave pensa que s'aventurer vers cette seconde destination était complètement suicidaire, vu les intempéries.

Aucun indice matériel ne pouvait guider ses recherches. Ni les traces dans la neige qui disparaissaient trop rapidement ni les bruits s'évaporant dans ce milieu rendu opaque et mystérieux. Il estima qu'il devait s'arrêter pour essayer de capter le moindre bruissement ou frémissement qui le ramènerait dans la bonne direction. C'est ce qu'il fit.

Dès qu'il atteignit les premières maisons, il stoppa la progression de son cheval à l'abri d'un mur pour le protéger des vagues cinglantes des paquets de neige. Les bandes métalliques du bandage des roues crissèrent sur la glace écrasée. Dès que la charrette fut arrêtée, Gustave en descendit. Le silence était pesant. Seuls les soufflements de Pâquerette, à intervalles réguliers, le rompaient. Le jeune homme s'approcha de la monture et mit sa tête contre la sienne pour la rassurer, mais surtout pour essayer de mieux maîtriser sa respiration et ainsi écouter s'il n'y avait pas de bruit pouvant orienter la suite de sa poursuite.

Rien ne bougeait. La chape de plomb que le temps neigeux imposait à la nature n'admettait aucune faille, aucune prise d'air, si petite soit-elle. Rien ne filtrait sous ce couvercle, à croire que tout était mort, immobile, inhabité. Pourtant, la fumée qui sortait des cheminées des habitations avoisinantes était la preuve d'une vie.

Un bruit fit sursauter Gustave, mais rapidement il comprit qu'il n'avait aucun lien avec ce qu'il cherchait. Un grand rapace venait de s'envoler d'un sapin, à quelques mètres de lui. En s'élançant de la branche sur laquelle il avait trouvé refuge quelques minutes plus tôt, il avait déstabilisé la neige qui s'y était accumulée. Elle était tombée bruyamment sur les branches inférieures emportant, dans un effet de cascade, tout ce qui s'était entassé sur celles-ci.

Il fallut quelques secondes pour que la tranquillité revienne et que Gustave ne puisse reprendre ses écoutes. Ajoutant un geste à sa discrétion verbale, il caressait le crâne de Pâquerette pour l'apaiser. Des nasaux de l'animal fusait une vapeur que le froid amplifiait à chacune de ses respirations. La situation devenait préoccupante. Il ne fallait pas que la jument se refroidisse trop, au risque de lui faire prendre une congestion. Gustave y tenait trop pour risquer qu'elle attrape un chaud et froid. Un seul murmure, le craquement d'une simple brindille auraient pu donner un indice au commis. Mais rien n'y faisait, à croire que le temps s'était arrêté, figé, comme glacé par cet hiver qui venait de prendre une tournure plus glaciale. Malgré tout, les minutes s'écoulaient et son ennemi allait accroître son avance, si Gustave ne bougeait pas.

Une décision devait être prise sans tarder au risque de tout compromettre. Il était à deux doigts de connaître celui qui le défiait. Il ne pouvait pas attendre ainsi indéfiniment. La haine qui montait en lui devenait insoutenable. Il était tout proche de mettre un terme à une situation qui risquait de le ruiner. Ce mot l'obsédait, le hantait, l'ensorcelait. Il ne pouvait plus supporter cette condition de proie face à un prédateur dont il ne connaissait rien.

Gustave savait se battre, et ça ne lui faisait pas peur, mais pour qu'il y ait bagarre il fallait un adversaire, il fallait le connaître, il fallait le jauger, il fallait l'appréhender, il fallait le coincer, il fallait le mettre hors d'état de nuire. On ne gagne jamais quand on fait face à un fantôme qui vous file entre les mains à la première occasion. Tous ces mots se bousculaient dans sa tête. Ils ne faisaient qu'augmenter le dégoût pour cet inconnu, au fil des minutes. Le terme « fantôme » lui revint en tête. Et si celui qu'il poursuivait était un des leurs.

— Mais je deviens fou ! s'exclama-t-il. Les fantômes, ça n'existe pas.

Il voulait se persuader qu'il avait raison, mais le doute arrivait, commençait à prendre corps, s'insinuait dans sa réflexion. Le jeune homme était prêt à tout donner pour que cette situation cesse. Il détestait la lâcheté. Il aimait se confronter directement, en toute sincérité, face à ses adversaires. Celui qu'il poursuivait était exactement tout ce qu'il détestait.

Gustave passa sa main une dernière fois entre les yeux de la jument. Une idée venait de germer dans son esprit. Et si la charrette qu'il poursuivait n'était pas allée plus loin que Cessieux parce que, simplement, c'était sa destination ? À aucun moment, dans sa folie, il n'avait envisagé cette hypothèse, tant son esprit était embrumé par la colère et la rancœur. Il ne savait même pas si son conducteur s'était aperçu qu'il était suivi. Il l'avait bien vu se retourner une fois, mais rien ne prouvait qu'il ait regardé dans sa direction intentionnellement.

Si l'attelage qu'il poursuivait s'était arrêté, il ne devait pas être bien loin. Gustave lâcha le licol de Pâquerette et s'avança vers l'extrémité du mur qui les protégeait. Lorsqu'il en atteint l'angle et qu'il pencha la tête de l'autre côté, son sang ne fit qu'un tour.

— Hue... ah !

L'ordre avait claqué dans le silence comme un coup de fouet. En quelques secondes, le calme ambiant fut rompu et Gustave... effaré.

Le jeune homme ne s'attendait pas à cette surprise. Celui qu'il poursuivait depuis Saint-Rambert et qu'il cherchait depuis quelques instants était tout simplement caché le long de la bâtisse, attendant le moment opportun pour reprendre sa course.

S'il avait eu quelques doutes, Gustave était sûr maintenant que l'inconnu avait bien remarqué qu'il était pourchassé. Il avait profité de son avance, en arrivant à Cessieux, pour se cacher de la vue de son poursuivant. Il s'était ensuite placé de telle manière qu'il n'avait plus qu'à patienter. Soit le commis de barre continuait sa course vers Chambles, soit il s'arrêtait au hameau. Dans ce second cas, il fallait qu'il puisse être prêt à démarrer rapidement afin de lui échapper. C'est cette situation que Gustave vivait à cet instant précis.

Instinctivement, il se jeta en arrière, afin de ne pas se faire écraser. Dans un grand bruit de glace rompu, de patinage des roues sur le verglas et d'encouragement du cocher à détaler, le cheval extirpa l'attelage de la pénombre dans laquelle il s'était fondu quelques instants plus tôt. Ayant repris ses esprits, le commis de barre regarda le conducteur. Rien ne permettait de le reconnaître. Emmitouflé dans une grande cape, sa tête était entourée d'une grande écharpe de laine pour la protéger du froid. Un chapeau couronnait le tout. Seuls les yeux étaient visibles. Quand il passa au niveau de Gustave, l'inconnu le fixa. Le regard était haineux, lançait des éclairs de rage. La méchanceté se lisait avec une agressivité non contenue. Gustave en resta pétrifié. Mais qu'avait-il donc fait pour qu'un homme le regardât ainsi, avec autant d'hostilité ?

Fouettant la croupe du cheval, l'inconnu lui imposa la direction de la plaine, vers Saint-Rambert. Il empruntait le chemin inverse de celui par lequel il était venu. Profitant de l'effet de stupeur, en moins de temps qu'il ne faut pour le raconter, il avait franchi la partie rectiligne de la route et abordait le premier virage. Gustave se précipita sur les mors de Pâquerette, la fit pivoter avant de monter sur le banc de bois. À son tour, il fouetta la croupe de la jument pour qu'elle reprenne sa course-poursuite.

L'avance de l'étranger était telle que Gustave ne l'apercevait quasiment plus, entre deux flocons de neige. Il fouettait Pâquerette pour qu'elle reprenne de la vitesse. Son animosité envers cet inconnu était telle que le jeune homme devenait imprudent.

La charrette glissait sur des plaques de neige devenues compactes sous l'effet du gel. Les roues butaient sur des pierres invisibles que la couche neigeuse immaculée dissimulait insidieusement. Les sabots du cheval ripaient à chaque instant. Insensiblement, malgré les coups qu'elle recevait, Pâquerette ralentissait l'allure, sentant qu'elle pouvait mettre en danger le chargement qu'elle tirait. Sans tenir compte des agissements de sagesse de la monture, rien n'y faisait, Gustave avait envie de rattraper coûte que coûte celui qui devenait la source de ses ennuis, quitte à prendre des risques inconsidérés. Et les risques, il les prenait, consciemment ou inconsciemment !

Le jeune homme n'arrivait plus à tracer une frontière entre ce qui était convenable et fou, entre les choses acceptables et intolérables. Son esprit était tellement embrumé par une antipathie, un dégoût ou une aversion qu'il ne savait plus ce qu'il faisait. Un instinct bestial de vengeance le dominait depuis qu'il avait vu ce regard plein d'agressivité, à Cessieux. Il ne savait pas et il voulait savoir ce qu'on lui reprochait.

Les coups de fouet redoublaient sur la croupe de Pâquerette. La pauvre bête, d'instinct, comprenait qu'il allait arriver un malheur. Elle faisait de son mieux pour éviter les pièges qu'elle sentait s'ouvrir sous elle. Le hennissement qu'elle poussa marqua le début de la descente aux enfers.

Dans un virage moins bien négocié, la charrette partit vers l'extérieur. La force centrifuge l'avait happé. Les roues frôlèrent un muret sournoisement caché sous le linceul blanc qui couvrait toutes choses. Il renvoya l'attelage de l'autre côté du chemin. La jument fut ballottée de droite à gauche. Elle eut du mal à supporter cet effort. L'une de ses jambes faiblit et elle eut beaucoup de peine à se redresser. Pourtant elle y parvint.

Gustave, émanant de sa folie, se rendit compte de la situation. Entre deux embardées, il saisit le frein mécanique et tira du mieux qu'il put afin de mettre un terme à la catastrophe qui s'annonçait. La grande barre de bois formant le levier sur laquelle était fixé le sabot appuyant sur la roue était tirée au maximum. Une odeur de brûlé, suivie d'une légère fumée, émana de la friction entre la pièce de bois et le bardage métallique. Comme une seule roue était freinée, la charrette fut déséquilibrée. Elle se mit en travers de la route, entraînant avec elle Pâquerette qui ne put qu'essayer de retenir tout le chargement dont le poids entamait ses flancs par l'intermédiaire des brancards. Le commis de barre mit toute sa force.

Rien n'y fit !

Dans un ultime effort, Gustave saisit le manche à deux mains. Le craquement qui s'ensuivit résonna dans le calme environnant comme le début de la fin. Le manche venait de casser, net, libérant l'attelage de toute retenue. Il se précipita sur l'accotement surplombant un champ.

Dans une envolée spectaculaire, la jument emportée par la charrette, tout ce qu'elle contenait et son conducteur terminèrent leur chemin quelques mètres en contrebas dans un grand nuage de neige soufflée par tout ce qui retombait sur le sol.

Seul le crissement de la rotation d'une roue rendue libre de toute contrainte et le croassement d'un corbeau survolant la scène prouvaient la présence de quelque vie en ce lieu. La neige s'était arrêtée de tomber comme si elle se sentait responsable des derniers événements tragiques qui venaient de se produire.

XIX

La capitale des Gaules

Lyon.

AU SILENCE DE LA NUIT succédait le bruit du début de la journée. Lyon s'éveillait lentement. Depuis quelques minutes, malgré la pénombre, Marie-Louise avait les yeux grands ouverts. Elle n'osait pas bouger de peur de réveiller Claudine, allongée à ses côtés, dont la respiration lente et calme prouvait qu'elle était toujours dans les bras de Morphée, bien déterminée à y rester encore quelques instants.

De la rue montait une cacophonie invraisemblable. La jeune femme entendait des gens s'apostropher, des charrettes rouler, des cochers s'insulter. La vie dans une ville qui ne comptait pas moins de deux cent quatre-vingt-dix mille habitants, c'est-à-dire cent vingt fois plus que Saint-Just et Saint-Rambert réunis, était bruyante, contrairement à la campagne où le passage d'un véhicule devenait presque un événement. Cette dernière pensée fit sourire la Forézienne.

« Rrrou, rrrou… ! »

Un pigeon était venu se poser sur le rebord de la fenêtre. En battant des ailes, il vint frapper sur le carreau. Surprise, Marie-Louise sursauta. En voyant une forme s'agiter derrière la vitre, l'oiseau s'envola vers les tuiles faîtières de la maison d'en face. Elle le regarda marcher sur l'arête sommitale du toit comme un funambule. Arrivé au bord du vide, il déplia ses ailes et disparut derrière la construction.

Quelques nuages blancs cotonneux s'agitaient dans un ciel d'un bleu clair annonçant que la journée serait belle. Lorsqu'elle avait quitté Saint-Just, Marie-Louise avait pensé que le temps risquait de tourner à la neige. Un froid vif s'était installé depuis quelques jours et une couverture nuageuse annonçait les prémices d'une perturbation pluvieuse ou neigeuse. Au confluent de la Saône et du Rhône, c'était l'humidité qui prédominait. Bien que la chambre soit située sous les toits, on la sentait quand même dans l'air ambiant mais également au contact des choses.

Bien blottie sous l'édredon, Marie-Louise repoussait au maximum l'instant où elle devrait quitter la couche pour revêtir ses vêtements, dont la fraîcheur allait lui donner la chair de poule. Sa cousine bougea. Elle s'extirpa du morceau de drap dans lequel elle était enroulée et étira ses bras à l'extérieur de la couverture.

— Brrr ! Il ne fait pas chaud. Tu as bien dormi ? demanda-t-elle en bâillant à Marie-Louise.

— Comme un bébé. Contrairement à ce que je pensais, la nuit, c'est calme, ici.

— Pas tous les jours. Tu es bien tombée. L'auberge qui est en face était fermée, hier soir. Le patron est mort. Sinon il y a un raffut tous les soirs quand les hommes, bourrés, en sortent. Ils chantent à tue-tête. Enfin, ce sont les joies des quartiers populaires.

Claudine avait le réveil un peu lent. Elle n'était pas bavarde. Elle allongeait ses jambes, tournait et retournait dans le lit comme pour repousser le moment inéluctable où elle serait obligée de poser son pied sur le plancher, donnant ainsi le point de départ d'une nouvelle journée. Marie-Louise profita de ces mouvements pour se lever. Elle enfila ses habits et se mit devant la glace pour arranger sa coiffure.

— Puisque tu es debout, va donc chercher du lait. La biche est posée là, près de la porte.

— Et où est-ce que je vais en trouver ? Je ne crois pas qu'il y ait beaucoup de vaches sur la place des Jacobins.

— Que tu es bête ! sourit Claudine. Tu sors de l'immeuble et sur ta gauche tu apercevras une place. Il y a un bœuf sculpté sur la maison qui fait l'angle. Eh bien, au fond, sur la droite il y a une laiterie. Tu ne pourras pas la manquer, il y a du fourrage entassé à côté.

Marie-Louise descendit les étages et sortit dans la rue. L'animation était importante. Un va-et-vient impressionnant de personnes se bousculant, discutant quelques instants avant de reprendre leur chemin et de vaquer à leurs occupations. Ceux qui essayaient de prendre leur temps, pour ne pas dire flâner, étaient poussés par les autres.

Elle remarqua juste en face la fameuse auberge dont Claudine lui avait parlé. Une belle pierre ouvragée couronnait l'arc en pierre et servait d'enseigne. On pouvait y voir deux arbres entre lesquels un oiseau se pavanait. Juste en dessous était inscrit : *À l'outarde d'or – Je vaux mieux que tous les gibiers – 1708*[1]. Marie-Louise pensa qu'ici ils n'avaient pas dû goûter à ceux de la campagne de Saint-Just pour être si catégoriques. Qu'ils pouvaient être prétentieux ces Lyonnais, tout de même, pour affirmer ce genre de choses !

Elle se dirigea vers la place qui lui avait été indiquée. Effectivement, dans un de ses angles, un grand tas de fourrage indiquait la présence d'une étable. Sur le mur, une grande inscription annonçait : *Laiterie Dedieu – Lait cru – Fromages maison.* Elle s'approcha de la porte grande ouverte et découvrit, à l'intérieur, cinq vaches alignées devant un râtelier qu'un commis était occupé à remplir de foin.

— Alors, qu'est-ce qu'elle veut la demoiselle ? s'entendit-elle dire, dans son dos.

Elle se retourna et répondit :

— Du lait, tout simplement.

— Alors vous avez frappé à la bonne porte, lui certifia un homme d'une quarantaine d'années, assez rondouillard, dont les traits et le teint du visage informaient qu'il ne devait pas être client que chez lui, mais également à la taverne voisine.

— Où c'est qu'elles paissent, vos vaches ? demanda Marie-Louise, en tendant sa cruche au commis.

— Ben ici. Où voulez-vous qu'elles aillent ?

— Vous voulez dire qu'elles ne prennent jamais l'air ?

---

1. *Cette pierre existe toujours au 19 de la rue du Bœuf.*

— Pour quoi faire ? On a trouvé une solution qui arrange tout le monde. Au lieu de s'ennuyer à les balader pour sortir de la ville. On leur apporte directement la nourriture ici. Au moins, elles ne se fatiguent pas et le lait ne risque pas de tourner.

— Peut-être, mais sa qualité doit s'en ressentir.

— Bof ! répondit simplement l'homme en sortant une pipe de sa poche. Tu te bouges, toi ! lança-t-il au commis qui trayait.

Celui-ci était assis sur un tabouret à un unique pied fixé sur son postérieur par une sangle. Le front contre le poitrail d'un des animaux, il avait saisi un pis. Après avoir lancé un premier jet de lait sur le fumier, il s'activait à remplir la biche en essayant de ne pas renverser le récipient.

— Je ne vous connais pas, poursuivit le patron.

— Je ne suis pas d'ici. Je suis de passage chez une parente qui habite le quartier.

— Eh bien, vous avez choisi la meilleure laiterie de Lyon.

Marie-Louise ne put s'empêcher de penser qu'il devait avoir une parenté avec le propriétaire de « l'outarde d'or et de ses meilleurs gibiers ».

— Je verrai bien quand je le boirai !

Dès qu'elle eut payé son dû, la jeune femme remonta auprès de sa cousine. Pendant son absence, Claudine s'était levée et avait commencé sa toilette. La poitrine dénudée, elle se la frictionnait vigoureusement avec un morceau de savon de Marseille. Elle le faisait mousser dans de l'eau qu'elle avait fait couler avec un pichet dans la vasque de son ensemble de toilette en céramique.

Marie-Louise ouvrit la porte et trouva Claudine ainsi. Elle marqua un temps d'arrêt et revint sur le palier en détournant la tête.

— Excuse-moi, je ne savais pas que tu te lavais, dit-elle à travers l'huis.

— Mais il n'y a pas de problème, entre ! lui imposa Claudine en éclatant de rire. J'en ai vu d'autres, tu sais. La pudeur, ce n'est que pour les gens qui ont des choses à cacher, à soustraire aux autres. Le bon Dieu nous a faits ainsi. Eh bien, montrons le résultat de son travail.

Sentant que la Maloui était gênée, elle passa un chemisier et termina de s'habiller.

— Mais entre donc, te dis-je. Avec ta biche à la main, tu as l'air d'une sotte.

Marie-Louise s'exécuta et alla poser le récipient de lait près du réchaud. Elle en versa une partie dans une casserole et le fit chauffer.

La pièce était assez froide en ce début de matinée d'hiver. C'est avec une satisfaction non dissimulée que les deux femmes trempèrent leurs lèvres dans le bol de lait chaud.

— Bon, revenons un peu à nos moutons. Comme je te l'ai dit hier soir, nous allons aller à la Croix-Rousse, à la recherche d'informations sur ton mari. Je suis quasiment sûr que c'est là qu'il logeait et travaillait, d'après ce que tu m'as expliqué. Comme je te l'ai également dit, les compagnons se réunissaient chez la mère Maréchal. Elle a beaucoup de mémoire, la bougresse, et si elle est bien lunée elle va tout nous raconter.

— Mais je ne la connais pas.

— Nul besoin. Je t'accompagne. Elle a la langue bien pendue et, dès que l'histoire lui plaît, elle ne manque pas de tout déballer.

— Tu sembles bien la connaître…

— Tu ne connais pas ma vie, ma pauvre Marie-Louise. En tout cas, celle que j'ai vécue en arrivant à Lyon.

— Et ton travail ?

— Les représentations n'ont lieu que l'après-midi et en soirée. Et si ça dure un peu, je te laisserai avec elle. Le premier contact étant fait, elle ne saura rien te refuser. En tout cas, ton histoire m'intéresse également et cela va me faire rajeunir d'une petite dizaine d'années. Il y a pas mal de temps que je n'ai pas mis les pieds vers la rue des Fossés ou le clos Dumenge. Avec mes marionnettes, je dois commencer à m'embourgeoiser, conclut Claudine avec un sourire moqueur.

Au regard brillant que la Lyonnaise arborait, Marie-Louise comprit que le plaisir qui en émanait n'était pas feint mais bien réel. Elle eut une pensée pour Marcelline qui avait eu une sacrée idée en l'envoyant dans la capitale des Gaules. Après tout ce qu'elle venait d'entendre, la Maloui pressentit qu'elle n'allait pas être déçue. Les heures à venir risquaient d'être intéressantes. C'est du moins ce qu'elle espérait…

Dès qu'elles furent sorties de l'immeuble où habitait Claudine, les deux femmes obliquèrent vers la droite.

— On y sera rapidement par les quais. Il doit y avoir un peu plus de deux kilomètres, pas plus !

Elles descendirent ensuite vers la Saône par la place Neuve-Saint-Jean et la rue du Palais-de-Justice. Arrivant devant la grande façade de celui-ci, Marie-Louise resta médusée par la majesté du bâtiment et de sa colonnade.

— Il est tout neuf. Il a tout juste dix ans, expliqua la marionnettiste à sa cousine. Il vaut mieux ne pas y entrer, car ça voudrait dire que tu as fait une bêtise.

— Ou pour attaquer, si tu te sens outragée.

— Tu sais, les gens de notre condition n'ont pas beaucoup de droits. La justice n'est bonne que pour ceux qui peuvent se la payer. Les juges, ils s'habillent tous pareil, de noir et d'hermine. Ils disent que c'est pour rendre la justice de manière égale, à tous les citoyens. Moi, je dis que c'est pour en imposer et nous intimider quand on est face à eux.

— La justice, c'est comme Badinguet, tu ne peux pas trop la voir. Tu ne serais pas un peu révolutionnaire, toi ?

— Non, je ne suis pas révolutionnaire, mais j'ai été confrontée à des événements qui m'ont ouvert les yeux sur certains hommes et leur justice. Ce n'est pas à Saint-Just qu'on voit ça.

— Tu l'es quand même un petit peu.

— Je te dis que non, bougonna, sans qu'il puisse y avoir appel, Claudine.

Prenant le bras de la Maloui pour lui imposer de s'arrêter, elle lui fit face et la regarda dans les yeux.

— Tu sais, ce n'est pas parce que tu passes tous les jours devant la même boucherie que tu es obligatoirement client, si tu vois ce que je veux dire. Et ça marche également pour les révolutionnaires.

C'est pas parce que tu en côtoies que tu as envie de les suivre.

Marie-Louise comprit qu'il ne fallait pas poursuivre dans ce domaine et que les idées de Claudine étaient bien arrêtées. Elles reprirent leur progression sur les quais de la Saône.

— Pour quelles raisons y a-t-il des maisons sur ce pont ? s'étonna la Pontoise en montrant du doigt les constructions édifiées sur la première arche de celui qu'ils avaient sur leur droite.

— Officiellement, c'est le pont de Nemours, mais certains l'appellent aussi pont de la Liberté. Tu vois on y revient toujours. Mais son nom le plus courant est pont du Change. Ces hautes maisons dont tu me parles, sur la rive gauche, abritent des orfèvres. Il y a quelques années, il y avait une chapelle au milieu, mais je ne l'ai pas connue. On traversera la Saône sur le prochain pont, celui de la Feuillée, que tu aperçois un peu plus loin.

— Mais comment est-ce que tu sais tout ça ? Tu connais mieux Lyon que Saint-Just.

— Parce que je m'intéresse aux choses, à mon environnement, à l'endroit où je vis. Et puis on n'est pas de l'endroit où on est né, mais de celui où on vit, où on s'investit, qu'on fait bouger, où on a fait ses preuves. Tu sais, on ne choisit pas ses parents, on ne choisit pas sa famille, on ne choisit pas non plus les trottoirs où on apprend à marcher[1]. Et moi

1. Maxime Le Forestier se serait-il inspiré des paroles de Claudine pour écrire sa chanson « Né quelque part », en 1987 ? Il est bien évident que non. Juste un petit clin d'œil humoristique à ce chanteur.

j'ai été servie par ma famille, donc j'ai décidé de refaire ma vie, faire mes preuves dans l'environnement de la Croix-Rousse. Pour l'instant, ça me réussit assez bien.

— Tu es un peu comme mon mari. Il est beaucoup plus intelligent que moi. Il me raconte des choses que je ne sais pas. Lui aussi a voulu refaire sa vie, avec moi.

— S'il a été compagnon, ceci explique peut-être cela. Ils sont très curieux. Ils ont soif de connaissance.

— Comme toi ?

— Comme moi !

Traversant le pont de la Feuillée, Marie-Louise regarda en contrebas. Elle y découvrit une vie totalement différente de celle qui animait les bords de Loire, à quelques mètres de chez elle, à l'entrée du pont de Saint-Just. Ici, point de chantiers navals, point de convoyage de charbon, mais des sapines transportant toutes sortes de marchandises, du vin, des céréales ou des produits manufacturés. Elles descendaient le courant allant se mêler aux eaux du Rhône et, plus loin, frôler les rives du Dauphiné, du Vivarais, du Languedoc ou de la Provence. Tout un commerce fluvial agitait le fleuve, l'embrasait en ce milieu de matinée.

Deux cents mètres après avoir quitté le pont par la rue d'Algérie, elles obliquèrent sur la gauche pour suivre la rue Terme qu'elles quittèrent pour emprunter la montée de la Grand-Côte.

— Jusque-là, c'était une promenade, se prit à sourire Claudine. Maintenant, tu vas voir ce que c'est qu'accéder à la Croix-Rousse. La Croix-Rousse ça se gagne, la Croix-Rousse ça se mérite.

Effectivement, la rue qui se présentait au regard de Marie-Louise montait rapidement. La déclivité en était très importante. Elle servait de liaison entre le quartier des Terreaux, situé à l'entrée de la presqu'île formée par la confluence de la Saône et du Rhône, bouillonnant de par sa position au centre de tout ce qui est administratif, et le plateau de la Croix-Rousse, plus populaire, dont elle entendait parler depuis la veille.

Elle arrivait enfin dans ce secteur de Lyon où vraisemblablement Gustave avait vécu et où il s'était passé des choses qu'elle venait découvrir. Son impatience augmentait au fur et à mesure qu'elle gravissait la pente. Peu à peu, l'architecture des maisons évoluait. Les grandes façades monumentales avaient laissé leur place à des immeubles plus austères, bien qu'aussi haut. Ce qui amusait le plus Marie-Louise était de se retourner pour voir la différence de niveaux. Le premier étage de la construction devant laquelle elle venait de passer s'enfonçait doucement au rythme de ses pas et correspondait au rez-de-chaussée de la suivante.

Les deux femmes marquèrent plusieurs arrêts afin de reprendre leur souffle.

— Je te l'ai dit… ça se gagne ! répéta Claudine.

— Je ne peux que le confirmer et surtout elle porte bien son nom, cette rue, approuva la Forézienne, en respirant profondément.

La rue des Pierres-Plantées était beaucoup plus abordable. Elle portait ce nom en référence aux deux bornes qui, dans la partie basse, juste avant sa liaison supérieure avec la grande descente de la Grand-Côte, empêchaient aux attelages d'aller s'écraser en bas de la pente.

Étant arrivée sur la place de la Croix-Rousse, Claudine montra du doigt à sa cousine en direction du nord une rue qui se séparait en deux.

— À droite, c'est la rue des Fossés et en face la rue du Mail. Entre les deux, à l'angle, c'est l'auberge de la mère Maréchal.

Le quartier était vraiment populaire. Rien à voir avec celui des bords de Saône qu'elles avaient quitté une demi-heure plus tôt. Si, dans chacune des deux rues que venait de citer Claudine, les bâtiments étaient élevés, à la convergence des deux artères l'auberge paraissait petite. Un seul étage au lieu des deux ou trois environnants semblant l'écraser de leur volume. Quelques fenêtres aux rideaux à carreaux rouge et blanc qui n'avaient pas dû voir un savon depuis bien longtemps, des vitres dont la transparence ne devait pas trop éclairer l'intérieur faute de nettoyage et une peinture de devanture écaillée dont le dernier coup de pinceau avait sûrement été passé par un contemporain de Mathusalem, voilà ce que Claudine découvrit.

— C'est sûr que la propreté de ce troquet ne doit pas être équivalente à celle de l'*Auberge du Forez*. En tout cas, je le suppose. Mais que veux-tu, la pauvreté a une image, une allure et tu en as un exemple devant toi.

Claudine ouvrit la porte et précéda Marie-Louise. L'entrée de deux femmes fit retourner toutes les têtes vers elles. Derrière une sorte de bar à l'hygiène douteuse, une vieille femme essuyait quelques verres, seule marque de propreté que Marie-Louise remarqua.

Lorsqu'elle se retourna, elle vit Claudine et s'écria sans aucune autre manière :

— Eh bien, en voilà une surprise ! Qu'est-ce qui t'emmène dans le quartier ? Les marionnettistes d'en bas t'ont foutu dehors ?

XX

La bagarre

Saint-Rambert-sur-Loire.

GUSTAVE REGARDA SA MAIN. Elle était ensanglantée. Machinalement, il la repassa dans ses cheveux et comprit rapidement qu'il était blessé à la tête, mais vivant malgré la violence du choc. Il se leva. Ce qu'il découvrit autour de lui le désola. Il voyait le résultat de son inconscience et de son obstination à vouloir assouvir une vengeance aveugle dont il ne connaissait même pas les origines et encore moins la cause.

Dispersés dans la neige, des morceaux de la charrette pulvérisée jonchaient le sol. La marchandise qu'elle transportait avait été éjectée à une dizaine de mètres de l'impact, preuve irréfutable de la violence de l'accident. Les caisses avaient été ouvertes par le choc, vidées de leur contenu. Les précieuses bobines de soie, les cartons, les peignes, les feuilles d'enfilage qui indiquaient au régleur comment passer les fils dans les lisses, tout ce qui composait les fournitures pour les passementiers était éparpillé, mouillé, souillé. Gustave eut un haut-le-cœur. Comment allait-il se sortir de cette situation face aux donneurs d'ordres ? Il n'était pourtant pas au bout de ses peines.

À quelques mètres, il vit sa jument, couchée sur le flanc. Il se précipita en hurlant :

— Pâquerette !

L'animal avait été transpercé par un des brancards de la charrette. Sectionné par le choc, le morceau de bois très pointu avait pénétré dans le poitrail de la bête qui gisait là, morte. Du sang en abondance s'échappait de son corps et souillait la neige. Le jeune homme se releva et poussa un cri strident. Celui de la colère, de l'amertume et de la rancœur.

— Comment est-ce que j'en suis arrivé là ? se mit-il à vociférer.

En quelques secondes, il avait tout perdu. Son outil de travail, la reconnaissance de ses employeurs quand ils prendraient connaissance de ce malheur, de son malheur, dû à la stupidité de leur commis, sans oublier Pâquerette, sa plus fidèle compagne qui partageait toutes ses joies et ses peines, depuis des années. Fou de rage il se mit à tourner en rond, la tête serrée entre ses mains, comme dans un étau. S'il avait pu se l'arracher, il l'aurait fait.

Se retournant dans la direction de Saint-Rambert, il leva le poing et rugit, de la bave plein la bouche :

— Qui que tu sois, tu me payeras ça, tu m'entends, tu me payeras ça ! Je ne te laisserai jamais en paix, jamais !

Seul l'écho de sa voix dans le silence de la campagne enneigée lui répondit.

Ses forces l'abandonnant, Gustave s'effondra contre la dépouille de son cheval et éclata en sanglots. Ses pleurs étaient une expression de rage, plus que de souffrance. La haine qui servait de carburant à sa rancune lui montait par flots au cerveau, au même rythme que les battements de son cœur, alimentant un ressenti dont il n'avait jamais eu connaissance auparavant.

*

* *

Pierre Déchandon était venu à la recherche de son cousin. Ne voyant personne rentrer, Marcelline s'était inquiétée. Elle avait envoyé Adrien à Collonges pour qu'il demande à son père de venir à l'*Auberge du Forez* de toute urgence. Entre-temps, elle avait vu passer dans la rue des passementiers qui rentraient chez eux, poussant leur marchandise dans leurs petites voitures à bras. Elle avait apostrophé l'un d'eux. Il lui avait expliqué que la dernière fois qu'il avait vu le commis de barre de Saint-Just il se dirigeait vers la route de Chambles, sans rentrer dans les détails ou faire allusion à la charrette et à l'inconnu qu'il poursuivait. Pressentant que quelque chose d'anormal était arrivé, elle avait demandé à son fils d'aller voir dans cette direction. Celui-ci avait attelé et il était parti à la recherche de Gustave.

Dès qu'il avait abordé les premiers virages de la route menant à Chambles, à la sortie de Saint-Rambert, il avait découvert l'ampleur de la catastrophe. Voyant du sang sur le blanc immaculé d'un champ, il avait arrêté son attelage et dans la précipitation, sans même attacher son cheval, avait sauté à terre pour aller à la rencontre de cet homme qui venait d'avoir cet accident. Il n'était même pas sûr que ce fût Gustave.

Lorsqu'il arriva à quelques mètres de l'impact de chute de la voiture, au milieu de tous les débris, il ne put que constater que son cousin était bien la personne impliquée dans cette hécatombe. Il se précipita vers lui et le saisit par les épaules.

— Ça va ?

— Oui, répondit son interlocuteur, hagard.

Son regard était vide. Les yeux rougis par les pleurs qu'il venait de verser quand il avait découvert son cheval, mort, il se préoccupait de sauver ce qui pouvait l'être. Il ramassait les bobines de fil, les plaçait dans les caisses qui avaient survécu au choc, hésitait, les reprenait pour les mettre dans une autre. Il frottait les cartons nerveusement pour enlever l'humidité qui commençait à les endommager. Il les reposait pour en saisir d'autres qu'il posait délicatement dans le but de les empêcher de se dégrader.

Pierre comprit qu'il ne savait plus ce qu'il faisait. Il était totalement absent, égaré. Il ne l'avait jamais vu ainsi. Il connaissait le Gustave combatif qui ne s'en laissait pas… conter avec les mots ou… compter avec les chiffres, celui qui avait des idées pour aller de l'avant et à qui on ne pouvait pas… raconter n'importe quoi. Il découvrait celui qui, au bord du précipice, ne savait comment redresser une situation qui l'emportait, l'envoyait immanquablement vers le vide sidéral dans lequel l'homme tombe quand il ne peut plus se raccrocher à rien. Gustave était abasourdi par ce qui l'entourait.

Au bout de quelques secondes, Pierre pensa qu'il fallait le faire réagir, le tirer de cette attitude qui ne pouvait que lui nuire. Il le secoua.

— Bon Dieu, tu as *débaroulé*[1] jusqu'ici et tu es encore en vie. Tout va bien. Reprends-toi, Gustave. Tu n'es pas seul. Je suis là. La famille est là. On ne te laissera pas tomber !

Un léger sourire agrémenta le visage du jeune homme. Ses traits tirés marquaient la manière dont les derniers soubresauts de sa vie l'avaient affecté. Si, dans son existence, il avait connu des moments intenses, sa manière d'agir prouvait que celui qu'il venait de vivre était hors du commun, plus fort que les autres et qu'il serait difficile de s'en rétablir.

Pierre faisait ce qu'il pouvait pour remettre de l'ordre dans l'esprit de son cousin qui venait d'être particulièrement secoué. On lui avait appris que, si on ne réagissait pas rapidement lors d'une catastrophe, il y avait de grandes chances pour que la ou les victimes en gardent des séquelles indélébiles. Lorsqu'un accident de ramberte se produisait sur la Loire et qu'un des mariniers en réchappait, les autres le remettaient rapidement sur une embarcation afin de le soustraire aux angoisses dues à cette épreuve. Avant que cette solidarité n'intervienne, beaucoup d'entre eux ne voulaient plus reprendre la barre, ou alors c'était la peur au ventre, prélude à d'autres incidents.

Les deux hommes s'affairaient pour rassembler tout ce qui était éparpillé. À chacun de ses passages près de la dépouille de Pâquerette, Gustave ne

1. *Tomber en roulant, dégringoler.*

pouvait retenir ses larmes et reniflait nerveusement en s'essuyant le nez d'un revers de manche.

— Mais que s'est-il passé ? osa Pierre.

— Un accident stupide. Avec ce mauvais temps, le chemin était glissant et je n'ai pas bien évalué les risques, répondit Gustave, machinalement.

— C'est le moins qu'on puisse dire ! Pourtant, tu connais les dangers d'un temps pareil.

— Oui, mais là c'était différent.

— Comment « c'était différent » ?

— C'était différent ! répéta, imperturbable le commis de barre.

— Je ne comprends pas. Il n'y a rien qui ressemble plus à un jour de neige qu'un autre jour de neige. Et celui-ci n'avait rien d'exceptionnel.

— Peut-être. Mais c'est comme ça ! s'énerva Gustave.

— Tu ne me caches rien, au moins.

— Non. C'est comme ça, je te dis. C'est la fatalité, c'est tout ! poursuivit en haussant le ton le jeune homme, manifestement contrarié par toutes ces questions.

Pierre ne croyait pas la totalité de ce qu'il entendait. Il savait que son cousin savait manœuvrer un attelage dans n'importe quelle circonstance et surtout lorsqu'il transportait la marchandise qu'il devait distribuer ou recevait des passementiers. Elle était trop précieuse pour qu'il soit imprudent. Il y avait quelque chose qui clochait dans ses mots, dans ses paroles. Désirant en avoir le cœur net, il se hasarda à poser une nouvelle question un peu plus embarrassante :

— J'espère que ce qui vient d'arriver n'a rien à voir avec les problèmes d'insécurité qui touchent l'auberge en ce mom…

Pierre n'eut pas le temps de terminer sa phrase. Gustave avait jeté au sol ce qu'il tenait et s'était précipité sur son cousin. Il l'attrapa des deux mains par le col. Pierre ne put réagir tant il était surpris.

— Si on te le demande, tu diras que tu ne le sais pas ! hurla Gustave à quelques centimètres du visage de son cousin.

Le fils de Marcelline arriva, tant bien que mal, à se dégager de cette posture. Il rassembla ses deux mains et s'en servit de guide pour passer ses bras entre ceux de Gustave. D'un geste rapide, il les remonta en les écartant. De cette manière, il repoussa violemment les bras qui le tenaient et expédia le corps de Gustave en arrière. Déséquilibré, celui-ci s'étala sur le dos, dans la neige. Avant même qu'il ait pu réagir et se relever, le corps de Pierre était sur le sien. Il avait saisi les poignets de son cousin et tenait ses bras au sol.

— Mais tu vas te calmer, merde ! Je suis là pour t'aider, pas te juger. J'essaye de comprendre ce qui est arrivé. Tu as vu le désastre qui est là. Ta charrette est détruite, ton chargement inutilisable et ton cheval mort. Qu'est-ce que tu vas faire maintenant ? Je te l'ai dit, tout à l'heure. On est là. La famille est là. Je ne vais pas te laisser tomber, mais je n'ai pas envie de le faire avec ton poing sur ma figure. Tu peux comprendre ça ?

En prononçant ces derniers mots, il avait appuyé fortement sur les avant-bras de Gustave qu'il tenait prisonniers et les avait libérés en les plaquant durement sur le sol. Surpris, le commis resta un court instant stupéfait de la réaction de Pierre. Il le connaissait calme, pondéré, et n'imaginait pas qu'il pût ainsi se transformer en bagarreur. Il prit conscience de son comportement et se leva. Il se dirigea vers l'arbre le plus proche et, appuyé sur son tronc, éclata une nouvelle fois en sanglots. Ses nerfs, mis à vif par la course-poursuite qui s'était soldée par cette calamité, venaient de lâcher.

*
* *

— Mon Dieu, mais que s'est-il passé ? s'exclama Marcelline en voyant Gustave et Pierre entrer dans l'auberge.

Les quelques clients présents tournèrent la tête vers les deux nouveaux arrivants, surpris à leur tour.

— Va me chercher un linge dans l'armoire et mets de l'eau à chauffer, ordonna-t-elle à Adrien qui restait bouche bée en voyant entrer le mari de la Maloui la tête ensanglantée.

— Rien, rien. On t'expliquera plus tard, répondit Pierre en désignant les buveurs du regard pour lui faire comprendre qu'il n'avait pas envie de parler devant eux.

Il voulait ainsi éviter que les qu'en-dira-t-on n'aillent faire le tour du pays. Déjà que la charrette accidentée et la dépouille du cheval ne passeraient pas inaperçues bien longtemps, il fallait éviter, en plus, le colportage de ragots.

— Asseyez-vous là. Vous êtes tout pâle, imposa Marcelline en tirant un tabouret à elle et en l'indiquant à son neveu. Ne bougez pas, je vais m'occuper de nettoyer tout ça. Eh bien, vous ne vous êtes pas manqués, constata-t-elle en écartant les cheveux collés par le sang.

Adrien arriva avec un tissu blanc et un bol d'eau tiède. Marcelline y trempa un coin de l'étoffe et le passa sur les plaies. Au frissonnement que fit Gustave, elle comprit que ça lui faisait mal.

— Ça a beaucoup saigné ? demanda-t-elle à Pierre.

— Assez pour en mettre partout.

— La tête, c'est toujours impressionnant mais pas obligatoirement mauvais. Une simple écorchure peut saigner abondamment. Par contre, ça peut être douloureux. Est-ce que je vous fais mal ? lâcha-t-elle.

D'un petit grognement, Gustave lui fit remarquer que non et que c'était supportable. Délicatement, en frottant doucement, elle dégagea les bords des lésions. Le suintement qui s'en dégageait n'avait rien d'exceptionnel et la cicatrisation avait commencé. Jugeant que les blessures étaient assez propres, elle apporta tout l'attirail qui lui avait servi à faire l'infirmière sur la pierre d'évier, dans la souillarde.

Lorsqu'elle revint, elle constata que les clients étaient toujours retournés vers le blessé, guettant toute information intéressante ou geste interprétable. Elle saisit sa pattemouille et alla essuyer les plateaux des tables occupées.

— Allez, buvez ce qui reste dans vos verres. On ferme exceptionnellement plus tôt, aujourd'hui.

Le bruit que firent les gobelets reposés à la hâte démontra que tout le monde avait compris et qu'il n'était nul besoin de contester cette demande, vu la manière dont la tenancière l'avait prononcée. La salle se vida et Marcelline sortit sur le trottoir pour placer les volets contre les baies et la porte vitrée afin de conserver un peu d'intimité. Elle pensa, avec juste raison, que les minutes qui allaient suivre risquaient d'être propices à la confidence. En tout cas, elle le souhaitait ardemment intérieurement.

En quelques mots, Pierre expliqua comment il avait trouvé son cousin, dans quel état se trouvait l'attelage et le sort qu'avait subi la jument. Il expliqua également les causes de l'accident telles que Gustave avait bien voulu les lui raconter. Toutefois, il omit de parler de l'altercation qui l'avait opposé à son cousin afin de mettre un peu de calme et de sérénité dans la discussion qui n'allait pas manquer de débuter. Il connaissait assez bien sa mère et savait que les questions allaient fuser. Il avait raison.

— Mais vous auriez pu mourir ! s'insurgea-t-elle.

— Oui, répondit laconiquement Gustave, les yeux tournés vers le sol.

— C'est tout ce que ça vous fait ?

— Et que voulez-vous que je vous réponde ? se résigna-t-il en croisant le regard de sa tante.

— Rien de bien spécial, mais je pense à Marie-Louise. Elle vient de perdre son père. Il ne manquerait plus qu'elle soit veuve, maintenant !

Marcelline avait posé ses interrogations, face au garçon, les deux mains posées sur ses hanches. Après avoir lancé cette dernière phrase, elle se retourna vers la cheminée et se frotta nerveusement le menton en soupirant, dans un excès de colère contenue.

— Vous croyez que je l'ai fait exprès ?

— Je ne sais pas, mais je suis étonnée. Vous avez l'habitude de rouler sur la neige. Ça ne vous fait pas peur.

— Parce que vous croyez que je n'ai jamais dérapé, par le passé ?

— Déraper peut-être, mais pour se retrouver dans l'état que vient de me décrire Pierre, il fallait que vous alliez à une allure trop rapide, non ?

— Vous y étiez, pour affirmer ce genre de choses ?

— Non, mais j'imagine. Et ce sont les raisons qui vous ont poussé à aller à vive allure qui m'intéressent.

— Eh bien, vous avez une sacrée imagination. Je vous dis que c'est un banal accident. Un point c'est tout !

— Et moi je vous dis que vous mentez, que vous êtes un affabulateur.

— Vous n'allez pas vous engueuler, non ? s'interposa Pierre.

— Non, mais tu me connais, je n'aime pas qu'on me raconte des sornettes et mon instinct de femme me dit que Gustave nous cache quelque chose.

— Est-ce que vous pouvez imaginer un seul instant que je vous dise la vérité… la seule… l'unique… la vérité vraie ?

— Je doute toujours.

— Et qu'est-ce qui vous permet de douter ?

— Tous les événements qui se produisent en ce moment dans votre vie et qui font que je suis ici, avec Adrien.

— Si ça vous gêne, je ne vous retiens pas ! s'emporta Gustave, exaspéré, en se levant et en faisant face à Marcelline.

Pierre se glissa entre les deux protagonistes.

— Vous allez vous taire tous les deux. Vous ne voyez pas que vous n'êtes plus dans votre état normal, ni l'un ni l'autre. Vous commencez à dire des mots que vous allez regretter.

— Je peux quand même demander les raisons de ce gâchis sans qu'on s'emporte, non ? dit la femme à son fils. Parce que c'est un gâchis. À côté des éraflures qui ornent votre tête, il y a votre travail, les pertes que vous venez de subir et tout cela sans qu'on sache pourquoi, ou plutôt sans que vous vouliez nous dire pourquoi.

— Je vous ai dit la vérité. Combien de fois faut-il que je vous le répète ?

Marcelline dénoua son tablier, le jeta sur une table, mit son manteau et fit signe à Adrien d'en faire autant. Elle lui prit la main et se dirigea vers la porte. Avant de sortir, elle se retourna vers Gustave et lui lança, le menaçant avec l'index :

— Je vous laisse seul avec votre conscience, si vous en avez encore une. Je reviendrai demain matin, comme prévu quand vous êtes venus me chercher, parce que, dois-je vous le rappeler, si je suis ici c'est parce que vous m'avez demandé de vous aider, mais dès le retour de Marie-Louise il va falloir que nous ayons une discussion. Je ne tiens pas à laisser ma nièce entre les mains d'une personne de votre espèce dont nous ne savons rien. Il y a des choses qui doivent être éclaircies pour une bonne entente familiale. Il y a de trop grandes zones d'ombre actuellement, entre ces murs, pour qu'on puisse continuer ainsi. Je ne sais pas si vous avez connu d'autres femmes avant Marie-Louise, mais vous devriez en tirer des leçons.

— Ne vous inquiétez pas, j'ai eu d'autres aventures qui ne vous regardent pas.

— Si elles bousculent ma vie, alors oui elles me regardent. Or, actuellement, elles ont une sacrée influence sur mon existence.

Avant même que Gustave ait pu répondre, Marcelline avait fermé la porte sur son départ, laissant les deux hommes en tête à tête. Elle pensa à sa nièce et à son voyage à Lyon. Est-ce qu'elle avait appris des choses intéressantes sur ce personnage ? Est-ce que des secrets lui avaient été divulgués ? Est-ce que Claudine avait pu l'aider dans sa démarche ? Toutes ces questions restèrent en suspens alors qu'elle se dirigeait vers Collonges.

Adrien suivait sa grand-mère sans rien dire. Il avait pris conscience que l'instant était grave. Deux rambertes amorçaient leur voyage en direction de Roanne. Marcelline eut une pensée pour son mari qui avait disparu en descendant le fleuve, quelques années auparavant, l'abandonnant seule avec deux enfants sur les bras. Les hommes étaient bien compliqués et Gustave semblait en être un sacré spécimen.

XXI

Les Voraces

Lyon.

LA TENANCIÈRE DE L'AUBERGE de l'angle des rues des Fossés et du Mail, à Lyon, avait posé son torchon sur le bar. Elle passa devant et vint embrasser Claudine.

— Voilà une belle visite. Je ne m'attendais pas à ça ce matin, d'autant que la journée avait mal commencé. Je vais t'annoncer une bien triste nouvelle. Tu te rappelles de Jules ?

— Jules ? questionna Claudine.

— Oui, le Jules de la rue Dumenge, celui qui n'était pas le dernier à monter des barricades en 48.

— Peut-être. J'avoue que j'ai un trou de mémoire.

— Eh bien, les matons ont eu raison de lui. Il est mort à la prison Saint-Paul, hier soir.

La langue bien pendue, peu avare de mots et changeant de conversation au rythme de ses idées qui avaient tendance à se bousculer dans sa tête, la mère Maréchal n'attendit pas la réaction de sa cliente pour poursuivre :

— Et qui c'est cette beauté ? Tu ne me la présentes pas ?

— C'est ma cousine Marie-Louise.

— Et qu'est-ce qui me vaut cette surprise ?

— Tu as la réponse dans tout ce que tu viens de raconter.

— C'est-à-dire ?

— Les barricades de 48 !

— Ah ! conclut la mère Maréchal, en repassant derrière son bar et en poursuivant ses tâches comme si rien ne s'était passé.

Marie-Louise se tourna vers Claudine. Dans un regard interrogatif, elle lui fit part de ses préoccupations quant à la suite des événements, vu la réaction de la tenancière. Claudine la tranquillisa d'un mouvement des paupières. Elle connaissait bien le personnage.

Attablés, en sirotant les premiers blancs de leur journée, trois hommes avaient prêté l'oreille à ce qui venait d'être dit. L'un d'eux se mit à chanter :

« Lève-toi, pauvre humanité !
Sors de la nuit profonde ;
L'aurore de la liberté
Luit enfin sur le monde.
Lève-toi, brise tes fers,
Dieu t'a donné l'univers
Marchons, prenons nos places
Au banquet de l'égalité,
En avant les Voraces !
Vive la liberté ! »

La mélodie n'était pas guerrière mais très agréable à écouter. Elle aurait pu servir de support à une chansonnette pour enfants, même si elle était cadencée. Les paroles, par contre, contrastaient avec la musique. Elles étaient beaucoup plus engagées, très politiques, en tout cas révolutionnaires.

Le deuxième homme poursuivit en levant son verre :

« Hier, esclave méprisé,
Le peuple avait un maître ;
Aujourd'hui le peuple a brisé
La couronne et le sceptre.
Fuyons un lâche repos,
La France attend nos travaux ;
Marchons, prenons nos places
Au banquet de l'égalité,
En avant les Voraces !
Vive la liberté ! »

Au moment où le troisième allait chanter la suite de la chanson en se levant, Claudine posa sa main sur son épaule et l'obligea à se rasseoir. À la surprise de Marie-Louise, elle se mit en devoir de continuer :

« La terre a trop longtemps porté
Les têtes souveraines,
Le niveau de l'égalité
Les veut républicaines.
Jurons tous d'anéantir
Qui voudrait nous asservir ;
Marchons, prenons nos places
Au banquet de l'égalité,
En avant les Voraces
Vive la liberté ! »

Dès lors, tous reprirent ensemble les quatre derniers vers que Marie-Louise comprit être le refrain. Comme elle s'y attendait, l'homme qui n'avait pas pu chanter se releva à son tour et poursuivit :

« Cessez d'arborer nos couleurs,
Cafards légitimistes !
Craignez d'envenimer nos cœurs,
Fortunés égoïstes !
Ou notre justice enfin
Vous brisera dans sa main. »

La mère Maréchal, ne voulant pas être en reste, se mit à chanter en appuyant fortement sur les premiers mots, l'index levé vers le ciel :

« Vous prêtres qui, souillant l'autel
Par un commerce inique,
À prix fait, nous vendez le ciel,
Fermez votre boutique.
Donnez, mais ne vendez plus
Vos credo pour des écus. »

C'est alors que Marie-Louise eut la chair de poule. Les cinq voix s'étaient unies pour chanter la totalité des derniers couplets de cette chanson. Ce qu'elle avait ressenti jusqu'à présent avec la répétition du refrain, elle l'éprouvait au plus profond de son être, d'autant que quelques gestes, poings ou index levés, martèlement du sol avec le pied ou des jambes avec la main, étaient venus s'ajouter à la romance. Vraiment, on sentait qu'elle les prenait aux tripes et leur rappelait des souvenirs de conquête, de victoire, en tout cas de combat :

« Tant qu'un tyran sera debout
Nous aurons à combattre ;
Un républicain doit, partout,
Ou mourir ou l'abattre.
Qu'en tous lieux nos bras vengeurs
Courbent les fronts oppresseurs.

Lyon voyait ses flancs meurtris
D'une infâme ceinture.
Elle étouffait… Ses nobles fils
Ont vengé son injure ;
Sous leurs bras électrisés
Les forts sont pulvérisés !

Trembleurs, que ferait votre main
De canons et de poudre !…
Laissez au peuple souverain
La justice et la poudre…
Si nos tyrans ne sont plus,
Il reste encore des abus…

Marchons, prenons nos places
Au banquet de l'égalité,
En avant les Voraces !
Vive la liberté ! »

Le refrain fut répété deux fois avant qu'un silence s'installe. L'émotion était visible, palpable. Certains yeux brillaient. Plus rien ne bougeait.

Marie-Louise glissa à l'oreille de Claudine :

— Qu'est-ce que c'est que cette chanson ?

— C'est une chanson républicaine. Elle a été écrite par un certain Gilbert Randon. On la connaissait tous. Elle a été dédiée à tous les voraces de l'univers par son auteur. Son titre exact est *Les Voraces lyonnais*.

Comme la Maloui approuvait la réponse d'un mouvement de tête, la mère Maréchal s'écria :

— Bon Dieu, mais vous allez arrêter, si la maréchaussée passe, je suis bonne pour la fermeture, moi !

— Pourtant, tu as bien chanté avec nous ? se hasarda un des hommes.

— Oui, c'est plus fort que moi, mais je n'ai pas envie de rejoindre Jules dans un cachot ou plus haut.

Un autre buveur s'adressa à Claudine :

— Et qu'est-ce que vous voulez savoir sur les barricades de 48 ? Vu votre prestation à nos côtés, vous devez en savoir autant que nous, non ?

— Oh oui, mais pas obligatoirement tout et je préfère que ma cousine entende ce qu'elle veut savoir d'une autre bouche que la mienne. C'est pour ça que je l'ai amenée ici. Son mari a été compagnon et il paraîtrait qu'il retrouvait ici d'autres amis…

— Je ne sais pas si c'est ici, coupa Marie-Louise qui parlait pour la première fois aux occupants du lieu. Mais j'ai appris par un compagnon de passage dans mon auberge…

— Parce que tu es aubergiste, toi aussi, l'amie ? intervint à son tour la mère Maréchal.

— Oui, dans le Forez.

— Alors d'accord, on veut bien te parler. Tu es aubergiste et tu es la cousine de Claudine. C'est une bonne carte de visite. Allez les gars, racontez-lui ce qu'on a vécu ici. Parce que c'est entre ces murs que beaucoup de choses se sont passées et que de grandes discussions ont donné le jour à beaucoup d'aventures.

— Bon, si tu dois tout dire, on n'aura plus rien à raconter, nous ! s'offusqua un des hommes.

— Allez, asseyez-vous à notre table ! Et toi, sers-nous une nouvelle tournée. C'est pour la bonne cause, lança-t-il à la tenancière.

Celle-ci s'exécuta pendant que Claudine et Marie-Louise saisissaient un tabouret.

— Tout a commencé quelque temps avant que le roi Louis-Philippe abdique. En 1846, je crois ! Il y avait ici, à la Croix-Rousse, des compagnons du Devoir qui étaient canuts. On les appelait « dévoirants » pour les distinguer des autres. De « dévoirants », le nom a basculé en « voraces ». Pourquoi ? Je ne sais pas. Ça faisait peut-être un peu plus sérieux, voire agressif ou provocant.

Les autres hommes écoutaient en agitant affirmativement leur tête pour montrer qu'ils étaient d'accord avec ce qu'ils entendaient. Marie-Louise ne perdait aucune syllabe sortant de la bouche du conteur.

— Ils avaient pris l'habitude de se réunir dans les cabarets et tavernes du quartier, et particulièrement ici parce qu'on y vendait le vin au litre, ce qui n'était pas le cas ailleurs où le prix ne changeait pas alors que le volume des pichets diminuait au fil des jours. Ils en ont bu, des chopines. Nous, on les voyait. Et ça finissait toujours en beuverie. Ils se sont même battus quand ils n'étaient pas d'accord.

— Mais vous-mêmes, vous étiez des leurs ? questionna la Maloui.

— Non. Nous sommes des canuts, mais pas des compagnons. Pourquoi, ça change quelque chose ?

— Sûrement pas. C'était par pure curiosité.

Le raconteur profita de l'interruption pour prendre son verre et avaler une gorgée de vin blanc avant de reprendre :

— Ouais, mais toute soirée arrosée était une façade. En fait, les rencontres cachaient leurs engagements politiques contre la royauté et pour la république. Ils échappaient ainsi aux surveillances policières. Alors, au début de 1848, quand le roi est parti, ils ont été les premiers à s'en réjouir. Les événements allaient dans leur sens. Ils sont allés prendre l'hôtel de ville pour proclamer la IIe République et se sont installés à la préfecture également. Comme ils risquaient de ne pas pouvoir tenir longtemps sans armes, le lendemain, ils ont pris les forts de la Croix-Rousse comme celui de Saint-Laurent, mais également celui de Montessuy, à Caluire, avant de s'emparer du palais de justice. Beaucoup d'anciens se rappelaient les grandes révoltes de 1831 et 1834 où on avait fait face pendant six jours à douze mille soldats en criant : « Vivre libre en travaillant ou mourir en combattant. »

Les yeux du conteur se mirent à briller. Il vivait ce qu'il racontait. Il ajouta, avec fierté :

— Partout on hissait le drapeau rouge…

— Vous venez de dire « on ». Vous étiez de la partie, également ? interrogea Marie-Louise.

— Bien évidemment. Tous les canuts suivaient. On était comme absorbés par ce que disaient les

Voraces, par leurs idées, par leur charisme, par l'ascendance qu'ils avaient sur les choses, les foules. Par contre, pour ma part, je n'ai pas trop aimé qu'on brûle les métiers à tisser qui étaient dans les communautés religieuses. Je pense qu'on ne doit pas détruire les outils de travail.

— Peut-être, mais il fallait frapper très fort, ajouta un des hommes.

Le premier reprit la parole :

— Ça se peut, mais on ne touche pas aux outils de travail, je te dis.

— Et pourquoi donc ?

— Parce que ça porte malheur.

— Elle est bonne, celle-là. Et quels malheurs il y a eus ?

— Beaucoup de disparus, de morts et d'emprisonnés, comme Jules qui est parti hier.

Tous se turent et il reprit ses explications :

— Quand le délégué du gouvernement, enfin… le préfet, est arrivé, quatre jours plus tard… comment s'appelait-il celui-là ? chercha-t-il.

— Arago, je crois, vint à son secours la mère Maréchal qui essayait de faire reluire le plateau de son bar.

Marie-Louise pensa qu'elle risquait de mettre du temps avant d'y arriver, vu l'état de la banque.

— C'est ça… Emmanuel Arago. Il a été habile et a réussi à convaincre tout le monde que la République allait améliorer la condition de vie des travailleurs et surtout le progrès. Au lieu de ça, le travail est devenu rare et le chômage a augmenté. Les ouvriers non lyonnais, dont la majorité n'étaient même pas français, puisqu'ils venaient de Savoie[1], furent invités à rentrer chez eux.

— On leur donna même une somme d'argent pour la route et un passeport gratuit, argumenta un des hommes en posant sur la table son verre de blanc qu'il venait de vider.

— Les Voraces se sont alors ralliés aux Savoyards afin de déclarer la République dans leur pays. Le préfet a tout essayé pour les retenir. Mais il s'est laissé dépasser. Il leur a dit que la République française ne voulait pas chasser les étrangers, mais qu'elle voulait aider les peuples à conquérir leur liberté.

— Et alors, qu'est-ce qu'ils ont fait ? Ils sont rentrés chez eux ? demanda Marie-Louise.

— Oui, mais ça leur a donné une idée, le 29 mars.

— Vous avez une bonne mémoire, suggéra Claudine.

— Normal, c'est la date de mon anniversaire. Ça m'a marqué. Donc, le 29 mars, ils étaient bien plus de mille, sur la place Bellecour…

— Mille Savoyards ? s'exclama la Forézienne.

— Mais non ! Il y avait deux cents Voraces environ et, en gros, cinq cents Savoyards, dont certains étaient voraces, d'ailleurs. Le reste était formé de Lyonnais. La foule les acclamait. Ils allaient porter la liberté au-delà de nos frontières.

— Et ils étaient à pied ? s'inquiéta Marie-Louise.

1. *La Savoie faisait partie du royaume de Sardaigne, dont la capitale était Turin. Elle ne sera rattachée à la France qu'en 1860, soit trois ans après l'époque évoquée dans ce roman.*

— Bien sûr. Comment voulez-vous qu'ils y aillent, en bateau ? Ils ont mis cinq jours pour arriver à Chambéry. On m'a raconté qu'ils sont arrivés là-haut fatigués, dans un état pitoyable. Ils ressemblaient à tout sauf à une armée de libération.

— Et ils ont échoué ? poursuivit la jeune femme, intéressée et curieuse de connaître la suite.

— Et non. Ils ont réussi. Les autorités locales, surprises, ont fui et ils ont pris le château puis l'hôtel de ville. Ils ont proclamé la « République de Chambéry » ou « chambérienne », je ne sais plus. En tout cas, ils ont formé un gouvernement républicain provisoire et ont régné… un jour, le 3 avril.

— Une journée seulement ? plaisanta Marie-Louise en se tournant vers Claudine.

— Oui, une seule journée, lui répondit-elle.

— Une seule, continua l'homme en faisant signe à la mère Maréchal de remettre une tournée. Les bourgeois et les religieux ont vite redressé la tête et dès le lendemain ils ont repris le dessus.

— Et que sont devenus tous ces révolutionnaires ? s'inquiéta la Maloui.

— La majorité a été arrêtée puis relâchée quelques jours plus tard. Il paraît même que pour se débarrasser de tout ce monde certains ont reçu une somme d'argent pour revenir.

— Et il n'y a pas eu de victimes ?

— Très peu. Une dizaine, je crois. La majorité du côté des Voraces.

— Et après ? ne put s'empêcher de demander Marie-Louise.

— Ça s'est un peu calmé et, un an plus tard, en 1849, les Voraces ont remis ça, au moment où les républicains parisiens se sont soulevés.

— Et ?

— Et là, la répression a été violente. Après ça, on n'a plus entendu parler d'eux.

— Voilà tout ce qui s'est passé à Lyon il y a une dizaine d'années. Comme tu vois, rien de vraiment important qui peut faire basculer ton mariage, conclut Claudine.

— Je ne sais pas. Il y a sûrement une liaison entre tout ce que vous venez de me raconter et ce que m'a dit le compagnon qui est passé chez moi et qui a connu mon mari. C'est trop nouveau pour moi. Il faut que je réfléchisse et que je mette tout ce que je sais maintenant en concordance pour mieux comprendre.

— Mais au fait ! s'exclama la mère Maréchal.

— Quoi ? demanda Marie-Louise en pivotant vers elle et en tournant le dos à ses autres interlocuteurs.

— Vous venez de parler de votre mari et qu'il pouvait être venu dans mon auberge, mais vous ne nous avez pas dit son nom.

— C'est vrai, s'excusa la jeune femme. Il se prénomme Gustave.

— Gustave comment ?

— Gustave Charrier, et son nom de compagnon était Tarentaise la Malice.

Le cri qu'elle entendit derrière elle la glaça. Le bruit d'un corps qui tombe au sol lui succéda. Elle se retourna et vit Claudine étendue à même le sol, au pied de son siège, sur la terre battue de la salle de l'auberge, inconsciente.

XXII

La fabrique

Saint-Rambert-sur-Loire.

Pierre et Gustave étaient restés seuls après les départs précipités de Marcelline et d'Adrien. Le premier ne savait comment reprendre l'initiative d'une discussion avec son cousin par alliance. Le second, quant à lui, subissait le contrecoup de tous les événements qui s'accéléraient autour de lui. Il n'arrivait plus à maîtriser une situation qui devenait ingérable au fil des jours, voire des heures. Et voilà que maintenant, par son attitude irresponsable, il se mettait à dos les seules personnes qui pouvaient lui venir en aide au-delà de toute compréhension. Il prit conscience qu'il devait se ressaisir et reprendre les choses en main avant qu'elles ne deviennent irréversibles et irrévocables.

— Je suis à cran, Pierre. Est-ce que vous pouvez comprendre ça, tous autant que vous êtes ?

— Oui, Gustave, je le comprends très bien. Mais si tu veux qu'on t'aide, qu'on t'épaule, il faut nous dire tout ce que tu sais. Moi aussi, je suis comme ma mère.

— C'est-à-dire.

— Que je me pose beaucoup de questions auxquelles je n'arrive pas à trouver de réponses.

— Je suis lucide, mais je ne peux pas tout vous dire.

— Donc tu admets que tu nous caches des choses !

Après quelques instants d'hésitation, le commis de barre lâcha :

— C'est vrai qu'il m'en arrive que je ne m'explique pas.

— À la bonne heure ! Si tu avais commencé par ça plus tôt, les nerfs seraient moins à vif pour tout le monde.

— Mais c'est tout ce que je sais. Que voulais-tu que je dise à ta mère ?

— La vérité. Seulement la vérité. Elle ne demande que ça.

— Mais je ne la connais pas, mon pauvre Pierre. Je ne la connais pas. Je m'interroge sur beaucoup de choses, de faits, et je n'ai pas de réponses crédibles. C'est comme si une personne passait devant l'auberge maintenant et jetait un caillou pour briser un carreau. Que ferais-tu ?

— Je sortirais et j'essayerais de savoir qui a fait ça et pourquoi il a fait ça.

— Eh bien voilà. Je suis dans la même situation. Il y a une personne qui me jette une pierre en pleine figure, j'essaye de savoir qui elle est et je n'arrive pas à la trouver. Ensuite, je ne sais même pas pourquoi elle me la jette et, le plus fou, c'est que le jet du caillou est franc, habituellement, alors que là tout ce qui m'est adressé est fait insidieusement, sournoisement, avec lâcheté, de telle manière qu'à toute interrogation répond une autre interrogation encore plus mystérieuse. Je ne sais même pas si on ne veut pas ma mort. Tu comprends maintenant pour quelles raisons je ne peux rien dire à ta mère. Je vais me lancer dans une réflexion que je ne m'explique pas. Tu comprends la complexité de la situation ?

— Mais alors on peut appeler ça du harcèlement, et c'est grave ! Il faudrait que tu ailles en parler aux gendarmes. C'est leur boulot de trouver les détraqués qui ennuient les gens honnêtes.

— Il n'en est pas question. Je tiens à régler cette affaire tout seul.

— Même si on veut te tuer ?

— Oui, même dans ce cas.

— Tu es inconscient, à moins que tu n'aies peur qu'elle ne révèle des choses peu glorieuses ou inavouables ?

— Pourquoi me dis-tu ça ?

— Pour rien, mais ton attitude est pour le moins étonnante. Je comprends surtout que tu devrais faire un petit inventaire de ton passé. Tu y trouveras peut-être une clé pour ouvrir les serrures de ta raison. Bon, écoute, arrêtons de parler de tout ça. Après tout, ce sont tes affaires, pas les miennes, et je suis convaincu que tu ne m'en diras pas plus. Par contre, comment vas-tu faire, maintenant, pour travailler, sans voiture ni cheval ?

— Je ne sais pas, avoua le jeune homme.

Jusqu'à cet instant, il ne s'était pas encore posé la question. Tant de choses se bousculaient dans sa tête qu'il n'avait pas eu le temps de réfléchir à ce côté très matérialiste de la situation. Tous les malheurs liés à sa course-poursuite, sur la route de

Chambles, lui revinrent en tête et il mesura la gravité des ennuis qui allaient continuer s'il ne trouvait pas une solution.

C'est Pierre qui la lui proposa :

— J'ai un cheval que je ne peux plus employer pour les travaux les plus pénibles des champs, mais il pourra faire l'affaire pour tirer tes chargements. Quant à la voiture, je peux te dépanner avec une charrette que j'utilise seulement à la belle saison. Tu peux venir les chercher dès maintenant si tu le désires. Qu'en penses-tu ?

Gustave s'approcha de son cousin, posa ses mains sur ses épaules et, les yeux brillants, le remercia en le secouant doucement en signe d'acceptation et d'affection.

Avant de quitter la pièce, Pierre se retourna et, d'un air malicieux, lui dit :

— Pour ce qui est de ma mère, n'aie aucune crainte, je vais lui parler. Elle se calmera. Par contre, si ce n'est pas indiscret, que vas-tu faire maintenant ?

— Aller trouver des réponses auprès de ceux qui les ont. En tout cas, une partie. Je pense que j'aurais dû commencer par ça.

— Et qui sont ces gens-là ?

— Mes passementiers, mais je ne peux pas t'en dire plus que ça. Je suis désolé.

— Je ne m'attendais pas à autre chose, comme réponse, conclut Pierre en quittant l'*Auberge du Forez*.

*
* *

Les maisons des passementiers étaient quasiment toutes aménagées de la même manière ; au rez-de-chaussée l'habitation et, dans la partie supérieure, l'atelier plus communément appelé « la fabrique ». Celle d'Antoine Clément ne dérogeait pas à la règle. Située aux abords du champ de foire[1], à Saint-Rambert, elle était reconnaissable aux grandes fenêtres qui occupaient une grande partie de la façade.

Lorsqu'on passait la porte, on se trouvait dans une pièce unique qui servait à la fois de salle commune à toute la famille, mais également de chambre à coucher aux parents. Face à l'entrée, une grosse cuisinière en fonte fonctionnait sans cesse, été comme hiver. Elle permettait de confectionner les repas quotidiens et de chauffer le logis à la saison froide. Sur un coin de la plaque chauffante, une marmite contenait en permanence un bouillon qui mijotait doucement, prêt à être consommé.

La tradition voulait qu'on appelle les fabricants de rubans les « mange trois soupes ». Cette dénomination leur venait d'une boutade ironique lancée par les fabricants, lors d'un conflit social : « Les passementiers peuvent bien se nourrir de trois soupes[2]. » Dès lors, les propositions patronales furent appelées sarcastiquement « régime des trois soupes ». Si les paysans s'arrêtaient de travailler en milieu

1. *Actuelle place de la République.*

2. *Ce surnom de « mange trois soupes » est resté aux habitants de SaintGenest-Lerpt, ville de la Loire fortement touchée par la passementerie.*

de matinée pour manger la *portion*[1], les passementiers, eux, avaient l'habitude de faire de même en avalant une soupe qu'ils mettaient auparavant dans un *bichon*[2]. Aux beaux jours, cette pause était un prétexte pour sortir de l'atelier afin de rencontrer les voisins et discuter avec eux des nouvelles du pays.

Aucune réglementation horaire ne venait perturber le travail de ces forçats des rubans. C'étaient leur endurance ou leur fatigue qui mettait un terme à leur journée. Les quinze ou seize heures quotidiennes qu'ils consacraient à leur besogne s'effectuaient quand bon leur semblait. Contrairement aux usines où tout était organisé, codifié, les passementiers étaient libres de leurs mouvements. Ils étaient indépendants. La seule contrainte venait du commis de barre qui leur apportait le travail à faire et récupérait les produits finis.

Contre le mur de droite, un lit, celui des parents, était surmonté de l'éternel crucifix, protection divine pour échapper à tous les maux venant entraver la bonne marche de la vie. Dans un renfoncement, derrière la porte, à l'angle formé par le mur de façade et celui de gauche, la pierre d'évier était équipée, comble de modernisme, d'un petit réservoir d'eau en tôle émaillée qu'on remplissait tous les matins. Il permettait de ne pas être obligé d'aller en chercher au puits en permanence. L'évacuation des eaux usées se faisait directement dans la rue. C'était également sur ce mur de gauche que s'appuyait l'escalier, ou plutôt l'échelle meunière,

1. *Nom local du casse-croûte.*

2. *Petit pot en terre.*

prenant moins de place, conduisant à l'atelier. En dessous, une armoire contenait le linge de toute la famille et les objets précieux. La clé était la propriété de la maîtresse de maison, coordinatrice de la vie matérielle du foyer.

Réparties aux places restantes, autant de chaises que de personnes présentes sous le toit. Deux d'entre elles étaient disposées autour de la table centrale. Celle-ci était équipée d'un tiroir dont l'utilisation avait toujours amusé Gustave. Il était cloisonné et contenait dans chacun des emplacements les couverts et écuelles des membres de la famille, chacun assurant ainsi l'entretien de ses propres ustensiles. Enfin, dernière pièce importante, la cave ou la souillarde dans laquelle étaient entreposées les denrées et la *centpote*[1] contenant le vin.

Le passementier fit signe au jeune homme de le suivre au premier étage. Ce dernier connaissait très peu, pour ne pas dire pas du tout, les lieux dans lesquels étaient travaillés les contenus des chargements qu'il donnait à l'occasion de la recette. Il pensait que ce n'était pas de son ressort. Dans cette hiérarchie du textile, chacun avait une place bien précise. Le donneur d'ordres alignait ses chiffres, dépenses et recettes ; le commis de barre effectuait les transactions en servant d'intermédiaire entre les deux extrémités de la chaîne ; et l'ouvrier à domicile exécutait le travail. La meilleure des manières pour que tout marche bien était que chacun s'occupât de son activité sans empiéter sur celle des autres. Voilà

1. *Tonneau d'une contenance de cent quatre litres.*

pour quelles raisons il était rare qu'un commis aille rendre visite à un de ses passementiers.

Les derniers événements qu'avait subis Gustave l'avaient poussé à se rendre chez l'un d'eux. C'était celui qu'il avait choisi pour effectuer le projet de ruban des frères Giron. Il comptait le lui présenter en l'absence de toute oreille indiscrète d'autres travailleurs. La jalousie pouvait être à l'origine de conflits que Gustave voulait éviter. Il désirait aussi essayer d'obtenir quelques renseignements sur ce fameux inconnu qui hantait ses nuits et lui pourrissait ouvertement la vie. Il ne savait pas si la famille Clément était comprise dans ses desseins de sédition. Il voulait en avoir le cœur net.

Dès qu'il arriva sur la dernière marche, il fut impressionné par ce qu'il vit. Le toit était surélevé et deux grands métiers occupaient la majorité de l'espace. Cinq mètres de haut, quatre de large et deux de profondeur, imposants mais reluisants, ils étaient parfaitement entretenus.

— Je vais vous poser une question qui va vous paraître ridicule, dit Gustave en se retournant vers Antoine Clément.

— Mais les questions ne sont jamais ridicules, monsieur Charrier. C'est de ne pas les poser qui le serait.

— De quel bois sont faits les métiers à tisser ? Je me le suis toujours demandé.

— En général, ils sont construits en bois de noyer.

— Et pour quelles raisons ?

— Parce que c'est un bois flatteur, esthétique, poursuivit le passementier en caressant la surface vernie de celui qui était le plus proche.

— Mais encore, car je suppose que la beauté n'est pas la seule des explications ?

— Bien sûr que non. C'est également un bois très dur et surtout lourd qui permet une meilleure stabilité de l'ensemble, vu la taille. Et de la stabilité, il en faut avec les va-et-vient que nous infligeons aux différentes pièces et les chocs qu'elles subissent entre elles. S'il n'était pas si pesant, il risquerait de se déplacer et nous irions à la catastrophe.

Les grandes fenêtres vues de l'extérieur offraient un éclairage maximal. Les parties basses donnaient de la lumière au plan de travail du métier à tisser proprement dit alors que leurs parties hautes, d'égale largeur mais plus petites, éclairaient la mécanique mise au point par Joseph-Marie Jacquard avec les cartons perforés dont Gustave avait vu l'élaboration lors de sa visite des ateliers Giron, à Saint-Étienne.

— Vous ne connaissez pas le fonctionnement de nos machines ?

— Bien sûr que si, mais la passementerie est un cas particulier dans tout ce qui est tissage.

— C'est vrai. Contrairement aux canuts lyonnais, nous ne faisons pas qu'une seule pièce, mais huit, douze, seize, vingt-quatre, voire trente-deux rubans simultanément sur les métiers les plus élaborés. Pour ma part, celui que j'ai acheté récemment aux établissements Guillaume, à Saint-Étienne, me permet de faire douze rubans. Le galon est plus étroit et n'excède pas quatorze centimètres de large. Il ne faut donc pas se tromper. Une erreur de réglage se répercute douze fois et les malfaçons sont préjudiciables à notre réputation. C'est donc très contraignant et long. Il nous arrive de mettre jusqu'à deux semaines pour effectuer tous les ajustements. Mais bon, quand vous avez accepté nos « bouts », ces vingt premiers centimètres que vous présentez au donneur d'ordres pour qu'il contrôle notre labeur, et que c'est lancé, on est bien contents. Il suffit alors de travailler.

Alors que les deux hommes discutaient, la femme du passementier était occupée au rouet. Elle dévidait sur les canettes qui allaient être installées sur le métier à tisser le fil de trame. Celui-ci était transféré des bobines, qu'avait fournies le commis de barre dans le chargement, sur des navettes en bois. Ce sont elles qui allaient se glisser, transversalement, de gauche à droite, entre les fils de chaîne qui, horizontaux, étaient tendus entre le fond du métier et la partie avant. Les mouvements provoqués par le passementier et les liseurs décryptant les trous des cartons perforés donneraient l'ordre à telle ou telle navette de se déplacer et ainsi de constituer la trame voulue par le dessinateur.

À l'arrière du métier à tisser, des poids en fonte de six livres[1] assuraient la tension des fils de chaîne par l'intermédiaire des arcades, cordelettes en lin servant de transmission entre les cartons supérieurs et lesdits fils. Cette forêt de ces ficelles donnait le vertige. Au nombre de dix à douze mille, elles formaient ce que les professionnels appelaient l'empoutage.

Tout en faisant fonctionner le rouet, l'épouse d'Antoine Clément actionnait les bascules d'un berceau dans lequel un nourrisson cherchait le

1. *Environ trois kilogrammes.*

sommeil. Gustave ne put s'empêcher de questionner une nouvelle fois Antoine :

— Vous gardez les enfants ici ? Pour l'instant, il n'y a pas trop de bruit, mais quand les deux métiers sont en fonctionnement ils ne doivent pas pouvoir dormir ?

— Au contraire, le bruit régulier et cadencé les berce. La preuve, regardez mon petit dernier. Il n'arrive pas à trouver le repos, malgré les efforts de ma femme. Vous allez voir !

Le passementier s'approcha d'un des métiers et commença à l'actionner. Debout, le torse légèrement incliné vers l'avant, les bras actionnaient la barre qui était devant lui. Le geste était brusque et saccadé. La position et les secousses brèves et répétitives envoyaient au corps des vibrations qui, partant du bras, allaient vers les organes pulmonaires. En plus de ces contraintes physiques, le manque d'aération de la pièce et la poussière s'ajoutaient au mal-être du passementier. Beaucoup souffraient de maladies consécutives à ces conditions de travail.

Le tic-tac répétitif, les heurts des bois et le glissement plaintif des navettes jouaient une mélodie que le bébé sembla apprécier. Sa mère arrêta de le bercer et doucement il s'endormit. Gustave resta bouche bée. Dès qu'Antoine arrêta le fonctionnement de la machine, l'enfant rouvrit les yeux et se remit à pleurer jusqu'à ce que sa mère recommence sa tâche d'apaisement et le cadencement de son pied. Il sembla rassuré mais ne parvint pas à trouver la tranquillité.

— Ils sont comme ça, les enfants des passementiers. Les bruits de la fabrique les apaisent. S'ils s'arrêtent, ils ne peuvent plus se reposer[1], conclut Antoine.

Levant les yeux au-dessus des métiers à tisser, le commis de barre découvrit des paillasses dans la soupente, sous le toit.

— Et qui couche là ? s'étonna-t-il.

— Nos enfants. Comme je vous l'ai dit, ils sont habitués aux bruits. Ça ne les dérange pas. De toute façon, il n'y a pas d'autre place ailleurs. C'est donc ça ou la niche du chien.

— Je pense qu'ils doivent préférer ça ! sourit Gustave. Je vois que vous avez une machine en action et la seconde qui ne l'est pas, observa-t-il. Vous n'avez pas besoin de travail ? Je ne vous ai pas vu à la recette, la dernière fois.

Antoine Clément parut gêné. Il resta sans voix et regarda sa femme. Il sembla chercher une aide auprès d'elle, mais elle resta les yeux rivés sur son travail, évitant ainsi toute possibilité d'intervention dans cette discussion. Cette attitude ne passa pas inaperçue aux yeux de son intermédiaire.

— Vous savez, j'ai ce qu'il faut pour vous et, en plus, j'ai un projet à vous proposer.

— Je dois terminer votre commande, monsieur Charrier, avant de...

Le passementier bafouilla et ne termina pas sa phrase. L'embarras devenait inconfortable.

— Que se passe-t-il, monsieur Clément. Vous avez un problème. Vous désirez que je vous augmente ? Justement, ce projet dont je vous parlais à l'instant va vous donner pas mal de travail pendant

1. *Véridique.*

quelque temps et il sera très bien payé avec une sécurité d'emploi qui n'est pas négligeable par les temps qui courent. J'ai discuté avec un des frères Giron et il m'a demandé de trouver un excellent passementier pour une expérimentation de rubans d'une grande qualité. Or vous êtes l'un de mes meilleurs… Allez, je peux vous l'avouer, vous êtes mon meilleur ouvrier et j'ai tout de suite pensé à vous, complimenta-t-il en donnant une tape amicale sur l'épaule de son interlocuteur.

Celui-ci ne bougeait pas, le regard tourné vers une des baies vitrées. Il semblait vraiment troublé par ce que venait de lui dire Gustave.

— Alors ? Mais que se passe-t-il ? Vous me semblez bien mystérieux…

Antoine Clément rassembla tout le courage qu'il pouvait, il regarda le jeune homme dans les yeux et ouvrit enfin la bouche :

— Descendons au rez-de-chaussée, si vous le voulez bien. Il faut que je vous parle.

XXIII

Le chantage

Antoine Clément était un homme discret, la chevelure grisonnante, n'aimant pas les complications de la vie. Il devait, comme tout un chacun, supporter celles que le hasard lui créait, mais il n'était pas de ceux qui cherchent les ennuis où ils ne sont pas et encore moins de les provoquer. Gustave le connaissait depuis plusieurs années et l'appréciait à sa juste valeur. En outre, il aimait son travail et n'avait jamais eu à lui faire des observations désobligeantes sur sa qualité. Aucune ombre n'était venue, jusqu'à ce jour, entamer la confiance qui régnait entre les deux hommes. Pourtant, de la manière dont le passementier lui avait parlé, embarrassé, crispé et quelque peu distant, le commis de barre avait immédiatement compris que les pratiques dont faisait preuve le fameux inconnu étaient parvenues jusqu'au foyer de ce brave homme. La suite lui prouva qu'il avait vu juste.

— Asseyez-vous, monsieur Charrier, proposa le père Clément, comme on l'appelait dans la profession, en montrant un siège au jeune homme.

Pendant que celui-ci s'exécutait, le quinquagénaire avait ouvert la porte d'un petit placard situé près de l'évier et avait attrapé deux verres et une bouteille de gnôle. La transparence de son contenu prouvait que c'était un produit de très bonne qualité. Gustave présuma qu'il ne devait la sortir que pour les grandes occasions.

Homme réputé sobre, le commis pensa que ce qu'il avait à lui dire était assez important ou difficile à exprimer pour qu'il ait décidé de choisir cette méthode pour se donner du courage. Après avoir rempli les deux verres d'une prune odorante, le passementier tira une chaise à lui et s'assit à son tour. Il but une gorgée d'alcool. Triturant nerveusement le verre entre ses mains, il leva les yeux vers Gustave.

— Il faut que je vous parle.

— Je l'ai bien compris. Ce que vous avez à me dire a l'air assez délicat pour que vous preniez autant de précaution. Vous voulez que nous soyons seuls, vous me proposez un remontant et je vous trouve ennuyé. Je ne vous ai jamais vu une tête pareille. Il n'y a rien de grave pour votre famille au moins ?

— Oh non ! Vous avez vu, le petit dernier se porte bien, les autres sont adorables et écoutent bien les conseils que nous leur donnons.

— Vous me tranquillisez. Si cela peut vous permettre de vous confier, je vais vous réitérer un compliment que vous connaissez déjà, mais qui est toujours agréable à entendre. Vous êtes mon meilleur passementier.

— Vous savez, je n'aime pas trop les flatteries.

— Je le sais effectivement, mais je le pense alors je peux vous le dire. Je n'ai jamais eu de problème avec vos produits. Ils sont vraiment de qualité égale et appréciés par les frères Giron. C'est pour cette raison que j'ai pensé à vous pour un travail un peu spécial.

Gustave pensa qu'en prenant l'initiative de lui proposer un labeur particulier il pouvait étouffer dans l'œuf ce qu'il pressentait. Après tout, si l'inconnu avait fait des propositions intéressantes, il pouvait, grâce à ce projet inespéré, lui en faire de meilleures et, pourquoi pas, lui faire changer une décision qu'il pensait irréversible.

— Comme je vous l'ai dit, les frères Giron, pour lesquels je travaille, m'ont demandé de leur trouver un ouvrier digne de confiance, tant pour sa rigueur morale que professionnelle. J'ai bien évidemment accepté et j'ai immédiatement pensé à vous. L'année dernière, comme vous avez pu le voir, les activités rubanières se sont ralenties. En ce début d'année, elles semblent reprendre mais mes donneurs d'ordres ont estimé qu'il fallait diversifier les produits proposés sur le marché en présentant des nouveautés très particulières.

Antoine Clément ne perdait aucun mot sortant de la bouche de Gustave. Il attendait sagement la suite de la proposition en humant de temps en temps le contenu de son verre.

— Les épouses de nos patrons ont pensé qu'avec l'avènement de l'Empire les modes s'accoutumaient du velours dans le vestimentaire féminin. Or la richesse des habits fait qu'on se passe plus facilement de rubans. Et ça nous est préjudiciable. Elles ont donc pensé que c'était une occasion d'innover et de prendre de l'avance sur nos concurrents.

— Et quelle est cette idée ?

Gustave sourit. Le fait que le père Clément posât cette question prouvait que cette aventure l'intéressait. Il était donc sur la bonne route et il pouvait le faire basculer quand il voulait.

— Elle est simple et révolutionnaire : fabriquer des rubans velours uni.

— C'est un peu fou, je vous l'accorde.

— Mais très motivant !

— Ça risque d'être long à mettre au point.

— Oui, et c'est là que ça devient intéressant. Tout le temps que nécessitera cette expérimentation, vous toucherez un salaire mensuel fixe calculé sur vos revenus des douze derniers mois. Qu'en pensez-vous ?

— Et si la cotation de la soie baisse ?

Gustave éclata de rire. Il avait posé la même question à son donneur d'ordres, lors de la discussion qu'il avait eue avec Antoine Giron dans les bureaux stéphanois de l'entreprise.

— J'y ai pensé, ou plutôt M. Giron y a pensé. Les fluctuations des prix de la soie ne modifieront en rien vos revenus. Vous toucherez toujours la même somme quoi qu'il arrive. Comme je vous l'ai dit, la reprise semble à nos portes mais rien ne permet de savoir le temps qu'elle va durer. Si vos collègues devront attendre de me rencontrer à la recette pour savoir combien ils vont gagner, vous n'aurez pas ce souci. Je vous assure que cette proposition est très intéressante et qu'il n'y a aucune entourloupe là-dessous.

— Mais je vous fais confiance, monsieur Charrier.

— Je le sais et vous êtes un honnête homme. De toute façon, s'il venait à y avoir un problème, de quelque ordre que ce soit, c'est moi qui prendrais le relais pour vous payer, directement sur ma commission.

— Vous n'êtes donc pas entièrement sûr de ce que vous avancez.

— Non, c'est juste pour que vous compreniez que vous avez toutes les garanties pour travailler dans de bonnes conditions. Alors, qu'en pensez-vous ?

— C'est tentant.

— Plus que tentant ! C'est extraordinaire ! Vraiment, ne réfléchissez pas, lancez-vous dans cette aventure avec moi. Tenez, trinquons à notre collaboration.

Gustave avait levé son verre, sûr de lui, pour trinquer avec son interlocuteur, mais celui-ci avait du mal à le faire décoller du plateau de la table.

— Alors vous ne voulez pas qu'on fête notre association ?

— Comme je vous l'ai dit, c'est tentant, mais ce sera non.

— Et pourquoi ? Vous ne me faites pas confiance ?

— Je vous connais assez, monsieur Charrier, pour savoir que ce que vous me proposez est bien, mais ce sera tout de même non !

Gustave vida son verre pour se donner meilleure contenance et le reposa sur la table. Antoine Clément fit de même. Il entendit alors la question qu'il attendait :

— Et pourquoi ?

— Parce que je vais travailler avec un autre commis, dès que j'aurai terminé le travail que je vous dois, balbutia le passementier. C'est pour cette raison que vous avez vu qu'un des métiers était vide.

Gustave devint blafard. Il sentit que tout le sang qu'il avait sur le visage s'en échappait. Il devait être vraiment blanc puisque le père Clément ne put s'empêcher de lui demander s'il allait bien. D'un geste machinal de la tête, il lui fit comprendre que oui.

La maison était devenue silencieuse. Au moment où le passementier avait pris la parole pour refuser la proposition de Gustave, le rouet qu'utilisait son épouse avait cessé son travail. Seul le bruit du lit de l'enfant qu'on berçait cadençait le temps qui passait. Le commis imagina la femme penchée vers l'escalier, essayant de capter la conversation et pestant sur le bruit que faisait le berceau sur le plancher l'empêchant d'entendre tous les mots de la discussion.

— Pour que vous me quittiez, il y a une bonne raison, non ? Est-ce que j'ai été un mauvais pourvoyeur d'emploi ?

— Non, monsieur Charrier.

— Est-ce que je vous ai maltraité ?

— Non, monsieur Charrier.

— Est-ce que je vous ai volé ou mal payé ?

— Non, monsieur Charrier.

Les réponses d'Antoine, identiques, donnaient une monotonie gênante, embarrassante à l'entretien. Gustave ne savait pas si le père Clément lui répondait ainsi pour lui faire comprendre qu'il n'en avait rien à faire de ce qu'il pouvait penser ou alors par lassitude, voulant mettre un terme à une situation qu'il ne semblait pas avoir désiré et qu'il devait subir.

— Mais alors pourquoi, Nom de Dieu ? cria le commis.

— Ne blasphémez pas, s'il vous plaît. Pas sous mon toit, répondit le passementier en se signant.

— Je suis désolé, se ressaisit Gustave. Est-ce que vous comprenez la situation dans laquelle je suis ? Je viens d'avoir de gros problèmes. J'ai un travail important à vous proposer qui pourrait redresser la situation. Vous me le refusez et vous m'annoncez que vous ne voulez plus travailler avec moi. Avouez qu'il y a de quoi se mettre en colère. Une dernière fois, pouvez-vous me dire pour quelles raisons vous m'abandonnez ?

— Non, monsieur Charrier, recommença le passementier.

Sentant la situation lui échapper, Gustave se leva tellement rapidement qu'il renversa son siège. Le bruit que fit le bois en tombant sur le plancher réveilla le nourrisson qui se mit à pleurer. Sa mère le prit dans ses bras et le berça pour le calmer. Elle y parvint assez rapidement.

— Restez buté, monsieur Clément, ne vous en faites pas. Je vais trouver un autre artisan qui sera bien content que je lui donne le travail que je vous avais réservé. Il ne manque pas de monde sur la place.

— Vous pourrez chercher longtemps, monsieur Charrier, aucun ne vous le prendra, lui répondit Antoine, calmement. Ni ce travail ni aucun autre !

— Mais pourquoi ? s'agaça le jeune homme dont la colère latente commençait à se remarquer.

Les deux hommes entendirent les marches de l'escalier craquer. La femme d'Antoine descendait, serrant toujours le bébé contre elle. Elle s'adressa à son mari doucement pour ne pas éveiller l'enfant :

— Mais parle-lui. Tu n'as rien à cacher. Explique-lui tout.

— Qu'est-ce qu'il y a à expliquer ? s'étonna Gustave en regardant alternativement les deux personnes.

— Rien, monsieur Charrier, répondit calmement le passementier. Et toi, reste à ta place, exhorta-t-il en s'adressant à sa femme.

— J'y resterai si j'en ai envie, répliqua-t-elle en vérifiant si sa progéniture dormait toujours. Après tout, tu n'as rien demandé. On est venu te proposer des choses intéressantes et tu les as prises, rien de plus.

— Mais vas-tu te taire ? s'emporta le passementier.

— Non, je ne me tairai pas. Tu as le devoir d'expliquer à M. Charrier ce qu'on est venu te dire. Après tout, il est concerné au premier plan par tout ce qui risque de lui arriver.

— Parce qu'il va m'arriver quelque chose ? s'effara Gustave.

— Oui. Mais parle donc à la fin ! termina-t-elle en regardant de manière insistante Antoine. Asseyez-vous, ordonna-t-elle au commis en ramassant le siège renversé avec la main qui était restée libre.

La voyant empêtrée dans ses mouvements, avec son enfant contre son sein, Gustave l'aida et s'exécuta. Il s'assit.

Les minutes qui suivirent furent longues, silencieuses. Le père Clément se rassit à son tour et mesura en quelques secondes toute la responsabilité qui lui incombait. Il était mal à l'aise, se trémoussant sur sa chaise comme un gamin à qui on va faire une leçon de morale ou des reproches. Dès qu'il levait les yeux, il croisait le regard de sa femme. Restée debout, elle le fixait inlassablement avec un regard qui en disait long sur ses intentions. Elle avait décidé de ne pas le laisser en paix tant qu'il n'aurait pas avoué au commis de barre tout ce qu'il savait.

Poussé dans ses retranchements, tous les regards orientés vers lui, même celui de son enfant qui venait d'ouvrir les yeux et ne comprenait pas ce qui lui arrivait, hormis qu'il était bien au chaud contre le sein de sa mère, Antoine Clément commença sa confession :

— C'était lors de la dernière recette. Comme à notre habitude, nous avons fini au café, près de l'église de Saint-Rambert. Nous avons discuté un bon moment tous ensemble et puis je suis parti. Lorsque je longeais le ruisseau, dans le village, j'ai entendu une charrette arriver. Avec ma carriole, je me suis mis sur le côté pour la laisser passer, mais elle a ralenti et s'est arrêtée. J'ai pensé que j'encombrais toujours la rue alors j'ai allongé le pas pour débarrasser le plancher plus rapidement. Elle est repartie et, lorsque la rue s'est élargie, elle n'a pas voulu me doubler. Comme il faisait très froid et que le vent pénétrait partout sous mes différentes couches de vêtements, je me suis hâté pour rentrer à la maison. Lorsque j'y suis arrivé, l'attelage était toujours dans mon sillage. J'ai eu peur que l'individu qui le conduisait ne me détrousse. Je me suis donc dépêché de rentrer mon chargement et en premier lieu les fils de soie. Au prix où c'est !

Gustave écoutait sans perdre un seul mot de ce qu'il entendait, mais il s'impatientait d'entendre la partie qui le concernait personnellement. Toutefois, il ne voulait pas interrompre son passementier de peur qu'il n'en prenne ombrage et ne s'arrête. Il voyait bien que ça lui coûtait de raconter toute cette histoire. Sans la présence de sa femme, le commis pensa qu'Antoine l'aurait jeté dehors.

— Pendant que je faisais tout ça, il a eu le temps de descendre de sa charrette et de s'approcher de moi. Je dois vous avouer que je n'en menais pas large. Lorsque j'ai eu terminé et au moment où j'allais rentrer la carriole, il s'est adressé à moi. Il m'a demandé si je travaillais bien pour le compte de M. Charrier.

— Il s'est présenté ? ne put s'empêcher de demander le jeune homme, à la recherche d'indices.

— Non. Il m'a juste demandé si je travaillais pour vous. Je lui ai répondu que oui. Il m'a alors dit qu'il était un de vos amis et qu'il voulait me parler. J'étais un peu réticent mais, comme il faisait froid, je lui ai proposé de rentrer devant la cuisinière. J'ai demandé aux enfants de monter à la fabrique et ma femme est restée avec nous, car elle cuisinait le repas.

— Vous avez vu son visage ?

— Il n'a enlevé que l'écharpe qui lui couvrait la totalité de son visage à l'exception des yeux. Il a gardé son chapeau et son col est resté monté jusqu'au menton pendant tout l'entretien. Il portait une barbe et une moustache. Ses yeux sont noirs. C'est un gars qui doit avoir la trentaine, en tout cas de votre génération, et il porte dans ses rides l'expression de quelqu'un qui a souffert. Vous savez, je ne suis pas très physionomiste. Dès que j'ai quitté quelqu'un, j'oublie son apparence et je peux le recroiser sans le reconnaître. Ça m'a valu des situations assez cocasses avec des gens qui m'ont traité de malpoli, se prit à sourire le père Clément, mais il revint rapidement au sérieux de sa description.

— Mais vous ne l'avez vu qu'une seule fois ?

— Oui. Il doit repasser demain pour me livrer le prochain chargement.

— Parce que c'est lui qui vous l'apporte ? Vous n'irez plus à la recette ? coupa Gustave qui avait espoir de pouvoir rencontrer l'inconnu.

— Dans un premier temps, il fera comme ça. C'est ce qu'il m'a proposé.

— Enfin, excusez-moi de vous avoir interrompu. Continuez, s'il vous plaît.

— Il a alors commencé à me parler de vous. Que vous avez été amis par le passé et que la vie vous a séparés. Je lui ai demandé pour quelles raisons. Alors il m'a dit que vous étiez malhonnête et qu'il avait l'intention de reprendre tous les passementiers que vous faites travailler.

— Et vous ne lui avez pas demandé des explications ?

— J'étais tellement étonné d'entendre ça que je n'ai pas réagi et que je l'ai laissé parler. Il m'a alors proposé de travailler avec lui et, comme je lui disais que pour l'instant je n'avais pas l'intention de vous quitter, il m'a expliqué ses conditions.

— Et quelles sont-elles ?

— Je ne peux pas vous les communiquer. Vous savez que, dans la profession, on est très discrets sur ce sujet.

— Oui, mais tout de même ! Je viens de vous proposer un projet et des dispositions qui ne sont pas mauvaises.

— Oui, mais en dessous de ce que lui veut me donner.

— Ce n'est pas possible. Mais où trouvera-t-il l'argent ?

— Oh moi, vous savez, dès l'instant que l'on me paye, je ne suis pas trop regardant.

— Et s'il décidait, à un moment, de ne plus vous donner de travail. Parce que c'est facile de promettre. Il faut tenir.

— C'est ce que je lui ai laissé entendre. Alors il m'a dit que de toute façon vous alliez disparaître et que je n'aurais aucun autre choix que d'aller proposer mes services à d'autres commis, alors lui ou un autre, il valait mieux que ce soit lui. Comme je m'étonnais de la méthode, je lui ai demandé, bêtement, s'il voulait vous tuer.

— Et que vous a-t-il répondu ?

— Non, mais qu'il voulait vous ruiner, car cette mort est plus lente. Ce sont ses propres mots.

La femme du passementier approuva d'un mouvement de tête la dernière phrase de son mari.

Gustave palissait au fur et à mesure qu'Antoine avançait dans ses explications. Il découvrait une situation qui était encore plus grave qu'il ne pouvait l'imaginer. Mais qui était cet homme qui désirait sa perte au point d'offrir des sommes astronomiques à ses ouvriers ? Tout ce qu'il entendait dépassait les limites du possible. Il proposa alors l'inimaginable :

— Eh bien, on va jouer dans son jeu. Je vous propose une somme identique.

— Je ne peux pas accepter, avec la meilleure des volontés.

— Et pourquoi ça ?

— Parce qu'il a étudié cette hypothèse. Il m'a dit qu'il se moquait de savoir avec qui je travaillerais, à l'avenir, du moment que ce n'était pas avec vous. Il m'a expliqué que, si je continuais à faire des affaires avec vous, il allait s'occuper de ma réputation dans le milieu professionnel.

— Mais moi, je me porte garant de votre travail. Donc tout va bien.

— Je le lui ai également fait valoir, mais il m'a affirmé que le départ des autres passementiers allait ternir votre réputation et que les derniers qui resteraient avec vous crouleraient avec vous. Vous savez aussi bien que moi que, dans notre milieu, les passementiers sont très dépendants du fabricant. Si le donneur d'ordres ne veut pas faire travailler l'un de nous, il n'a qu'à claquer des doigts et tout le monde lui obéit. Vous venez de m'en apporter la preuve en me disant que les frères Giron voulaient que ce soit un de vos passementiers, et donc moi à travers vous et votre choix, qui s'occupe de leur projet de rubans en velours. L'inverse est également vrai. Je ne veux pas être « marqué à l'encre rouge » sur les registres des fabricants. Il faut que je fasse vivre ma famille.

— Mais c'est du chantage !

— Appelez ça comme vous voulez, mais il y va de ma survie et de celle de mes enfants. N'oubliez pas que c'est moi qui supporte le maximum des charges de la fabrication, le loyer de la maison, l'achat et l'entretien du métier, la main-d'œuvre quand je suis obligé d'employer quelqu'un pour finir dans les temps que vous m'ordonnez, l'éclairage et tout le reste. Dans les paiements des pièces, on ne tient pas compte de la préparation de la machine, la « mise en train », qui peut durer jusqu'à deux semaines pour certains réglages. Et comment je vis pendant ce temps-là ? Voilà ! Même si cela me coûte, je vous ai tout dit. Je suis désolé de vous quitter, mais il faut que vous compreniez que je n'ai pas le choix. Je ne veux pas faire les frais de votre vie. Je n'en suis pas responsable. La mienne a été honnête jusqu'à aujourd'hui et je veux que ça continue. Les réputations sont plus difficiles à construire qu'à détruire, et je tiens à la mienne.

Un long silence s'installa. Le père Clément avait vidé son sac. Il était arrivé au terme de sa confession. Il ne restait plus à Gustave qu'à s'en aller. C'est ce qu'il fit, halluciné, effaré par tout ce qu'il venait d'entendre. Au moment où il sortit, la femme du passementier l'apostropha :

— Si ça vous intéresse, je peux vous dire qu'il n'est pas d'ici.

— Et comment le savez-vous ? eut la présence d'esprit de demander le commis de barre.

— Parce qu'il a le même accent que les colporteurs qui passent de temps en temps. Vous savez, ceux qui viennent, aux beaux jours, de Savoie ou du Dauphiné.

XXIV

Aide inattendue

LES CINQ LETTRES et deux syllabes du mot « ruine » résonnaient dans la tête de Gustave depuis qu'il avait eu cette discussion avec Antoine Clément. Dans le grand lit froid, en l'absence de Marie-Louise, le jeune homme avait du mal à trouver le sommeil. Il entendait le cheval que lui avait prêté Pierre s'agiter dans l'écurie. Lui aussi avait du mal à s'endormir. Le changement de lieu, sûrement. Il regretta que sa femme fût absente. Il avait besoin de parler, de trouver du réconfort auprès de quelqu'un, de pouvoir se confier, se confesser. Il pensa qu'il devait lui parler, lui raconter sa vie puisque apparemment elle intéressait beaucoup de monde en ce moment. Il se mit à parler seul, ou plutôt à donner des mots à ses pensées, mais seul le silence de la chambre et, au-delà, celui de l'auberge tout entière lui répondirent.

Quand il était rentré, complètement abattu, il avait trouvé la grande salle vide depuis le départ précipité de Marcelline et d'Adrien, ce qui n'arrangea rien à son moral. Il pensa qu'il était allé trop loin dans ses propos envers elle. La brave femme les aidait et il n'avait trouvé que des reproches à lui faire. Il s'en voulait, mais ses nerfs étaient à vif après son accident. Et puis, après tout, qu'est-ce que c'était que ces questions, ces affirmations !

Il avait ranimé le feu et passé de longues minutes à regarder les flammes monter au-dessus des bûches. Il n'avait pas faim mais s'obligea à grignoter un peu de pain agrémenté d'une tranche de jambon cru qu'il alla couper directement dans la pièce de charcuterie pendue à un crochet en fer, dans la souillarde. Il admira les réserves alimentaires qui y étaient entreposées, comme s'il devait faire un inventaire avant de quitter les lieux, comme si c'était la dernière fois qu'il les contemplait.

Il n'avait pas eu ce comportement depuis bien longtemps, et encore se souvenait-il d'avoir ressenti un seul jour, dans sa vie, autant de déprime. Son corps et son esprit s'étaient vidés. Il n'avait plus le courage de réfléchir à ce qu'il devait faire. Il n'arrivait pas à trouver la réplique qu'il se devait de préparer. Il savait qu'il ne pouvait pas en rester là, qu'il devait se mettre en travers du chemin de cet inconnu avant qu'il n'arrive au terme de sa vengeance, car c'était bien d'une vengeance dont il était victime, mais d'une vengeance qui n'avait ni image, ni nom, ni mobile. En tout cas dans la mémoire de Gustave.

La question répétitive qui lui venait à l'esprit, depuis plusieurs jours, était immuable, continuelle : « Mais qu'ai-je donc fait de si répréhensible pour mériter ce traitement ? »

Dans le milieu des passementiers, il avait une bonne réputation. Les gens qui travaillaient pour lui, ou plutôt qu'il faisait travailler, ne se plaignaient pas de lui. Il n'avait jamais eu d'altercation avec qui que ce soit. Les litiges qui pouvaient naître s'arrangeaient sans que l'on fasse appel à un tiers ou à la justice, qu'elle soit prud'homale ou de paix. Il n'avait travaillé qu'avec les frères Giron et le projet qu'ils venaient de lui confier ne pouvait être qu'une marque de reconnaissance de la qualité de son travail.

Mais alors où devait-il chercher la solution à ce qui se préparait contre lui, pour mieux préparer ses arguments et aiguiser ses armes, afin d'éviter ce qui s'apparentait à un énorme gâchis ? Aucune réponse ne vint frapper à la porte de sa conscience.

Il n'avait jamais eu maille à partir avec d'autres commis de barre, en tout cas pas au point de vouloir sa ruine. Les altercations très occasionnelles s'étaient limitées à quelques mots un peu gaillards ou quelquefois un peu crus qui s'étaient toujours évaporés dans les effluves d'une quelconque chopine autour d'une table d'un café ou d'une auberge des environs.

Côté familial, il s'entendait bien avec tout le monde. La tante Marcelline, jusqu'à aujourd'hui, avait été prévenante pour le couple. Il pensa qu'elle le faisait plutôt en souvenir de son frère et pour que sa nièce puisse vivre heureuse, beaucoup plus que par estime pour lui, mais le fait était qu'il n'y avait jamais eu d'altercation entre eux, sauf celle qu'il regrettait et qui expliquait la solitude qui l'entourait ce jour-là.

Pour ce qui était de Pierre, il l'appréciait et pensa que c'était réciproque. La meilleure des preuves était le prêt du cheval et de la charrette, malgré sa réaction un peu vive et la bagarre qui les avait opposés et dont il était le seul et unique responsable.

Quant à Adrien, ce gosse le faisait rire. Il avait de la repartie et ne manquait pas de commenter tout ce qu'il voyait. L'*Auberge du Forez* était un terrain de jeu sur lequel il pouvait laisser vagabonder son imagination. Gustave pensa que, si un jour il avait un enfant, il voudrait qu'il soit comme lui, aussi vif et espiègle, enjoué et taquin.

Avoir un enfant. Voilà une chose à laquelle il n'avait que très peu pensé. Il n'avait abordé le sujet que peu de fois avec Marie-Louise, restant toujours dans le flou. Il savait que c'était dans la suite logique de la vie. Il se remémora la réflexion du père Clément quand il lui avait fait part de sa peur de ne pouvoir subvenir aux besoins de sa famille, en appuyant sur la survie de ses enfants. Il n'avait pas ces soucis, lui, pour l'instant, mais un jour ça viendrait.

La vie avait une suite logique : on naissait, on faisait son apprentissage, on trouvait un travail, on se mariait, on essayait d'asseoir un certain confort, on faisait des enfants qu'on éduquait avant qu'à leur tour ils ne quittent le nid familial pour former une famille ; on vieillissait si Dieu nous prêtait vie et un beau jour on mourait au terme d'un devoir bien accompli. Enfin, c'est ce que tout le monde croyait avant de se présenter devant les juges divins.

Gustave en était à la fin de la première moitié de son existence et voilà qu'un gros grain de sable allait enrayer les rouages de sa vie. Cette situation l'amenait à faire une sorte de bilan même s'il pensa qu'il n'était pas obligatoirement dans de bonnes conditions spirituelles pour cela. La preuve en était sa réaction désastreuse pour ses proches.

Si l'inconnu avait décidé de l'anéantir, son attitude envers eux allait donner le même résultat, mais là Gustave ne pourrait s'en prendre qu'à lui-même et il en était bien conscient. À poursuivre cette manière de faire, il risquait de se retrouver seul, comme ce soir.

À ce stade de la réflexion, il était allé tirer une carafe de vin au tonneau. Il revint avec un léger sourire aux lèvres. La pensée qui venait de traverser son esprit l'amusa. S'il savait que le vin n'arrangeait pas les situations, il conçut que l'eau ou le lait non plus. Alors il préféra choisir la boisson qui lui donnerait un peu de bien-être et de décontraction. Au fil des chopines, son courage revint. Après quelques centilitres de vin, il commença à retrouver des couleurs ; arrivé à cinq décilitres, il était au sommet de son attention et, au litre, il commençait à remuer des montagnes pour évacuer tous les problèmes du moment. Il parlait seul, se donnait bonne contenance, mais oublia une chose primordiale. Lorsqu'on dialogue avec le silence, on appelle ça un monologue et, lorsqu'il y a monologue, il n'y a pas de contradiction. Dans ce cas, seul l'avis de celui qui parle est considéré comme valable, mais unique. Il s'enfonça donc dans des certitudes et évidences qui n'engageaient que lui sans toutefois trouver de solutions à ses problèmes. Sa vérité s'éloignait de la réalité. Par contre, l'alcool eut la bonne idée d'exorciser tout ce qui était caché au fin fond de l'être de Gustave. Il fit ressortir bien des choses de son passé qu'il croyait enfouies à jamais dans les limbes de sa destinée.

Il se revit en Savoie, à Bessans, son village natal, blotti contre la frontière italienne, sur le plateau de la Maurienne, à l'époque où cette région ne faisait pas partie du second Empire. Les sommets entourant la vallée de Bonneval. Des noms lui revinrent à l'esprit : la pointe et le glacier du Charbonnel, la vallée d'Avérole, la bessanaise, la pointe d'Andagne, l'ouille Allegra et les pointes de l'Ouillarse dont les sommets culminaient à plus de trois mille mètres. Les fresques de la chapelle Saint-Antoine, voisine de l'église paroissiale dédiée à saint Jean-Baptiste, dominant les maisons massives de pierre aux toits de lauzes recouverts d'une épaisse couche de neige à l'époque où la vie en autarcie s'installe pour de longues semaines. La procession du 15 Août à laquelle participait sa mère dans sa robe du dimanche avec sa coiffe semi-circulaire en dentelle noire et couverte d'un voile blanc. Les hommes avec leurs chapeaux hauts-de-forme et leurs pantalons serrés juste au-dessous du genou recouvrant leurs hautes chaussettes de laine, dans leurs costumes qu'ils ne sortaient que pour les grandes occasions comme les mariages. Les tabliers des femmes agrémentés de bandes verticales bleues et noires protégeant les éternelles robes sombres. Les belles croix qu'elles arboraient à la messe le dimanche. La « lombarde », vent venant d'Italie qui apportait les intempéries, ou la « vanoise », vent humide d'ouest moins violent et toutes ces prairies animées à la belle saison par les vaches laitières qui donnaient un lait que les autochtones fabriquaient en fromage.

Des images survenaient au fil de ses souvenirs plus ou moins éloignés, comme le caractère trempé de ses habitants qui les différenciait des autres habitants de ce coin de montagne. Ils étaient plus solidement charpentés, aux yeux éloquents qui ne s'en laissaient pas conter et plus intelligents que les autres. Il y avait quelques semaines, il avait rencontré, en allant chercher un chargement à Saint-Étienne, un colporteur originaire, comme lui, de ce bourg. C'était sa tenue vestimentaire, totalement différente de ce que l'on voyait dans le Forez, qui avait attiré son attention. Ils avaient discuté un petit peu du pays et, preuve que rien n'avait changé depuis son départ, le baroudeur lui avait raconté que les chantres, personnes qui chantaient aux offices religieux, s'étaient vu refuser leur repas annuel par le curé. Par vengeance, l'un d'eux, Étienne Vincendet, avait alors sculpté un petit diable dans un bout de bois et l'avait déposé, la nuit tombée, devant la porte du presbytère ou logeait l'ecclésiastique. Celui-ci, se doutant d'où venait l'affront, rapporta également anonymement, la statuette sur le perron de l'artiste. Ce manège dura un bon mois, jusqu'au moment où Étienne Vincendet se lassa de ce petit jeu et arrêta les va-et-vient de Satan.

Le colporteur avait ponctué son récit par un « Ils ont un sacré caractère les gars du pays, non ? » et conclut, en éclatant de rire, comme un argument sans appel : « Il faut dire qu'à Bessans on est bessanais toujours, savoyard parfois, rarement français. » Ce fut sa touche patriotique qui démontrait la spécificité bien locale de ce rude pays montagnard qui ne pouvait que déteindre sur ses habitants. Gustave n'avait pu qu'acquiescer, avec une certaine fierté, en rigolant également. Ils s'étaient quittés en se serrant chaleureusement la main, l'un d'eux sur les routes foréziennes et l'autre à la poursuite de ses rubans.

Il se remémora également le moment où il décida de quitter les siens pour venir à Lyon et devenir compagnon. Il n'était pas seul à partir ce jour-là. Ils étaient trois. Il était accompagné des frères Personnaz, Raymond, plus âgé que lui, et Germain, un an plus jeune, qui était en admiration de tout ce que faisait Gustave. Tous trois arrivèrent dans la capitale des Gaules et devinrent membres des compagnons du Devoir dans des spécialités différentes. Raymond avait choisi la menuiserie et entra au sein de la société sous le nom de « Maurienne l'Obstiné ». Son frère Germain s'orienta vers le travail du bois également, mais celui de la charpente, sous le nom de « Savoyard la Bonté ». Quant à Gustave, il s'était orienté dans un premier temps vers la spécialité de tapissier sous le nom de Tarentaise la Malice, rendant ainsi hommage à la vallée de la Tarentaise d'où était originaire sa famille maternelle, puisque Raymond avait déjà choisi le surnom de Maurienne. Les années qu'ils passèrent ensemble lui parurent magnifiques. Tout d'abord, aucune emprise familiale, la vie en commun, l'entente et le partage avec les autres pays, l'apprentissage d'un travail désiré et non imposé par l'ascendance, courir les filles, les soirées dans les cafés à refaire le monde pour qu'il soit meilleur, puis les jours sombres des émeutes après la chute de Louis-Philippe et l'obligation de disparaître pour fuir la répression, sans parler de son arrivée à Saint-Just-sur-Loire et du mariage avec Marie-Louise. Enfin, la réussite dans une branche du textile qu'il n'imaginait pas en partant de sa Savoie.

Tout se bousculait au fur et à mesure que le temps passait et que les chopines se vidaient. Dans un moment de lucidité, des mots lui revinrent à l'esprit : la « vengeance » en premier lieu, dans l'anecdote du diable de Bessans, mais également « colporteur ». Où avait-il entendu celui-ci récemment ? Il chercha et, dans un effort surhumain qui lui fit mal à la tête autant que l'alcool qui commençait à faire son effet, il se remémora la phrase de la femme d'Antoine Clément sur l'inconnu : « Il a le même accent que les colporteurs qui passent de temps en temps. Vous savez, ceux qui viennent, aux beaux jours, de Savoie ou du Dauphiné. »

Il resta ainsi quelques instants, la main tenant son gobelet en suspens dans les airs. Il venait d'avoir comme une révélation. Se pourrait-il qu'il y ait une relation, même minime, entre l'inconnu et ses origines ? Entre Bessans et sa vie passée ? Ses réflexions prenaient une nouvelle tournure. Une voie non explorée s'offrait à lui. Un sentier inconnu l'invitait. Il fallait qu'il le suive, qu'il en découvre tous les cailloux, exploite tous les méandres, mais évite tous les pièges.

Un semblant de bonheur éclaircit son visage. Il pensa que son jugement de la veille n'était pas si mauvais que ça et que, s'il avait bu de l'eau ou du lait, il n'aurait pas eu cette divulgation. De là à croire qu'il fallait boire pour trouver des solutions ne lui vint tout de même pas à l'esprit, mais il ne put s'empêcher de se remplir un dernier godet et, en trinquant contre la carafe, il lança un « Merci beaucoup pour ton aide, ça fait plaisir d'avoir des copains, même s'ils ne sont pas obligatoirement bien fréquentables ».

Voilà pour quelles raisons Gustave tournait et retournait sur sa couche, cherchant un sommeil qui se faisait attendre. Couché sur le dos, les mains croisées derrière la tête, il observait un rai de lumière que la pleine lune envoyait sur le plafond de la chambre, entre deux lattes disjointes du volet. Soudain, il se tourna sur le côté en lançant un « Il faut que je dorme maintenant. Demain, j'ai un rendez-vous important » si convaincant qu'il trouva le repos.

XXV

Espionnage

Le réveil fut désagréable. Il semblait à Gustave que toutes les chopines qu'il avait bues la veille s'entrechoquaient en même temps contre les parois de son crâne. Il se leva et alla se rafraîchir la figure directement dans l'abreuvoir, près du chapi. La température de l'eau, qui n'avait pas gelé ce matin-là, lui remit rapidement les idées en place, preuve irréfutable qu'elle pouvait, après l'alcool, avoir des vertus satisfaisantes.

Ce qu'il avait pensé lui revenait en tête. Non pas en totalité mais par bribes confuses qu'il essayait de remettre dans l'ordre, à la manière d'un puzzle dont on a du mal à retrouver l'emplacement d'une des pièces. Celles qui lui manquaient semblaient être les principales. Il cherchait dans la confusion de son cerveau embrumé les faits marquants des réflexions qu'il avait eues la veille.

Qu'avait-il pensé ? Qu'avait-il réfléchi ? Qu'avait-il prévu ? Qu'avait-il décidé ?

Tout se mélangeait. Il avait du mal à retrouver les décisions qu'il était sûr d'avoir prises.

Que devait-il faire ? Où devait-il aller ? Qui devait-il rencontrer ?

Tout était brouillé dans sa conscience. Était-elle bonne ou mauvaise ? Il ne savait plus comment aborder le sujet. Il se souvenait d'avoir eu une discussion avec son meilleur passementier, Antoine Clément. Il avait le souvenir de s'être accroché avec Marcelline en présence de Pierre, qui l'avait réconforté, et d'Adrien, qui n'avait rien dit. Le souvenir d'avoir rentré le cheval qu'on lui avait prêté vint souiller ses idées. Il ne voyait plus comment il allait se sortir de cette situation et du brouillard que lui avait procuré cette soirée bien... arrosée !

Le contact de l'eau froide avec la chaleur de sa peau lui fit beaucoup de bien. Il s'essuyait avec un linge lorsqu'il entendit une voix dans son dos :

— Alors on a forcé sur l'alcool, hier soir ?

Il se retourna et découvrit Marcelline, droite comme un « i », les mains sur les hanches, qui le regardait se laver.

— Vous auriez pu au moins laver votre gobelet et la chopine. Ça sent la vinasse quand on rentre.

Comme un enfant qui est surpris l'index dans un pot de confiture, le jeune homme resta confus, ne sachant que répondre. Il termina de se sécher en tamponnant sa peau et revint dans la salle de l'auberge. Adrien lui sauta au cou pour l'embrasser pendant que sa grand-mère ramassait bruyamment les témoignages de la débauche bacchanale de la veille. Elle frotta vivement le plateau de la table au-dessus de laquelle l'esprit du commis de barre avait vagabondé entre deux tournées de vin, afin de lui faire remarquer sa désapprobation.

— Ne vous mettez pas dans cet état, Marcelline ! s'expliqua Gustave.

— Mais vous faites ce que vous voulez. Vous êtes chez vous. Je ne suis pas ici pour comprendre quelque chose mais pour aider et protéger ma nièce en votre absence, mais je me demande s'il ne vaut pas mieux la protéger en votre présence également.

— Ne soyez pas ingrate, Marcelline. Je vous demande d'accepter mes excuses pour hier, mais j'avoue qu'en ce moment je ne suis pas dans un état qui me permette de recevoir des reproches.

— Je ne vous faisais aucun reproche, je voulais découvrir certaines zones d'ombre de votre vie. Je ne faisais que vous poser des questions, martela la tante de Marie-Louise en appuyant volontairement sur les derniers mots.

Tout en discutant et afin de garder bonne contenance, en évitant de croiser le regard de son neveu, Marcelline s'était emparée d'un balai pour nettoyer le plancher.

Gustave évaluait le courroux qui émanait de la femme qui lui faisait face.

— Je me permets de vous redire ma demande de compréhension. Le jour où je pourrai tout vous expliquer, vous comprendrez.

— Parce que vous me cachez quelque chose ? Ce n'est pas ce que vous me disiez hier soir. Je persiste à ne pas vous croire, mais je veux bien faire la paix avec vous, pour l'instant. Par contre, j'accepterai vos regrets le jour où je saurai tout de vous.

— On ne connaît jamais les gens en totalité.

— Vos mauvais côtés me suffiront, conclut Marcelline en ouvrant la porte qui donnait dans la rue menant au pont et en poussant violemment le fruit de son balayage vers l'extérieur.

Le juron qui s'ensuivit fit éclater de rire tout le monde. Elle n'avait pas vu arriver un maquignon, traînant un bœuf qu'il amenait vraisemblablement à une foire des environs. Il reçut directement sur sa longue blouse bleue toutes les saletés et poussières qui jonchaient le sol quelques secondes plus tôt.

— Bon, ça va, ne gueulez pas, vous auriez pu prendre le balai en même temps, par la même occasion ! lui cria Marcelline, avec une mauvaise foi manifeste tout en le secouant pour enlever le surplus de résidus.

— Et en plus je me fais engueuler ! bougonna l'homme en s'époussetant et en assenant, de rage, un coup de bâton sur le postérieur de son animal pour qu'il accélère son allure, comme si la pauvre bête était pour quelque chose dans cette mésaventure.

Gustave était retourné dans sa chambre. Il avait laissé Marcelline et Adrien s'occuper de la bonne marche de l'auberge en l'absence de Marie-Louise. Sa femme lui manquait. Il faut dire que depuis leur mariage ils ne s'étaient jamais séparés. Il s'habilla machinalement, comme il le faisait tous les jours, mais il pensa que cette journée n'allait pas être habituelle, qu'il allait se passer quelque chose qui risquait de changer sa vie. Mais quoi ?

Petit à petit, certains événements de la journée précédente lui revinrent à l'esprit jusqu'au moment où il se remémora la phrase qu'il avait prononcée avant de se coucher. Il avait un rendez-vous avec quelqu'un et cette rencontre apparaissait comme primordiale à sa survie et à son avenir. C'était, en tout cas, ce qui ressortait de son idée.

— Mais oui, c'est bien ça ! hurla-t-il, sans penser qu'il n'était pas seul.

Marcelline se mit en bas de l'escalier pour lui crier agressivement :

— Qu'est-ce qui vous arrive ? Vous parlez tout seul, maintenant ? Vous n'avez pas assez cuvé ? Vous n'allez pas bien ?

— Non, ça va ! Au contraire, ça va très bien. Ne vous faites pas de souci, répondit-il.

— Oh, tranquillisez-vous, je me moque de ce qui peut vous arriver, mais je me préoccupe surtout de ce que vous pouvez faire ! Quelque part, nous sommes toujours responsables des agissements des membres de notre famille, même… rapportée, conclut-elle, narquoisement.

Le silence qui suivit montra que la tante avait marqué quelques points sur les attitudes de son neveu.

Au même moment, Gustave se souvint de l'information que lui avait donnée le père Clément concernant l'inconnu. Il lui avait dit qu'il devait revenir lui apporter un chargement le lendemain. Or le lendemain n'était autre qu'aujourd'hui. C'est à cet instant qu'il se souvint, dans un flot de brume, de la phrase qu'il avait baragouinée avant de trouver le sommeil : « Demain, j'ai un rendez-vous important. »

Il ne comptait surtout pas le manquer !

*
* *

Le seul métier à tisser qui était encore en activité ce jour-là, chez Antoine Clément, travaillait dans la fabrique. Gustave l'entendait depuis la rue lorsqu'il se plaça dans le renfoncement d'une porte qui faisait face à l'habitation de son meilleur passementier. Il n'avait jamais autant apprécié le tic-tac de la machine que ce matin-là. Ce qu'il vivait risquait de lui faire perdre l'emploi dans lequel il s'était lancé. C'était son gagne-pain, celui qui permettait au jeune homme de rester indépendant des activités de l'*Auberge du Forez*, selon sa volonté. Il n'aurait jamais cru apprécier autant ces bruits qui faisaient partie du quotidien des ouvriers rubaniers, berçaient leur progéniture et, au-delà, accompagnaient sa vie professionnelle personnelle.

C'est toujours lorsqu'on les quitte que le lieu et l'activité qui nous ennuyaient la veille deviennent un bon souvenir. L'homme est ainsi fait. Il brûle ce qu'il a adoré et encense, dès le lendemain, ce qu'il s'est obstiné à détruire avec acharnement.

Le commis espéra qu'il n'était pas arrivé en retard et qu'il pourrait ainsi intercepter la venue de celui qui était devenu son principal ennemi. Il avait décidé de ne pas jouer de la même manière que la fois précédente. Son équipée dans la course-poursuite et la mort de Pâquerette l'avaient particulièrement blessé dans son amour-propre et dans sa chair. Beaucoup plus dans le premier que dans la seconde, d'ailleurs ! La leçon avait été particulièrement douloureuse. Il ne voulait pas revivre ce genre d'aventure. Il avait donc décidé d'affronter l'homme de la manière la plus simple, celle du corps à corps, à la loyale, en un seul mot : « directement », en le prenant par surprise pour l'empêcher de fuir.

À chaque fois qu'il s'était trouvé face à lui, ou en tout cas à proximité de lui, son adversaire s'était conduit comme un lâche, comme un leurre, comme un salaud. Il avait déguerpi, et ça il ne pouvait pas le supporter. Il pensa que le moment des règlements de comptes était arrivé et qu'il ne fallait surtout pas manquer le prochain rendez-vous.

Voilà pour quelles raisons, en ce matin frileux, Gustave Charrier, *alias* Tarentaise la Malice, emmitouflé de pied en cap, espionnait la façade du logis de l'un de ses ouvriers passementiers, pour ne pas dire le meilleur, afin de retrouver une certaine sérénité d'esprit et la quiétude dans son for intérieur, sa conscience, même s'il fallait en venir aux mains, chose qu'il maudissait au plus profond de sa personne.

Les minutes s'écoulaient. L'atmosphère glaciale s'amplifiait en ce début de matinée et, de temps en temps, le commis de barre se frappait les bras et la poitrine pour évacuer la froidure qui n'allait pas manquer de l'envahir à force de rester immobile. Rien ne se passait, ne bougeait. Il pensa un court moment que le passementier lui avait raconté des bêtises jusqu'à l'instant où il entendit un bruit de roues sur les pierres polies par les passages successifs des attelages. Il se fit le plus discret possible contre la paroi dans laquelle il essayait de se fondre depuis qu'il s'était installé à cet endroit. Rien ne permettait de voir sa présence. Du moins le pensa-t-il !

La voiture s'arrêta devant la maison et la porte d'entrée de la famille Clément. Gustave la reconnut comme étant celle qu'il avait observée dans la cour de l'ancien prieuré de Saint-Rambert et qu'il avait poursuivie sur la route de Chambles. La personne qui en descendit, dos tourné, avait la même corpulence que le conducteur de celle qui était à l'origine de son accident. Il n'y avait aucun doute, il se trouvait occupé à observer l'homme qui était la cause de ses derniers déboires, mais peut-être également le visiteur du cimetière lors de l'enterrement de son beau-père, celui qui avait agressé verbalement Marie-Louise à l'auberge et éventuellement le fouineur qui avait voulu exciter Pâquerette chez les frères Giron, à Saint-Étienne. La liste des attaques commençait à devenir longue et Gustave en avait assez de ne pouvoir répondre à toutes ces provocations dont il ne connaissait ni l'origine ni la source. En tout cas nettement.

L'homme frappa à la porte. Au bout de quelques secondes, l'huis pivota et la tête du père Clément apparut. Son visage, que le jeune homme arrivait à observer depuis sa cachette, à la lueur qui émanait de la lampe à pétrole qu'il tenait à la main, était tendu. Beaucoup plus fermé que lorsqu'il le recevait lui, le commis de barre officiel qui lui faisait confiance. Le chantage qu'il subissait de la part de son nouvel intermédiaire devait être intolérable. L'honnêteté de la famille Clément en était éclaboussée.

Malgré les propos qu'Antoine avait tenus en sa présence, la veille, lors de leur explication, il ne semblait pas à l'aise. Les conditions qui lui étaient proposées étaient véritablement intéressantes, mais l'honneur qui était de mise lors de toute transaction, où le seul fait de se frapper mutuellement dans la main était plus important que tout contrat chez le notaire, devait prévaloir. Gustave pensa qu'il n'avait pas vraiment le choix et que la réputation du passementier était vraiment en jeu. Pour la première fois, il comprenait son attitude, même s'il n'avait pas trop apprécié ses propos ou ses explications.

Une sorte de désillusion, teintée de jalousie, s'empara de lui. S'il l'avait pu, il aurait bondi et frappé cet inconnu qu'il haïssait sans le connaître, qu'il maudissait sans savoir qui il était. Il se retint. En peu de temps, celui-ci avait déstabilisé un équilibre que lui, simple ouvrier originaire de la Savoie, avait mis des mois à fixer. Le paradoxe latent revenait en permanence, quitte à lui donner autant mal à la tête que tout le vin qu'il avait ingurgité la veille. Les mêmes images resurgissaient, les mêmes récriminations s'amplifiaient. Elles étaient toujours présentes.

Pour la première fois, il jugea qu'après tout il n'était qu'une victime de cette situation, lui, le mari de Marie-Louise. Loin de lui mettre du baume au cœur, cette pensée servit de terreau à la croissance d'autres questions. Tant qu'il ne saurait pas ce qu'on lui reprochait, ce dont il était accusé, il ne pourrait pas avoir son âme en paix.

Il sembla à Gustave que la manière dont s'y prenait le mystérieux personnage pour le faire tourner en bourrique s'expliquait très facilement. Il ne voulait surtout pas avoir de contact avec lui afin qu'il ne connaisse jamais les origines de son courroux et qu'il en supporte les conséquences dans une totale ignorance. La vengeance n'en serait que pire, moralement. Il voulait l'abattre anonymement. À force de ne rien comprendre, certains en venaient à mettre fin à leurs jours pour s'évader de cet enfer permanent. La solution du suicide devenait ainsi la seule qui permettait de trouver le repos. Est-ce que l'homme qui traitait avec Antoine Clément, à quelques mètres de lui, avait cette intention ? Le commis de barre ne pouvait pas répondre à cette question, mais il décida qu'il la lui poserait dès qu'il en aurait l'occasion. Si cette opportunité ne se présentait pas ou n'était pas dans les intentions de l'inconnu, elle devenait primordiale à ses yeux et il allait tout faire pour qu'une rencontre, si explosive soit-elle, puisse avoir lieu.

Depuis plusieurs jours, il tournait en rond. Dès qu'il croyait avoir imaginé une solution, celle-ci s'effondrait, se démantelait irrémédiablement, ouvrant la course vers d'autres questionnements encore plus compliqués. Il envisagea un court instant qu'il commençait à devenir fou. Il se prit alors la tête entre ses mains pour retenir le peu de sagesse qui lui restait afin qu'elle ne s'envolât pas dans le tourbillon de la froideur environnante.

Devant lui se déroulait une scène qu'il connaissait par cœur. Le passementier recevait l'intermédiaire qui le liait aux donneurs d'ordres stéphanois, comme Gustave l'accomplissait lors de chaque recette.

Le jeune homme songea que les hommes étaient faits ainsi. Très peu de reconnaissance et beaucoup d'intérêt. Dès l'instant qu'ils pouvaient retirer des avantages de leur comportement, ils ne pouvaient s'empêcher de tomber dans l'infamie et la trahison, de la tromperie et de l'infidélité, même si ça leur coûtait.

Le commis concevait qu'Antoine Clément fût une personne hors norme, avec ses qualités et ses défauts. Mais après tout, qui n'en avait pas ? Lui-même, Gustave Charrier, avait les siens que certains comprenaient et que d'autres combattaient, comme Marie-Louise qui ne pouvait pas admettre qu'il soit si discret sur son passé.

Tous les événements qui bousculaient sa vie depuis quelques semaines l'avaient amené à réfléchir à beaucoup de choses. Il ne se donnait pas le droit de faire resurgir ainsi des éléments qu'il n'avait pas envie de divulguer ou d'expliquer, comme fait un magicien, à la surprise générale, en sortant un lapin d'un chapeau haut de forme sur les marchés, pour faire la manche.

La situation lui parut très embrouillée, confuse. Au fur et à mesure de ses réflexions, tout se mélangeait. Alors qu'il croyait tenir un fil qui pouvait le conduire à la compréhension, celui-ci rompait et un second apparaissait aussi éphémère que le premier, et ainsi de suite. Il était comme devant un empilement de poupées russes. Quand il soulevait le couvercle, il découvrait un deuxième objet qu'il devait ouvrir et d'où se dégageait une troisième figurine. Le problème était plus complexe. Avec les poupées, il y avait une limite de cumul alors que dans son histoire il plongeait invariablement dans le vide sans aucun point fixe auquel se raccrocher. Il tombait, tombait encore et tombait toujours. Si la chute ralentissait, lorsqu'il pensait avoir compris quelque chose, dans l'instant qui suivait elle s'accélérait pour mieux le précipiter dans les limbes de sa pensée, toujours aussi vague.

Les deux hommes que Gustave espionnait en pleine transaction étaient entrés dans la maison pour la conclure. L'ensemble du chargement était à l'intérieur. Gustave pensa qu'ils discutaient du pourcentage que le nouveau commis allait donner à son ancien passementier. C'était ainsi qu'aboutissaient les affaires. En premier lieu, la livraison. Ensuite, les modalités techniques et l'inventaire des matières à travailler. Enfin, les conditions financières.

Gustave pensa que le moment était arrivé de prendre l'initiative. Il sortit de sa cachette et s'avança vers la charrette. Il avait l'intention d'interpeller l'homme lorsqu'il sortirait, mais sans la présence du père Clément. Il contourna le véhicule et se plaça un peu plus loin, le long d'un mur afin que le passementier ne le vît pas. Il aurait ainsi l'opportunité de ne pas être vu de lui et pourrait intercepter son interlocuteur tranquillement.

Pour une fois, la chance fut du côté du mari de la Maloui. La porte s'ouvrit et seul l'inconnu en sortit, laissant son hôte à l'intérieur. Après s'être serré la main, les deux hommes se séparèrent. Gustave entendit le choc du bois du battant contre l'encadrement. Enfin, l'inconnu était là, occupé à remonter son écharpe pour se protéger le bas du visage avant de monter sur le banc de bois du conducteur. D'un bond, Gustave surgit et l'apostropha :

— Alors bonhomme ! On peut se parler ?

Le commis de barre n'eut pas le temps d'entendre la réponse. Un fort coup, atténué par le col de sa veste et le cache-nez protégeant son cou, venait de lui être assené sur la nuque, par-derrière. Gustave perdit connaissance et s'effondra sur le sol.

XXVI

La confrontation

LORSQU'IL REPRIT connaissance, Gustave avait les mains et les pieds liés. Assis contre le mur intérieur d'une grange qu'il ne connaissait pas, il ressentit un fort mal de tête. Vraiment, elle était mise à contribution sa caboche, depuis la veille. En premier lieu la cuite et voilà que maintenant on l'avait frappé.

Mais que lui était-il arrivé ? Il avait du mal à rassembler tous ses souvenirs. Il se souvenait d'avoir surveillé la maison du père Clément, d'avoir interpellé l'inconnu, de ne pas l'avoir vu se retourner, puis c'était le néant, plus aucun souvenir.

Pourtant, rapidement, le commis de barre eut une certitude, la première depuis bien longtemps, qui le fit frissonner. Si son ennemi était face à lui au moment où il avait perdu connaissance, quel était donc cet autre homme qui l'avait frappé sur la nuque, par-derrière ? Il n'y avait aucun doute là-dessus, il n'était pas tombé tout seul ! C'était bien un autre homme qui l'avait agressé et non celui qui lui faisait face. Ils n'étaient donc pas deux mais trois, en ce matin d'hiver, devant la maison du passementier. Gustave ne pouvait que constater qu'il n'avait jamais pensé qu'ils fussent plusieurs. En permanence, il n'avait vu qu'une personne et une seule.

Se pouvait-il qu'il soit la victime d'un complot ? La question devenait embarrassante et changeait complètement la donne de son histoire. Il finit par se convaincre qu'ils étaient plusieurs à lui en vouloir. Oui, mais combien ? Après tout, s'ils étaient deux, rien ne permettait d'empêcher qu'ils soient trois, quatre ou plus. Poursuivant cette réflexion de fou, il se demanda si chacun des personnages qui émaillaient les derniers événements pourrissant sa vie depuis quelque temps n'avait pas eu un rôle bien particulier. Par exemple, le premier pour l'enterrement de Joseph, un autre pour l'agression de Marie-Louise, le suivant pour Pâquerette, et ainsi de suite. La seule certitude qu'il avait était que le personnage à qui il avait adressé la parole quelques minutes ou heures auparavant – puisqu'il ne savait pas depuis combien de temps il avait été amené à cet endroit – était bien le même que celui de la course-poursuite. Il était vraiment catégorique sur ce point.

Une seconde évidence lui vint à l'esprit. Lorsque le mystérieux personnage était arrivé, il était bien seul sur la charrette. Ça, il en était sûr et certain. Personne ne l'accompagnait. Il pensa un court instant qu'un complice avait pu se cacher sous la bâche du chargement. Mais, dans ce cas, Antoine Clément aurait pu le voir en aidant son nouvel intermédiaire à décharger la marchandise.

Si de nouvelles interrogations venaient de faire leur apparition, par contre aucune lueur d'espoir n'émergeait de son esprit pour trouver le mobile de cette vengeance qui prenait une tournure inattendue et particulièrement déplaisante. Il ne pouvait que constater qu'il était prisonnier et qu'il ne pouvait plus faire un geste.

À travers quelques planches disjointes, il vit qu'il faisait jour. En revanche, aucun bruit ne vint répondre au silence qu'il s'imposa pour juger la situation dans laquelle il était. Il tenta de dégager ses mains mais le nœud qui les liait tenait bon. Quant aux pieds, il n'essaya même pas, tant la tension de la corde lui entamait la peau.

Une réflexion qui le glaça lui vint en tête. Et si on l'avait mis dans cette grange, éloignée de tout, pour le laisser mourir, à petit feu, mais de froid ? Il commença à s'agiter. Il fallait trouver une solution avant le coucher du soleil. Tant que l'astre brillait, la température ne descendrait pas trop bas, même si elle n'augmenterait pas. Par contre, dès qu'il serait couché, rien n'arrêterait la dégringolade du thermomètre vers des négatifs pouvant devenir mortels. Il devait agir le plus rapidement possible pour se sortir de cette sale situation, mais sans s'énerver afin de garder le maximum d'énergie. Ne pas la gaspiller n'importe comment était primordial à ses yeux. Ce serait cette attitude qui pourrait le sauver.

Alors qu'il était attentif à trouver une issue à ses problèmes du moment, Gustave entendit un bruit à l'extérieur, comme des brindilles que l'on foule, qui craquent sous le pied. Il pensa que quelqu'un était derrière la palissade de bois qui servait de mur à la grange.

Après quelques hésitations, il se mit à crier :

— Au secours ! Aidez-moi ! Je suis prisonnier dans la grange.

Pour toute réponse, seuls de nouveaux bois brisés lui répondirent comme pour lui signifier que la personne en question n'avait rien à faire de ses hurlements et que son projet continuait son petit bonhomme de chemin.

Renouvelant ses appels, le commis en vint à la conclusion que sa mort était programmée et que son ou ses geôliers allaient assister au spectacle, aux premières places, sans qu'il pût faire quoi que ce soit. La bassesse de la méthode lui donnait envie de vomir. La lâcheté du processus était immonde. S'il devait quitter cette terre, qu'on lui explique ce dont il était accusé, ce qu'on lui reprochait.

La résonance des branchettes foulées se poursuivait. Il réitéra ses cris. Au bout de quelques instants, il entendit que l'on détalait, à l'extérieur. Il songea alors que ce pouvait être un animal venu chercher quelque pitance près de cette construction et que la présence d'un humain attirait. Au même moment, il comprit la raison qui l'avait fait fuir. Une charrette se rapprochait. Gustave attendit qu'elle arrivât à la hauteur de la grange pour se remettre à crier. À son grand bonheur, l'attelage ralentit et stoppa. Il voyait son ombre passer entre les planches légèrement écartées. Une personne en descendit.

— Je suis dans la grange. Aidez-moi. Je ne peux pas bouger.

Ses mots étaient choisis. Il ne voulait pas dire qu'il était prisonnier, mais laissait le vague sentiment qu'il pouvait être blessé. Ainsi l'arrivant pourrait croire qu'il n'y avait aucun danger à aider un homme dans l'embarras.

La porte s'ouvrit et, dans l'embrasure, Gustave vit apparaître une forme que la pénombre dans laquelle il était plongé, depuis qu'il avait repris connaissance, ne lui permit pas de reconnaître. La lumière lui faisait mal aux yeux. Instinctivement, il rapprocha ses deux mains entravées vers son visage pour se protéger. La silhouette ne bougeait pas.

— Pouvez-vous m'aider ? tenta Gustave.

Aucune réponse ne vint soulager son appréhension, ses craintes, voire sa peur. Le commis pensa alors que la personne qui restait plantée ainsi le faisait exprès afin de garder l'anonymat. Elle n'était donc pas de passage près du hangar, mais y était venue intentionnellement. Ce n'étaient pas ses appels qui l'avaient attiré, mais sa volonté.

— Qui êtes-vous ? se hasarda à nouveau le jeune homme, les avant-bras toujours positionnés en protection.

— Tu le sauras assez tôt, Tarentaise la Malice ou... Gustave Charrier, si tu préfères, plaisanta l'inconnu, en appuyant volontairement sur la dernière partie de sa phrase.

Gustave resta stupéfait. La personne le connaissait très bien, au point de savoir à la fois sa véritable identité et son nom de compagnon. De plus, il le tutoyait. Cette dernière attitude lui permit de comprendre, toutefois, que la liaison qui semblait les lier avait une origine extérieure au compagnonnage, sinon il l'aurait vouvoyé, suivant les manières obligatoires dans ce milieu.

— Qu'est-ce que je vous ai fait ? poursuivit-il.

— Nous allons y venir, puisque tu veux le savoir.

— Évidemment que je veux le savoir. Qu'est-ce que c'est que ces manières de retenir les gens ainsi, contre leur volonté ?

— Comme tu as été un peu trop curieux, j'ai dû prendre ces dispositions. Ça change mes plans, pour tout te dire, mais pourquoi pas ?

— C'est vous qui étiez en discussion avec Antoine Clément, avant que je me fasse agresser.

— Agresser, comme tu y vas.

— Et comment appelez-vous ça alors ?

— Une entrée en matière pour une explication plus franche et discrète.

— Vous avez de ces mots.

— Ce sont ceux qui conviennent. Je ne voulais pas que nous discutions devant tout un chacun de choses personnelles. Je suis respectueux du secret qui peut lier les hommes entre eux, surtout quand ils ne sont pas très jolis à entendre ou à dire.

— Mais je ne vous connais pas ! s'obstina Gustave en bougeant pour essayer de reconnaître un trait du visage de son interlocuteur.

— Je te l'ai dit. Il ne faut pas être pressé. Tout va venir au moment voulu.

— C'est donc vous qui prenez mon travail.

— Holà, comme tu y vas ! Je ne te prends pas ton travail. J'en propose un plus intéressant à tes ouvriers rubaniers qui, eux, te refoulent. Ils sont libres de faire ce qu'ils veulent.

— Pas si libres que ça puisque vous les avez menacés de mettre en cause leur intégrité, leur honneur.

— Et alors ?

— Alors vous les faites chanter, comme vous avez peut-être l'intention de le faire avec moi, mais ça ne marchera pas. Je suis assez connu sur la place de Saint-Étienne pour qu'on puisse croire ce que vous allez colporter.

— Non, je ne veux pas te persécuter. Je veux simplement te détruire.

— Me détruire. Me tuer ! s'épouvanta Gustave.

— Non, je n'irai pas jusque-là. La mort, comme ça, directe, serait trop simple. Je veux une mort lente. Je veux te faire mijoter à petit feu. Je veux que tu te lèves tous les jours avec le sentiment que ta journée va être un enfer. Au départ, je voulais que cela se passe comme d'habitude dans le métier.

— C'est-à-dire ?

— Les commis choisissent leurs artisans et, si ceux-ci ne correspondent plus aux critères de travail, ils se séparent d'eux, comme on répudie une femme, sans autre forme de procès. Charge au passementier de trouver quelqu'un d'autre pour faire vivre sa famille.

— Mais ça se fait à l'unité.

— Eh bien moi, je fais ça en nombre. En gros.

Heureux de sa boutade, l'homme éclata d'un rire énorme qui retentit sous le toit de lauzes de la grange, se répercutant de poutre en poutre. Gustave connaissait ce rire, mais le souvenir en était assez éloigné. Il se creusa la tête pour savoir à qui il appartenait et s'il était proche de cette personne. Au bout de quelques secondes, une lueur vint illuminer son esprit.

— C'est toi, Raymond ?

— Nous y sommes. Tu vois quand tu veux !

— Mais que fais-tu ici ?

— Je te l'ai déjà dit. Je te ruine.

— Et pourquoi ?

— Parce que tu es un salaud.

— Mais qu'est-ce que je t'ai fait pour que tu me veuilles du mal ?

— Oh, pas grand-chose. Tu m'as envoyé en prison et tu as tué mon frère.

— Quoi ! hurla Gustave.

— Eh oui ! L'honnête commis de barre qui complote avec les frères Giron de Saint-Étienne et qui fait travailler plusieurs passementiers dans les environs de Saint-Just-sur-Loire et Saint-Rambert-sur-Loire n'est autre qu'une pourriture qui a dénoncé ses amis.

— Mais tu divagues, ne put se retenir de dire Gustave.

— Non, je ne divague pas. Tu sais très bien ce que tu as fait. Tu as fui les lieux de ton crime en te réfugiant ici, dans le Forez. Tu pensais qu'on t'aurait oublié et que tu pourrais te refaire une vie tranquille, aux bras d'une belle Pontoise, sans payer ta dette envers les victimes de tes actes. Eh ben tu t'es trompé. Ton passé te rattrape et tu vas devoir payer le prix fort de tes actes. Si tu t'étais contenté de ne rien vouloir savoir, notre affaire en serait restée là, mais monsieur a voulu s'attaquer à moi, se mesurer à moi. Mais tu n'es plus de taille.

Gustave était blême. Il ne pouvait plus rien dire. Il attendait la suite de la description que n'allait pas manquer de lui faire Raymond.

— Tu te rappelles quand nous étions à Bessans, en Savoie ? Nous étions un trio parfait. L'amitié nous guidait. On faisait tout ensemble, toi, mon frère Germain et moi. Combien ma mère t'appréciait ! Elle te considérait comme son fils. Pour la fête du village, tu étais toujours des nôtres, fuyant l'auberge que tenaient tes parents et que tu ne pouvais pas voir. La clientèle bruyante, l'alcool qui coulait à flots, tes parents toujours entre deux vins pour faire plaisir aux consommateurs ne te plaisaient pas. Alors tu te réfugiais chez nous et la famille t'acceptait. Lorsque tu as eu l'idée de partir pour Lyon, c'était avec mon frère que tu devais t'en aller. Ma mère vivait mal de savoir son cadet s'éloigner d'elle sans protection, comme elle le disait. Elle te faisait confiance, mais elle vous trouvait bien jeunes pour cette aventure.

La voix de Raymond avait changé. Elle était moins rude, moins brutale. Les allusions sur sa vie passée semblaient l'émouvoir. Gustave en profita pour lui demander de le libérer. Le refus fut catégorique et il poursuivit :

— Tu as eu beau la rassurer, son angoisse a été la plus forte. Il a fallu que je décide de vous accompagner pour qu'elle retrouve une certaine sérénité. On avait décidé de faire le tour de France et de revenir avec un métier bien maîtrisé entre nos mains pour vivre tranquillement au pays. Mais voilà, c'était sans compter avec ta manière d'agir.

— Je te jure que je n'ai rien fait.

— Tais-toi, ou je te bâillonne !

Face à cette perspective peu plaisante, Gustave se tut. Ses yeux s'étaient habitués à la lumière qui entrait par la porte. Il arriva à distinguer la barbe et la moustache qui lui avait été décrite par le père

Clément. Il ne voyait pas encore le regard de son geôlier, mais faisait des efforts pour y arriver tout en l'écoutant.

— On est arrivés à Lyon et on est entrés chez les compagnons du Devoir. Germain Personnaz est devenu Savoyard la Bonté, toi, Gustave Charrier, Tarentaise la Malice et moi, Raymond Personnaz, Maurienne l'Obstiné.

L'homme arrêta sa narration. Il se mit à réfléchir et, quelques secondes plus tard, la reprit :

— Tu vois, je n'imaginais pas, jusqu'à aujourd'hui, que ces qualificatifs étaient aussi bien donnés. C'est vrai que Germain était la bonté même. Il était toujours prêt à aider les autres, à se donner, à être indulgent, doux et vouloir faire le bien. De ton côté, la malice te va comme un gant. Ce penchant à faire le mal, à nuire, à être méchant. Quant à moi, ma présence en face de toi, aujourd'hui, démontre mon obstination, mon entêtement. Cette période, à Lyon, a été un moment de bonheur, d'une certaine manière. On était jeunes, on croyait en un avenir meilleur. Germain était toujours admiratif de tout ce que tu faisais. Il te prenait comme exemple en permanence. J'avoue que ça m'ennuyait quelquefois, d'autant que, si j'avais un différend avec toi, il te donnait toujours raison. Et c'est cette vénération sans faille qui a été à l'origine de son malheur, de notre malheur. Comme quoi l'admiration peut conduire à la dévotion qui peut devenir la pire des situations.

Gustave ne perdait pas un seul mot sortant de la bouche de Raymond. De toute façon, il n'avait pas d'autre choix que de l'écouter.

— Nos différents métiers nous plaisaient. Germain et moi avions choisi le travail du bois. Lui pour la charpente et moi pour la menuiserie. Quant à toi, tu t'étais beaucoup plus passionné pour les étoffes. Qu'est-ce qu'on t'a ennuyé avec ça ! On se moquait de toi en te disant que c'était un métier pour les femmes. Je me rappelle que ça t'énervait. Enfin, les jours passaient en attendant qu'on parte vers d'autres horizons pour parfaire notre apprentissage. Tous les soirs, on se retrouvait chez la mère Maréchal, à la Croix-Rousse. C'est là qu'on a rencontré les autres compagnons et que nous sommes devenus des Voraces. On a refait le monde pendant des soirées entières. Germain t'écoutait. Il buvait tes paroles et ne pensait pas un seul instant que tu puisses avoir tort. Petit à petit, tu es devenu un des meneurs et ce qui devait arriver arriva. Lorsque le roi est parti en 1848, on t'a suivi pour faire la révolution et la seconde République a été proclamée. Ah, les journées de folie qui ont suivi. Les forts de la Croix-Rousse ont été pris, le drapeau rouge a remplacé celui de la royauté, et nous, les Voraces, on a rejoint les Savoyards de Lyon à qui on demandait de partir. Tu te rappelles ? Les autorités nous donnaient des passeports gratuits pour qu'on rentre chez nous, et même de l'argent.

— Et qu'est-ce que j'ai à voir là-dedans, moi ?

— Que tu étais un des meneurs et pas le dernier pour aller à l'affrontement, ou plutôt à envoyer les autres à l'affrontement. Tu as fait partie de ceux qui ont lancé l'idée d'aller apporter la liberté chez nous. On s'est réunis sur la place Bellecour. Tout le monde nous acclamait. On allait porter la liberté au-delà de nos frontières. Que c'était beau ! Je pense surtout que les Lyonnais étaient contents de nous voir partir. Passons ! On a pris la route vers la montagne. On est arrivés à Chambéry cinq jours plus tard. Tout nous paraissait facile. On a pris le château et la mairie et on a proclamé la République. Mais voilà, les Savoyards royalistes n'en voulaient pas et le lendemain, aidés par la population, ils ont repris le contrôle de tout. Et nous, on est revenus à notre point de départ.

— Et alors ? Nous étions toujours tous les trois.

— Oui. On a repris le travail, même si ça a été difficile et... un an plus tard, on a remis ça. Une rumeur a couru que les républicains s'étaient soulevés à Paris, le 15 juin 1849, et c'est reparti, sauf que cette fois-ci la révolte s'est limitée au quartier de la Croix-Rousse et qu'on en a pris plein la figure. L'armée a chargé. Certains sont morts, comme Germain, d'autres ont goûté aux joies de la prison, comme moi, et les derniers s'en sont bien sortis... comme toi.

Un grand silence de plusieurs minutes marqua à la fois la conclusion des propos de Raymond, mais également l'embarras de Gustave qui ne savait que dire. Pourtant, ce fut lui qui ouvrit la bouche le premier :

— Et que veux-tu que j'y fasse ? Ce sont les horreurs de la guerre, surtout si elle est civile, comme c'était le cas. Je ne peux pas être tenu responsable de tous les événements qui se sont passés à cette époque. Donc je ne vois pas pour quelle raison tu m'en veux et pourquoi je suis attaché là dans cette grange.

— Parce que c'est toi qui nous as vendus.

— Et à qui est-ce que je vous aurais vendus ? Pour quelles raisons est-ce que j'aurais fait ça ?

— Pour sauver ta personne.

— Mais tu n'as aucune preuve.

— J'ai mieux que ça : un témoin !

Gustave vit une seconde ombre se profiler dans l'encadrement de la porte. Étant légèrement en retrait de Raymond, la lumière du jour éclaira son visage. Lorsqu'il le reconnut, il resta sans voix !

XXVII

Le témoin

— LYONNAIS CŒUR LOYAL ! s'exclama Gustave. Que faites-vous ici ?

— Je suis venu à la demande du pays Maurienne l'Obstiné.

— Et pour quoi faire ?

— Simplement la lumière sur une sale affaire qui me ronge la vie depuis des années et connaître votre implication dans une histoire qui nous est commune, qui a coûté la vie à Savoyard la Bonté et envoyé Maurienne l'Obstiné en prison pendant des années.

— Et qu'est-ce que j'ai à voir dans tout ça ?

— Justement, je veux le savoir.

Depuis que Lyonnais Cœur loyal avait fait son entrée, Raymond, *alias* Maurienne l'Obstiné, n'avait rien dit. Il avait savouré la surprise de Gustave, prélude à une explication qu'il avait voulue et provoquée. Il écoutait le début de la conversation avec beaucoup d'attention, attendant le moment opportun pour intervenir.

— Vous êtes complices contre moi. Ce n'est pas très beau de se mettre à deux pour en abattre un. Vous êtes deux lâches ! s'irrita Gustave.

— Tu parles bien de ce que tu connais, parce que, en matière de lâcheté, tu es assez expert, lança Raymond. C'est pour ça que j'ai demandé à Lyonnais Cœur loyal de venir ici. Pour que tu nous expliques comment tu as réussi à sortir d'un piège dans lequel nous sommes tous tombés, sans exception. Alors, pourquoi t'en es-tu sorti ? C'est notre question principale, et tant que nous n'aurons pas la réponse tu resteras là, à croupir sur cette paille humide et froide.

— Mon absence ne va pas passer inaperçue. On va me chercher.

— C'est sûr, mais on ne te retrouvera que mort. Voilà tout.

Gustave pensa que ça ne servait à rien de faire le flambeur. Il était attaché comme une charcuterie qu'on exhibe à la devanture d'une boutique et, comme elle, il n'avait vraiment aucune possibilité de s'enfuir.

— Si tu n'avais pas cherché à savoir, tu ne serais pas dans cette situation inconfortable. C'est ton problème. Pas le nôtre.

Le commis de barre comprit rapidement que c'était Raymond qui menait la barque sur laquelle il voguait et il essaya de ruser. Lyonnais Cœur loyal n'était là que pour servir de témoin. Ni plus ni moins. Il essaya de faire flancher celui-ci :

— Que vous arrive-t-il, pays ? commença Gustave en s'adressant à celui que le hasard avait mis sur sa route quelques jours auparavant, un matin d'hiver, sur la route entre Andrézieux et La Fouillouse. Nous avons bien discuté. Je n'ai jamais senti aucune haine contre moi, comme vous semblez en avoir maintenant. Que s'est-il passé ?

Le compagnon se tourna vers Raymond, comme pour demander une autorisation qu'il obtint par le mouvement affirmatif des paupières de celui-ci.

— Il y a quelques mois, j'ai dû abandonner provisoirement mon tour de France pour revenir à Lyon. Mon père voulait me voir pour régler certaines affaires familiales. Ce n'est pas que nous ayons beaucoup de fortune, mais il voulait éviter qu'après sa mort nous nous déchirions pour quelques biens que nous avions tous en commun, mes frères et sœurs. Or, au détour d'une rue, dans le quartier de la Croix-Rousse, j'ai rencontré Maurienne l'Obstiné et nous avons discuté du temps présent, du temps passé et, comme le font deux copains, des événements communs à nos deux vies. Il sortait de prison. Il était dans le quartier pour chercher des personnes ayant participé aux combats qui avaient opposé les Voraces aux troupes régulières pour mieux comprendre ce qui s'était passé et pour quelles raisons il était resté sept années de sa vie sous les verrous.

Raymond avait baissé la tête. Il regardait le sol sans rien dire. Il écoutait les explications que donnait Lyonnais Cœur loyal comme certains écoutent l'Évangile, le dimanche à la messe. Gustave constata, d'un simple coup d'œil, qu'il n'aurait fallu qu'un mot mal placé ou une réaction un peu fâcheuse pour qu'il intervienne.

— Et alors ? Je m'obstine, mais en quoi suis-je concerné par vos histoires ?

— Parce que c'est vous qui nous avez donnés.

— Comment, nous ?

— J'ai eu maille à partir avec la justice, moi aussi. J'ai eu plus de chance que Savoyard la Bonté puisque je ne suis pas mort et que Maurienne l'Obstiné puisque j'ai été libéré rapidement.

— Et voilà. Vous n'avez pas trop eu de problèmes avec les juges et c'est normal. Par contre, moi j'ai réussi à m'enfuir et on me prend pour un traître. Avouez que ce n'est pas normal, non ? grommela Gustave.

— Les faits sont différents, poursuivit Lyonnais Cœur loyal.

— Ben voyons… Vous prenez ce qui vous arrange et vous massacrez l'innocent.

Sans qu'il ait eu le temps de réagir, Gustave reçut une gifle de la part de Raymond. Ce dernier, face aux déclarations qu'il venait d'entendre, n'avait pas pu se retenir.

— Il y a des mots qui puent dans ta bouche et celui de l'innocence est odieux, par rapport à ceux qui sont morts pour les idées que nous défendions.

— Mais qu'est-ce que j'y peux, moi ? se défendit une nouvelle fois Gustave.

— Vas-y Lyonnais, explique-lui tout ce que tu m'as appris lorsque nous nous sommes vus à Lyon. Je ne vais plus t'interrompre, lança Raymond.

— Est-ce que vous vous rappelez toutes les traboules qu'on empruntait pour échapper aux soldats. Elles nous permettaient de nous enfuir par un endroit et de réapparaître où on ne nous attendait pas. Il y en avait une en particulier qui avait la particularité de pouvoir accéder à trois endroits différents[1]. On y entrait du côté de la montée Saint-Sébastien et on pouvait sortir sur la place du Marché-Couvert[2] ou la rue Imbert-Colomès. Sa cour nous servait de quartier général, en quelque sorte. Le grand escalier était utilisé comme tribune. C'est là qu'on se réfugiait en cas de coups durs. C'était notre « maison de la République », comme certains la nommaient. Une belle époque où on était convaincus que nous allions tout faire basculer. Et tout a basculé... sur nous. En juin 1849, on a remis ça, sauf que nous n'étions plus suivis, comme un an plus tôt. Le soulèvement s'est limité au quartier de la Croix-Rousse, et là l'armée ne nous a laissé aucune chance. Notre soulèvement a été réprimé avec toute la brutalité du pouvoir qui était en place. On a perdu du terrain et on s'est retrouvés poussés dans nos retranchements, jusque dans la cour de notre traboule. Là, ç'a été l'horreur. Dès qu'on faisait une sortie pour desserrer l'étau qui nous asphyxiait, les tirs partaient dans tous les sens. Les hommes revenaient le visage ensanglanté, s'ils avaient encore un visage humain. Les morts se comptaient par dizaines. On n'avait pas la possibilité de récupérer leurs corps.

— C'est comme ça que j'ai vu partir mon frère Germain et qu'il n'est pas revenu. Il a été abattu en sortant du côté de la montée Saint-Sébastien. Les suivants ont marché sur son corps pour essayer d'aller plus loin et de nous sortir de ce piège, car

1. *Connue de nos jours, sous le nom de « cour ou traboule des Voraces ».*

2. *Place Colbert.*

c'était bien un piège dans lequel nous étions. Personne ne savait où nous étions et voilà qu'en peu de temps l'armée a trouvé notre repaire. C'est un peu étonnant, non ? s'interrogea Raymond.

— On montait les blessés sur les paliers des étages pour dégager l'espace de la cour et pouvoir préparer les valides à aller au combat, poursuivit le compagnon. Certains hurlaient de souffrance et on ne pouvait rien faire pour eux. On n'avait rien pour les soigner. Lorsqu'ils se taisaient, c'est qu'ils étaient passés de vie à trépas. À la fin de la bataille, une odeur de mort avait envahi tout le quartier. L'armée nous a fait sortir, le sabre au clair. Si on n'allait pas assez vite, ils nous piquaient pour accélérer la manœuvre. On ne peut pas oublier ces moments-là. Ils sont marqués à jamais dans les esprits ou dans la chair, pour certains.

Les yeux rivés vers le sol, Raymond ne disait rien. Il écoutait religieusement les paroles de Lyonnais Cœur loyal. De temps en temps, il hochait la tête pour montrer son approbation.

Gustave profita de la pause que Lyonnais Cœur loyal marquait pour réitérer ses reproches :

— Et alors ? Moi aussi, j'ai vécu ces journées de folie, à la fois d'espoir et de souffrance. Je n'y suis pour rien.

— Oui, mais vous, pays, vous n'avez pas souffert.

— Comment ? Vous mettez en cause ma bravoure ? Je suis allé, comme vous, au combat.

— Très peu devant, tout de même, admit Lyonnais.

— Continue Lyonnais, et toi tais-toi ! imposa Raymond au commis de barre.

— Lorsque nous sommes sortis de la cour et que la majorité d'entre nous ont été faits prisonniers, j'étais derrière vous. Lorsque nous sommes passés devant les gradés qui savouraient leur victoire, l'un d'eux s'est penché à l'oreille du plus galonné et il lui a parlé. Celui-ci s'est alors tourné vers ses hommes et a ordonné qu'on vous relâche.

— Mais ce n'est pas vrai, j'ai réussi à m'enfuir dans la confusion qui régnait.

— Pour sûr qu'il y avait de la confusion, puisque nous étions beaucoup plus occupés à aider les blessés qu'on transportait avec nous et à fuir les piques des soldats qu'à les regarder parader et jouir du défilé de leur prise. Mais moi j'ai vu !

— Tout le monde aurait pu voir ce que vous racontez. Or vous êtes le seul à avoir vu ça.

— Et entendu ! poursuivit Lyonnais.

— Entendu... quoi ?

— Ce que le haut gradé a demandé à son sous-fifre. Pendant qu'ils discutaient, la file a avancé et je me suis trouvé juste à côté d'eux. J'ai entendu le galonné demander les raisons de cette sorte d'indulgence et le moins gradé lui a répondu que c'était grâce à vous s'ils avaient eu tous les renseignements nécessaires pour donner l'assaut.

On aurait pu entendre une mouche voler, si le temps avait permis qu'il y ait des mouches. Gustave était d'une pâleur inquiétante, le compagnon était arrivé au terme des révélations et Raymond regardait inlassablement le sol, le regard fermé comme s'il avait voulu contenir une colère qui couvait en lui, depuis le début de l'explication. C'est lui qui brisa le mutisme ambiant :

— Alors, qu'est-ce que tu as à répondre à ça ?

— Que je ne vous ai pas vendus ! hurla Gustave à s'en décrocher la mâchoire.

— Et tu persistes malgré le témoignage du compagnon. Je ne vois pas pour quelles raisons il m'aurait raconté des histoires.

— Peut-être pour me nuire. On fréquentait les mêmes auberges et conquêtes féminines. Je ne sais pas, moi !

— Eh bien, tu devrais t'en souvenir. Cela abrégerait tes souffrances. Tant que tu ne nous auras pas dit ton implication dans cette affaire, je ne te détacherai pas.

— C'est vrai que le gradé m'a fait signe de partir, alors j'ai déguerpi. Je n'ai pas demandé mon reste. Ce que vous avez oublié de dire, pays, c'est qu'il m'a tiré dessus.

— Pas sur vous, mais en l'air. Je l'ai vu aussi. Il ne pouvait pas vous toucher. Si un oiseau était passé à cet instant, il aurait perdu quelques plumes. Le coup de feu a augmenté la confusion, mais les premiers soldats qui allaient se lancer à votre poursuite ont vite reçu l'ordre de rester à leur poste.

— Mais alors, puisque tu admets que tu as bénéficié d'une indulgence, d'où venait-elle ? questionna Raymond au bord de l'exaspération.

— Je ne sais…

Gustave n'eut pas le temps de finir sa phrase. Il se sentit soulevé du sol par une force inimaginable. Raymond venait de le saisir par le col et avait amené son visage au niveau du sien. Il répéta ses derniers mots en détachant chaque syllabe :

— D'où vient cette IN-DUL-GEN-CE ?

Blanc comme un linge, le commis de barre pouvait tout juste respirer, tant l'emprise de Maurienne l'Obstiné était vigoureuse.

— Tu m'étrangles ! balbutia Gustave en tentant d'aspirer un peu d'air.

— Alors parle ! répondit Raymond en jetant violemment de sa hauteur le corps de son prisonnier qui vint s'écraser contre la paroi de bois de la grange.

— Oui, je connaissais le soldat qui a demandé qu'on me laisse partir, mais je vous jure que je ne savais pas qu'il était militaire.

— À la bonne heure ! s'exclama Raymond. Continue.

— Tous les soirs, à l'auberge de la mère Maréchal, on se réunissait et on faisait des projets. Alors que la rumeur courait qu'à Paris un soulèvement avait eu lieu, nous avons décidé de remettre ça. On a fait des plans en essayant de toucher le maximum de compagnons ou d'ouvriers canuts. On a eu l'impression qu'il y avait moins de monde mobilisé ; il faut dire qu'aux élections qui avaient suivi le soulèvement de 1848 les partisans de l'ordre avaient remporté tous les sièges, à Lyon, sauf à la Croix-Rousse où nous, les républicains, étions restés majoritaires. Nous étions donc à la recherche de soutiens et d'hommes. Or, depuis quelques semaines, j'avais vu un jeune qui n'osait pas se mêler à nous, mais qui écoutait et semblait captivé par nos prises de position. J'ai demandé à la mère Maréchal si elle le connaissait. Elle m'a répondu que non, qu'il devait être nouveau dans le quartier, comme nous l'avions été en arrivant de Savoie. Un soir que nous étions moins nombreux, j'ai pris une chaise et je me suis approché de sa table. Il m'a dit qu'il venait d'Auvergne, qu'il avait trouvé un emploi comme apprenti boucher dans le quartier Saint-Georges, qu'il venait jusqu'à la Croix-Rousse parce qu'il savait que les gens qui y vivaient avaient des idées proches des siennes, qu'il en avait assez de vivre sous le joug royaliste ou impérial, qu'il ne rêvait que de république et d'égalité des citoyens. C'était un nostalgique de la révolution de 1789. Il m'a également dit qu'il connaissait beaucoup d'employés qui pensaient comme lui, près de la primatiale Saint-Jean, et qu'il pouvait se charger de les recruter pour nous.

— Et tu lui as fait confiance. Comme ça, directement.

— Non. J'ai attendu quelques jours pour voir s'il continuait à venir. Dès que j'entrais dans l'auberge, je regardais vers le coin où il s'installait habituellement. Il y était toujours, buvant son pot de vin rouge. Nous avons sympathisé et, un jour, il m'a dit, triomphant, qu'il avait recruté une centaine de personnes qui n'attendaient que notre signal pour prendre les armes.

— Ah ça, les armes ils les ont prises, mais contre nous ! ne put s'empêcher de constater Raymond. Et qu'est-ce que tu lui as dit de plus ?

— Que nous nous réunissions, pour préparer nos agissements, dans la traboule entre la montée Saint-Sébastien et la place du Marché-Couvert et qu'une action était imminente.

— C'est tout ?

— Oui, c'est tout.

— C'est-à-dire TOUT ce qu'il devait savoir pour nous tomber dessus. Mais tu as été inconscient, complètement fou, mon pauvre Gustave ! Avais-tu au moins regardé ses mains ?

— Pour quoi faire ?

— Pour savoir si elles étaient celles d'un travailleur.

— C'est vrai qu'il avait des doigts fins et très propres.

— Et voilà. La première chose qu'il faut faire, c'est de regarder les mains de ton interlocuteur pour savoir de quelle classe il est, ouvrière ou bourgeoise. Je comprends mieux maintenant pour quelles raisons ils étaient bien renseignés, les bougres. Nous n'avions aucune chance par ta faute, poursuivit Raymond en appuyant un index rageur sur le front du commis de barre et en pressant fortement en saccades successives, comme pour lui faire entrer de force son erreur dans la tête.

— Ce n'est que lorsque nous avons quitté la traboule et que nous sommes passés devant les soldats que je l'ai reconnu. Mais je ne vous ai pas donné. Je n'ai averti personne.

— C'est quand même par ta faute et ton inconscience que nos amis sont morts, que Germain est mort et que j'ai fait de la prison, non ? Tu savais qu'il y avait des espions partout et toi, par bêtise, tu as donné notre quartier général.

— Ce n'est pas par bêtise, mais par égarement.

— Tu appelles ça de l'égarement ? Moi, j'appelle ça de l'irresponsabilité, de la traîtrise.

Gustave ne répondit pas.

— Lorsque j'ai appris ça de la bouche de Lyonnais Cœur loyal, mon sang n'a fait qu'un tour. J'avais perdu mon frère, que j'étais censé protéger, et sept années de ma vie par la faute de notre meilleur ami. Ma vie était brisée. Un projet de vengeance est né et j'ai commencé à te rechercher. Ça n'a pas été trop facile. Pourtant, j'ai retrouvé ta trace assez rapidement dans le milieu de la passementerie à Saint-Étienne. Tu t'y étais fait une belle renommée et, d'une certaine manière, une place au soleil en épousant une jolie fille des environs. La vie était belle pour toi. J'ai réussi à trouver une adresse près du pont de Saint-Just-sur-Loire. Le jour où je suis arrivé, il y avait un enterrement. Lorsque je me suis renseigné, une personne m'a expliqué que c'était le tenancier de l'*Auberge du Forez* qui venait de mourir. J'ai suivi la cérémonie et, lorsque je suis arrivé au cimetière, il m'a semblé te reconnaître, mais je n'en étais pas trop sûr. J'ai alors demandé à un membre de la famille du défunt si j'étais bien en présence de Gustave Charrier. C'est ce qu'elle m'a confirmé. Dès lors, mon but a été de te pourrir la vie comme tu as pourri celle de ma mère. Quand elle a appris la mort de Germain et mon emprisonnement, elle s'est laissée mourir de chagrin. Je ne l'ai plus jamais revue. Par ta faute. Je ne pourrai jamais te le pardonner.

— Si je n'avais pas discuté avec ce gars, le résultat aurait été le même. Nous allions à la défaite puisque personne ne nous a suivis.

— Non ! hurla Raymond. Nous aurions pu nous en sortir alors que là nous étions tombés dans un traquenard. Tous les fusils étaient braqués vers les entrées de la traboule et nous par la même occasion, et tout ça par ta faute. Le premier qui sortait était mort. Tu peux le comprendre, ça ? Ensuite, j'ai pensé mettre en l'air l'établissement de ta femme, mais mon projet a tourné court par la présence de deux mastodontes qui m'ont mis dehors. J'ai alors imaginé un accident en mettant un poinçon dans la gueule de ta jument, mais là aussi je n'ai pas eu de chance, le cheval s'est emballé avant que tu reprennes la route. Dès cet instant, j'ai voulu que ta disparition ne soit pas de mon ressort direct, mais d'un tiers. Eh oui, si je te tue, je risque de retourner en prison et je suppose que celle de Saint-Étienne n'est pas plus confortable que celle de Lyon. C'est là que m'est venue l'idée de te ruiner. La mort sera plus lente et tu auras tout le temps de méditer ta faute. Je dois avouer qu'en me poursuivant sur la route de Chambles tu m'as donné une occasion de te supprimer sans lever le petit doigt. Malheureusement, le Ciel n'a pas voulu de toi et tu t'en es encore sorti.

— Et vous, Lyonnais, pourquoi êtes-vous là ? questionna Gustave.

Raymond posa sa main sur le bras du compagnon pour l'empêcher de parler et il poursuivit :

— En sortant de chez les frères Giron, le jour où j'ai piégé, en quelque sorte, ta jument, je l'ai rencontré. Il arrivait à Saint-Étienne et il m'a dit qu'il venait de faire un bout de chemin avec toi. Je lui ai alors demandé s'il voulait bien témoigner. Il a accepté. C'est la raison de sa venue, ce matin.

— Quand je suis arrivé, j'ai bien vu qu'une personne espionnait l'entrevue entre le passementier et Maurienne l'Obstiné. Je vous ai reconnu et, lorsque vous l'avez apostrophé, je vous ai donné un coup de gourdin derrière la tête, poursuivit Lyonnais Cœur loyal.

— Et que comptez-vous faire de moi, maintenant ?

— Rien. Te laisser partir, mais ne pas te lâcher. Je n'ai plus besoin de Lyonnais qui va reprendre son tour de France. Quant à toi, je vais t'enlever ton travail petit à petit jusqu'à ce que tu crèves. Comme je te l'ai dit, je ne compte pas t'abattre. Je veux simplement que tu vives en pensant chaque jour au mal que tu as fait autour de toi.

Raymond détacha le commis de barre et le poussa à l'extérieur de la grange. Celui-ci ne demanda pas son reste. Il s'enfuit à travers champs de peur que ses agresseurs ne reviennent sur leur décision.

XXVIII

Les aveux

— MARIE-LOUISE, tu es rentrée, quel bonheur ! La nuit était déjà tombée lorsque Gustave arriva à l'*Auberge du Forez*. Il bouchonna le cheval que lui avait prêté Pierre Déchandon avant de le guider vers l'écurie et remisa la charrette dans le chapi.

La lueur qui apparaissait à travers les carreaux de la porte vitrée donnant dans la grande salle lui fit du bien. Après ce qu'il venait de vivre, depuis le départ de sa femme pour Lyon, il lui fallait reprendre confiance en lui. Il pensa que ce serait auprès de sa famille qu'elle reviendrait le plus rapidement.

Il poussa l'huis qui le séparait de la chaleur et découvrit la Maloui, attablée avec Marcelline près de la grande cheminée dans laquelle flambait un grand feu. Il se précipita vers elle et la prit dans ses bras. Il l'embrassa.

— Il y a longtemps que tu es rentrée ? demanda-t-il à son épouse en saisissant une chaise afin de s'asseoir à son tour autour de la table où les femmes étaient accoudées.

Il se pencha pour prendre les mains de la jeune femme dans les siennes.

— Un peu plus d'une heure, lui répondit Marie-Louise en jetant un rapide coup d'œil sur l'horloge qui se mit à sonner, comme pour s'immiscer dans la conversation.

— Ton voyage s'est bien passé ?

— Parfaitement bien. Le notaire est un homme charmant qui a de la conversation. Il m'a même fait un cadeau.

— Mais je vais devenir jaloux si ça continue, s'amusa le commis de barre.

— Il n'y a pas de quoi. Il m'a acheté un chapeau quand nous sommes passés à Chazelles-sur-Lyon. On y en fabrique de très beaux, tu sais.

— Il a bien fait. Et il te va bien ?

— À toi d'en juger.

Marie-Louise lâcha l'emprise des mains de son mari et se leva. Elle se dirigea vers une étagère sur laquelle avait été posé le chapeau en question. Elle le prit et le posa délicatement sur sa tête avant de se diriger vers un miroir devant lequel elle l'ajusta. D'un geste rapide, elle se retourna et fit face aux deux personnes.

— Il te va très bien, fit remarquer Gustave. Je regrette de ne pas te l'avoir offert moi-même.

Marcelline observait son neveu depuis son arrivée. Elle ne voulait pas interrompre ces retrouvailles. Elle attendit quelques instants avant de s'ingérer dans la discussion :

— Alors Gustave, vous vous êtes bien remis de vos problèmes ?

Au regard réprobateur que le jeune homme lui lança, elle comprit qu'il n'avait pas apprécié cette intervention.

— Ne le prenez pas mal, Gustave. Nous avons discuté avec Marie-Louise en vous attendant et je lui ai raconté vos pérégrinations depuis son départ.

— Mais cela ne vous regarde pas. Je suis assez grand pour raconter ma vie à ma femme.

— Il fallait bien meubler. Vous rentrez bien tard, ce soir. Ce n'est pas dans vos habitudes. Il ne vous est rien arrivé de mal… encore ! ironisa Marcelline en détachant bien le dernier mot pour lui donner encore plus de sonorité et d'importance.

— Si tel était le cas, vous seriez bien la dernière à qui je le dirais, répondit sèchement Gustave.

— C'est vrai qu'il t'est arrivé de sacrées choses. Ma tante m'a même dit que pour un peu je devenais veuve.

— Ce n'est pas le cas et c'est le plus important. Oui, j'ai eu un petit problème. J'ai dérapé sur de la glace et j'ai fait une embardée dans un champ sur la route de Chambles.

— Qui a tué Pâquerette, tout de même.

— Ne m'en parle pas ! Ça me rend malade.

— Eh bien voyons ! ne put s'empêcher de dire Marcelline.

— Oui, ça me rend malade. Cette pauvre bête était très attachante et je la regrette.

— Mais c'est qu'il nous ferait pleurer, le bougre.

— Bon, Marcelline, ça suffit. On ne va pas recommencer.

— Recommencer quoi ? interrompit Marie-Louise.

— Rien de bien méchant. Nous avons eu une discussion, l'autre jour, après mon accident, et nous nous sommes quelque peu froissés.

— C'est ça, froissés, comme vous dites. La seule différence, c'est qu'aujourd'hui je ne partirai pas tant que je ne saurai pas la vérité sur votre passé.

— Je ne pense pas que j'ai quelque compte à vous rendre. La seule à qui j'en dois, c'est à ma femme. Pas à vous. Je trouve que vous vous occupez de choses qui ne vous regardent pas.

— Si peu. C'est la vie et la sécurité de ma nièce qui sont en jeu et je ne vous lâcherai pas ainsi. Sauf si c'est Marie-Louise qui me le demande. Et encore !

— Reste ici, Marcelline. Effectivement, nous avons à parler tous les deux, mais je veux que tu restes. Je pense également qu'il est temps que nous ayons une bonne explication. Je ne connais rien de toi et il y a des passages un peu flous dans ta vie que j'aimerais bien que tu éclaircisses.

— Et lesquels, s'il te plaît ?

Marie-Louise avait retiré son chapeau. Elle le reposa à la place qu'elle lui avait choisie. Elle revint vers la table et se rassit face à Gustave.

— Voilà, nous sommes tous les trois. Tu peux parler.

— Mais si un client entre.

— Ne te fais pas de souci, j'ai enlevé le bec-de-cane. Les gens passeront leur chemin. Ce moment est très important pour la suite de notre relation.

Gustave n'avait jamais vu sa femme comme cela, si grave. Il n'avait jamais imaginé qu'elle pût être ainsi, elle si joyeuse habituellement. Seule Marcelline exhibait un petit sourire qui marquait sa satisfaction et, en quelque sorte, la victoire de son acharnement.

— Et Adrien, où est-il ? demanda le commis de barre.

— Je l'ai renvoyé à Collonges. Son père avait besoin de lui, ce soir.

— Il n'est pas là-haut ? Je viens d'entendre un craquement.

— Ce n'est rien. Ces vieilles maisons sont pleines de bruits qu'on ne s'explique pas. À moins que ce ne soit le fantôme de votre beau-père qui avait tant confiance en vous.

Le silence qui suivit prouva que la tante venait de marquer un point en faisant allusion à Joseph.

— Je vois que toutes les cartes sont distribuées et qu'il va falloir jouer, railla Gustave.

— Vous n'imaginez pas à quel point ! persifla Marcelline.

— Depuis plusieurs jours, ou semaines, mon passé me rattrape, commença Gustave. Les différents événements qui se sont produits, au cimetière, à Saint-Étienne, ici même ou dans ma vie professionnelle, sont liés…

— Parce que tu as des ennuis avec tes passementiers, en plus ? coupa Marie-Louise.

— Oui, mais avant de te raconter ça je vais te dire ce qui s'est passé quand j'étais compagnon, à Lyon, quelque temps avant qu'éclatent les affrontements après la chute du roi Louis-Philippe. Nous étions trois amis, originaires du même village de Savoie. Nous l'avions quitté pour entamer notre tour de France et nous étions à Lyon quand tout a débuté. Je me suis intéressé à tous ces bouleversements, car j'étais persuadé que nous allions mieux vivre, après. La république était une belle chose et je voulais aider à la mettre en place. On est même retournés chez nous, pour la déclarer à Chambéry, mais elle n'a duré qu'un jour et on est revenus sur les bords du Rhône sans avoir atteint notre but. Quand tout a été fini, nous avons repris notre travail, chacun dans notre domaine. Un an plus tard, rebelote.

— Vous faites bien de parler de belote, maintenant que vous abattez vos cartes, blagua Marcelline.

Les gros yeux que lui fit Marie-Louise coupèrent net son envie de plaisanter, alors que le moment était grave.

— On a remis ça, mais cette fois ça s'est mal passé, reprit le commis de barre. Nous étions moins nombreux et nous nous sommes vite retrouvés submergés par les troupes. Notre quartier général a été le théâtre d'une bataille en règle. Un de mes amis a été tué et beaucoup d'autres ont été faits prisonniers. J'ai eu plus de chance qu'eux parce que j'ai réussi à m'enfuir. Voilà. Tu sais tout. J'ai quitté Lyon. Je ne pouvais plus rester dans cette ville où j'aurais pu être arrêté. Comme rien ne m'y retenait, j'ai quitté les compagnons et, travaillant dans le milieu des étoffes, j'ai pensé que Saint-Étienne et la passementerie pouvaient m'ouvrir des débouchés. Je suis donc arrivé ici et j'ai réussi à faire mon trou et à trouver le bonheur avec toi.

— Oui, mais le passé s'est rappelé à toi.

— Que veux-tu dire ?

— C'est bien beau de nous raconter tout ça mais quel est le rapport entre ton passé et ce qui nous tombe dessus actuellement ou tes problèmes professionnels, comme tu les appelles, que tu rencontres en ce moment ? Et tes passementiers, qu'est-ce qui se passe ?

Gustave se trouva quelque peu gêné pour répondre à cette question. Ce malaise ne passa pas inaperçu aux yeux des deux femmes.

— Il y a autre chose que tu nous caches ? demanda Marie-Louise.

— Je ne te cache rien, mais…

— C'est difficile à dire, apparemment, s'autorisa Marcelline.

— Peut-être. En tout cas, à comprendre sûrement. Je vous ai dit que nous étions trois amis venant de Savoie et que, dans les trois, il y avait eu un mort, un prisonnier et un qui s'était évadé.

— Pour le mort, il n'y avait rien à faire. Pour le prisonnier, il a dû sortir de son cachot depuis et le troisième c'était toi. Jusque-là, c'est très clair. Je suppose que le problème vient de celui qui est sorti de prison.

— C'est ça, Marie-Louise. Il est revenu pour se venger.

— Et se venger de quoi ?

— De les avoir… vendus.

— Comment ça, « vendus » ?

— Dénoncés, si tu préfères.

— Ah, tout de même ! s'exclama Marcelline en oscillant la tête de gauche à droite. Vous auriez donc la mort de tous ces gens sur la conscience.

— Mais pas du tout. Ils se méprennent sur mon compte. Ils n'ont rien compris.

— Et qu'y a-t-il à comprendre ?

— Que c'est une erreur de ma part, soit. Que j'ai fait confiance à quelqu'un qui l'a trahie. J'avais sympathisé avec un homme qui venait, le soir, à l'auberge où nous nous réunissions pour préparer les actions que nous allions lancer pour faire notre révolution. Il était originaire d'Auvergne et apprenti boucher. Or il s'est avéré que celui que je croyais être des nôtres n'était qu'un soldat en civil qui venait pour nous espionner.

— Et vous lui avez tout raconté ? demanda Marcelline.

— Tout, non, mais assez pour que nous nous retrouvions avec des fusils pointés sur la figure le jour où on devait déclencher une offensive.

— Et vous vous demandez pour quelles raisons ils vous en veulent ! Mais je vous en voudrais à mort, si ça m'arrivait. Il est amusant, ton mari, poursuivit Marcelline en se tournant vers sa nièce.

— Et de quelle manière est-ce que ces hommes veulent te faire payer ton absurdité ? interrompit Marie-Louise pour éviter que sa tante ne poursuive sur la voie de la fantaisie qu'elle trouvait un peu malvenue.

— Oh, simplement. En me ruinant !

— Et comment ?

— En m'enlevant tous les ouvriers qui travaillent pour moi.

Gustave expliqua la dernière recette qui s'était avérée désastreuse, la manière dont il avait appris qu'un nouveau commis soudoyait ses passementiers. Il dut avouer que son accident était consécutif à une poursuite du commis qu'il soupçonnait d'être à l'origine de ses déboires. Il passa toutefois sous silence la séquestration dont il avait été victime quelques heures auparavant, la jugeant sans grand intérêt pour sa femme.

Marie-Louise se leva et s'avança vers la porte de l'auberge à travers les carreaux de laquelle elle voyait passer les dernières charrettes. Elles s'avançaient vers le pont passant au-dessus de la Loire. Les conducteurs faisaient attention, conduisant dans la pénombre. Seule une lune pâlotte leur permettait de voir leur chemin.

Gustave la rejoignit et passa ses bras autour de sa taille. Nerveusement, elle se libéra de cette étreinte et, se tournant vers son mari, lui fit face.

— Je comprends très bien qu'on t'en veuille. Le frère de ton meilleur ami est mort à cause de toi, tout de même. Lui a fait de la prison. Et les autres, ils doivent l'avoir assez mauvaise d'avoir passé des années derrière les barreaux parce que tu as fait du zèle.

— Je n'ai fait aucun zèle, j'ai mal placé mon amitié et ma confiance, c'est tout.

— Peut-être que moi-même je l'ai mal placée également, à un homme qui ne la méritait pas.

— Mais ce n'est pas pareil. Je t'aime.

— Rien ne me dit que tu n'en as pas aimé d'autres avant moi et que tu les as laissées, comme tu as abandonné tes amis à Lyon.

— Je n'ai abandonné personne.

— Si ! Tu les as trahis, involontairement, mais trahis quand même. Je n'ai pas l'impression que tu aies conscience des conséquences de ton acte, sinon tu ne réagirais pas de cette manière.

Gustave, sentant qu'il n'arriverait pas à faire changer son épouse d'avis, revint à la table. Il regarda Marcelline qui semblait apprécier la situation. Le sourire qu'elle lui adressa en disait long sur ses pensées.

— Eh bien, mon neveu. Je vous avais promis de vous pardonner de votre attitude, l'autre soir, si vous me racontiez ce que vous aviez fait avant de connaître ma nièce. Voilà, c'est fait. Donc je ne vous en veux pas. Je vous excuse, mais dans l'état actuel des choses…

— Que voulez-vous dire ?

— Ne soyez pas impatient. Tout vient à point à qui sait attendre.

— Je dois vous avouer que…

— Encore des aveux, mais vous me comblez ce soir !

— Non, je voulais dire que j'ai eu ma dose de problèmes depuis plusieurs jours, alors ce que vous pensez me passe par-dessus la tête, mais alors vraiment par-dessus la tête.

Tout en prononçant ces paroles, Gustave avait mimé ses mots et passé sa main plusieurs fois au-dessus de son crâne.

Il sentit quelques poussières le chatouiller. Il leva la tête. Elles tombaient du plafond.

— Vous êtes sûres qu'il n'y a personne là-haut ?

— On t'a dit que non, répondit Marie-Louise, toujours occupée à regarder à l'extérieur. La maison est solide. Elle ne te tombera pas sur la tête.

— En tout cas, pas réellement, vilipenda Marcelline.

— Eh bien, je veux en avoir le cœur net.

Précipitamment, Gustave se leva et s'engouffra dans l'escalier qui menait au premier étage.

Montant quatre à quatre les marches, il arriva sur le palier.

Sa course s'arrêta net.

Dans le silence de l'auberge, seulement rompu par le crépitement du feu dans la cheminée, les deux femmes entendirent, sortant de la bouche du jeune homme, la phrase qu'elles attendaient :

— Mais… que fais-tu là ?

— Cette fois, ce n'est pas la maison qui lui est tombée sur la tête, mais le Ciel. En général, ça fait beaucoup plus mal ! nargua Marcelline.

XXIX

Les retrouvailles

GUSTAVE ÉTAIT STUPÉFAIT. La surprise fut telle qu'il revint sur ses pas, jusqu'à tomber dans l'escalier. Toujours à reculons, il descendit une à une les marches vers le rez-de-chaussée, tel un zombie, le regard figé de stupeur. Ce qu'il voyait lui était incompréhensible, insoutenable. La personne qu'il avait devant lui avait disparu de sa vie depuis des années.

— Tu sembles bien étonné de me voir.

— Oui, mais que fais-tu là, Claudine ?

— Je suis venu voir ma famille.

— Ta famille ?

— Parce que tu ne sais pas que Marcelline est ma cousine germaine. Nos pères sont frères. Je suis également la cousine germaine de Joseph, le père de Marie-Louise, ta femme. Mais remets-toi. Tout va bien.

— Et… que fais-tu là ? répéta-t-il, ne sachant que dire.

— Je suis venu régler quelques comptes, parce que tu sais tout de même que nous avons quelques comptes à régler, non ?

— On peut faire ça en tête à tête, si tu le veux, se reprit Gustave.

— Surtout pas. Je ne suis pas venue de Lyon pour cacher quelque chose aux miens, moi ! Assieds-toi. On va parler.

Autoritairement, Claudine poussa Gustave vers la chaise la plus proche. Elle le força à s'asseoir, en lui appuyant vigoureusement sur les deux épaules, en face de Marcelline qui avait du mal à garder son sérieux. Elle se pencha vers Marie-Louise et lui glissa à l'oreille, à voix basse :

— En plus du ciel, il a pris tous les saints et les anges. Si ça continue c'est le trône de saint Pierre qu'il va prendre sur le coin de la figure.

Les gros yeux de Marie-Louise firent taire la tante.

— Alors, il paraît que rien ne te retenait à Lyon, après les affrontements de la Croix-Rousse, en 49. Pas même moi ?

— Je vais t'expliquer.

— Il serait temps, depuis huit ans que je te cherche, enfin que j'espère te retrouver. Et voilà que le destin me met en travers de ta route. Alors j'attends. Déballe ton sac. Je t'écoute.

Claudine avait complété la tablée. Elles étaient maintenant trois à écouter ce que Gustave allait bien pouvoir dire pour sa défense.

Le commis de barre était pâle. Il n'aurait jamais pensé qu'il lui arrive ça. Vraiment les heures se suivaient, chacune d'elles apportant son lot de surprises. Le temps semblait s'accélérer. Son passé lui éclatait en pleine figure. Il ne maîtrisait plus la situation, comme il en avait l'habitude. Que devait-il faire ? Par où devait-il commencer pour s'en sortir avec les honneurs ? Sa confession, ou plutôt le complément de confession, puisqu'il avait déjà évoqué une partie de son attitude lors des émeutes avec les Voraces à Marie-Louise et à Marcelline.

Il tenta une pirouette pour essayer de gagner du temps :

— Tu as tout entendu, de là-haut ? demanda-t-il à Claudine.

— Tout. Je n'ai manqué aucune des virgules de ton récit qui est fort intéressant mais un peu incomplet, à mon goût.

— J'ai dit tout ce que je savais, je te le jure.

— Arrête de jurer. Tu sais pertinemment qu'il manque quelques détails.

— Et lesquels ? se hasarda le commis de barre.

— Les combats t'ont fait perdre une partie de ta mémoire et je suppose que les années qui ont suivi n'ont pas arrangé les choses. Te rappelles-tu le matin où tu es parti de notre chambre pour aller rejoindre tes camarades au quartier général des Voraces ?

— Oui, très bien. Je t'ai dit qu'il risquait d'y avoir du grabuge et que c'était peut-être la dernière fois qu'on se voyait.

— Tu m'as embrassée tendrement et…

Gustave se leva promptement et s'éloigna de la table.

— Ça devient gênant.

— Pourquoi ? rétorqua Claudine.

— Parce que je suis marié et que tu dis des choses qui font partie de notre intimité et d'un passé qui nous appartient, à nous deux.

— Un passé que tu as bien vite oublié, tu ne penses pas ? Mais ce n'est pas un problème. Tranquillise-toi, Marie-Louise en a entendu d'autres, n'est-ce pas ?

La Maloui approuva d'un mouvement de tête pendant que Marcelline, égale à elle-même, exultait en croisant les bras et en plaquant son dos contre le dossier de sa chaise pour mieux savourer le spectacle.

— Viens te rasseoir, sinon je viens te chercher.

Face à des menaces qu'il prenait au sérieux et ne voulant pas envenimer la situation, Gustave revint à sa place initiale.

— Oui, nous nous sommes embrassés et nous avons glissé sur la paillasse qui nous servait de couche. J'ai passé un moment merveilleux, à croire que monter au combat fait décupler les capacités des mâles. Bon, je vais arrêter de décrire cet instant. Comme tu le dis, « ça fait partie de notre intimité » et je ne veux pas froisser les oreilles de ma cousine, d'autant que tu n'as peut-être jamais été aussi bon que ce matin-là. Ensuite…

Gustave était rouge de confusion. Cette situation qui le mettait en porte à faux entre celle qu'il avait connue jadis à Lyon et sa femme légitime ne lui plaisait pas. Mais avait-il le choix ?

— Je suis parti pour rejoindre les combattants qui avaient monté la garde toute la nuit et les relever. Il en est arrivé de toute la Croix-Rousse…

— Mais pas d'autres quartiers, comme ton informateur t'avait dit. Tu sais, le jeune apprenti boucher qui venait d'Auvergne et dont tu avais fait la connaissance à l'auberge de la mère Maréchal.

Parce que c'est là qu'il l'a rencontré pour la première fois, le jeune homme, poursuivit Claudine en se tournant vers ses cousines.

— C'est vrai que ça m'a étonné, mais j'ai pensé qu'ils avaient du retard.

— Ah bon, c'est le seul motif que tu as trouvé. Mais Gustave, faire la révolution en retard est une bêtise. C'est comme ça qu'on la manque. Par contre, toi, tu ne l'as pas perdue complètement. Au contraire, elle t'a bien rapporté. Tu as su en tirer un grand bénéfice… personnel.

— Et qu'est-ce que j'en ai retiré, d'après toi ?

— Oh, beaucoup de choses. En tout cas, beaucoup plus que tu ne veux en dire. Ce qui m'ennuie dans ton récit, c'est que tu as discuté avec cet inconnu tout seul. À aucun moment il ne t'est venu à l'idée de le présenter à tes camarades.

— Je pensais qu'il voulait être discret. Quand je l'ai abordé, il n'a pas manifesté le souhait de venir avec nous. Nous sommes restés à sa table et nous avons discuté…

— De choses et d'autres, comme de vieux amis, coupa Claudine, agacée. Et c'est là qu'à brûle-pourpoint il t'a proposé de venir mourir pour toi, avec ses copains du quartier d'à côté ? Mais tu sais que tu es un comique qui s'ignore, mon beau ! Je ne t'imaginais pas comme ça. Et pourtant on a vécu assez de temps ensemble pour que je puisse me faire une idée de toi. Comme quoi on ne connaît pas assez les personnes avec qui on partage son lit. Tu devrais fréquenter M. Laurent ou M. Victor. Tu vas leur être une belle source d'inspiration, pour leurs pièces de Guignol.

— Bon, ça suffit maintenant, ce n'est pas drôle, Claudine. N'oublie pas que j'ai perdu des amis, des frères...

— Épargne-moi tes lamentations, ironisa Claudine. Je sens que je vais me mettre à pleurer.

— Ne sois pas moqueuse comme ça. Tu es ignoble !

— Parce que c'est moi qui suis ignoble. Mais je crois rêver. Est-ce que je dois prendre cette dernière réflexion comme un compliment, dans ta bouche ?

— Face à toutes ces tragédies, ce que tu dis est abject.

— Je me demande si tu connais bien les définitions des mots que tu emploies. Mais c'est toi qui es méprisable. Tes amis ou tes frères, comme tu les appelles, tu ne les as pas perdus, tu les as vendus !

— Mais comment peux-tu affirmer des choses aussi basses ?

— Parce qu'après ton départ, en rangeant nos affaires, je suis tombé, bêtement, mais alors très bêtement, sur un sac qui contenait de l'argent, beaucoup d'argent. Dans un premier temps, je suis restée stupéfaite. Je n'imaginais pas que ton travail pouvait te rapporter autant. J'ai tout remis à sa place et je suis partie avec la ferme intention de te demander des comptes, dès ton retour.

Gustave marqua un temps d'arrêt avant de répondre. Ses joues étaient rouges, comme celles d'un gamin que l'on vient de prendre la main dans le sac. Il bafouilla, en baissant les yeux :

— Et il n'y a pas eu de retour !

— Ah ça, pour sûr ! Après la bataille, j'ai appris qu'il y avait eu beaucoup de morts, que certains avaient été faits prisonniers, que la répression avait été effroyable, comme si l'armée avait été informée de tous les faits et gestes de tes amis. J'ai passé des heures à te chercher, dans les prisons de Saint-Paul ou de Saint-Joseph, à questionner les survivants qui avaient pu s'enfuir.

— Tu vois que certains ont pu s'enfuir. Alors pourquoi pas moi ? triompha le commis de barre en relevant son regard et en fixant celui de Claudine.

— Oui, mais dans quel état ! Alors que toi, apparemment, tu allais très bien.

— Comment le sais-tu, puisque tu ne m'as pas trouvé ?

— Si tu avais été blessé, j'aurais vu des traces de sang dans l'escalier de notre immeuble et tu n'aurais sûrement pas pu repartir.

— Il y a des situations qui donnent une force surhumaine.

— Surtout pour prendre un sac d'argent, n'est-ce pas ?

Gustave ne sut quoi répondre. Il resta ainsi, quelques minutes, face à ces trois femmes qui devenaient ses juges et ses accusatrices, même si une seule parlait. Il constata que Marcelline et Marie-Louise ne disaient rien, approuvant tacitement les paroles de Claudine. Aucune des deux ne venait à son secours. La première par vengeance, il le sentait bien. Sa tante par alliance ne l'aimait pas trop, surtout depuis leur dernière altercation. La seconde par dépit, par accablement. Elle découvrait une face inconnue de son mari. Elle avait cherché bien des fois à mieux cerner sa personnalité, mais elle n'imaginait pas que la réalité pouvait être si indécente, si nauséabonde. Elle restait là, accrochée aux paroles de Claudine avec qui elle avait discuté, à Lyon, après que celle-ci se fut évanouie.

Sa cousine lui avait expliqué qu'elle avait connu un Gustave Charrier au moment des émeutes des canuts. Comme la Maloui lui faisait remarquer qu'il pouvait y avoir confusion et que ce pouvait être un homonyme, elle lui avait rétorqué qu'« un Gustave Charrier, également surnommé Tarentaise la Malice, il ne pouvait n'y en avoir qu'un seul », ce à quoi Marie-Louise n'avait pu qu'acquiescer. Malgré ses questions pressantes, Claudine était restée muette comme une carpe et n'avait ouvert la bouche que pour lui dire qu'elle allait revenir au pays, avec elle, pour régler cette affaire.

Lorsque Marcelline avait vu arriver les deux cousines, elle avait sauté au cou de Claudine. Les retrouvailles avaient été chaleureuses autour de la mémoire de Joseph, père de Marie-Louise et frère de Marcelline. Les échanges avaient été cordiaux, remplis de souvenirs qui avaient scellé, en quelque sorte, l'unité entre elles. Les agissements de Gustave avaient repris le dessus et les trois femmes étaient tombées d'accord pour laisser à la Lyonnaise d'adoption le soin de mener la discussion qui devait mettre au grand jour le vrai tempérament de celui qui avait partagé la vie de deux membres de la même famille.

Claudine poursuivit son récit :

— Je suis allée dans les charniers pour voir s'il n'y avait pas ton corps. En fin de journée, je suis revenue dans notre chambre et là j'ai vite compris que tu étais encore vivant.

— Et de quelle manière ?

— Parce que l'argent avait disparu, tout comme tes affaires personnelles. Je me suis retrouvée seule, à pleurer. Tu avais bien joué, salaud ! Moi qui ne voyais que par toi.

Marcelline fut la première à se lever pour empêcher que Claudine ne provoque l'irréparable. Aidée par Marie-Louise, elle s'était précipitée sur la jeune femme à l'instant où elle s'était levée pour saisir un couteau qui traînait sur la table. Elle allait poignarder son ancien amant.

Devant la menace, Gustave s'était levé de son siège en toute hâte. Il avait perdu l'équilibre et s'était effondré sur le sol. Il aurait été une proie facile pour Claudine si ses cousines ne l'avaient intercepté. Ayant maîtrisé la forcenée, les deux femmes arrivèrent à lui arracher son arme des mains.

La scène était surréaliste. Trois femmes, bien déterminées à faire éclater la vérité, dominaient un homme à terre, écrasé par la honte de ce qu'il avait vécu et dont il était responsable.

— Et tes deux compatriotes savoyards, ça ne t'a pas gêné de les envoyer à la mort ? hurla Claudine.

Gustave se releva et essaya de se mettre à l'abri de toute nouvelle tentative d'agression de la part de Claudine en s'installant près de la porte donnant accès à la cour arrière de l'auberge. Il pensait qu'ainsi il pourrait mieux lui échapper. Il aurait pu s'enfuir mais tel n'était pas son désir. Il tenait à s'expliquer, si tant est qu'il y ait quelque chose de crédible à expliquer dans son comportement.

— Alors, tes amis, pourquoi ne les as-tu pas avertis de ce qui allait leur arriver, comme tu ne m'as pas dit que tu allais partir ?

— J'ai bien essayé, mais ils ne m'ont pas écouté. Ils sont allés au combat.

— Comme tu aurais dû y aller, toi aussi !

— Si tu veux.

— Non, pas si je veux, mais comme l'honneur te l'aurait imposé. Mais voilà, monsieur se moque totalement des autres. Est-ce que tu leur avais parlé de l'argent qu'on t'avait donné pour les vendre ?

Gustave ne répondit pas.

— Comme tu restes silencieux, je vais t'expliquer ce qui s'est passé il y a huit ans, à Lyon, dans le quartier de la Croix-Rousse. Tu avais des idées bien déterminées pour faire évoluer les conditions de travail des canuts. Tu t'es donné au maximum pour tout le monde. Tu es parti, en 1848, pour offrir la liberté à ta province natale, la Savoie. Cette tentative a échoué. Tes amis te suivaient, car ils avaient une confiance aveugle en toi. Ils croyaient que tu pouvais refaire le monde. Tu as beaucoup d'éloquence. Tu sais parler aux gens et les embobiner pour les amener à te servir, d'une certaine manière. Ils ont cru en toi. Au retour de cette expédition de Chambéry, qui a été un fiasco complet, tout le monde s'est remis au travail. Il faut dire que les révolutionnaires d'un jour n'avaient pas subi trop de pertes. La vie reprenait tant bien que mal. Or, un an plus tard, on remet ça. Les nouvelles d'un éventuel soulèvement à Paris redonnent du baume au cœur aux gens voulant refaire la société, comme toi. Sauf que cette fois-ci les autorités sont moins gentilles et veulent absolument réprimer cette nouvelle révolte, et en particulier les Voraces qui s'investissent un peu trop, à leur goût, dans ces désordres. Ils lancent quelques espions dans les cercles comme l'auberge de la mère Maréchal. Ils sont bien décidés à obtenir des renseignements, à n'importe quel prix. Un jeune homme s'intéresse à vos discussions. Il entend que vous êtes des compagnons. Or votre carte d'identité, en quelque sorte, reste votre sobriquet. Il a le choix entre « la Bonté » pour ton ami Germain, « l'Obstiné » pour Raymond et « la Malice » pour toi. Le choix est vite fait. Il comprend que « la Bonté » ne se laissera pas manœuvrer n'importe comment, que « l'Obstiné » sera difficile à convaincre. Par contre, « la Malice » lui paraît intéressant. Il arrive à t'attirer vers lui et à te raconter n'importe quoi, mais... avec de l'argent. Et là tu flanches. Tu acceptes.

— Ma condition n'était pas belle, avant d'arriver à Lyon. À Bessans, je n'étais que le fils des aubergistes. Deux personnes qui ne vivaient qu'autour d'un lieu malfamé et plein de chopines. Tu comprends pourquoi je ne voulais pas m'occuper de ton auberge ? poursuivit Gustave en désignant la salle à Marie-Louise.

— Oh, ne t'inquiète pas, elle ne l'est toujours pas, confortable, ta condition, coupa Claudine qui ne voulait pas se laisser émouvoir ou, pire, s'apitoyer.

— J'ai voulu faire évoluer ma vie et la somme qui m'était proposée était intéressante.

— Au point de ne pas la partager et de vendre tes amis d'enfance ?

— Je n'ai vendu personne.

— Laisse-moi poursuivre, imposa Claudine. Donc le gars te propose de l'argent, et toi, au lieu de refuser, tu acceptes. Pour toi seul. Il n'est pas question que tu partages cette aubaine, d'autant que personne n'est informé de cette « transaction », pas même moi. Tu donnes tous les renseignements qu'on te demande. Par contre, il y a un petit détail que tu négocies. Comment te sortir de ce pétrin, au moment de l'assaut ? Ton interlocuteur te propose de te laisser faire prisonnier et, au moment où tu passeras devant lui, on te libérera. Dans la confusion générale, ton départ passait inaperçu.

— Ce n'est pas vrai...

— Tais-toi ! dicta une nouvelle fois Claudine. Tu as dit, tout à l'heure, à Marie-Louise et à Marcelline, que tu t'étais enfui. Je t'ai bien entendu depuis la chambre, au-dessus. Eh bien, ce n'est pas vrai. On t'a laissé partir en remerciement de tes informations. Et ça, certains de tes anciens copains qui t'ont retrouvé l'ont appris, je ne sais pas comment, mais peu importe. Ils le savent. Ils veulent te le faire payer. Voilà tout. Au moment où l'assaut a été donné, tu as sauvé ta peau alors que Germain est mort et que Raymond a été fait prisonnier. Après ça, tu t'étonnes qu'il ait voulu se venger ? Mais tu es encore plus bête que je ne croyais, mon pauvre Gustave. À leur place, je t'aurais tué.

— Et alors, même si ce que tu viens de dire est vrai, qu'est-ce que tu comptes faire ? Aller voir les gendarmes et tout leur raconter ?

— Pas du tout. Qu'est-ce qu'ils feraient les gendarmes ? Ton attitude n'est pas répréhensible par la justice des hommes, mais par celle de ta conscience. Je trouve que l'idée de te ruiner est la meilleure qui puisse arriver. Je viens de te dire qu'à leur place je t'aurais tué. Mais, dans ce cas, je deviens une meurtrière et passible de la prison, et je fous ma vie en l'air. Alors que leur solution est idéale. Ils vont t'amener à payer tes fautes sans qu'ils n'interviennent directement, seulement en te pourrissant la vie. J'imagine que la ruine est la première des choses et je n'ose imaginer la suite.

— Quelle suite ?

— Je ne pense pas qu'ils vont te laisser partir ainsi refaire ta vie ailleurs, comme tu as essayé de le faire ici, dans ma famille. Un comble, tout de même ! Mais, après tout, ce qui va t'arriver te regarde, dans la mesure où ça ne rejaillit pas sur l'existence de Marie-Louise. Pour terminer le récit de tes aventures, tu es ensuite revenu chez nous et, comme j'étais absente, tu as pris tes affaires et l'argent et tu t'es enfui en me laissant seule. La seule question que je me pose depuis un moment, c'est de savoir quelle aurait été ton attitude si j'avais été présente à ton retour. Est-ce que tu m'aurais tout avoué, en sortant l'argent de sa cachette, et est-ce que tu nous aurais pris avec toi ?

— Comment « nous » ? s'étonna Gustave.

— Oui « nous », car nous serions partis à trois !

XXX

La délivrance

— Comment, trois ? interrogea Marie-Louise, stupéfaite. Qu'est-ce que tu veux dire ?

Au moment où la cousine de Lyon avait lancé cette dernière phrase, les regards des trois autres personnes s'étaient orientés vers elle. L'étonnement se lisait sur chacun d'eux, mais à des degrés différents.

En premier lieu, Gustave resta pantois et bouche bée. Il avait peur du contenu de la pensée qu'il avait à cet instant et de ce qu'il redoutait d'entendre.

De son côté, Marie-Louise, qui était restée impassible tout le temps que Claudine avait donné ses explications, s'apercevait qu'elle ne lui avait pas tout dévoilé, lors de leur entretien à Lyon. Est-ce que c'était volontairement ou pas ? Là était la question !

Enfin, Marcelline, qui avait compris immédiatement ce que voulait insinuer sa cousine, avait pris ses mains entre les siennes, en signe de solidarité féminine. Elle pensait que cette pauvre femme en avait subi, des choses dans sa vie, depuis qu'elle était née et que les hommes, de son père à son amant, avaient été les piètres partenaires d'une existence tumultueuse.

— Oui, vous avez bien entendu. Pour ceux qui n'auraient pas encore compris, j'étais enceinte.

— Et de qui ? questionna Gustave.

— De Guignol, abruti ! Mais tu es imbécile ou tu le fais exprès ! Il est de notoriété publique que j'ai couché avec toute la ville de Lyon. Aucun quartier ne m'est inconnu. Eh bien non ! Quand je t'ai connu, j'ai pensé que mes ennuis étaient finis. Que j'avais tiré le bon numéro. Je ne vivais que pour toi ! Je m'étais trompée. À croire que mon destin était programmé pour n'avoir que des salauds dans mon entourage. En premier lieu mon père et maintenant toi. Si le premier fut un boulet que je n'avais pas choisi, et à qui je pouvais pardonner…

— Tout de même, après tout ce qu'il t'a fait, interrompit Marcelline tout en frottant les mains de Claudine.

— C'est peut-être drôle ce que je vais dire, mais il y a des choses qui nous sont imposées par le destin et qui forgent le caractère, et il y en a d'autres que nous choisissons et qui sont plus difficiles à vivre, puisque nous en sommes les auteurs, en tout cas les inventeurs. C'est pour cette seconde catégorie de comportements que le mot « regret » a été inventé. Gustave était le fruit de mes goûts et maintenant de mon dégoût. J'ai compris alors que j'avais une prédilection pour attirer les moins-que-rien, ou plutôt les mauvais pour tout, comme toi.

— Et qu'as-tu fait, dans cette situation ? demanda Marie-Louise, touchée par cette révélation.

— J'ai continué à vivre, tant bien que mal, de petits boulots. De toute façon, je n'avais pas le choix. Il fallait que j'aille de l'avant ou me foutre en l'air. Tant que cela ne se voyait pas trop, ça s'est bien passé mais, dès que les gens ont compris que j'attendais un enfant et que je vivais seule, les langues se sont déchaînées.

— Et pourquoi n'es-tu pas revenue vivre ici ? s'étonna Marie-Louise.

— Parce que ça aurait été pire. Celle qui a quitté son village et qui y revient célibataire et enceinte est une fille perdue. Mieux que ça, une traînée. Il valait mieux que je subisse les regards ignorants d'inconnus plutôt que les sourires moqueurs et hypocrites de mes compatriotes. La ville a au moins cet avantage : tu es noyée dans la masse des gens, le tumulte des rues et tous les bruits qu'elle engendre.

Gustave n'arrivait plus à détacher ses yeux de ceux de Claudine. Lui qui, quelques jours plus tôt, avait pensé à une descendance qu'il aurait voulue à son image. Il avait honte de ce qu'il avait fait à Claudine. Il trouva pourtant un peu de force pour demander :

— Et… où est-il ?

— Il est parti, comme son père, un matin d'hiver au pied de la colline de Fourvière, dans une chambre insalubre que j'arrivais tout juste à payer.

Face à l'incompréhension de ses interlocuteurs, elle précisa :

— Il est mort-né. Voilà tout. Il faut dire que je ne mangeais pas à ma faim tous les jours et que je n'ai pas pu lui offrir ce que je n'arrivais pas à garder pour moi-même. J'ai accouché seule, dans mon taudis. Il n'a pas crié quand il est né. C'est là que je me suis aperçu qu'il était mort.

— Il… ? apostropha Gustave.

— Oui, « il ». C'était un garçon, si c'est ça que tu te demandes. J'étais dans un état de faiblesse tel que j'ai pensé que j'allais y passer. Je subissais les conséquences des « œuvres de monsieur », comme disent les bourgeois, sauf que « monsieur » était parti loin, je ne savais où, avec de l'argent gagné malhonnêtement, pour mener une nouvelle vie qui devait être bien meilleure que celle qu'il aurait eue avec moi.

— Excuse-moi, balbutia Gustave.

— T'excuser de quoi ? D'être un lâche, une pourriture qui ne pense qu'à son petit être et qui marcherait sur ses amis ou celle qui partage sa vie pour se hisser plus haut ? Voilà ce que tu es, une putréfaction faite homme.

Le commis de barre se leva et s'avança vers la porte donnant accès aux clients, depuis l'extérieur, à la salle de l'auberge. À travers l'un des carreaux, il contempla la nuit noire qu'il compara à ce qu'il ressentait à cet instant. Le vide, l'immensité de l'enfer qui s'ouvrait devant lui. Il n'eut pas honte. Les lâches n'ont jamais de regrets de ce qu'ils ont fait, mais appréhendent toujours ce qui les attend, parce qu'ils ne maîtrisent rien.

— Que comptes-tu faire ? demanda Gustave à sa femme, qui était terrassée par ce qu'elle venait d'entendre.

— Déjà, ne plus vivre avec toi. C'est une première certitude. Je ne pouvais pas imaginer un seul instant que celui qui était à mes côtés pouvait être si ignoble. Je n'arrive même pas à trouver un seul mot pour te trouver des circonstances atténuantes. Rien ne me vient à l'esprit.

Gustave s'était approché de son épouse, toujours assise, comme les deux autres femmes. Il lui passa les mains autour du cou.

— Lâche-moi. Ne pose plus tes sales mains sur moi ! exhorta la Maloui sans regarder son mari.

Face à cette détermination, le jeune homme se retira.

— Tu vas prendre tes affaires et partir. Je ne veux plus te voir. Je t'accorde, puisqu'il fait nuit, de la passer dans l'écurie, sur la paille. Ce sera ma dernière indulgence. Mais demain matin, quand le jour sera levé, je ne veux plus que tu sois à Saint-Just. C'est sans appel. Sors.

— Mais nous sommes mariés.

— Justement. J'irai à la mairie pour engager toutes les formalités afin de demander le divorce. J'en ai trop appris sur toi depuis que j'ai discuté avec Claudine. À toi, maintenant, de te débrouiller avec ceux qui t'en veulent et qui ne te lâcheront pas. Ils feront partie de ma vengeance. Même si je n'y participerai pas directement, tu dois savoir qu'à chaque épreuve qu'ils risquent de t'infliger je serai d'accord avec eux… en pensée permanente.

L'homme attendit la fin des paroles de Marie-Louise. Il détourna son regard et, se ravisant, revint sur son mouvement et la fixa longuement. Puis, comme dans un sursaut d'orgueil, lui lança, rageur :

— Sauf que le divorce n'existe plus depuis belle lurette. Tu es condamnée à porter mon nom jusqu'à ta mort et, si tu as des enfants, même d'un autre homme que moi, ils porteront obligatoirement mon nom. C'est la loi et ce sera ma vengeance pour que tu ne m'oublies pas[1].

Gustave monta dans la chambre. Dans un silence pesant, les femmes l'entendirent, au premier étage, préparer son bagage. Les craquements qu'il provoquait à chacun de ses pas sur le plancher étaient autant de coups de couteau enfoncés dans le cœur de Marie-Louise.

Au-delà de tout ce qu'elle avait appris, grâce à Claudine, et de tout ce qu'elle venait d'entendre de la bouche même de Gustave, elle l'aimait toujours. Mais peut-on aimer une personne qui risque de vous envoyer en enfer à n'importe quel moment de sa relation ? Elle avait décidé de ne pas prendre ce risque et voulait en finir avec cette incertitude.

Lors de son retour de Lyon, avec Claudine, Marie-Louise lui avait demandé s'il ne fallait pas donner une seconde chance à Gustave. Celle-ci lui avait répondu que, lorsqu'un chien mordait une personne et qu'il avait goûté au sang, il y revenait toujours, un jour ou l'autre. C'était inévitable.

Face à la perplexité de sa cousine, Claudine avait poursuivi :

— Gustave est comme ces chiens. Il a fui une fois et n'a pas du tout été inquiété pour cette action, alors rien ne te dit qu'il ne va pas recommencer un jour ou l'autre. Crois-en mon expérience. Je n'ai rien vu venir à l'époque. La seule chose qui me

1. *Le divorce, instauré le 20 septembre 1792 par l'Assemblée nationale, fut abrogé le 8 mai 1813 par le roi Louis XVIII. Il ne fut rétabli que le 27 juillet 1884, sous la IIIe République.*

différencie de toi, c'est que tu as au moins un toit pour te protéger, alors que moi je me suis retrouvée à la rue, du jour au lendemain, par ses agissements. Et ça, je ne l'accepte pas.

Tous ces mots étaient passés et repassés dans sa tête. À force de se rabâcher le pour et le contre, Marie-Louise avait décidé finalement de suivre les conseils de Claudine et d'éloigner cet homme de son existence.

Les trois femmes écoutèrent Gustave descendre l'escalier. Avant de sortir dans la cour, il s'adressa une dernière fois à son épouse :

— Tu es sûre de ne pas faire une chose que tu vas regretter, dès demain ?

— Peut-être que je vais regretter, oui ! répondit Marie-Louise.

— Tu vois...

— Je regrette de t'avoir épousé. Pour le reste, je n'ai vraiment aucun remords. Sors vite...

Au moment où le jeune homme ouvrait l'huis, Marcelline prit la parole :

— Gustave, j'ai juste un petit mot à vous dire. Comme je vous l'ai déjà expliqué, je vous absous, comme le ferait M. le curé, pour notre dispute de l'autre soir puisque, maintenant, je sais tout, même s'il a fallu vous « aider » un petit peu pour connaître la vérité. Mais il y a une chose que je ne vous pardonnerai jamais, c'est d'avoir rendu Claudine malheureuse. C'est la pire des choses qui pouvait lui arriver et vous l'avez faite.

C'est Marie-Louise qui brisa le silence qui s'était installé depuis que Gustave avait quitté la pièce. Elle s'adressa à Claudine :

— Mais pour quelles raisons ne m'as-tu pas dit l'histoire de ton enfant ?

— Parce que je pensais qu'on pourrait passer à côté de tout ça, sans en parler, mais je l'ai trouvé un peu insolent et il a fallu que je le lui dise. Je ne pense pas qu'il ait eu de la peine, mais si ça l'a un peu secoué, ce sera ma partie de la punition.

— Et tu as bien fait, approuva Marcelline en se levant.

Elle avait besoin de se défouler, après tout ce qui venait de se passer. Elle alla vers la pierre d'évier et lava les quelques verres qui traînaient encore. Elle commença à les essuyer. Nerveuse, elle en lâcha un qui vint se briser sur le sol.

— Mais c'est-y possible, une chose pareille ! lança-t-elle en ramassant les morceaux.

Marie-Louise et Claudine se mirent à rire. Cette dernière fit remarquer à sa cousine qu'il y avait bien longtemps qu'elle n'avait pas entendu parler ainsi. À Lyon, le brassage des populations, venues de toutes les régions faisait qu'on parlait peu le forézien. Si tant est que cette manière de parler ne soit utilisée que dans le Forez.

L'atmosphère se détendit lorsque Marie-Louise demanda à Claudine ce qui s'était passé après son accouchement. Celle-ci ne fut pas avare en détails. Elle expliqua que l'absence de son enfant mort-né ne lui avait pas fait perdre la lactation. Une voisine un peu plus compréhensive que les autres, qui la montraient du doigt, lui expliqua que l'épouse de

Laurent Josserand, Anne-Jeanne, venait d'accoucher également et qu'elle n'avait pas assez de lait pour nourrir son bébé. C'est ainsi qu'elle était devenue la nourrice de l'un des nombreux enfants du couple de marionnettistes[1].

Ayant gagné la confiance de sa maîtresse, elle était restée très liée au couple et, dès que le théâtre de Guignol avait besoin d'elle, elle venait donner un petit « coup de main ». Voilà pour quelle raison Marie-Louise l'avait trouvé au *Café Condamin*, lors de son arrivée à Lyon, Mme Josserand étant indisponible après une chute qui lui avait brisé un os du bras.

C'est avec un cœur léger que Marcelline rentra, ce soir-là, à Collonges pendant que Marie-Louise et Claudine montaient à l'étage de l'*Auberge du Forez* pour dormir. La Maloui gravit les premières marches de l'escalier en se servant de la rampe comme appui. Elle se tenait le bas-ventre de sa main droite.

— Que t'arrive-t-il ? lui demanda sa cousine.

— Je ne sais pas. J'ai des nausées. J'ai envie de vomir.

Elle n'avait pas fini de parler qu'elle se retourna, bouscula Claudine et dévala les quelques marches qu'elle venait de monter. Elle ouvrit la porte donnant dans la cour. Se précipitant contre le mur de la façade, elle régurgita tout ce qu'elle avait eu du mal à avaler lors du repas du soir.

---

1. *Ils en eurent dix-sept. Oui, il n'y a pas d'erreur, c'est bien dix-sept !*

— Qu'est-ce qui se passe ? entendit-elle crier du fond de l'écurie.

— Rien ! répondit-elle. Ça ne te regarde pas.

Gustave avait entendu du bruit et s'était réveillé, ou du moins avait-il émergé du peu de sommeil qu'il avait pu trouver après ces journée et soirée particulièrement contraignantes pour lui.

Lorsque Marie-Louise rentra, elle alla se rafraîchir le visage avec l'eau contenue dans la cruche pour alimenter l'évier.

— Tu es sûre que ça ne le regarde pas ? lui demanda sa cousine, soupçonneuse.

— Oh, sûre et plus que sûre. Si c'est ce que tu penses, il partira sans le savoir.

— Et qu'est-ce que je pense ?

— Que je suis enceinte, n'est-ce pas ?

— Un peu, oui !

— J'ai effectivement du retard, mais je l'ai mis sur le dos de tous les ennuis qui nous tombent dessus en ce moment.

— En tout cas, si tel est le cas, Gustave part encore au bon moment.

— Et l'histoire bégaye un peu. Elle se renouvelle.

— Pas de la même manière quand même. La première fois, il s'est enfui alors qu'aujourd'hui tu le mets dehors. Ensuite, il ne savait pas que j'attendais un enfant…

— Là non plus, il ne le sait pas.

— Tu as raison, mais la suite des événements ne se déroulera pas comme il y a huit ans. Si j'ai perdu mon fils, cette fois, nous allons nous occuper du bébé qui est à venir, ensemble.

— Comment ça, ensemble ?

— Si tu acceptes ma présence ici.

— À l'auberge ?

— Oui, à l'auberge. Marcelline t'a rendu service pour assurer ta sécurité, mais elle ne pourra pas rester ici éternellement. Elle a fort à faire à Collonges. J'ai donc une proposition pour toi.

— Vas-y, je t'écoute.

— Dans un premier temps, je vais retourner à Lyon pour aider Guignol et Gnafron à poursuivre leur ascension. Dès que Mme Josserand pourra reprendre le travail, je reviendrai et je m'installerai ici, avec toi. Ainsi Marcelline pourra retourner à ses occupations et moi je veillerai à cette future naissance. Qu'en penses-tu ?

— Que du bien ! répondit Marie-Louise en prenant Claudine dans ses bras.

— Maintenant, je dis ça dans la mesure où tu n'as pas de projets en tête.

— Quels projets ?

— Celui de refaire ta vie avec un autre homme, par exemple.

— Pour le moment, ne parlons pas de ça. J'attends demain matin pour bien vérifier que l'actuel sera bien parti avant de déclarer que la place est vacante.

— Je pense qu'il a bien compris la leçon.

— Tu as raison, mais avec ce genre d'énergumène il faut s'attendre à tout, et tu en sais quelque chose.

— Oui. Mais allons nous coucher. Demain est un nouveau jour et je pense que le mot nouveau n'a jamais été si bien prononcé. Surtout pour moi.

Lorsque Marie-Louise arriva dans sa chambre, elle ne put s'empêcher de regarder par la fenêtre. Elle perçut, dans l'obscurité, le portail de l'écurie.

Elle pensa que derrière ce battant de bois dormait celui qui était à l'origine de son état. Elle pensa à tous les moments heureux qu'ils avaient vécus ensemble. On ne pouvait pas gommer ainsi, en un seul coup de baguette magique, plusieurs années de bonheur, même si elles se terminaient si ignominieusement.

Depuis la paille dans laquelle il s'était installé pour sa dernière nuit pontoise, Gustave observait une fenêtre du premier étage de l'auberge où, à la lueur de la bougie, il vit sa femme se déshabiller, passer, repasser et stationner étrangement devant la fenêtre. S'il eut quelques remords concernant son comportement, il n'y eut que le cheval que Pierre Déchandon lui avait prêté après la mort de Pâquerette qui en fut témoin. Un homme, rattrapé par son passé, essayait de trouver un peu de repos face à un avenir qui était totalement imprévisible et qui s'annonçait plus que douloureux.

Épilogue

Saint-Just-sur-Loire (Forez), été 1859.

— ARRÊTE DE ME TIRER mon tablier ! s'exclama Claudine. Mais tu es une petite peste ! Tu vas être comme ton père si tu continues.

— J'espère bien que non ! répondit Marie-Louise, tout sourires, en s'essuyant les mains sur son tablier.

Elle accourut pour rattraper son enfant qui allait profiter de la porte laissée entrouverte par l'entrée d'un client pour s'enfuir vers l'extérieur.

— Viens ici, tu vas te faire renverser par un cheval.

*
* *

Deux ans plus tôt, comme elle l'avait proposé, Claudine était repartie à Lyon. Quelques semaines plus tard, elle en était revenue avec le peu de bagages qu'elle possédait, contenant les quelques effets que la Maloui avait aperçus dans sa modeste chambre du 28 de la rue du Bœuf, près de la cathédrale Saint-Jean-Baptiste, dans la capitale des Gaules.

C'est par le train qu'elle était revenue. Toute la famille était présente pour l'accueillir au débarcadère d'Andrézieux. Pierre Déchandon avait attelé sa charrette dans laquelle tout ce petit monde avait trouvé refuge. Sa femme, Fleury, était accompagnée de leurs deux enfants, Adrien et Suzette, sa petite dernière, âgée de cinq ans, qu'elle portait dans ses bras.

Marcelline était accompagnée de son second garçon, Blaise, sans oublier Marie-Louise, arborant le joli chapeau que le notaire lui avait offert à Chazelles-sur-Lyon. Ils étaient tous émus de participer à ce retour à la terre natale de leur cousine. Dès qu'elle descendit de sa voiture, après les embrassades, elle caressa le ventre de Marie-Louise qui commençait à s'arrondir, comme si elle prenait une revanche sur la vie et… Gustave, avec la présence de ce futur nouveau-né.

Le retour vers l'auberge fut festif. Des chants s'échappaient de la voiture, comme c'était le cas lors des moissons, lorsqu'on savait que la récolte était à l'abri des intempéries. Marcelline fit remarquer ce parallèle. Ce fut sa manière de souhaiter la bienvenue au pays à la fille de Marc Grange et de Marie Ferréol, ses oncle et tante. Lorsqu'ils arrivèrent à l'*Auberge du Forez*, Marie-Louise expliqua à Claudine qu'elle pouvait s'installer dans la chambre de Joseph, son père. La femme fut attendrie de prendre cette place ainsi dans le lieu où avait vécu le seul membre de la famille qui l'avait soutenue pendant son conflit avec son père.

Un bon repas attendait tout le monde. La Maloui avait mis les petits plats dans les grands pour que ce jour restât gravé comme un bon souvenir pour tous. Adrien fit même le pitre, confirmant qu'il était digne de la réputation que lui avait donnée, un jour, Gustave.

Le lendemain, Claudine prit ses nouvelles fonctions aux côtés de son aubergiste de cousine. Marcelline et Adrien repartirent, à regret pour le second, à Collonges.

Suite à la grande discussion que les trois femmes avaient eue avec Gustave, la Maloui ne put que constater qu'il avait respecté son ordre de disparaître. Nul ne sut où il était parti et n'eut de ses nouvelles.

Quelque temps plus tard, et après avoir honoré tous ses engagements avec les passementiers, Raymond disparut à son tour, comme il était venu, sans rien dire à personne.

À la fin du mois de septembre suivant, alors qu'elle préparait son célèbre barboton, Marie-Louise fut prise de douleurs. Quelques heures plus tard, elle accoucha d'un beau garçon de six livres qu'elle prénomma Joseph, comme son père. Claudine en fut la marraine et Adrien le parrain.

Lorsqu'il fallut le déclarer à la mairie, la sage-femme attesta, comme le prévoyait la loi, que le mari de Marie-Louise ayant disparu depuis moins de neuf mois, il ne pouvait être que de lui. C'est ainsi que vint au monde Joseph Charrier.

Ce qui perturba les deux femmes, outre qu'il porta son nom, c'est qu'il arborait les mêmes yeux et le même regard que son père. Sans vouloir se l'avouer, ça ne les ennuyait pas trop. Elles avaient ainsi la beauté physique de leur amant et mari, sans en supporter les inconvénients comportementaux.

*
* *

— Je t'ai déjà dit qu'il ne faut pas aller jouer dehors, avertit Marie-Louise. Tu vas avoir un accident et ta marraine et moi serons très malheureuses.

L'enfant sourit à sa mère qui lui posa un baiser sur le front. Ayant refermé la porte de l'auberge, elle partit poursuivre son labeur. Elle était toute prise à son travail lorsqu'on lui tapota sur l'épaule. Elle sursauta et se retourna.

— Tiens, monsieur le maire, quel bon vent ? demanda-t-elle.

— À la fois bon et mauvais, mais les deux sont mêlés.

— Vous me faites peur.

— C'est au sujet de ton mari.

— Que lui est-il arrivé ?

— Les gendarmes ont fait une enquête, suite à sa disparition, pour savoir s'il n'avait pas été assassiné.

— C'n'est pas l'envie qui m'a manqué, s'interposa Claudine.

— Peut-être, mais la justice ne doit pas se faire ainsi. Il y a des tribunaux pour ça, rétorqua le premier magistrat. De toute façon, aujourd'hui on en est sûrs.

— Et de quoi ? questionna la Maloui.

— Qu'il n'a pas été tué il y a deux ans.

— Et comment le savez-vous ?

— Parce qu'il est bien mort aujourd'hui.

— Où voulez-vous en venir ?

— Que tu es veuve, à l'heure qu'il est. Voilà, tu as les deux nouvelles. La bonne c'est qu'il ne t'ennuiera plus et la mauvaise qu'il est mort.

— Pour moi, ce sont deux bonnes nouvelles, glissa Claudine.

— Ne sois pas cruelle. Laisse-le reposer en paix, s'opposa Marie-Louise.

— Pour moi, un salaud vivant est un salaud mort. J'ai toujours détesté cette manière peu honorable de sanctifier une personne qui vous a pourri la vie sous le seul prétexte qu'elle est décédée. Qu'il aille s'expliquer avec le Patron directement sans passer par les intermédiaires.

— Les intermédiaires ? s'étonna le maire.

— Et comment appelez-vous les curés, si ce n'est les intermédiaires entre nous et Dieu, comme le sont les commis de barre entre les donneurs d'ordres et les passementiers ? Il va en avoir à lui raconter, tant sa vie a été mauvaise vis-à-vis des autres. Je ne voudrais pas être là quand il va commencer son inventaire. Les défunts qui le suivent vont faire la queue derrière lui, à la porte du paradis. Il va y avoir un sacré embouteillage !

— Et comment est-il mort ? s'interrogea la Maloui.

— J'ai reçu, ce matin, une lettre de mon homologue, maire de Bessans en Savoie. Comme il s'y était engagé lors de la disparition de Gustave Charrier, s'il avait des nouvelles, il m'écrirait. Il m'annonce qu'il a reçu une lettre des autorités militaires, à recopier sur ses registres de décès. Il est mort le 4 juin de cette année, dans les rangs de l'armée franco-sarde conduite par l'empereur contre les Autrichiens, lors de la bataille de Magenta.

— Et où c'est, Magenta ?

— Dans le nord de l'Italie.

— Et qu'est-ce qu'il faisait là-bas ?

— D'après mes informations, il se serait engagé dans la Légion étrangère et aurait été envoyé sur ce théâtre d'opérations militaires où il a trouvé la mort.

Marie-Louise se leva et alla arrêter le balancier de la grande horloge.

— Que fais-tu là ? lui demanda Claudine.

— Il y a un décès dans la famille et il est normal qu'on ne manque à aucun de nos devoirs, même si je sais qu'il n'en avait rien à faire.

— Alors pourquoi le fais-tu ?

— Par respect pour son fils. Viens Joseph, on va aller à l'église faire brûler un cierge pour l'âme de ton papa.

La Maloui prit son fils dans ses bras et sortit, laissant le maire et Claudine seuls.

— Je ne la comprends pas, lança la jeune femme.

— Moi si. Au fond, quoi qu'il ait fait, elle l'aimait son Gustave. Sa rancune s'est éteinte avec sa mort. Il faut lui laisser vivre son deuil.

*
* *

Lorsqu'il avait quitté Saint-Just-sur-Loire, Gustave avait descendu la vallée du Rhône sans aucun objectif, sans savoir qu'il avait Raymond sur ses talons. Chaque fois qu'il obtenait un travail, on lui faisait comprendre, au bout de quelques jours, que sa présence n'était pas désirable. La vengeance de son ancien compagnon le poursuivait en permanence.

Arrivé sur les bords de la mer Méditerranée, lors d'une soirée bien arrosée, il rencontra des légionnaires à qui il fit des confidences sur sa vie passée. Ceux-ci arrivèrent à le convaincre que son salut était de s'engager dans la Légion étrangère. Ainsi il serait à l'abri de toute revanche. C'est ce qu'il fit quelques jours plus tard.

Ironie et paradoxes de l'histoire, il avait trouvé refuge et tranquillité dans un corps de l'armée de terre créé par ordonnance, le 9 mars 1831, par le roi Louis-Philippe, et il était mort sous l'uniforme de l'armée française conduite par Napoléon III, deux monarques qu'il avait combattus avec les Voraces, à Lyon.

Gajan (Gard),
le 1er février 2017.

DOCUMENTATION

Chapitre III

Recette du barboton stéphanois

Le barboton est un délicieux ragoût typique de la région stéphanoise qui est un plat principal et facile à élaborer.

Ingrédients (pour 6 personnes) :
— 1 kg d'agneau ou broutard ;
— 6 pommes de terre ;
— 6 carottes ;
— 1 bouquet garni ;
— 1 oignon ;
— 1 ail ;
— 50 g de beurre ;
— sel et poivre.

Couper l'agneau en gros dés.
Éplucher les légumes. Couper les pommes de terre en deux. Couper les carottes en deux.
Émincer l'oignon. Hacher l'ail.
Dans le beurre, faire revenir l'oignon et les morceaux d'agneau sur toutes leurs faces, pendant cinq minutes.
Ajouter le bouquet garni, l'ail, les pommes de terre, les carottes et couvrir d'eau. Saler et poivrer.

Couvrir et cuire à feu doux pendant trois quarts d'heure. Surveiller le niveau d'eau.

Chapitre VI

Le compagnonnage

Le compagnonnage comprenait trois sociétés :

— les « enfants de Salomon », dits compagnons du Devoir de liberté, dont les menuisiers et serruriers gavots ou gaveaux ;

— les « enfants de maître Jacques », dits compagnons du Devoir, ou dévoirants, ou dévorants (péjoratif). Ce sont les bons enfants ;

— les « enfants du père Soubise », dits compagnons du Devoir, également, mais qui se distinguaient par leur tradition et par leurs rites.

Toutes les notes et documentations sur le compagnonnage sont tirées de l'ouvrage *Ils voyageaient la France* de Pierre Barret et Jean-Noël Gurgand (voir bibliographie).

Chapitre VI

La grenouille de Narbonne

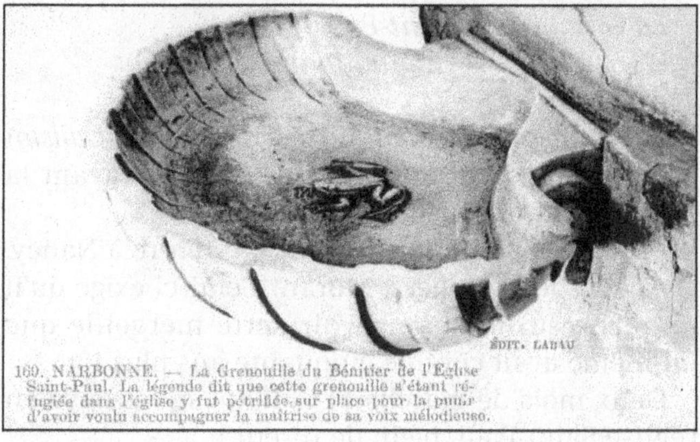

Une première légende raconte qu'une grenouille, s'étant réfugiée dans l'église Saint-Paul-Serge pendant un office religieux, s'attira les foudres de l'assemblée par ses chants. Pour la punir, elle fut pétrifiée dans le bénitier.

Lorsqu'on observe cette sculpture de plus près, on s'aperçoit que la patte avant droite a été détériorée. Là commence la seconde légende – dont il existe deux versions – qui accompagne ce batracien quelque peu mystérieux.

La première version est celle d'un poète narbonnais, Hercule Birat (1796-1872). Elle est tirée d'un poème d'environ huit cents vers qui daterait de décembre 1856. On la retrouve dans l'ouvrage *Poésies narbonnaises en français et en patois*, tome II, 1860, pages 187-220[1].

Elle a été dédiée par son auteur à André Brun, sculpteur funéraire et concierge du Musée lapidaire de Narbonne à cette époque.

La Granhòta de Sant-Paul
(Prononcez : la Gragnotto dé Sant-Paul)

Le compagnon tailleur de pierre Callixte (*Calisto*) est passé à Narbonne quelques années avant la Révolution, sans visiter la grenouille.

À la fin de son tour de France, il rentre à Nancy, chez son père, le vieux Moran. Celui-ci exige qu'il retourne sur-le-champ voir cette merveille que lui-même avait connue cinquante ans plus tôt.

Deux mois de marche et Callixte se retrouve en l'église Saint-Paul, plein de fureur :

Sé rétrousso dounc la camizo,
Armo soun bras dal fort martèl,
Appliquo lou fatal cisèl
Sus lous rèns de la bestiouléto,
Qué lou laïso fa, la paourèto !
E, dins très cops pla réussits,
La mét én sept ou beït boucis.

---

1. *Voir le lien suivant : polymathe.over-blog.com/article-35978332.html.*

Mais, tout d'un cop, l'aïgo signado
En sang pla pourprat s'és changeado,
E n'a dins lous èls dal resquit. […]
Lou malhéroux toumbèt dal mal,
Lou pourtèroun à l'espital.

Qui se traduit par :

Il retrousse donc sa chemise,
Arme son bras du fort marteau,
Applique le fatal ciseau
Sur les reins de la petite bête,
Qui le laisse faire, la pauvrette !
Et, en trois coups bien ajustés,
En sept ou huit morceaux la met.
Mais, aussitôt, l'eau bénite,
En sang tout empourpré s'est réduite,
Et dans les yeux il en a l'éclaboussure. […]
Le malheureux par l'épilepsie terrassé
À l'hôpital fut transporté.

La seconde version est plus récente. Elle nous vient de Frédéric Mistral (1830-1914). Elle a été publiée pour la première fois dans l'*Almanach provençal*, en 1890, et reprise au chapitre XIII de ses *Mémoires et récits*, en français.

Je vous livre les deux versions :

La Granouio de Narbouno

I

Lou coulègo Pignoulet, coumpagnoun menusié, subrenouma « La flour de Grasso », un tantost dóu mes de jun, revenié, tout galoi, de faire soun tour de Françо. Fasié 'no caud que vous toumbavo ; e, sa cano à la man garnido de riban, emé soun afustage, – cisèu, rabot, masseto, – plega darrié l'esquino dins soun faudau de telo, Pignoulet escalavo lou grand camin de Grasso, de mounte èro parti, – poudié i'avé treso quatre an.

Venié, coume es l'usage di Coumpagnoun dóu Devé, de mounta à la Santo-Baumo pèr vèire e saluda lou toumbèu de Mèste Jaque, paire di Coumpagnoun. Pièi, après avé 'scri soun subre-noum sus uno roco, èro ! davala eilabas jusqu'à Sant-Meissemin, pèr prene si coulour encò de Mèste Fabre, lou manescau que sacro lis Enfant dóu Devé. E, fièr coume un Cesar, lou moucadou sus lou coutet, em'un flo d'escaleto de touti li coulour que ié floucavon lou capèu, e, pendoula is auriho, dous pichot coumpas d'argènt, fasié tibla la guèto dins quatre pan de pòusso. N'èro tout blanc.

Oh ! quento caud ! de tèms en tèms, regardavo i figuiero se i'avié ges de figo ; mai èron pas maduro ; e li lesert badavon dins l'erbo rabinado ; e li cigalo, folo, sus lis oulivié póussous, sus lis arnavèu e lis éuse, au raias dóu soulèu cantavon pèr despié.

— Noum de diéu, quento caud ! Pignoulet fasié que dire. Avié, despièi proun tèms, escoula l'aigo-ardènt de sa coucourdobarrieleto, e, barbelant de la set, avié la camiso trempo.

— Mai zóu toujour ! disié, tout-aro sian à Grasso ! Oh ! capoun de bon goi ! que bonur queto joio, d'embrassa paire e maire, e de béure à la dourgo la bono aigo de Grasso, e de counta moun tour de Françо, e, sus si gauto fresco, de poutouneja Mïoun, e de nous marida pèr santo Madaleno, e de plus quita l'oustau ! Fai tira, Pignoulet, que n'avèn plus qu'uno estireto !

E, basto, lou vaqui vers lou pourtau de Grasso e, dins quatre cambado, à la boutigo de soun paire.

II

— Moun drole ! o moun bèu drole ! cridè lou vièi Pignòu en quitant soun banc fustié, n'en fugues lou bèn arriba !

Margarido, lou pichoun ! Zóu, vai tira de vin ! bouto la sartan, la touaio. Oh ! la bono salut ! coume te carrejes ?

— Pas mau, gràci à Dieu ! E vous-autre, pereici, sias touti gaiard, paire ?

— Eh ! coume de pàuri vièi... Mai, coume s'es fa grand !

E tout acò l'embrasso, paire, maire, vesin, e lis ami e li fiheto ; e ié descargon soun paquet ; e lis enfant ié chaspon li bèu riban de soun capèu e de sa cano loungarudo. La vièio Margarido, lis iue lagremejant, abro vitamen lou fiò 'mé 'no pougnado de coupèu ; e, dóu tèms qu'enfarino quàuqui taioun de merlusso pèr regala lou drole, Mèste Pignou lou paire, zóu ! emé Pignoulet, s'assèton à la taulo : toco-tu, toco-iéu, e coumençon de bagna l'encho,

— Arregardo un pau veire ! fasié lou vièi Pignou en picant emé soun got, tu, dedins pas quatre an, as acaba toun tour de Franço, e siés deja, me l'afourtisses, passa e reçaupu Coumpagnoun dóu Devé ! Coume tout acò chanjo, fau dire ! De moun tèms, nous falié bèu sèt an pèr gagna li coulour... Es, verai, moun enfant, qu'aqui dins la boutigo t'aviéu proun des-gauchi, e que, pèr un apendris, poussaves pas trop mau adeja la varlopo… Mai enfin lou tout es que saches toun mestié, e que, coume es de crèire, agues vist e aprés tout ço que dèu counèisse un boujarroun qu'es fiéu de mèstre.

— Oh ! paire, pèr acò, respoundeguè lou drole, vès, sènso me vanta, crese pas que degun, dins la menusarié, me passe la busco souto lou nas.

— Eh ! bèn, digue lou vièi, vejan ! Conto-me 'n pau, dóu tèms que la merlusso canto dins la sartan, ço qu'as remarca de bèu, tout en batènt l'antifo.

III

— D'abord, paire, sabès qu'en partènt d'eici de Grasso, filère sus Touloun ounte intrère à l'Arsena ; pas besoun de retraire tout ço que i'a aqui dintre : l'aves vist coume iéu.

— Passo, acò 's couneigu.

— En partènt de Touloun, m'anère embaucha å Marsiho : bello vilasso, lou sabès, avantajouso pèr l'óubrié, ounte li cambarado me faguèron óusserva, paire, un chivau-marin que sièr d'ensigne à-n-uno aubergo.

— Vai ben.

— D'aqui, ma fisto, remountère sus Ais, ounte iéu amirère lis escrince laduro dóu pourtau de Sant Sauvaire.

— Aven vist tout acò.

— Pièi d'aqui, gagnerian Arle, e veguerian la vouto de la coumuno d'Arle.

— Tant bèn apareiado que se pòu pas coumprene coume acò tèn en l'èr.

— D'Arle, paire, tirerian sus lou bourg de Sant-Gile ; e aqui veguerian la famouso Viseto.

— 0, uno meraviho pèr Iou tra e pèr lou tai : ço que fai vèire, fiéu, qu'autre-tèms, coume aro, tant i'avié de bons óubrié.

— Piei nous gandiguerian de Sant-Gile à Mount-Pelié ; e aqui, nous moustrèron la celebro Couquiho...

— 0, qu'es dins lou Vignolo, e que lou libre apello « la trompe de Montpettier ».

— Acò's acò... Après, marcherian sus Narbouno. -Es aqui que te vouliéu.

— Que i'a ? Paire, à Narbouno ai vist l'Archevescat, emé li bousarié de la grand glèiso de Sant-Pau...

— E pièi ?

— E pièi. la cansoun n'en dis pas mai :

Carcassonne et Narbonne
Sont deux villes fort bonnes
Pour aller à Béziers ;
Pézénas est gentille,
Mais les plus jolies filles
N'en sont à Montpellier.

— Alor, estrasso-biasso, as pas vist la granouio ?

— Mai... queto granouio ?

— La granouio que i'a au founs dóu benechié de la glèiso de Sant-Pau ! Ah ! fau pas s'estouna s'as tant lèu agu fa, landrin, toun tour de Françо... La granouio de Narbouno ! lou cap-d'obro di cap-d'obro ! que, de la malo part, li gènt courron pèr la vèire ! Aquéu sauto-regolo ! cridavo lou vièi Pignou en s'alumant toujour que mai, aquéu marrit pelègre que se vèn faire coumpagnoun e qu'a pas soulamen vist la granouio de Narbouno ! Oh ! mai sara pas di, mignot, qu'un fiéu de mèstre fague beissa la tèsto, dins l'oustau, à soun paire… Manjo, béu, vai te jaire ; e, deman de matin, se vos que fuguen coutrio, regagnaras Narbouno pèr vèire la granouio.

IV

Lou paure Pignoulet, que sabié que soun paire, quand avié 'n tèsto quau carèn, noun l'avié pas i pèd, emai que boufounavo pas, mangé, beguè, s'anè coucha ; e l'endeman à l'aubo, sèns mai rebrica, après avé garni sa biasso, repartiguè pèr Narbouno.

Emé si pèd maca, emé si pèd boudenfle, emé la caud, emé la set, pèr camin e pèr draio, camino que caminaras !

Arriba que fuguè, au bout de sèt à vue jour, dins la vilo de Narbouno, – d'ounte, coume se dis, noun vèn jamai bon vènt nimai bonopersouno, – moun Pignoulet que, vous responde, aquesto fes cantavo pas, sènso prene lou tèms d'ana manja 'n moussèu o béure un cop au cabaret, s'adraio d'un avenènt vers la grand glèiso de Sant-Pau, e tout dre au benechié vèn vèire la granouio.

Dins la conco de mabre, souto l'aigo clareto, efetivamen, au founs, uno granouio à raio rousso, tant bèn escrincelado que l'aurias dicho vivo, espinchavo d'agrouvado, emé si dous iue d'or e soun mourroun trufet, lou paure Pignoulet vengu de Grasso pèr la vèire !

— Ah ! sacro saloupeto ! – cridè tout-à-n-un-cop, feroun, lou menusie, – ah ! 's tu que m'as fa faire, emé lou souleias, dous cènt lègo de camin !… Vai, te rapelaras de Pignoulet de Grasso, de Pignoulet la Flour do Grasso !

Em'acò lou fenat, vès, de soun paquetoun tiro sa masso e soun escaupre, e pan ! d'un cop de masso fai sauta la granouio... Subran l'aigo-signado, coume tencho de sang, dison que venguè roujo... E la granouio de Narbouno, es d'aquéu biais que periguè.

Maiano,
17 de setèmbre 1889.

La Grenouille de Narbonne

I

Le camarade Pignolet, compagnon menuisier – surnommé la « Fleur de Grasse » –, par un après-midi du mois de juin, revenait tout joyeux de faire son tour de France. La chaleur était assommante et, sa canne garnie de rubans à la main, avec son affûtage (ciseaux, rabots, maillet) plié derrière le dos dans son tablier de toile, Pignolet gravissait le grand chemin de Grasse, d'où il était parti depuis quelque trois ou quatre ans.

Il venait, selon l'usage des compagnons du Devoir, de monter à la Sainte-Baume pour voir et saluer le tombeau de maître Jacques, père des compagnons. Ensuite, après avoir inscrit sur une roche son surnom compagnonnique, il était descendu jusqu'à Saint-Maximin, pour prendre ses couleurs chez maître Fabre, le maréchal qui sacre les enfants du Devoir. Et fier comme un César, le mouchoir sur la nuque, le chapeau égayé d'un flot de faveurs multicolores et, pendus à ses oreilles, deux petits compas d'argent, il tendait vaillamment la guêtre dans un tourbillon de poussière. Il en était tout blanc.

Quelle chaleur ! De temps en temps, il regardait aux figuiers s'il n'y avait pas de figues ; mais elles n'étaient pas mûres, et les lézards bayaient dans les herbes havies ; et les cigales folles, sur les oliviers poudreux, sur les buissons et les yeuses, au soleil qui dardait, chantaient rageusement.

— Nom de nom, quelle chaleur ! disait sans cesse Pignolet.

Ayant, depuis des heures, vidé sa gourde d'eau-de-vie, il pantelait de soif et sa chemise était trempée.

— Mais en avant ! disait-il. Bientôt, nous serons à Grasse.

Oh ! Sacré nom de sort ! Quel bonheur, quelle joie d'embrasser père et mère et de boire à la cruche l'eau des fontaines de Grasse, et de conter mon tour de France, et d'embrasser Mion sur ses joues fraîches, et de nous marier, vienne la Madeleine, et ne plus quitter la maison ! En marche, Pignolet ! Plus qu'une petite traite !

Enfin, le voilà au portail de Grasse et, dans quatre enjambées, à l'atelier de son père.

II

— Mon gars, ô mon beau gars, cria le vieux Pignol en quittant son établi, sois le bien arrivé ! Marguerite, le petit ! Cours, va tirer du vin ; mets la poêle, la nappe… Oh ! La bénédiction ! Comment te portes-tu ?

— Pas trop mal, grâce à Dieu ! Et vous autres, par ici, père, êtes-vous tous gaillards ?

— Eh ! Comme de pauvres vieux... Mais s'est-il donc fait grand !

Et tout le monde l'embrasse, père, mère, voisins, et les amis, et les fillettes. On lui décharge son paquet, et les enfants manient les beaux rubans de son chapeau et de sa longue canne. La vieille Marguerite, les yeux larmoyants, allume vivement le feu avec une poignée de copeaux ; et, pendant qu'elle enfarine quelques morceaux de merluche pour régaler le garçon, maître Pignol, le père, s'assied à table avec Pignolet, et de trinquer : « À la santé ! » Et l'on commence à mouiller l'anche.

— Par exemple, faisait le vieux maître Pignol en frappant avec son verre, toi, dans moins de quatre ans, tu as achevé ton tour de France et te voilà déjà, à ce que tu m'assures, passé et reçu compagnon du Devoir ! Comme tout change, cependant ! De mon temps, il fallait sept ans, oui, sept belles années, pour gagner les couleurs... Il est vrai, mon enfant, que là, dans la boutique, je t'avais assez dégauchi et que, pour un apprenti, tu ne poussais pas déjà, tu ne poussais pas trop mal le rabot et la varlope... Mais, enfin, l'essentiel est que tu saches ton métier et que, je le crois du moins, tu aies vu et appris tout ce que doit connaître un luron qui est fils de maître.

— Oh ! Père ! Pour cela, répondit le jeune homme, voyez, sans me vanter, je ne crois pas que personne, dans la menuiserie, me passe la plume par le bec.

— Eh bien ! dit le vieux. Voyons, raconte-moi un peu, que la morue chante et cuit dans la poêle, ce que tu remarquas de beau, tout en courant le pays.

III

— D'abord, père, vous savez qu'en partant d'ici, de Grasse, je filai sur Toulon, où j'entrai à l'arsenal. Pas besoin de relever tout ce qui est là-dedans : vous l'avez vu comme moi.

— Passe, oui, c'est connu.

— En partant de Toulon, j'allai m'embaucher à Marseille, fort belle et grande ville, avantageuse pour l'ouvrier, où les coteries ou camarades me firent observer, père, un cheval marin qui sert d'enseigne à une auberge.

— C'est bien.

— De là, ma foi, je remontai sur Aix, où j'admirai les sculptures du portail de Saint-Sauveur.

— Nous avons vu tout cela.

— Puis, de là, nous gagnâmes Arles, et nous vîmes la voûte de la commune d'Arles.

— Si bien appareillée qu'on ne peut pas comprendre comment ça tient en l'air.

— D'Arles, père, nous tirâmes sur le bourg de Saint-Gilles, et là nous vîmes la fameuse Vis…

— Oui, oui, une merveille pour le trait et pour la taille. Ce qui fait voir, mon fils, qu'autrefois, tout de même, aussi bien qu'aujourd'hui, il y eut de bons ouvriers.

— Puis, nous nous dirigeâmes de Saint-Gilles à Montpellier, et là on nous montra la célèbre Coquille…

— Oui, qui est dans le vignoble, et que le livre appelle la « trompe de Montpellier ».

— C'est cela… Et, après, nous marchâmes sur Narbonne.

— C'est là que je t'attendais.

— Quoi donc, père ? À Narbonne, j'ai vu les Trois-Nourrices, et puis l'archevêché, ainsi que les boiseries de l'église Saint-Paul.

— Et puis ?

— Mon père, la chanson n'en dit pas davantage :

Carcassonne et Narbonne
sont deux villes fort bonnes
pour aller à Béziers ;
Pézenas est gentille,
mais les plus jolies filles
n'en sont à Montpellier.

— Alors, bousilleur, tu n'as pas vu la Grenouille ?

— Mais quelle grenouille ?

— La Grenouille qui est au fond du bénitier de l'église Saint-Paul. Ah ! Je ne m'étonne plus que tu aies sitôt fait, bambin, ton tour de France ! La Grenouille de Narbonne ! Le chef-d'œuvre des chefs-d'œuvre, que l'on vient voir de tous les diables. Et ce saute-ruisseau ! criait le vieux Pignol en s'animant de plus en plus, ce méchant gâte-bois qui se donne pour compagnon n'a pas vu seulement la Grenouille de Narbonne ! Oh ! Mais qu'un fils de maître ait fait baisser la tête, dans la maison, à son père, mignon, ça ne sera pas dit ! Mange, bois, va dormir et, dès demain matin si tu veux qu'on soit coterie, tu regagneras Narbonne pour voir la Grenouille.

IV

Le pauvre Pignolet, qui savait que son père ne démordait pas aisément et qu'il ne plaisantait pas, mangea, but, alla au lit et, le lendemain à l'aube, sans répliquer davantage, après avoir muni de vivres son bissac, il repartit pour Narbonne.

Avec ses pieds meurtris et enflés par la marche, avec la chaleur, la soif, par voies et par chemins, va donc mon Pignolet !

Aussitôt arrivé, au bout de sept ou huit jours, dans la ville de Narbonne – d'où, selon le proverbe, « ne vient ni bon vent ni bonne personne » –, Pignolet, qui, cette fois, ne chantait pas, je vous l'assure, sans prendre le temps même de manger un morceau ou boire un coup au cabaret, s'achemine de suite vers l'église Saint-Paul et, droit au bénitier, s'en vient voir la Grenouille.

Dans la vasque de marbre, en effet, sous l'eau claire, une grenouille rayée de roux, tellement bien sculptée qu'on l'aurait dit vivante, regardait accroupie, avec ses deux yeux d'or et son museau narquois, le pauvre Pignolet, venu de Grasse pour la voir.

— Ah ! Petite vilaine ! s'écria tout à coup, farouche, le menuisier. Ah ! C'est toi qui m'as fait faire, par ce soleil ardent, deux cents lieues de chemin ! Va, tu te souviendras de Pignolet de Grasse !

Et voilà le sacripant qui, de son baluchon, tire son maillet, son ciseau, et pan ! D'un coup, à la grenouille il fait sauter une patte. On dit que l'eau bénite, comme teinte de sang, devint rouge soudain, et la vasque du bénitier, depuis lors, est restée rougeâtre.

Maillane,
le 17 septembre 1889.

Chapitre XI

Les Vierges noires

D'après la tradition, nombre de vierges noires ont été rapportées d'Orient par les croisés. Elles auraient été noircies par imitation de Notre-Dame du Puy, l'un des grands sanctuaires mariaux de la France de l'Ancien Régime.

Cela a permis aux fidèles d'éviter un déplacement, toujours périlleux et coûteux, pour un même profit spirituel. Aux XVe et XVIe siècles, alors que la fréquentation des sanctuaires de pèlerinage baisse et que la Réforme remet en question le culte marial, l'Église catholique fait, à travers le noircissement, une « opération de marketing ».

La noirceur donne un surcroît d'ancienneté, d'authenticité et d'efficacité à des images de bois qui peuvent être assez banales. Au XIXe siècle, une autre période de noircissement a suivi le choc révolutionnaire et a accompagné la restauration catholique.

(Sources : *L'Express*. Article de François Koch, paru le 3 juillet 2008.)

Chapitre XV

La Racine merveilleuse
Pochade en un acte

Personnages :
Guignol
Madelon, sa femme
Gnafron, savetier
Gonnivet, rentier

Décor :
Place publique avec la maison de Guignol, à gauche.

Les mots en *italique* dans le texte renvoient au glossaire des expressions canuses, à la fin de la pièce.

Scène I
Gonnivet, seul

Revoir mon Lyon ! Je pleure comme un veau !… Revoir ma rue du Plat, où j'étais autrefois si bien dans mon assiette !… Pendant cette longue absence, si les édifices se sont embellis, les hommes ne sont pas rajeunis… De mes bons camarades, plus d'un sans doute manque à l'appel ; et, dans ces quartiers transformés, comment retrouver ?… Si j'avais au moins sous la main mon bravo, mon bon serviteur Guignol, si dévoué… mieux que personne il me renseignerait ; mais lui-même qu'est-il devenu ?

Scène II

Gonnivet, Gnafron

Gnafron, *chantant.*

« Montons à Saint-Just, *bombanciers*…
Montons aux Quatr'Colonnes… »

Gonnivet

Cette voix ! Je ne me trompe pas… Gnafron…

Gnafron

Mais, oui, Gnafron, savetier, *regrolleur*, médecin de la chaussure humaine. Tiens, mais, bargeois, laissez-moi donc vous reluquer… C'est-y pas à m'sieur Gonnivet, l'ex-patron de…

Gonnivet

Ton cousin Guignol ! Où est-il ?

Gnafron, *pleurnichant.*

Mort !

Gonnivet

Si jeune !… Ah !

Gnafron
Quand je dis mort… c'est enterré, que je veux dire.

Gonnivet
Comment ?

Gnafron
Il est marié…

Gonnivet
Quoi ?…

Gnafron
Avec une chipie, une *traquoire*, un rhinocéros de femme qui mène mon pauvre Guignol par l'endroit qui *reniffle*, lui fait *balier* la chambre, vider les *équevilles*, écumer la soupe, torcher le *môme*… et qui le bat… comme plâtre.

Gonnivet
Elle le bat ? Ah ! ah ! ah ! Je voudrais bien voir ça… Tiens, va me le chercher, dis-lui que je l'attends à mon hôtel, rue Écorche-Bœuf, 9.

Gnafron
Oh ! Pour ça, non merci ; allez-y vous-même, sa tigresse de Madelon me tirerait les yeux…

Gonnivet
Tu n'es donc plus ce *gonne* de Lyon que j'ai connu jadis plein de vaillance ?… Va le chercher, te dis-je !… Amène-le, coûte que coûte, et je vous

montrerai à tous deux une racine merveilleuse, que je rapporte du Mexique et qui rend douces les femmes les plus enragées…

Gnafron
Bargeois, donnez-moi-n'en tout d'suite.

Gonnivet
Tiens !… Ma racine, c'est cette canne… elle peut se remplacer au besoin par un manche à balai.

Gnafron
Ah ! ah ! ah ! Compris, *bargeois*, j'y cours, et je vous rapporte mon Guignol mort ou vif ! Ah ! ah !

Gonnivet
Je vous attends tous deux à déjeuner ; tu sais, à mon hôtel…

Gnafron
Rue Écorche-Bœuf, 9… Ma payse y tient la *souillarde.*

Gonnivet
À bientôt ! *(Il sort.)*

Scène III
Gnafron, Madelon, Guignol, à la cantonade

Gnafron
Oui, à bientôt !… Il m'a toujours botté, c'*bargeois*-là ! N'importe, c'est pas commode… la cousine Madelon est dans le cas de m'arracher une dent.

(Se reprenant.) Je voulais dire un œil !… Essayons ! *(Il appelle en frappant.)* Guignol !

Guignol, *de l'intérieur.*

Qui donc que *chapote* ?

Gnafron

Il y est ! Bon…

Madelon, *de l'intérieur.*

Ah ! C'est toi, *Pillerot,* vaurien, que viens dérangeasser mon homme !

Gnafron

La mergère !… Tenons-nous bien… *(Adoucissant sa voix.)* Je… je venais, cousine, pour vous inviter à manger en famille une petite friture aux *Charpennes.*

Madelon

Bien ! Bien ! *Attatends* ! Je vais prendre mon châle…

Gnafron

Elle donne dans le pont ! Ah ! ah ! Au dessert, nous la plantons là, et je file avec mon Guignol.

Madelon, *sortant armée d'un bâton.*

Brigand ! Canaille ! *Four-à-chaux* ! Trouble-paix des ménages ! *(Elle le frappe.)* Tiens ! Tiens !

Gnafron
Là ! là ! Je déménage ! *(À part.)* Effet de la racine… mais je reviendrai ! *(Il disparaît un instant.)*

Scène IV
Madelon, seule, puis Guignol, à la cantonade

Madelon
Pendard ! *Traîne-grolle* ! Scélérat d'homme ! Reviens-y ! *(Se calmant.)* Avec tout ça, ne lais sons pas mon pauvre bibi à rien faire, pendant que je vais prendre chez l'espicière du coin un verre d'*eau d'arquebuse* pour me remettre le cœur. *(Appelant.)* Guignol !

Guignol, *de l'intérieur et d'une voix faible.*
Femme !

Madelon
Je sors pour un m'ment… Te *rapetasseras* mon casaquin, te mettras de *piccarlats* sous la soupe.

Guignol, *de même.*
Oui, femme !

Madelon
T'oublieras pas de couper de *melettes* pour la pâtée à minet, et si tu es bien sage, je t'apporterai de bugnes en rentrant.

Guignol
Oui, femme ! *(Madelon sort.)*

Scène V

Gnafron, Guignol

Gnafron

Partie !... Bon ! La coquine ! Elle m'a aplati le coque'nichon... As pas peur ! Cousine, je te revaudrai ce *porron-là* ! *(Il appelle.)* Guignol !

Guignol

Gnafron ! C'est toi... *escanne*-toi vite ! Si Madelon te voyait...

Gnafron

Descends toujours, *panosse* ! J'ai à te dire...

Guignol, *entrant en scène.*

Que ! Quoi ?

Gnafron

Que ton ancien *bargeois*...

Guignol

Gonnivet ?

Gnafron

Il revient du Mexique !

Guignol

Oh ! Gnafron ! Vrai ! Te l'as vu ?

Gnafron

Si bien vu, qu'il veut te voir, qu'il m'envoie te chercher.

Guignol
Mais Madelon !...

Gnafron
Je lui ai dit comme elle t'arrange...

Guignol
Que qu'il a répondu ?

Gnafron
Il s'est tordu les côtes en se moquant de toi.

Guignol, *soupirant.*
Gnafron, la critique est aisée, et l'art...

Gnafron
L'art de redevenir un *zigue*, quand on a une femme acariâtre comme la tienne, consiste à lui administrer...

Guignol
De quoi ?

Gnafron
Une certaine racine que le père Gonnivet a rapportée de la Mère Rique...

Guignol, *naïvement.*
Ça se prend-il en infusion ?

Gnafron
Non, *Benoît !...* Ça s'applique... *(montrant une trique)*, v'là ce que c'est ! Tiens !

Guignol

Je connais ça !... Oui, mais te sais, Gnafron, que le docteur m'a bien recommandé de ne pas *remoucher* Madelon, à cause de ses crises de *nerfles* et de ses *évanouissances*...

Gnafron

Laisse donc... Y a des paroles pour la faire digérer. Par exemple, une supposition... Madelon arrive, tu lui expliques que tu veux-t-aller voir ton ancien maître. Elle crie ; toi, te lui dis tranquillement : « Femme, connais-tu la racine de la Mère Rique ?... »

Guignol, *répétant.*

Ah ! Femme, connais-tu la racine de la Mère Rique ?

Gnafron

Bien !... Elle recrie... alors toi, avec un petit balancement comme ça, te lui dis : « Femme, voilà la racine de la Mère Rique. »

Guignol, *répétant.*

La Mère-Rique, et sur ce ?...

Gnafron

Il se peut qu'elle te tape... Alors tu l'y réponds avec un grand balancement : « Tiens, prends un peu de racine de la Mère Rique. » *(Frappant Guignol.)* Pan, pan.

Guignol
T'appuies trop !

Gnafron
C'est pour te faire entrer la chose.

Guignol
Sois tranquille, Gnafron, te vas voir… *(Apercevant Madelon.)* Madelon ! Nom d'un rat ! Si elle allait…

Gnafron
Eh ! Va donc, *Benoni !* Maintenant que te sais les paroles, songe que Gonnivet nous atteint, et que je me cache là pour voir comment que te vas t'y prendre. *(Il se blottit derrière la coulisse.)*

Scène VI

Guignol, Madelon, Gnafron

Madelon, *à la cantonade.*
Merci bien, voisine ! *(Apercevant Guignol.)* Comment ! Toi ici ; on ne peut donc pas sortir un m'ment sans que te fasses des tiennes ! Pour sûr que ton ouvrage n'est pas fait… Où que t'allais comme ça ?

Guignol
Femme, j'allais me *bambaner.*

Madelon
Te *bambaner* sans moi, pendard ! Qui t'a permis ?

Guignol
Femme, connais-tu la racine de la Mère Rique ?

Madelon
Ta Mère Rique, dis-lui qu'elle vienne me parler.

Guignol, *brandissant son bâton.*
Femme, voilà la racine.

Madelon
Il me menace ! Ah ! Touche-moi donc, tiens ! *(Elle le soufflette.)*

Guignol
Femme, prends donc un peu de racine… Pan ! Pan ! *(Il la frappe.)*

Madelon, *criant.*
Au meurtre ! À l'assassin ! Ah ! Mes *nerfles*, mes *nerfles* ! Ah ! ah ! *(Elle tombe sur la bande.)*

Gnafron, *apparaissant.*
Chapote, Guignol, ça c'est bon pour les *nerfles.*

Madelon, *se redressant.*
Ah ! C'est toi ! *Traîne-grolle, matevet*, rien que vaille. *(Elle parvient à s'emparer du bâton et frappe des deux côtés.)*

Gnafron
Tiens bon ! Guignol… t'es fichu si te *cannes.*

Guignol, *à Madelon.*
Si te me *bassines* encore, te vas voir.

Madelon
Tiens !

Guignol, *lui reprenant la trique.*
Ah ! T'as pas encore assez mangé de racine *(Il la frappe.).*

Gnafron
Bravo !…

Madelon
Aïe ! Aïe ! Je me trouve mal. *(Elle tombe et se redresse aussitôt contre Gnafron.)* C'est toi que me vaux ça… Houe !

Gnafron
Elle me *graffine* ; à moi, Guignol !

Guignol
Nous voulons donc encore de cette petite racine ?

Madelon
Non, mon chéri, mon bijou, assez, merci, je ne prendrai plus rien.

Guignol
C'est bon, alors… Je vas revoir le papa Gonnivet.

Madelon
Va ! Va ! Mais ne rentre pas tard !

Guignol
C'est toi que vas rentrer, et vivement… et que tout soit prêt pour quand je reviendrai. *(Il la pousse.)*

Madelon
Ah ! Gredin !

Guignol
Madelon !

Madelon
Je rentre !… Je rentre… *(Fausse sortie.)*

Scène VII

Les mêmes, Gonnivet

Gonnivet
Un instant ! Je vois que ma racine a produit son effet.

Guignol
Ah ! Patron !

Madelon
Quoi ! C'est vous qui…

Guignol
Madelon ! *(Madelon reste coite.)*

Gonnivet
Oui, c'est moi qui, avec une brillante fortune, ai rapporté cette racine efficace, à la portée de toutes les bourses.

Guignol
Je la prêterai dans le quartier.

Gnafron
Benoît ! Te gagnerais gros à la louer aux voisins.

Gonnivet
Ne vous plaignez pas, Madelon, rien ne va droit dans un ménage, quand ce n'est pas le maître qui commande… et vous me bénirez bientôt du service que je vous ai rendu en vous guérissant d'une maladie… qui fait souf frir, hélas ! bien des femmes… Et pour signer notre traité de paix, suivez-nous… c'est moi qui régale.

Tous
Vive le pa'pa Gonnivet !
(Ils disparaissent bras dessus, bras dessous, en chantant.)
« Allez-vous-en, gens de la noce. »

(Le rideau tombe.)

Glossaire alphabétique des expressions canuses contenues dans la pochade ci-dessus :

Arquebuse (eau d')	eau vulnéraire
Attatends !	interjection : « Tu vas voir ! »
Balier	balayer
Bambaner (se)	flâner
Bargeois	bourgeois
Bassiner	ennuyer quelqu'un

Benoni ou Benoît	imbécile
Bombancier	faire bombance, ripaille
Bugne	beignet
Canner	reculer
Canut	ouvrier tisseur
Chapoter	frapper
Charpennes	aux environs de Lyon
Coque'nichon	tête
Équevilles	ordures
Escaner (s')	s'enfuir
Évanouissance	évanouissement
Four-à-chaux	mauvais drôle
Gnafre	savetier
Gonne	gamin, gars
Graffiner	griffer
Grolle	savate
Guignolant	ennuyeux
Matevet	luron
Melette	triperie que mangent les chats
Môme	bébé
Nerfles	les nerfs
Panosse	mou, peu courageux
Piccarlat	jambe grêle
Pillerot	mauvais sujet
Porron	coup qui marque sur l'objet frappé
Rapetasser	raccommoder du vieux linge
Regroller	refaire une vieille chaussure, ressemeler
Remoucher	mettre à la raison
Reniffle	le nez

Souillarde	lieu où on lave la vaisselle, évier
Traîne-grolle	voir *grolle*
Traquoire	grande niaise
Zigue	bon enfant, brave

(Sources : https://fr.wikisource.org/wiki/Le_Petit_théâtre_de_Guignol,_contenant_trois_pochades_en_un_acte,_imitées_de_Mourguet_et_Cie,_1874.)

Chapitre XVII

Origine du surnom de Napoléon III

D'après *Le Musée de la Conversation, répertoire de citations françaises*, Roger Alexandre, 1897.

Quelle est l'origine de ce sobriquet qu'on retrouve dans la correspondance de Gustave Flaubert et par lequel on essaya de ridiculiser l'empereur Napoléon III, l'impératrice Eugénie étant, elle, surnommée *Badinguette* ? C'est ce que nous allons essayer d'éclaircir...

Une légende assez généralement répandue veut que Badinguet soit le nom de l'ouvrier maçon dont le prince Louis-Napoléon revêtit le costume lors de son évasion du fort de Ham (26 mai 1846). Il n'y a pas un mot de vrai dans cette histoire, ainsi que l'a démontré Hachet-Souplet dans un chapitre de son ouvrage intitulé *Louis-Napoléon prisonnier au fort de Ham*.

Dans les documents officiels relatifs à cette affaire et au procès qui s'est ensuivi, on ne trouve effectivement aucune trace du soi-disant maçon Badinguet. On rencontre ce nom pour la première fois dans une caricature de Gavarni publiée par *Le Charivari*, le 29 janvier 1840 (série des *Étudiants de*

Paris). On y voit un étudiant qui abuse de la candeur d'une grisette en lui montrant un squelette accroché au mur et lui disant : « Tu ne la reconnais donc pas, Eugénie, l'ancienne à Badinguet ? Une belle blonde… qui aimait tant les meringues et qui faisait tant sa tête… Oui, Badinguet l'a fait monter pour 36 francs. »

D'après les frères Goncourt (*Gavarni, l'homme et l'œuvre*, 1873), Gavarni aurait forgé ce nom d'après celui d'un ami habitant les Landes, nommé Badingo. S'il est facile de faire justice de la légende de l'ouvrier maçon, il l'est beaucoup moins de comprendre par suite de quelles circonstances le nom de Badinguet, emprunté au dessin de Gavarni, est devenu le sobriquet populaire de l'empereur.

On a parlé vaguement d'un sculpteur en têtes de pipes qui aurait signé ses œuvres du nom de Badinguet. Ces pipes auraient rappelé la figure du prince-président. C'est un fait qu'il s'agirait d'établir. Dans un vaudeville de Dumanoir et Brisebarre, représenté au Palais-Royal le 15 février 1841, *Madame Camus et sa demoiselle*, il y a bien un personnage du nom de Badinguet, mais on ne peut trouver dans ce rôle aucune allusion applicable au prince Louis.

L'origine qui semble la plus naturelle nous est fournie par A. Morel dans son livre sur *Napoléon III, sa vie, ses œuvres et ses opinions*, publié en 1870. Le prisonnier avait obtenu, par une faveur exceptionnelle, la permission de se livrer à l'équitation dans la cour du château de Ham. Les soldats s'amusaient de ce spectacle, et l'auteur suppose qu'ils ne se privaient pas de laisser échapper quelques lazzis à son adresse.

« Il paraît, dit-il (p. 246), qu'ils lui donnaient entre eux le nom de *Badinguet* : or ce mot, en picard et en wallon, signifie quelque chose d'intermédiaire entre étourdi et badaud. Louis-Napoléon montra de l'humeur, se piqua, se plaignit, renonça enfin au cheval. »

Malheureusement, il est fort douteux que cette étymologie de Badinguet soit exacte. Il n'en est fait aucune mention ni dans le *Dictionnaire étymologique de la langue wallonne*, de Grandgagnage (1845), ni dans le *Glossaire du patois picard*, de l'abbé Corblet (1851).

Mais voici un petit fait, passé inaperçu, qui pourrait bien jeter quelque lumière sur le problème que nous cherchons à pénétrer. Dans une *Lettre de Ham*, publiée par la *Revue de l'Empire* en 1844, nous relevons le passage suivant (p. 257), au milieu d'une description du cabinet occupé par Louis-Napoléon : « Un paravent, couvert de lithographies du *Charivari*, forme une espèce d'hémicycle autour de la table. [...] Ici, l'étude donne la main à la science comme l'esprit se récrée par les excentriques bouffonneries du crayon de Grandville et de Gavarni. »

Rappelons que le prince Louis-Napoléon, après sa tentative de débarquement à Boulogne-sur-Mer (6 août 1840), visant à renverser Louis-Philippe, fut condamné à l'emprisonnement perpétuel et interné, le 7 octobre suivant, dans la citadelle de Ham. N'est-on pas tout naturellement conduit à penser que le dessin de Gavarni, de publication récente, figurait sur le paravent et que les gardiens du prince se sont amusés à lui appliquer un sobriquet qu'ils avaient chaque jour devant les yeux ? Ce ne peut être là une certitude, bien entendu, mais c'est assurément une hypothèse des plus acceptables.

Sources bibliographiques

Barret Pierre et Gurgand Jean-Noël, *Ils voyageaient la France*, Hachette littératures, 1980.

Briais Bernard, *Aux beaux jours de nos campagnes*, Éditions De Borée, 2010.

Briais Bernard, *Les Grands Moments de la vie paysanne*, Éditions De Borée, 2008.

Canty Colette, *Saint-Étienne autrefois*, Éditions Horvath, 1985.

Crouzet Annie, *Guignol. Cœur de gone, tête de bois*, collection « Les patrimoines », journal *Le Progrès*, 2009.

Héritier Pierre, *150 ans de luttes ouvrières dans le bassin stéphanois*, Éditions Le Champ du Possible, 1979.

Lenoir Frédéric et (de) Tonnac Jean-Philippe, *Encyclopédie des savoirs et des croyances : la mort et l'immortalité*, Bayard jeunesse, 2004.

Martin Jean-Baptiste, *Le Parler du Forez et du Roannais*, Éditions Bonneton, 2000.

Onde Henri, « L'Occupation humaine en Maurienne et en Tarentaise », *Revue de géographie alpine*, 1941-1942.

PLESSY Bernard et CHALLET Louis, *La Vie quotidienne des canuts, passementiers et moulinières au XIXe siècle*, Éditions Hachette, 1987.

REYNAUD Brigitte, *L'Industrie rubanière dans la région stéphanoise (1895-1975)*, Centre d'études foréziennes, université Jean-Monnet, 1991.

TRACQ Francis, *Étienne des Saints, inventeur des « Diables de Bessans »*, La Fontaine de Siloë, Montmélian, 2006.

(de) VISAN Fancrède, *Le Guignol lyonnais*, édition complétée par Gérard Truchet, Éditions De Borée, 2004.

« La Passementerie à Jonzieux, trois siècles et demi de tradition », édité par l'Association du musée de la Passementerie de Jonzieux (Loire), à l'occasion des quarante ans de sa création, 2013.

Des journaux :

Le Petit Dauphinois, des 31 juillet et 1er août 1938.

Divers sites Internet et notamment :

http://www.expressio.fr
http://www.couteaux-jfl.com/glossaire#j
http://couteaux.clicforum.com/t270-nos-couteaux-disparus.htm
http://www.maison-passementerie.info/
http://www.ruesdelyon.net
http://www.guichetdusavoir.org
http://patrimoineethistoiredechazellessurlyon.fr/

Table des matières

Dans la même collection

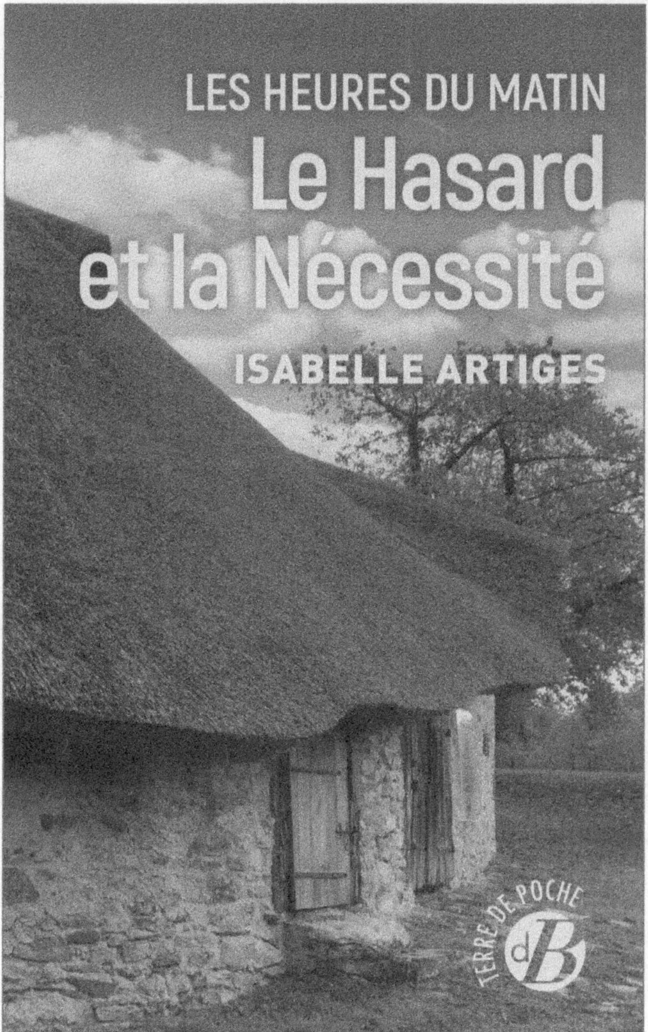

www.deboree.com
livres@centrefrance.com

Imprimé en France par CPI
en mai 2023
N° d'impression : 2071234
Dépôt légal : juin 2023
ISBN : 978-2-8129-3882-5
ISSN : 1627-6779